어리석은 자는
죽어야 한다

愚か者
死すべし

愚か者死すべし

OROKAMONO SHISUBESHI

by Ryo Hara

탐정
사와자키
시리즈

어리석은 자는 죽어야 한다

하라 료

권일영 옮김

愚か者死すべし

비채

등장
인물

사와자키 : 사립탐정

이부키 데쓰야 : 요릿집 주인, 전 폭력단원

이부키 기누에 : 그의 처

이부키 게이코 : 그의 딸, 학생

벳쇼 후미오 : 이부키 기누에의 남동생, 회사 사장

아사카 다케오 : 기누에, 후미오의 배다른 오빠, 아사카구미 두목

가모시다 겐이치 : 가부라기 흥업 소속 폭력단원

리키이시 하지메 : 가부라기 흥업 소속 폭력단원

다사카 이오리 : 히키코모리 젊은이

무네카타 마리코 : 흥신소 사무원

시다라 미쓰히코 : 전 귀족 출신 부자

시다라 유미코 : 그의 양녀, 네고로 부동산 사장

도쿠야마 : 네고로 부동산 전무

나카야 : 시다라 필름 라이브러리의 관리자

사이쇼 요시로 : 경시청 공안과 소속이라고 주장하는 남자

우루시바라 : 이부키 데쓰야의 변호사

야지마 : 야지마 변호사사무소의 소장

기쿠치 : 야지마 변호사사무소의 변호사

사쿠마 : 야지마 변호사사무소의 변호사

쇼지 아키히코 : 신주쿠 경찰서 수사4과 형사

후지 히로유키 : 쇼지 형사의 동창생, 디자이너

쓰쓰미 : 신주쿠 경찰서 수사4과 과장

구로다 : 신주쿠 경칠시 수시4과 경부

쓰무라 : 신주쿠 경찰서 수사4과 형사

다지마 : 신주쿠 경찰서 총무과 경부보

사가라 : 세이와카이 소속 폭력단원

차 례

1

그해 마지막으로 내가 '와타나베 탐정사무소'의 문을 열었을 때, 어딘가에 끼워져 있던 반으로 접은 연갈색 메모지가 날개를 움직이기도 귀찮아진 염세주의 나방처럼 떨어져 내렸다. 약 열네 시간 뒤면, 문에 달린 페인트로 쓴 색 바랜 간판을 다시 칠해야겠다고 생각한 지 일곱 번째 새해를 맞는다. 나는 메모지를 줍고 나흘 만에 사무실 안으로 들어갔다. 가짜 암 특효약을 팔아대는 악질 사기 집단을 찾아내려 어느 대학병원 암 병동에 입원 환자로 위장하는 게 일이었다. 범인들은 순조롭게 체포했다. 그런데 그들이 낚싯줄 끝에 매단 터무니없이 비싼 **가짜 미끼**가 환자에 따라서는 한 가닥 희망이었을지도 모른다는 생각이 머릿속을 스쳤다. 병원이 인간 생명을 위해 할 수 있는 일은 별로 없지만, 가장 잘하는 일은 생명에 가격표를 매기는 짓이다. 가격표가 붙으면 보험사 직원도 나타나고 사기꾼도 등장한다. 머지않아 탐정도 얼굴을 내민다. 그뿐이다.

오전 10시가 조금 지났지만 블라인드를 내린 실내는 어두컴컴했다. 나는 책상 조명을 켜고 메모지를 펼쳤다. 내가 아니라 이미 이 세상을 떠난 고인 앞으로 남긴 메모였다. 올라오는지 내려가는지 모를, 계절에 어울리지 않는 망령 같은 발소리가 건물 계단 어딘가에서 울려 퍼지는 기분이 들었다.

병원에서 가지고 돌아온 가방 하나를 사물함에 넣고 잠이 부족해 저항력이 떨어진 느낌이 드는 스스로를 슬며시 설득했다. 죽은 사람에게 온 메시지는 쓰레기통에 던져 넣고 얼른 사무실을 나가. 아직 오전이기는 하지만 일도 마무리된 12월 31일 추운 날에 내게 온 메시지도 아닌데 고민할 필요가 어디 있나. 그렇지 않아도 죽은 사람은 죽기 전이나 죽을 때나, 그리고 죽고 나서도 내게 지독하게 민폐를 끼쳤다. 아, 죽은 사람을 나무라지는 말자. 설득은 쉽게 성공하는 듯했지만 조금 늦었다.

"당신은…… 우리 아버지가 십대이던 시절에, 폭력단에 들어가라고 권했을 만한 나이로 보이지는 않네요."

열어두었던 문 옆에 젊은 여성이 서 있었다. 책상 조명을 받아 검은색에 가까울 만큼 짙은 붉은색 하프코트와 청바지, 검은 구두가 보였다. 하지만 상반신은 어둠 속에 있었다. 젊은 여성이라고 생각한 것은 목소리와 옷차림으로 미루어 짐작했을 뿐이었다.

"누구?"

내가 물었다.

"그 쪽지를 쓴 이부키 게이코예요."

그 여성은 자칫하면 쓰레기통에 들어갈 뻔한 책상 위 메모지를 가리키며 그렇게 말하고 내 반응을 기다렸다. 하지만 나는 반응하지 않았다. 피곤했기 때문이기도 하지만 어떻게 반응해야 좋을지 몰랐기 때문이다.

"메모지를 돌려드릴까?"

내가 물었다. 탐정사무소를 찾아온 손님 가운데 그런 사람이 자주 있었다. 마지막 순간에 탐정사무소 같은 곳을 찾아왔다는 사실을 후회하는데, 그런 변심은 대개 옳은 판단이었다.

"아뇨, 아닙니다. 메모지를 남기고 건물을 나가 조금 걷는데 당신 차가 주차장으로 들어가는 모습을 보았죠. 그래서 혹시 와타나베 씨가 아닐까 싶어 얼른 되돌아온 거예요. 그런데 당신은……."

"오른쪽 벽에 조명 스위치가 있어요."

그녀는 잠시 머뭇거리더니 달리 방법이 없자 팔을 뻗어 불을 켰다. 뒤로 모아 야무지게 묶은 머리카락과 그 아래의 얼굴이 드러났다. 스무 살쯤으로 보이는데 화장을 하지 않아 실제보다 어려 보이는 걸지도 모른다. 복장을 보면 학생 분위기이지만 12월 31일에 비즈니스 정장을 입은 여성이 그리 많을 리 없다. 그녀도 만나려는 인물이 내가 아니라는 사실을 확인한 듯했다.

"저는 와타나베 씨를 만나고 싶습니다."

그녀는 시간을 확인하듯 오른쪽 손목을 들어 흘끔 보았지만 거기에는 시계가 없었다. 서둘고 있다는 사실을 알리기 위해서였으리라. 서두는 사람은 제 시간만 빨리 가는 듯한 착각에 빠지기 쉽다.

"급히 와타나베 씨를 만나고 싶어요."

"와타나베는 만날 수 없습니다."

내가 이부키 게이코의 얼굴을 보며 말했다.

"예? 그래요……?"

이부키 게이코는 놀라기보다 그저 어깨를 축 늘어뜨리고 한숨을 내쉬었다. 상대방이 기대에 부응하지 못할 때, 여자들이 평생 다 헤아릴 수 없을 만큼 반복하는 상투적인 몸짓이었다. 직접 알지 못하던 사람의 죽음이란 멀리 보이는 빌딩의 불빛이 하나 꺼진 정도다.

"틀림없이 그런 게 아닐까 생각하기는 했는데……."

이부키 게이코라고 이름을 밝힌 젊은 여성은 천천히 문 쪽으로 몸을 돌렸다. 오른쪽 어깨에 걸치는 타입의 검은 백을 멨다. 문에 적힌 '와타나베 탐정사무소'의 빛바랜 글자로 시선을 보내며 돌아가기 위한 인사말이라도 생각하는 듯했다. 하지만 그게 아니었다.

"당신도 탐정이죠?"

나는 그렇다고 대답했다. 정직함과는 인연이 없는 처지이지만 이런 상황에서는 달리 대답할 방법이 없었다.

"당신 성도 와타나베인가요?"

"아뇨, 내 성은 사와자키."

"어째서 간판을 다시 쓰지 않는 건가요?"

"귀찮기도 하고 비용도 들어서."

거짓말하는 기분이 들지 않는 것도 아니었지만 와타나베가 죽은 뒤로만 한정하면 거짓말이라고는 할 수 없었다.

"게다가 저처럼 와타나베 씨를 만나러 오는 손님도 있고요."

나는 쓴웃음을 지으며 말했다.

"그렇죠."

"사와자키 씨. 와타나베 씨 대신 우리 아빠를 구해주실 수 없나요?"

이부키 게이코의 말투는 진지하게 들렸지만 나는 젊은 아가씨의 말투를 판별하는 일에는 별로 자신이 없었다.

"아버지를?"

나는 그렇게 되묻고 그녀가 남긴 메모를 들어 다시 훑어보았다.

"여기에는 와타나베에게 신주쿠 경찰서로 와주면 고맙겠다고 적혀 있는데. 대체 무슨 부탁을 할 생각이죠?"

"아빠는 자신에게 **혹시나** 무슨 일이 생기면 와타나베 씨와 의논하라고 늘 엄마에게 말했죠. 오늘 아침에 아빠를 면회하러 갈 때 엄마가 갑자기 그 말을 떠올리고…… 하기야 아주 오래된 이야기이긴 하지만요."

이부키 게이코는 문에서 두세 걸음 사무실 안으로 되돌아왔다. 내게는 별로 반갑지 않은 상황 전개였다.

"제 생각에는 그런 옛일이 무슨 도움이 될지 의문이었지만요…… 엄마가 그래도 아빠가 이 세상에서 진짜 신뢰하던 사람은 와타나베 씨밖에 없지 않으냐고 하시기에."

가족이 비상 상황이니 아무 소용없더라도 가능한 일은 무엇이든 하자는 아내와 딸의 필사적인 노력 같았다.

"아버지가 체포되어 신주쿠 경찰서에 있다는 이야긴가?"

이부키 게이코는 고개를 살짝 끄덕였다. 그리고 뭔가에 조종당하듯 몇 걸음 더 사무실 안으로 들어오더니 알아듣기 힘들 만큼 작은 목소리로 말했다.

"그저께 오후에 요코하마에 있는 '가나가와 은행' 호라이 지점에서 일어난 사건은 아시나요? 은행원과 또 한 사람이 권총을 맞은 사건인데요."

신문 뉴스쯤은 보았기 때문에 그렇다고 대답했다.

"아빠가 그 사건 범인이라고 어젯밤 구류되었어요. 하지만 절대 그럴 리 없어요. 그저께 그 시각에 아빠는 전혀 다른 곳에 있었다는 사실을 엄마와 저는 아니까요."

신문 기사에 따르면 이부키 게이코가 '또 한 사람'이라고 한 피해자는 틀림없이 요코하마의 '가부라기 흥업' 사장이라는 인물이었다. 폭력단 '가부라기구미' 두목이라고 부르는 편이 훨씬 실제 상황에 가까울 테지만. 두목은 총알 두 발을 가슴과 배에 맞아 중상을 입었고 은행원은 다리에 맞아 생명에 거의 지장이 없다는 보도였다.

나는 이부키 게이코의 맑고 거침없는 시선을 받으며 아까부터 마음에 걸리던 일을 확인했다.

"요코하마에서 일어난 총격 사건 용의자가 신주쿠 경찰서에 구류돼 있다. 그럼…… 혹시나 싶어 묻는데, 아버지는 자수한 건가요?"

"자수했다고 다 범인이란 법은 없잖아요?"

이부키 게이코는 입술을 깨물고 나를 노려보았다.

"맞아. 하지만 평범한 사람들은 짓지도 않은 죄 때문에 자수하지 않죠."

이부케 게이코는 내가 표현한 '평범한 사람'이라는 말에도 자못 과잉 반응을 보였다.

"설마 우리 아빠가 아직도 폭력단 따위와 관계 있다고 생각하는 건 아니겠죠?"

젊은이와 나누는 대화는 때로 설명도 없이 느닷없이 다른 방향으로 튀기 때문에 따라가기 힘들었다.

"나는 아직 그쪽 아버지 이름도 묻지 않았어요. 게다가 조금 전에는 분명히 죽은 와타나베가 그쪽 아버지에게 폭력단에 들어가라고 권했다고 했는데."

"전혀 그렇지 않아요. 아니, 그건 사실이지만 아주 오래전 이야기예요. 우리 아빠, 아빠 이름은 이부키 데쓰야인데, 그런 세계와는 오래전에 손을 끊었어요."

이부키 데쓰야…… 그렇다. 그게 그 사람 이름이었다. 아마 이십 년쯤 전에 아가씨의 아버지가 와타나베를 만나러 왔을 때 이 사무실에서 딱 한 번 만난 적이 있을 것이다.

"한 달에 두세 차례 싸우고 경찰서에 끌려가는 불량 청소년이던 아빠에게 와타나베 씨는 틀림없이 반어법으로 그렇게 말씀하셨겠죠. 하지만 바보였던 아빠는 열여덟 살이 되기 직전에 진짜 폭력단에 들어가고 말았어요. 그러고는 버젓이 와타나베 씨에게 인사를 드리러 갔답니다. 그러자 와타나베 씨는 아빠 얼굴이 뭉개지도록 두들겨 패더니 '내 말을 들을 생각이 있다면 완전히 손을 씻은 다음에 다시 와라, 그때까지는 얼굴 들이밀지 마라'라고 하셨답니다."

이 아가씨는 아버지에게서 그 이야기를 귀에 못이 박이도록 들으며 자란 게 틀림없다. 그런 말투였다.

"물론 그런 조직을 전철역 개찰구처럼 간단하게 드나들 수는 없죠. 아빠는 폭력단에서 빠져나오기까지 십일 년이나 걸렸다고 하셨어요."

나는 책상 끄트머리에 걸터앉아 지친 몸을 쉬기로 했다. 그리고 나와 이부키 게이코 사이 한가운데 있는 손님용 의자를 가리키며 앉으라고 말했다. 그녀는 순순히 의자 쪽으로 오더니 앉는 대신 어깨에 걸친 백을 의자 위에 내려놓고는 열어 뒤적이기 시작했다.

"……그렇지만 이런 옛날이야기를 당신에게 해봐야 아무 소용없겠네요."

이부키 게이코는 백에서 작은 페트병을 꺼내더니 뚜껑을 열었다. 제 입으로 가져가려다가 손길을 멈추고 내 쪽으로 내밀었다.

"물인데 드실래요?"

나는 적잖이 당황했다. 젊은 여성이 베푸는 이런 친절을 받아들이는 게 예의인지 사양하는 게 예의인지 알 수 없었기 때문이다. 그 까닭은 당연한 사실을 잠깐 잊었기 때문이었다. 목이 마르면 받아들이고 마르지 않으면 사양한다. 당연히 이게 적절한 대응이다.

"고맙지만 괜찮아요."

차라리 아주 뜨겁고 진한 커피를 마시고 싶었다.

"그래서, 아버지가 남을 대신해 자수한 모양이라고 누가 신주쿠 경찰서에 알렸나?"

"예. 어젯밤 엄마가…… 아빠를 면회할 수는 없었지만 담당 형사를 만났죠. 그 형사는 엄마 이야기가 사실이라면, 즉 아빠가 누군가의 죄를 뒤집어쓰려는 거라면 어서 적당한 변호사와 의논하는 게 낫겠다고 했어요."

"그래야겠지."

"그렇지만 엄마는 우선 와타나베 씨를 만나서 의논하는 게―"

"와타나베는 죽었어요."

이부키 게이코는 표정이 굳어졌다. 저도 모르게 페트병 뚜껑을 도로 닫았다. 물을 마시지 않았다는 사실도 깨닫지 못한 모양이었다.

"뭔가 당신이 할 수 있는 일은 없나요?"

나는 조금 생각하는 척하고 나서 대답했다.

"없어요."

"돌아가신 와타나베 씨가 살아 있다면?"

"글쎄. 이십 년 전의 와타나베라면 아가씨나 아가씨 아버지에게 도움이 되어주었을지도 모르지…… 나와는 달리 그는 아가씨 아버지를 잘 알았을 테고 그 시절 신주쿠 경찰서에는 아는 사람도 많았으니까."

"당신은? 신주쿠 경찰서에 아는 경찰이 없나요?"

"아는 사람은 있지만 그 사람은 나를 목덜미로 기어들어온 송충이나 벌레처럼 싫어하죠."

이부키 게이코는 또 어깨를 축 늘어뜨렸다. 하지만 이번에는 한숨을 내쉬기 전에 그녀의 몸 어디선가 '전자음'이 흘러나왔다. 그녀는 페트병을 백 위에 내려놓고 하프코트 주머니에서 휴대전화를 꺼내 내게 양해를 구한 뒤 전화를 받았다.

"여보세요…… 아, 엄마…… 그래. 지금 와타나베 씨 사무소에 와 있어……."

이부키 게이코는 통화하면서 조금 문 쪽으로 멀어졌다.

"아니. 와타나베 씨는 못 만났지만 그 이야기는 나중에 만나서 하기로 하고…… 아니, 뭐라고? 그럼 아빠를 만날 수 있겠네. 그렇지만……."

그때 책상 위에 있는 전화가 울렸다. 나는 수화기를 들고 이부키 게이코를 등졌다.

"여보세요, 와타나베 탐정사무소입니까?"

살짝 간사이 지방 사투리가 섞인 바리톤 음성이 약간 빠른 말투로 물었다. 나는 그렇다고 대답했다.

"그쪽에 손님 가운데 이부키 게이코 씨가 있지 않습니까?"

"아니, 그런 사람 없어."

"예? 그럴 리가 없을 텐데…… 번호를 잘못 누른 것 같지도 않고……."

"충고하자면 당신이 지금 전화를 건 곳에서는 손님 가운데 누가 있는지 정체불명의 인물에게 함부로 주절거리지 않아."

"앗, 그러시겠죠. 이거 정말 실례했습니다. 저는 이부키 게이코 씨 아버님의 변호를 맡은 변호사 우루시바라입니다. 마침 지금 게이코 씨 어머니와 신주쿠 경찰서에 있는데 어머니께서 전화로 게이코 씨가 그쪽에 계신다고 해서 연락을 드린 겁니다만⋯⋯."

"잠깐만."

돌아보니 이부키 게이코는 이미 전화를 끊고 손님용 의자 옆으로 돌아와 있었다. 그녀는 내 통화 내용을 듣고 미소를 지었다.

내가 이부키 게이코에게 물었다.

"우루시바라라는 변호사를 알아요?"

"만난 적은 없지만 아빠나 엄마가 이야기할 때 이름은 들은 적 있죠. 엄마는 오늘 아침까지만 해도 변호사와 의논하는 건 와타나베 씨를 만난 뒤에 하겠다고 했는데 아마 제 연락이 너무 늦어지자 급히 의논하게 됐을 거예요."

나는 다시 수화기에 대고 말했다.

"그래서, 용건은?"

"요코하마에 있는 이세자키 경찰서로 호송하기 전에 게이코 씨 아버지에게 가족 면회가 허락되었습니다. 10시 반부터 오 분간입니다만. 그래서 게이코 씨가 급히 신주쿠 경찰서로 와주면 좋겠는데 시간이 너무 없네요. 그쪽 사무실은 니시신주쿠라면서요? 혹시 괜찮다면 당신이나 사무실에 계신 누가 차로 게이코 씨를 신주쿠 경찰서까지 데려다주실 수 없을까 해서⋯⋯ 물론 이건 일로 의뢰드리는 거라고 생각하셔도 좋습니다."

"10시 반이면 십 분도 남지 않았군."

수화기를 내려놓은 다음, 집에 가지고 돌아갈 가방을 들고 문 쪽으로 갔다. 어머니와 통화해 이미 상황을 파악한 이부키 게이코가 자기 백을 어깨에 걸치고 사무실 밖으로 나오기를 기다렸다. 그리고 나는 그해 마지막으로 '와타나베 탐정사무소' 문을 닫았다.

2

중고로 사서 오 년째 굴리는 블루버드가 여느 때 같으면 자동차의 성인병 소굴처럼 상태가 좋지 않아 골골거릴 텐데, 그날 아침은 무슨 바람이 불었는지 신나게 달렸다. 섣달그믐 오전이라 교통량이 적은 것도 다행이었다. 최단 코스를 빨간불에 걸리지도 않고 달려 우리는 10시 반 이전에 신주쿠 경찰서에 도착했다. 오우메 가도를 지났을 때쯤 이부키 게이코의 휴대전화가 다시 울렸고, 우루시바라 변호사의 지시대로 경찰서 남쪽 측면에 있는 지하 주차장 출입구로 갔다. 출입구 옆 경비초소에 서 있던 경찰관이 변호사 이름만 댔는데도 거수경례를 하며 통과시켜주었다.

만나기로 한 주차장 안쪽 일반용 엘리베이터 앞에 블루버드를 세우자 우루시바라 변호사사무소에서 나왔다는 젊은 남자가 이부키 게이코를 재촉해 눈 깜짝할 사이에 엘리베이터로 데리고 들어갔다. 이부키 게이코가 내린 조수석에는 우루시바라 **선생**이 준비하게 한 '기름 값'이라는 봉투만 덩그마니 남았다. 변호사사무소 이름이 인쇄된 봉투에는 발행된 뒤로 처음 구경하는 2천 엔짜리 지폐가 한 장 들어 있었다.

나는 블루버드를 출발시켜 천천히 입구 쪽으로 향했다. 한 해의 마지막 날인데도 주차장은 칠팔십 퍼센트쯤 채워져 있었다. 왼쪽 앞에 주차한 흰색 경차 좌석에 사람이 보였다. 운전석 여자에게 조수석 남자가 뭔가 열심히 말하는 중이었다. 경찰서 지하 주차장에서 하는 데이트가 요즘 유행인가 보다 싶었는데 그게 아니라 심각한 분위기가 이쪽까지 느껴졌다. 막 그 차 앞을 지날 때, 운전석에 앉아 슬픈 표정을 짓던 여자가 나를 보았다. 여자는 남자가 이야기에 열중하느라 자신을 보지 않는다는 걸 아는지 나를 향해 살짝 미소 지으며 거의 표시가 나지 않을 만큼만 고개를 숙였다. 아는 사람이었다.

직진하면 출구인 지점까지 왔을 때 핸들을 오른쪽으로 꺾었다. 그리고 20미터쯤 더 달려 다시 핸들을 오른쪽으로 꺾었다. 이대로 계속 가면 다시 아까 그 엘리베이터 앞에 이르게 될 테지만 나는 왼쪽의 빈 공간을 찾아 후진 주차했다. 그때 누가 넌 무얼 하려는 거냐고 물었다면 틀림없이 아무런 설명도 할 수 없었으리라.

좌석을 살짝 뒤로 젖히고 상의 주머니에서 담배를 꺼내 불을 붙였다. 담배가 피우고 싶어서는 아니었다. 차 안에 담배 연기가 가득 찼을 때쯤 불을 껐다. 그리고 한 차례 기지개를 켠 다음 잠자는 자세를 취했다. 특별히 졸려서가 아니라 그 자세로 실눈을 뜨고 조수석 옆 유리창 아래 부분으로 신경 쓰이는 그 차 쪽을 살폈다. 아니, 대화에 몰두한 남녀를 태운 흰색 경차는 그 위치에서 보이지 않았다. 내 표적은 네다섯 대 건너 10미터쯤 떨어진 데 서 있는 차고가 높고 거무스름한 랜드로버 타입의 사륜구동차였다. 그 차는 이부키 게이코를 조수석에 태우고 앞을 지날 때부터 내 목덜미와 등 사이 어느 부분인가를 자극했다.

운전석에 앉아 있던 골프모자를 쓰고 턱수염을 이상하게 기른 남자는 여전히 거기 있었다. 조수석에 앉았던 검정 니트모자를 쓴 남자는 조수석 뒷자리로 이동했다. 나는 어차피 달리 할 일이 없어 니트모자를 쓴 남자가 경찰서 주차장에서 좌석을 이동하게 된 이유를 이리저리 상상해보았다. 하지만 왜 번거롭게 좌석을 이동해야만 했는지, 자연스럽게 이해가 갈 만한 이유는 떠오르지 않았다.

내가 주차한 지 십오 분쯤 지났을 때, 운전석 남자가 휴대전화를 받더니 뭐라고 이야기하기 시작했다. 하지만 두세 마디쯤 대화를 나누고는 바로 전화를 끊었다. 그리고 놀랍게도 흰 턱수염을 입 쪽으로 끌어 올렸다. 흰색 마스크였던 모양이다. 뒷좌석으로 옮겨 앉은 남자는 거꾸로 니트모자를 끌어내렸다. 아마 스키 마스크나 목출모 종류였으리라. 뒤로 젖혔던 등받이를 되돌리고 잠자는 척하는 자세를 그만두었다. 그들은 엘리베이디 쪽에 신경을 썼기 때문에 반대편에 있는 나는 전혀 안중에 없었다. 운전석 남자가 시동을 걸더니 사륜구동차를 출발시켰다. 조금 뜸을 들인 뒤 나도 시동을 걸고 블루버드를 출발시켰다.

거무스름한 사륜구동차가 엘리베이터까지의 거리를 반쯤 좁혔을 때 엘리베이터 문이 열렸다.

그리고 남자 세 명이 한 덩어리가 되어 엘리베이터에서 내리는 모습이 보였다. 양쪽 남자가 가운데 남자에게 바짝 달라붙은 자세로 보아 아마 두 명의 형사가 누군가를 호송하는 중이리라. 그때 느닷 없이 어디선가 서너 명이 나타나 그들에게 몰려갔다. 이미 카메라 플래시가 여러 차례 터졌다. 일반용 엘리베이터를 이용하여 허를 찌 르려고 했다가 실패한 건지도 모른다. 왼쪽 젊은 형사가 가운데 남 자를 감싸듯 보도진을 가로막는 사이에 오른쪽 나이 많은 형사가 주 차장 쪽으로 손을 들어 신호를 보냈다. 내 반대편 주차 공간에 대기 하던 위장 순찰차로 보이는 승용차가 급히 출발하더니 엘리베이터 쪽을 향했다. 이쪽에 있다가 출발한 사륜구동차도 속도를 조금 올렸 다. 블루버드도 사륜구동차를 뒤쫓았다.

그 뒤에 일어난 일은 어떤 게 먼저이고 어떤 게 나중인지 정확하 게 이야기하기 힘들다. 제일 먼저 순찰차가 엘리베이터 앞, 차 세우 는 곳에 도착했다. 아까 이부키 게이코를 내려준 곳이다. 순찰차는 사이렌을 울리지는 않았지만 차 지붕에 얹은 빨간색 경광등이 깜빡 거렸다. 사륜구동차도 엘리베이터 앞 통로로 가기 위해 오른쪽으로 꺾어지는 중이었다. 블루버드와의 거리는 승용차 세 대쯤. 그런데 그 사이로 중년 여성 운전자가 모는 빨간색 중형차가 끼어들려고 했 다. 나는 속도를 올려 방해했다. 그대로 차간거리를 좁히며 나도 오른쪽으로 꺾었다. 그리고 모든 상황이 블루버드의 앞 유리창 너머로 눈에 들어왔다.

두 형사는 가운데 있는 남자를 껴안다시피 하고 위장 순찰차로 달려갔다. 위장 순찰차와 반대 방향에서 달려오는 사륜구동차 왼쪽 뒤편 창에서 남자의 팔 같은 것이 튀어나왔고, 그 끝부분에 검고 흐릿하게 빛나는 물체가 있었다. 갑자기 요란한 소리가 지하 주차장에 울려 퍼졌다. 보도진은 몸을 웅크리고 두 형사는 순찰차 뒤로 몸을 숨겼다. 가운데 있던 남자가 멈춰선 채 수갑 찬 두 손으로 오른쪽 어깨를 잡으며 사륜구동차 쪽을 뚫어지게 바라보았다. 이십 년이란 세월이 흘렀지만 그가 이부키 데쓰야라는 걸 바로 알 수 있었다.

나는 반사적으로 가속페달을 세게 밟았다. 왼쪽에 있던 젊은 형사가 먼저 상황을 파악했는지 우뚝 서 있는 이부키의 어깨로 손을 뻗어 자세를 낮추게 하려고 했다. 이부키는 쇼크 상태인지 꼼짝도 하지 않았다. 젊은 형사는 직업적 본능 때문인지 얼른 남자와 사륜구동차 사이로 들어가 가로막으려고 했지만 이미 늦었다. 사륜구동차 뒤편 창에서 두 번째 총성이 울린 것과 블루버드가 사륜구동차를 들이받은 것은 거의 동시였다.

앞으로 튕겨져 고꾸라질 듯한 움직임을 보인 사륜구동차는 운전석 남자가 가속페달을 밟았는지 순식간에 블루버드에서 떨어져나갔다. 뒤편 창문 너머로 목출모를 쓴 남자가 이쪽을 돌아보았지만 총을 겨누지는 않았다. 블루버드는 들이받고는 엔진이 꺼졌으나 시동키를 돌리자 웬일로 두 번 만에 다시 시동이 걸렸다. 위장 순찰차

쪽을 보니 이부키 데쓰야와 젊은 형사가 그 차체에 기대어 스르륵 주저앉았는지 다른 차에 가려 모습이 보이지 않았다. 그들이 기댔던 창문에는 붉은색 페인트를 적신 솔로 칠한 듯한 자국이 났다. 그게 목출모를 쓴 사내의 사격 솜씨를 증명했다. 나는 블루버드를 출발시켜 다시 사륜구동차를 뒤쫓았다.

신주쿠 경찰서 남쪽 도로로 튀어나오니 거무스름한 사륜구동차가 마침 왼쪽으로 꺾어 경찰서 정문 쪽으로 가는 중이었다. 오 초 늦게 나도 왼쪽으로 꺾었다. 앞에 보이는 오우메 가도 신호등이 빨간색이었지만 사륜구동차는 속도를 전혀 늦추지 않았다. 신호를 무시하는가 싶었던 순간 파란불로 바뀌고 사륜구동차는 타이어에서 요란한 소리를 내며 왼쪽으로 꺾어졌다. 나도 뒤따라 오우메 가도에 진입했다. 나루코사카시타에서 나카노사카시타 부근까지는 조금씩 거리가 벌어지기는 했지만 사륜구동차의 뒷모습이 얼핏얼핏 보였다. 어쨌든 힘이 좋은 사륜구동차를 낡은 블루버드로 뒤쫓는 것이다. 게다가 조금 전 차체로 들이받았기 때문에 블루버드의 엔진은 여느 때보다 더 이상한 소리를 냈다.

나카노사카우에의 신호는 빨간색이었다. 속도를 줄이며 다가가자 같은 차선 맨 앞에 거무스름한 사륜구동차가 멈춰 있는 모습이 보였다. 블루버드와의 사이에는 차가 서너 대 있을 뿐이다. 지금이 사륜구동차에 탄 남자들에게 가장 가까이 갈 수 있는 순간이 아닐까 하며 차 문에 손을 댔을 때 상대방이 총기를 지닌 이인조라는 사실을 떠올렸다. 그때 신호가 파란불로 바뀌며 차들이 일제히 움직이기 시작했다. 내 블루버드만 꼼짝도 하지 않았다. 꺼진 시동을 다시 거는 데 십오 초쯤 썼다. 뒤에 있는 차들이 요란하게 경적을 울리며 날개가 떨어진 블루버드를 추월했다. 그런 차들 가운데 저격범이 탄 도주 차량과 아주 비슷하게 생긴 메탈릭실버 사륜구동차 뒷유리에 나를 놀리듯 고무테이프로 X표시가 붙어 있는 걸 보았다. 다 글렀다는 생각이 들었다. 겨우 시동이 걸려 기분 나쁜 소리를 내는 엔진을 어르고 달래며 간신히 스기야마 공원 교차로까지 계속 달렸지만 사륜구동차의 모습은 이미 찾을 수 없었다.

나는 신주쿠 경찰서로 돌아가기로 했다. 그냥 집으로 돌아가 자버리기에는 이부키 게이코를 2천 엔 받고 신주쿠 경찰서까지 태워준 불법 자동차영업행위 말고도 손댄 일이 너무 많았다.

3

신주쿠 경찰서 3층에 있는 수사4과, 폭력단 담당이다. 경찰관이라는 직업에 일찍이 한 번도 의문을 품은 적이 없을 듯한 쓰무라라는 삼십대 초반의 형사에게 조사를 받고 조서를 쓴 다음 거기에 서명했을 때가 12시 반쯤이었다. 경찰서 밖에서 늦은 점심을 먹은 뒤 같은 취조실로 돌아오니 쉰 살쯤 되어 보이는 남자가 창가에 서서 기다리는 중이었다. 앞머리가 훤하게 벗어진 오동통한 남자였다.

쓰무라 형사와 내가 아까 앉았던 의자에 앉자 창가에 서 있던 남자가 입을 열었다.

"나는 이 사건을 담당하게 된 구로다 경부요. 당신의 블루버드는 저격범이 탄 차의 실마리를 찾기 위해 감식 쪽에서 자세하게 살펴보고 있으니 이삼 일 걸릴 거요."

나는 괜찮다고 말하고 가방을 내 발아래 내려놓았다. 가방은 블루버드의 대시보드에서 꺼낸 필요한 물건으로 가득했다. 그걸 들고 신주쿠 경찰서 복도를 형사와 함께 걸으면 방금 잡힌 빈집털이범으로밖에 보이지 않을 것이다.

"내일부터 설날 연휴인데 차가 꼭 필요하다면 다른 차를 빌려줄 수도 있소."

"그럴 필요는 없지만 용건이 끝나면 바로 수리를 보내고 싶군. 그 차를 들이받은 뒤로 엔진 상태가 이상해져서 여기까지 겨우 끌고 왔으니."

"어디 정해둔 수리 공장이 있소? 우리가 이용하는 수리점에 맡겨도 괜찮다면, 특별히 부품을 교환하지 않는 한 비용 없이 고쳐서 돌려줄 수도 있는데."

그는 벗어진 앞머리를 아직 머리카락이 있기라도 한 듯 쓰다듬었다. 그게 이 남자의 버릇이었는데 의식적인 행동 같기도 했다.

"우리는 오히려 그편이 낫지. 감식 담당자들이 수사와 수리를 병행할 수 있으면 차량 반납도 빨라질 테고."

나는 그렇게 해도 상관없다고 대답하고 상의 주머니에서 담배를 꺼내 불을 붙였다. 경찰서 안에서 일어난 흉악 범죄다. 경찰의 대응이 완벽했다면 민간인이 제 차를 희생할 필요는 없었을 것이다. 그러니 부품 교환까지 포함해, 공짜로 원래 상태로 되놀려달라고 말하고 싶었다. 하지만 여기서는 그런 요구가 통하지 않을 거라는 사실을 잘 알았다. 고의로 추돌사고를 일으킨 악질 교통법규 위반자로 처벌받지 않는 것만 해도 다행이다.

나는 담배 연기를 내뿜고 말했다.

"가르쳐줄 수 있다면 묻고 싶은데, 이부키 데쓰야는 지금 어떤 상태인가?"

구로다 경부는 쓰무라 형사와 얼굴을 마주 보고 난 뒤 고개를 끄덕였다. 쓰무라가 대답했다.

"좀 전에 들어온 연락에 따르면, 오른쪽 어깨에서 총탄을 빼내는 수술을 마쳤다고 했어. 일단 생명에 별다른 지장은 없다는군. 그렇지만……."

"그렇지만, 뭐지?"

"……쇼지의 상태가 좋지 않아."

쓰무라가 언짢은 표정으로 말했다.

쇼지는 이부키를 호송하던 젊은 형사인데 저격범이 쏜 두 번째 총탄을 후두부에 정통으로 맞았다. 그러고 보니 쓰무라는 점심식사 중에 한 차례 자리를 비웠는데, 돌아온 뒤로 나를 대하는 태도가 갑자기 쌀쌀맞아졌다. 그때 쇼지 형사가 어떤 상태인지 들었을지도 모른다.

"좋지 않다니?"

"자세한 이야기는 듣지 못했지만 총탄이 뇌에 심각한 손상을 주어 결코 마음을 놓을 수 없는 상태라더군."

쓰무라는 속에서 끓어오르는 분노를 무엇엔가 쏟아내듯이 불쑥 취조실 책상을 주먹으로 쳤다. 그 행동이 다른 무엇이 아니라 나를 향한 것이라는 사실은 노려보는 그의 눈이 또렷하게 드러냈다.

"진정해, 쓰무라."

구로다가 말했다.

"네 마음은 이해하지만 우리는 그 분노를 수사에 쏟아붓는 길뿐이야."

그렇다. 내 차가 저격범이 탄 사륜구동차를 들이박지 않았다면 두 번째 총탄은 쇼지 형사가 아니라 이부키 데쓰야에게 명중했을 가능성이 높다. 이부키가 목숨을 건지고 쇼지 형사가 명예로운 순직이라도 하면 신주쿠 경찰서 지하 주차장에서 내가 한 행동을 환영할 사람은 아무도 없으리라. 있다고 해도 그건 용의자가 호송중에 살해되면 책임을 피하기 어려워질, 한 줌도 되지 않는 고위 간부 정도다. 말단인 쓰무라 형사 같은 사람들은 입에 올리지는 않더라도 속으로는 내가 쓸데없는 짓을 했다고밖에 생각하지 않을 것이다. 구로다 경부쯤 되면 어느 쪽에도 속하지 않는 중간관리자인 셈이다.

구로다는 손목시계를 보면서 쓰무라에게 말했다.

"이 시간이 되도록 범인들 차량이 긴급 수배에 걸리지 않았다면 이미 차를 버렸거나 차를 끌고 어딘가 사람 눈에 띄지 않는 곳에 숨어들었을 게 틀림없다. 그러면 최대한 빨리 차량 소유자를 알아내야하는데…… 아직 차량번호를 이용해 좁혀 들어갈 수 없으려나?"

"오후 1시까지는 어떻게든 대략 윤곽이 잡힐 거라고 했는데 늦어지네요."

"미안하군."

내가 말했다.

"번호를 완벽하게 외웠으면 좋을 텐데 숫자 3과 8처럼 좀 자신 없는 부분이 있어서."

"아니. 그 북새통에서 그만큼 기억했다면 대단한 거지. 현장에 있던 형사들조차 확인하지 못했으니까."

"난 범인들 차 바로 뒤에 있었을 뿐이야."

구로다가 쓰무라에게 말했다.

"최종적인 번호 확인은 끝났는지 물어보고 와. 아직 안 되었다면 독촉하고."

쓰무라는 자리에서 일어나 입구 쪽으로 가더니 문 옆에 있는 기둥에 설치된 내선전화를 들려고 했다.

"전화로는 좀 그렇잖아. 직접 가서 재촉해."

쓰무라 형사는 취조실을 나갔다. 어쩌면 그게 구로다의 목적이었는지도 모른다. 구로다는 창가에서 자리를 옮겨 쓰무라가 있던 내 맞은편 의자에 걸터앉았다. 창문으로 들어오는 역광 때문에 보기 힘들었던 그의 생김새가 드디어 또렷하게 보였다. 진지함, 엄숙함, 융통성 없음, 무능함을 뒤섞어 점토로 빚어낸 듯한, 밑바닥부터 다지며 올라온 현장 경찰의 전형적인 얼굴이었다. 말하자면 경시청 관할 지역만 해도 몇 천 명은 될 게 틀림없는 경부 가운데 한 명이었다. 그는 늦게나마 상의 안주머니에서 명함지갑을 꺼내더니 한 장 뽑아 내게 건네고는 앞머리를 한 차례 천천히 쓰다듬었다.

"당신이 애써 저격범들의 차량번호를 기억해주었는데 이런 소리를 하기는 미안하지만 그게 범인 소유 차량일 리는 없을 거야."

나도 마찬가지 생각이었다. 구로다 경부의 명함을 주머니에 넣으며 물었다.

"요코하마 가부라기 홍업 쪽은 확인했나?"

"물론 했지. 그쪽에 들르면 즉각 체포야. 두목의 원수를 갚았다고 나발을 불어대는 멍청이가 무슨 공이라도 세운 얼굴로 관할서인 이세자키 경찰서에 어슬렁어슬렁 나타나주면 우리야 아주 고맙지."

"이부키 데쓰야가 자수했다는 사실이 그들에게 이미 알려진 상태였던가?"

"그게 문제야."

구로다는 언짢은 표정을 짓더니 또 앞머리를 쓰다듬었다.

"이세자키 경찰서에 설치된 가나가와 은행 총격 사건 수사본부가 오늘 아침 일찍 발표했어. 발표하지 않을 수 없었던 거지. 사실 신주쿠 경찰서 출입기자단의 어떤 기자가 이부키가 자수했다는 냄새를 맡아버렸어. 억측을 뒤섞은 기사로 폭로되느니 발표하는 게 낫겠다고 양쪽 경찰서가 판단했어. 이세자키 경찰서 쪽에서는 번듯한 은행 융자부장이 함께 피해를 입었기 때문에 한시바삐 시민 불안을 해소하기 위해 발표를 환영하는 목소리도 있었던 모양이더군…… 새해를 맞이하기 전에 말이지."

담뱃불을 재떨이에 끄는데 쓰무라 형사가 뛰어 들어오듯 취조실로 돌아왔다.

"경부님, 차량번호로 소유자를 알아냈습니다. 숫자가 모호해서 여러 대를 목록에 올린 용의 차량 가운데 이번 사건과 관계없다는 사실이 밝혀진 차량을 제외하고 이게 최종적으로 남았습니다."

그러면서 쓰무라는 엽서 크기의 쪽지를 내 쪽으로 내밀었다.

"어허, 그게 뭐 하는 거야? 무슨 짓이지?"

구로다 경부가 나무라는 목소리로 가로막았다.

"예? 경부님은 듣지 못하셨습니까? 이 사람이 외운 번호가 두 개라서……."

"두 개라고?"

구로다는 성난 목소리로 말했다.

"난 그런 소리 못 들었어. 어디 좀 봐."

쓰무라는 쪽지를 얼른 구로다에게 건넸다. 구로다는 쪽지를 천천히 훑어보더니 눈만 들어 나를 바라보았다.

"이게 어떻게 된 건가?"

구로다가 마침내 수사4과 형사에 어울리는 목소리로 말했다.

"이 '랜드크루저'와 '사브', 차량번호가 전혀 다르잖아? 끄트머리나 어느 부분이 하나만 다르다거나 8과 3의 차이만 있다면 이해가 가지만."

나는 어깨를 움츠렸다.

"조사받을 때 차량번호를 기억하느냐고 묻더군. 그때 내 머릿속에 번호가 두 개 떠올랐으니 어쩔 수 없어. 그렇게 혼란스러운 상황이었는걸."

"오호…… 쇼토쿠태자만큼은 아니어도 꽤 대단한 기억력이로군.

방금 이야기했듯 혼란스러운 상황이라 번호 하나 기억하지 못해도 이상한 일이 아닐 텐데 두 개나 외웠다는 건가?"

그는 손에 든 쪽지를 내 쪽으로 팔랑팔랑 흔들면서 의심이 가득 담긴 눈빛으로 말을 이었다.

"게다가 이 메모를 보고 어쩌겠다는 거지? 등록자 이름을 보면 어느 쪽이 저격범 차량인지 판정할 수 있다는 건가……? 당신 설마 그 범인들 이름을 아는 건 아닐 테지?"

"그렇지 않아."

솔직하게 대답하기로 했다.

"미안해. 사실 그중 하나는 내 일 때문에 차량 소유자를 알고 싶었어. 급한 일인데 육운사무소운수성의 하부 조직으로, 자동차 등록 업무도 담당가 이미 설날 연휴에 들어가서."

"그러고 보니 당신 직업이 탐정이었지."

수사에 협조하는 사람을 대하는 태도는 흔적도 없이 사라지고 내가 무척 익숙한 눈빛으로 바뀌었다.

"결국 당신은 공적인 업무와 설비를 사적 이익을 위해 이용했다는 소리군. 그게 사실이라면 뭐 이번 협조를 감안해서 차량번호 문제를 눈감아줄 수 없는 것도 아니지만…… 그렇지만 우리를 기만한 무슨 꿍꿍이가 있다면—"

"경부님."

쓰무라가 옆에서 말했다.

"차량 소유자와 연락을 서두르는 편이—"

"알아. 이봐, 탐정 양반. 어느 번호가 저격범 차야? '랜드크루저'인가 '사브'인가?"

나는 구로다가 든 쪽지 쪽으로 손을 내밀었다. 그는 과자를 빼앗길 뻔한 아이처럼 얼른 쪽지를 뒤로 물렸다.

"흥. 우리는 하나를 조사하건 둘을 조사하건 별 차이 없어."

그는 쪽지를 쓰무라 쪽으로 내밀면서 말했다.

"이 탐정 선생은 아무래도 우리 수사를 방해하고 싶은 모양이야. 그렇다면 원하는 대로 해드릴 수밖에 없겠지."

나도 그렇게까지 나온다면 물러설 수 없었다.

"혼란스러운 상황이었다고 했을 텐데. 어쩌면 두 번호 모두 내 일 때문에 알려준 거고 당신들이 원하는 저격범 차량번호는 아직 머릿속에만 있을지도 몰라. 그렇다면 당신들은 영원히 그 번호를 알아낼 수 없을 거야."

"뭐라고? 설마……."

구로다가 내뱉듯 말했다. 조금 전부터 앞머리를 쓰다듬는 버릇이 나오지 않았다.

문 옆에 있는 내선전화가 울리자 쓰무라가 받았다. 하지만 바로 구로다에게 바꿔주었다. 그리고 곧 취조실 문이 열리더니 중간 체격의 오십대 후반 은발 남자가 들어왔다.

"사와자키 씨라고 하셨죠? 협조해주셔서 정말 감사합니다. 나는 수사4과 과장인 쓰쓰미 경시입니다. 잘 부탁드립니다……."

쓰쓰미라고 자신을 소개한 형사는 방금 구로다가 앉았던 의자에 걸터앉았다. 마치 의자 빼앗기 게임 같았는데 주인이 바뀔 때마다 상급자로 교체되는 게 규칙인 모양이었다. 구로다는 이미 내선전화를 끊었고 장난감을 빼앗긴 어린아이처럼 불만스러운 표정으로 과장 뒤에 서 있었다.

"구로다 경부. 자, 어서 사와자키 씨에게 저격범 차량번호가 어느 것인지 알려달라고 해야지. 사와자키 씨, 협력해주는 분의 업무를 방해할 생각은 결코 없습니다."

이 방 어디에도 취조실을 들여다볼 수 있는 거울 같은 것은 없었다. 하지만 이 남자는 어딘가에서 우리 대화를 모두 엿들은 게 분명했다.

구로다 경부는 마지못해 메모지를 내게 건넸다. 나는 메모를 확인했다. 진술할 때 내가 써준 두 개의 차량번호 옆에 각 차와 소유자의 이름, 주소가 적혀 있었다. 쪽지를 반으로 접어 그 선을 따라 찢었다. 애초에 이렇게 할 수 있도록 번호를 적었다. 시민의 의무도 중요하지만 우선 내 일이 먼저라는 표정을 지으며, 메모지 윗부분을 상의 안주머니에 넣고 남은 부분을 구로다에게 돌려주었다.

"얼른 차 주인에게서 상황을 파악해."

쓰쓰미 과장이 쓴웃음을 지으며 부하에게 명령했다.

"어차피 도난 차량일 게 뻔합니다."

구로다는 내 얼굴을 노려본 채 불만스러운 목소리로 말했다.

쓰쓰미 과장의 은테 안경 속 눈동자가 돌연 날카로워졌다.

"우선 그걸 확인하는 게 자네 일이야. 그 일이 싫다는 건가? 그럼 집에 돌아가 잠이나 자겠나? 휴직계 내고."

구로다 경부는 잰걸음으로 취조실을 나갔다. 쓰무라 형사도 과장에게 고개를 숙이고 그 뒤를 따랐다.

4

경찰서에서는 잘 가라는 인사를 할 권리가 늘 경찰관에게 있다. 죄 없는 사람일수록 오히려 그 권리에서 멀어지는 느낌이 들기 마련이다. 내가 나 자신을 죄 없는 사람이라고 믿을 수 있었던 때는 기억나지 않을 만큼 아득히 옛날인데, 그렇다고 해도 그 죄는 경찰관에게 이러니저러니 하는 소리를 들을 만한 건 아니었다.

"모든 경찰서가 금연 구역이 되는 게 먼저일까 내 퇴직이 먼저일까……."

쓰쓰미 과장은 두 부하를 내보내더니 상의 주머니에서 낯선 담뱃갑을 꺼내 담배를 뽑아서 내게 권했다.

나는 방금 피웠다고 사양했다. 그리고 의자에서 일어나며 말했다.

"여기 오래 머물다 보니 어제까지만 해도 할 마음이 없었던 아파트 대청소를 하고 싶어지는군."

"알려주고 싶은 내용이 있네."

쓰쓰미는 내 말을 무시하고 말했다. 말투는 말하기 껄끄러운 듯했
지만 표정은 그렇지도 않았다.

"오늘 사건은 당신이 등장하는 부분을 굳이 발표하지 않기로 했
네. 이건 방금 발족된 수사본부에서 정식으로 결정한 사항이야."

"오호……."

나는 도로 의자에 앉았다.

"첫 번째 이유는 당신 신변 안전을 위해서라고 해야겠군. 저격범
들의 목적이 이부키 데쓰야 살해였다면 이부키의 지금 상태로 보아
범행을 저지하는 데 당신 공적이 큰 셈이지. 그러니 범인들이 이번
에는 당신까지 처치할 대상으로 볼 가능성이 없다고는 할 수 없을
거야."

"고마운 말씀이로군."

"그걸 막기 위해 당신 노력에 감사하는 마음과는 별도로 역시 이
문제는 발표해서는 안 되겠다고 판단한 걸세."

"발표하지 않더라도 저격자들은 알지."

"맞아. 하지만 자기들 차를 들이받고 추격까지 한 건 이 경찰서의
형사라고 생각하지 않을까?"

"그렇군."

그 부분은 나도 의견이 같았다.

"그렇다면 놈들이 그렇게 생각하도록 내버려두는 게 낫지. 아니,

당신이 세운 공로를 빼앗겠다는 건 아니고—"

그의 말을 가로막았다.

"중상자가 두 명이나 나오고 범인 행방도 파악되지 않는데 누가 공을 세웠다는 거지?"

"아…… 미안. 그렇게 이야기해준다면 고맙군."

"그보다 틀림없이 그 현장에 보도진이 있었던 모양인데, 그쪽은 괜찮을까?"

"네 명 있었지. 그 가운데 세 명은 첫 총성에 놀라 납작 엎드렸기 때문에 거의 아무것도 보지 못했네. 베테랑 기자 한 명만 당신 차가 그놈들 차를 따라 달려가는 광경을 목격했지. 그 기자가 이렇게 물었어. 그 차는 범인들과 한패였나, 아니면 신주쿠 경찰서 형사였나. 사실대로 말하면 범인들에겐 당신이 형사로 보였을 거라는 이야기는 이 질문을 듣고 떠올린 거야."

"베테랑 기자라면 차를 본 형사를 만나고 싶어 할 텐데."

"그래서 선수를 쳤네. 기자에게는 이렇게 설명했어. 마침 퇴근하려던 사무직 경찰관이 재빨리 판단해 추적했지만 안타깝게도 차에 문제가 생겨 실패했다. 그 경찰관은 앞날이 기대되는 젊은이인데 추적에 실패했다는 점과 차 정비를 게을리 했다는 사실을 매우 부끄럽게 여기니 직접 만나서 하는 취재는 사양한다고. 기자는 바로 받아들였네."

"내가 도로 젊어진 기분이로군."

"그러니까 당신 보호를 염두에 둔다는 말은 결코 거짓이 아니지…… 하지만 솔직하게 이야기하면 두 번째 이유가 더 커. 수사본부도 그렇게 해두는 편이 더 나으니까. 이부키 데쓰야 호송 실패는 분명 큰 실수이고 그걸 만회하려면 저격범을 찾아내고 체포하는 방법뿐이야. 우리는 물론 그러기 위해 온힘을 기울일 걸세. 그러니 오늘 사건은 저격범의 흉악한 범행, 용의자 부상, 형사 부상, 저격범 도주, 라는 누가 보더라도 알기 쉬운 상태로 해두고 싶은 거야. 당신이 이 사건에 협력했다는 사실을 밝히는 건 놈들을 체포한 뒤에 해도 늦지 않아."

"영원히 밝힐 필요 없어."

"그건 그때 가서 고민할 문제고…… 그럼 수사본부 방침에 동의하는 건가?"

나는 잠깐 생각한 뒤 대답했다.

"조건이 있어."

쓰쓰미 과장은 감정이 드러나지 않는 목소리로 말했다.

"그 조건이 뭔지 말해봐."

"내 조서를 읽었나?"

쓰쓰미는 천천히 고개를 끄덕였다.

"그 안에 내가 품은 몇 가지 의문이 적혀 있을 거야."

"분명히 있었지."

"거기에 답을 해주면 좋겠군."

"답할 수 있는 건 하지. 그 의문이란 걸 다시 이야기해봐."

머릿속을 잠깐 정리하기 위해 담배를 꺼내 불을 붙였다.

"이부키 데쓰야의 딸을 여기 데리고 왔을 때, 지하 주차장 입구 경비초소에 있던 경관은 변호사 이름만 듣고도 선뜻 통과시키더군. 거기는 늘 그렇게 쉽게 통과할 수 있나?"

"부끄럽군."

쓰쓰미는 미간을 찡그리며 말했다.

"사실 대답은 예스에 가까워. 하지만 말이야, 경찰서란 곳은 범죄자를 모시기 위해서가 아니라 어디까지나 죄 없는 일반 시민을 위해 존재하는 거라는 사실을 잊지 말았으면 좋겠군. 도움이 필요한 시민이 들어오기 힘든 경찰서라면 그거야말로 큰 문제 아니겠나? 우리 방침이야 어떻든 이 경찰서에는 지상에도 주차 공간이 있기는 하지만 대개 우리 차량이 막아두었어. 그래서 경찰관 모집 팸플릿을 얻으러 온 학생이나 보험 영업사원 여성도, 괴팍한 관광객도 모두 지하 주차장으로 밀려들지. 그러다 보면 검문 매뉴얼은 유명무실해져. 안타깝지만."

"방범 카메라는 설치되어 있지 않나?"

"이봐, 농담하지 마. 오늘은 그런 일이 벌어져 자신 있게 말하기 힘들지만 경찰서란 곳은 다른 어떤 곳보다 범죄 발생률이 낮은 곳이야. 게다가 일본은 아직 경찰서 안에 그런 카메라를 설치하는 걸 경찰이나 경찰의 민주화를 외치는 시민 옴부즈맨이나 다들 반대해. 나는 카메라 설치에 찬성하는 편이지만……."

"오늘은 올해 마지막 날인데 주차장이 꽤 붐비더군. 그건 우리만이 아니라 누구라도 쉽게 들여보냈다는 이야기겠지."

"마지막 날이니 붐볐지. 오전에 주차장 출입구 경비를 맡은 경찰관은 그 차를 기억해. 경무과에 급히 차 부품을 전달하기 위해 왔다면서 납품서를 얼굴에 바짝 들이댄 모양이야. 납품서 색이나 사이즈는 증언할 수 있지만 안타깝게도 차에 탔던 인물의 특징에 대해선 또렷한 기억이 없더군. 다시 보면 알 수 있을지도 모르겠다고는 하지만. 게다가 조수석인지 뒷자리인지에 두 번째 인물이 있었는지조차 또렷하게 기억 못 하는 모양이야."

"두 번째 인물은 주차장 안에서 합류했을 수도 있겠지."

쓰쓰미 과장은 고개를 끄덕였다. 경찰서가 범죄 발생률이 낮은 곳이라고 해서 그게 반드시 범죄를 저지르기 힘든 곳이라는 사실을 뜻하지는 않는 듯했다.

"또 한 가지 의문이 있는데, 저격범들은 주차하던 장소에서 엘리베이터 앞으로 저격하러 가기 직전에 휴대전화를 받았지. 그것도 아주 짧은 통화였어."

"그 문제를 꺼내주니 다행이로군. 계속하지."

"저격 사건이 발생한 시각은 확정되었나?"

"오전 10시 45분을 중심으로 일 분 전후가 틀림없네. 현장에 있던 경찰 여러 명의 증언과 엘리베이터에서 내린 이부키 데쓰야 일행을 촬영한 보도진의 사진에 찍힌 시간이 거의 일치했지. 물론 그들에게 사진을 제출해달라고 한 목적은 따로 있었지만, 안타깝게도 저격범은 그림자도 찍히지 않았지."

"저격범이 받은 휴대전화 이야기를 다시 하면, 지금 이부키 데쓰야와 호송 경찰관이 지하 주차장으로 간다는 연락이었을 듯한 타이밍이었어."

"그건 당신 추측이 지나치군."

쓰쓰미는 항의하는 듯한 말투였다.

"물론 그럴 가능성을 부정은 하지 않겠지만 말이야. 우리는 조서의 그 부분에 충분히 주목했고 그때 경찰서 안에서 그런 전화를 걸었을 가능성이 있는 인물은 샅샅이 조사할 방침이야. 그러니 당신에게 당부하고 싶은 건 그 사실을 절대로 외부에 흘리지 말아달라는 거야."

나는 담뱃불을 끈 뒤 말했다.

"오늘 사건에 관계하지 않은 걸로 되어 있는 내가 누구에게 그런 이야기를 할 필요가 있겠나?"

"없겠지. 꼭 그렇게 해줘."

"전화 걸었을 가능성이 있는 인물은 꽤 좁힐 수 있지 않나?"

"안타깝게도 그 반대야."

"경찰관만은 아니라는 건가?"

"그렇지. 경찰관만 해도 상당수인데 보도 관계자도 있고 그 밖의 외부인도 있었지. 이부키의 가족이나 변호사사무소 사람도 있었던 걸로 아네."

"호송 담당자들이 경찰서 안에서 떠들썩하게 행진이라도 했나?"

"그렇지는 않아. 하지만 실제로 꽤 많은 사람이 3층에 있었네. 현재 시점에서는 3층에 있던 이들 모두 그 대상에서 벗어날 수 없어.

그리고 변명하자면 이건 아마 당신이 다음에 물어볼 작정일 세 번째 의문과도 연관이 있을 거야."

"이부키 데쓰야는 가나가와 은행에서 일어난 총격 사건의 진범이 아니라 그저 누구 대신 자수한 사람 같다는 이야기인가?"

"그렇지. 앞으로 이야기할 내용은 절대로 다른 사람에게 누설하면 안 돼."

쓰쓰미는 아까 피우지 않았던 담배에 불을 붙인 뒤 말을 이었다.

"이세자키 경찰서에 차린 수사본부에서는 이부키 데쓰야의 처남을 중요 참고인으로 보고 행방을 뒤쫓는 중이야."

"처남?"

"이부키의 아내인 기누에의 동생인데 벳쇼 후미오라는 남자야."

"그 녀석은 폭력단원인가?"

"아니, 번듯한 사업가라고 하고 싶지만 품행이 그리 좋지 않은 철 없는 도련님 사장인 모양이더군. 가나가와 은행에서 곧 대출을 중지할 것 같은, 거의 망하기 직전인 음식점 체인을 경영하는데 사업 부진이나 은행 대출 중지에 가부라기 흥업이 손을 썼다는 소문이 있는 모양이야."

"그래도 폭력단 두목과 은행원을 총으로 쏘다니, 행동이 극단적이군."

"이부키의 아내 남매에게는 배다른 오빠가 있는데 그놈이 아사가야에서 오기쿠보를 중심으로, 스기나미 구 일대에서 활동하는 '아사카구미'의 두목 아사카 다케오야."

"이부키 데쓰야가 십일 년 동안 속해 있었다는 그 폭력단인가?"

"맞아. 아버지인 아사카 다케이치가 두목이었던 시절이지. 2대째인 다케오는 본처의 외아들이지. 다케이치에게는 본처나 세상 사람들에게 숨기던 첩이 있었어. 그 첩의 성이 벳쇼지. 여동생과 이부키가 함께 살게 되었을 때, 이부키는 손을 완전히 씻게 했고 벳쇼 후미오도 야쿠자 세계에 접근하지 못하게 했다더군. 하지만 다케이치가 세상을 떠난 뒤에 벳쇼 후미오는 2대 두목인 다케오 몰래 아사카구미에 소속된 똘마니들과 접촉하기도 한 모양이야. 만약 총격이 벳쇼 후미오가 저지른 짓이라면 흉기 입수 경로는 똘마니들 쪽이겠지."

"그 녀석 행방을 모른다는 건가?"

"그래. 가나가와 은행 호라이 지점에서 일어난 사건 이후 벳쇼 후미오를 봤다는 사람이 전혀 없어. 게다가 사건 직전에 은행 근처에서 목격되기도 했다는군."

"이부키가 처남 대신 자수했다는 건가?"

"아마 그럴 거야…… 동생을 반듯한 인간으로 만들고 싶어 했던 선대 두목에 대한 의리랄까, 그런 거 아니겠나? 어쨌든 이세자키 경찰서나 아사카구미나 가부라기 흥업도 눈에 핏발을 세우고 벳쇼 후미오를 찾을 것이다, 이게 이부키를 이세자키 경찰서로 호송할 즈음에 파악한 상황이었어. 이부키를 저격할 만한 인간이 이곳 지하 주차장에 숨어 있었다니, 대체 그걸 누가 짐작이나 할 수 있었겠나."

"누군가가 예측해야 했지."

"그렇기는 하지만……."

쓰쓰미는 후회 섞인 말투로 대꾸하더니 담배에 화풀이하듯 거칠게 불을 끄고 나서 말을 이었다.

"폭력단이 일반인과 같은 사고방식을 지녔을 거라고 생각한 게 실수였지. 벳쇼 후미오를 두목의 원수라고 생각했다고 해도, 다른 범인이 자수했다는 이야기를 들으면 입 꾹 다물고 가만히 있을 부류가 아니라는 점을 잊지 말았어야 하는데."

"이부키를 습격한 게 가부라기 흥업이다, 라는 거로군."

"물론 그렇겠지. 우리는 아직 그렇게 결정을 내린 건 아니지만."

한 해의 마지막 날에, 게다가 의뢰인도 없는데 나는 탐정 따위가 끼어들 틈이 없는 폭력단 사건에 휘말리고 만 듯했다. 누구도 의뢰하지 않았는데 체력과 사고력을 한계까지 동원해 움직인다는 것은 어리석은 사람이나 할 짓이다. 나는 내 체력과 사고력이 한계에 이르렀다는 걸 느꼈다.

"이부키 데쓰야의 딸은…… 경찰병원에 있을 테지?"

"아마 그럴 거야. 적어도 내가 경찰서로 돌아올 때까지는 거기 있었어."

문득 생각이 나서 나는 수사1과 니시고리 경부에 대해 쓰쓰미 과장에게 물어볼까 했다. 이부키 게이코에게 말한, 나를 목덜미로 기어들어온 송충이나 벌레처럼 싫어하는 형사다. 나쁜 아니라 죽은 와타나베와도 인연이 깊은 신주쿠 경찰서의 터줏대감 같은 사람이었다. 니시고리는 비번일까? 다른 경찰서로 옮겼나? 퇴직했을까? 잘렸나? 아니면 죽었을까? 서에 있는데 내게 얼굴을 보이지 않을 리 없기 때문이다. 하지만 묻지 않기로 했다. 나는 아직 경찰서 안에 있고, 공연히 긁어 부스럼을 만들 필요는 없었다.

"질문은 끝났어."

나는 그렇게 말하고 발아래 있던 가방을 들었다.

"나도 당신에게 해두어야 할 말은 다 했어. 당신 차는 우리 서에서 맡아둔다니 데려다줄까?"

"사양하지."

"이제 어디로?"

"집으로."

"설날은?"

"집에 있을 거야."

아무도 내게 주목하지 않는 신주쿠 경찰서에서 나와 집으로 돌아갔다. 정직한 탐정의 표본이었다.

5

해가 바뀌어 1월 4일. 나는 아파트 연말 대청소보다 두 배나 되는 시간을 들여 사무실 청소를 했다. 청소를 마치고 손님용 의자에 앉아 천천히 담배를 피웠다. 양쪽을 청소하느라 들인 시간의 합과 담배 한 대 피운 시간, 둘 중 어느 쪽이 길었는지는 기업비밀에 속한다. 오래간만에 깨끗해진 W자 모양의 검은 유리 재떨이에 담배를 끄고 신주쿠 경찰서의 구로다 경부 명함을 꺼내 전화를 걸었다.

"탐정인가? 맡긴 차는 내일 오후에 찾을 수 있으니 그때 들르면 되겠군."

"알았어. 저격범 차는 어땠나?"

"……뭐 당신에겐 알려줘도 지장이 없겠지. 그 차는 31일 밤에 스기나미 구 와다에 있는 입정교정회일련종 법화계의 신흥종교 부근에 사는

'랜드크루저' 소유자의 차고 안에서 쉽게 찾아냈어."

"차량 소유자 이름이 후지오라고 했지?"

"후지오 케이야." 구로다가 말한 뒤 야릇하게 웃었다. "무려 28세 여성 프로레슬러라더군. 연말부터 연초에 걸쳐 간사이 지방에서 규슈 지방으로 순회경기중이어서 연락하느라 애 좀 먹었어. 자기 차는 아무에게도 빌려주지 않았고, 집 차고에서 한 걸음도 밖에 나가지 않았을 거라더군."

"역시 도난 차량인가?"

"틀림없을 거라고 했을 텐데. 그런데 그 프로레슬러에게 키 없이도 시동을 걸 수 있도록 이그니션코드가 뽑혀 있고 차체 뒷부분에는 추돌당한 흔적도 있다고 가르쳐주었더니 제 차에 그런 짓을 한 게 누구냐, 도쿄에 돌아가면 특기인 백브레이커를 먹여주겠다고 흥분하더군."

"몇 되지 않는 단서가 도움도 안 될 것 같은 상황인데 좋아 죽겠는 모양이야?"

"바보 같은 소리. 덕분에 우린 설 연휴도 반납하고 놈들의 행적을 뒤쫓고 있어."

"잡힌 게 좀 있나?"

"탐정에게 더는 알려줄 수 없지."

그렇다면 범인들의 행적은 여자 프로레슬러의 자택 차고까지밖에 모른다는 소리다.

"쇼지 형사는 좀 어때?"

"좋지 않아. 난 바쁘니 전화 끊네." 전화가 끊어졌다.

오후에는 일하기에 너무 아까운 화창한 날씨에 이끌리듯 사무실을 나왔다. 블루버드가 없어 대신 JR 전차를 탔다. 신주쿠 역에서 야마노테 선을 타고 시나가와 역에서 게이힌토호쿠 선으로 갈아탔는데 어디나 설 연휴 분위기인 이용자로 붐볐다. 요즘 경제가 불황이라는 건 그저 사람들이 돈을 제대로 쓸 줄 모르기 때문이 아닐까 하는 생각이 들었다. 돈 쓰는 방법이 서툰 사람은 결국 돈벌이도 서툴 수밖에 없다. 전차 안에서 차창에 비친 헤어스타일에 신경 쓰느라 안절부절못하는 남자나 휴대전화에 몰두한 여자들이 곱절 많은 수입을 얻는다고 해도 지금보다 더 나은 생활을 하리라고는 생각할 수 없다. 두서없이 그런 생각들을 하다 보니 오래간만에 탄 전차가 오타 구의 가마타 역에 도착한 때는 2시가 조금 지났을 무렵이었다.

니시카마타의 신노미 강변에 있는 1초메에서 나는 어렵지 않게 가시와다 세이치로의 주소를 찾아냈다. 그 부근에는 지은 지 거의 이십 년쯤 된 단독주택이 많았는데 군데군데 예전 흔적인 작은 철공소나 소규모 동네 공장이 아직 남아 있었다. 가시와다의 문패는 역에서 길을 따라 오면서 벌써 몇 십 채는 본 듯한, 시멘트 바른 2층 목조주택의 짙은 녹색 타일이 붙은 현관에 걸려 있었다. 거기에 인접한 백오십 평 가까운 부지가 높이 2.5미터쯤 되는 함석 담장에 둘러싸여 있었다. 소형 트럭쯤은 드나들 만한, 함석을 대 만든 두짝문은 꼭 닫혔고 문짝에 걸린 '가시와다 철공소'라는 간판은 일에 대한 의욕이 거의 느껴지지 않을 만큼 낡았다. 특별한 목적도 대책도 없이 살림집 현관에 있는 초인종을 눌렀는데 아무런 반응도 없었다. 안에서 초인종 울리는 소리가 들리는 것 같지도 않았다. 살림집이나 이웃한 철공소 작업장도 단순히 설 연휴 때문이라고는 생각하기 힘들 만큼 인기척 없이 쥐 죽은 듯 조용했다.

1월 초순치고는 오후 2시가 지난 시각의 햇살 때문에 바깥 공기도 그다지 차갑게 느껴지지는 않았다. 나는 파친코장에 갈까 한잔하러 갈까 마음을 정하지 못하는 사람처럼 살림집과 경계를 이루는 함석 담장에 기대어 코트 주머니에서 담배를 꺼내 불을 붙였다. 도로 건너편에 있는 단독주택 2층 창의 파란 커튼 자락이 살짝 흔들린 느낌이 들었다. 시야 한쪽 구석이었기 때문에 확실하지는 않았다. 바로 그쪽으로 시선을 돌리는 짓은 하지 않고 천천히 담배를 피웠다. 잘못 본 모양이라고 생각하며 담배를 발아래 버렸을 때 이번에는 확실히 커튼 일부가 몇 센티미터쯤 열렸다가 이내 닫히는 모습이 눈에 들어왔다. 나는 담뱃불을 밟아 끄고 길을 건넜다.

가시와다 철공소 건너편에 있는 단독주택은 가시와다의 살림집에 비하면 거의 절반 넓이에 지나지 않았다. 형식적으로 세워둔 문설주에 걸린 문패에는 '다사카'라고 적혀 있었다. 현관도 아주 작고 그 옆에 반 평쯤 되는 마당도 엉망이라고는 할 수 없지만 엉성한 솜씨로 바른 콘크리트 바닥이 깔려 있었다. 뜻밖에 현관문은 무척 단단해 보이는 목세였는데, 나중에 바꿔 끼웠는지 다른 부분과 위화감이 느껴졌다. 초인종 아래 붙은 '맹견주의'라는 스티커는 오래되어 벗겨지는 중이었다. 이 집에 사는 사나운 개가 스티커를 붙였을 때 이미 성견이었다면 지금은 많이 늙었을 테지만 나이 들었다고 사납지 않다고는 할 수 없다. 초인종을 누르면서 문 위에 걸린 거주자 명패를 보니 다사카 효에, 시즈, 이오리 세 명이 사는 걸로 되어 있었다. 고만고만한 시대극에 나오는 사람들 이름 같았다.

아무런 반응이 없어 다시 초인종을 누르고 기다렸다. 그래도 반응이 없었다. 이번에는 길게 세 번 잇달아 눌렀다. 건물 안 어디선가 희미하게 쿵쿵 마루를 딛는 소리가 들려왔다. 역시 사람이 있었다. 다시 초인종으로 손을 뻗으려는데 문 안에서 사람 목소리가 들렸다. 그리고 안쪽 잠금장치를 푸는 듯한 소리가 들리더니 현관문이 살짝 열렸다. 도어체인 너머로 나타난 사람은 여자였다.

"무슨 일이죠……?"

"다사카 시즈 씨 되십니까?" 나는 할 수 있는 한 신사적인 목소리로 물었다.

"예, 그렇습니다만……?"

"건너편 가시와다 씨를 찾아왔는데요." 나는 반쯤 다사카 시즈를 등지고 일부러 한두 걸음 문에서 떨어졌다. "아무래도 댁에 안 계신 것 같아서……."

뒤에서 도어체인이 허락하는 만큼 문이 열리는 기척이 났다.

"아아, 저 집은 여행을 가서 아무도 없어요."

"여행할 계획이라는 이야기를 듣기는 했는데, 역시……."

"그러세요?" 도어체인을 풀고 다사카 시즈가 살짝 얼굴을 내밀었다. 쉰 살 되었을까 말까 한 나이였다. "갑자기 갔는데, 12월 25일부터 이 주 동안 오키나와에서 설 연휴를 지낼 거라며 부부동반으로 출발했죠…… 그만둔 철공조합에 여행적립금이 있는데 돈으로 받을까 여러 혜택이 있는 디럭스 여행권으로 받을까 고민하다가."

"철공소를 그만두신 건 언제쯤이죠?"

"그게…… 봄이나 초여름일 거예요."

"이 주간 여행이라면 7일쯤 돌아오시겠군요." 나는 난처하다는 듯한 목소리로 말했다.

"가시와다 씨에게 무슨 볼일로 오셨는데요?" 다사카 시즈는 아직 문손잡이를 쥐고 있지만 몸은 반쯤 문밖에 있었다. 지친 듯 생기 없는 얼굴이지만 어두운 남색 상의와 스커트는 단정했다. 집에서 쉴 때의 옷차림이라기보다는 외출하려는 모습이었다.

코트 안주머니에서 명함지갑을 꺼내 미리 준비한 명함을 다사카 시즈에게 건넸다.

"사실은 가시와다 씨 소유 공장 부지를 양도받고 싶어서요. 오늘 이 부근에 볼일이 있어서 잠깐 땅을 직접 보려고 들렀는데…… 아, 연락도 드리지 않고 찾아온 것은 주변 상황이나 환경, 도로 사정 같은 걸 알아보지 않고 바로 만나면 마음에 들지 않아도 거절하기 난처하기 때문입니다. 그런데 이렇게 둘러보니 꽤 좋군요. 아니, 제 조건에 모든 게 딱 맞는다고나 할까?"

"사와자키 씨, 로군요." 다사카 시즈는 명함을 보던 시선을 들었다. 떨떠름한 표정이었다. "그럼 이쪽에서 철공소나 뭔가를?"

"아뇨, 전혀 그렇지 않습니다. 주택을 짓고 싶습니다."

다사카 시즈가 안도하는 표정을 지었다. 소음 같은 것을 생각하면 모처럼 폐업한 철공소가 다시 일을 시작하는 게 반갑지 않을지도 모른다.

"그래서 좀 뻔뻔한 부탁이기는 하지만 괜찮으시다면 댁의 2층에서 가시와다 씨네 공장 자리를 봐도 될까요? 공장 담장이 좀 높아서 안을 제대로 보지 못했거든요."

다사카 시즈의 표정이 바로 흐려졌다. "아, 그건 곤란해요. 집 안이 지저분해서."

"모처럼 여기까지 걸음을 했으니 저 담장 너머…… 그러니까 구석 쪽이나 이웃과 어떻게 인접했는지를 보고 싶은데요. 어쨌든 아주 마음에 드는 땅이라 꼭 확인해보고 싶어서요."

"그렇지만……" 이렇게 대꾸하던 다사카 시즈의 표정이 갑자기 다시 밝아졌다. "아, 참. 가시와다 씨가 여행 출발하면서 들렀는데요, 자기들이 집을 비운 사이에 먼 친척뻘인 사람의 친구에게 살림집과 차를 빌려주기로 했으니 누가 드나들어도 걱정하지 말라고 하더군요. ……그러고 보니 밤이면 대개 살림집 쪽에는 불이 켜지고 차도 꽤 드나들더군요. 그분들에게 사정 이야기를 하시면 보여주지 않을까요?"

"가시와다 씨 차라면 사륜구동이죠? 색이 메탈릭실버인 '사브'였던가?"

"예, 그런 차예요."

"집을 봐주시는 분에게 안을 보여달라고 부탁드릴 수 있으면 좋겠지만 기다릴 시간이 없어서……."

"어머, 지금 몇 시죠?"

나는 손목시계를 보았다. "2시 반이 좀 지났습니다."

"큰일이네. 제가 파트타임으로 일하러 갈 시간이에요. 3시까지 오모리에 있는 슈퍼마켓에 가야 하거든요."

다사카 시즈는 현관으로 들어가 문을 닫으려고 했지만 나는 문손잡이를 붙잡았다.

"제발 2층에 올라가서 보게 해주십시오, 사모님. 건너편에 살게 되면 그만한 보답은 해드리겠습니다."

다사카 시즈는 불안한 얼굴로 나를 빤히 바라보았다. "그렇지만 2층에는 아들이…… 아들은 상태가 별로 좋지 않아서."

"병인가요?"

"아뇨, 병은 아니지만."

"아까 커튼 너머로 보았습니다. 저쪽에 살게 되면 이오리 군과도 친하게 지내야겠죠."

"당신……" 다사카 시즈는 문을 닫으려던 손을 놓았다. "무슨 일이 있어도 2층에 가서 이웃 담장 안을 보겠다는 속셈이군요."

"아무래도 그런 것 같습니다."

다사카 시즈의 표정이 바뀌었다. 설명하기 어려운 변화지만, 굳이 말하자면 상식적인 주부의 모습이 사라지고, 이 세상에 어지간한 곤란은 대개 겪었는데 소란 떤다고 좋은 결과를 얻지는 못하더라는 사실을 깨달은 사람의 얼굴이 나타났다.

"안에 들어와 잠깐 기다리세요."

내가 문을 열고 현관 안으로 들어서자 다사카 시즈는 마루를 지나 오른쪽 방으로 들어갔다. 현관은 비좁은 데다 얼핏 보기에 잘 정돈되었다고 할 수는 없는 상태였다. 2층 쪽에서 아까와 마찬가지로 마루를 밟는 듯한 쿵쿵 소리가, 이번에는 또렷하게 들렸다. 이윽고 다사카 시즈가 베이지색 코트와 검은 핸드백, 뭔가 담긴 비닐봉투를 들고 방에서 나왔다. 조금 전까지 신었던 샌들 대신 신발장 앞에 놓여 있던 외출용 검정 로힐을 신더니 비닐봉투를 내게 내밀었다.

"올라가는 김에 2층에 있는 아들에게 이 도시락을 전해주세요." 상대를 놀리는 듯한 웃음이 입가에 걸려 있었다. "그다음엔 당신 맘대로 해도 돼요. 저는 일하러 나갑니다."

내가 비닐봉투를 받아들자 다사카 시즈는 현관을 나가 문을 닫았다. 예상도 못 한 상황 전개였다. 하지만 평소 내가 업무상 하는 요청은 대부분 받아들여지지 않는데, 설사 무슨 사정이 있건 허락을 얻은 이상 머뭇거릴 수 없었다. 애초에 이건 '업무'라고 할 수 없었고, '사브'의 차량번호를 신주쿠 경찰서 구로다 경부에게 알려준 것은 작년의 마지막 거짓말이었다.

6

나는 구두와 코트를 벗은 다음 도시락을 넣었다는 비닐봉투를 들고 현관 왼쪽 끝에 있는 계단을 올라갔다. 게으른 아버지의 귀환처럼 보일 테지만 별로 경험해본 적이 없는 일이라 내심 당황한 상태였다. 2층 복도에서 쪼르르 뛰어가는 발소리가 나더니 이어서 문을 닫는 소리가 들렸다. 2층에 도착한 나는 복도를 오른쪽, 길거리 방향으로 꺾었다. 복도 중간쯤 오른쪽 벽에 채광용 작은 창이 있었다. 낡은 레이스 커튼 자락을 들춰 밖을 엿보았다. 예상대로 건너편 가시와다의 집은 살림집 쪽이 반쯤 보일 뿐이었다. 현관의 작은 지붕과 현관 위 2층 창의 갈색 커튼이 쳐진 모습이 보였는데, 작은 창문을 열고 몸을 내밀어봐야 함석 담장으로 둘러싸인 철공소의 옛 작업장 쪽이 보일 것 같지는 않았다.

작은 창문에서 몇 미터 떨어진 건너편 벽에 손잡이가 달린 패널 문이 있었다. 집 구조로 보아 그 문 안쪽은 아까 함석 담장에 기대어 담배를 피울 때 올려다본, 파란 커튼 쳐진 창이 있는 방이리라.

나는 문 앞에 서서 노크했다. 잠시 기다렸지만 응답이 없었다. 조금 전에 들은 또르르 달려가는 발소리와 문 닫는 소리를 떠올렸다. 복도를 돌아보니 안쪽에 방이 하나 더 있었다. 아까 파란 커튼을 흔든 손의 주인은 그쪽 방으로 이동했을 가능성도 있다. 다시 문을 노크했다. 역시 아무런 반응이 없다. 문손잡이를 돌려보아도 움직이지 않았다. 안쪽에서 잠근 것이다. 문손잡이 주변을 살펴보았지만 열쇠 구멍 같은 것은 보이지 않았다. 그렇다면 이 방 안에 누가 있다는 이야기다. 세 번째는 주먹으로 세게 문을 두드렸다.

"시끄러워, 누구야? **어머니**가 아니라는 건 알아."

어리고 신경질적인 말투이기는 했지만 목소리 굵기로 보아 어린 애는 아닌 듯했다.

"어머니가 맡기고 간 도시락을 가지고 왔다. 문 좀 열어주면 좋겠구나."

"……웃기지 마. 누가 방에 들어오게 해줄 줄 알아? 도시락은 거기 놔두고 얼른 돌아가."

"그건 안 돼. 난 그 방 창문에 볼일이 있다. 귀찮게 굴지는 않을 테니까 잠깐만 문 열어."

"아까부터 날 귀찮게 하는 주제에. 제발 도시락 거기 두고 얼른 집에서 나가."

악쓰는 소리가 약간 낮아졌다.

"계속 문을 열지 않으면 이 도시락 내가 먹어버린다. 그러고 보니 배가 좀 고프군. 천천히 배를 채운 다음에 방문을 걷어차 부술까?"

"뭐라고? 남의 집에 멋대로 들어와서 말도 안 되는 소리만 하네!"

"너도 들었을 텐데. 네 어머니가 마음대로 해도 된다고 했다."

"에이, 씨…… 망할 것. 잘 들어. 열 셀 동안 집에서 나가지 않으면 경찰을 부를 거야. 알았어?'

"열을 세. 그리고 전화해라. 어차피 전화할 거면 신주쿠 경찰서 구로다 경부에게 연락해주면 수고가 덜어질 텐데. 그럼 나는 기다리는 동안 도시락이나 먹을까?"

"……"

내가 대신 세기로 했다. "하나…… 둘…… 셋……."

셋에 잠금장치를 푸는 소리가 나더니 다섯에 문이 살짝 열렸다. 나는 문을 활짝 열고 안으로 들어갔다.

예상했던 것과 그리 다르지 않은 세 평쯤 되는 방이었다. 왼쪽에는 침대가 있고 정면에 컬러풀한 기하학 무늬가 꿈틀거리는 컴퓨터 화면과 비디오게임이 진행중인 텔레비전 화면이 나란히 보였다. 오른쪽에 파란색 커튼이 쳐진 창이 있었다. 그쪽 벽에는 아이돌로 보이는 남녀 아이들 얼굴 사진 포스터가 잔뜩 붙어 있었다. 눈에 확 들어온 것은 열일곱, 열여덟에서 스물다섯, 스물여섯까지 어느 나이라고 해도 이상하지 않을, 그렇다면 아마 스물대여섯일 부루퉁한 얼굴에 약간 통통한 남자가 형광등 불빛을 받으며 서 있는 모습이었다.

옅은 청색 잠옷 위에 무릎까지 오는 두툼한 회색 니트 카디건을 입었다. 삐죽 내민 입이 열리기 전에 비닐봉투를 던져주자 그는 떨어뜨릴 뻔했지만 간신히 받아냈다.

나는 말없이 오른쪽 창으로 갔다. 아까 이 방 주인이 그랬듯이 커튼 오른쪽 끄트머리를 살짝 움직여 건너편 집을 엿보았다. 함석 담장 안쪽으로 철공소였던 부분이 제법 보였다. 한가운데 슬레이트 지붕으로 뒤덮인 부분이 작업장이리라. 그 왼쪽 구석에 튼튼해 보이는 블록으로 지은 작은 건물이 딸려 있었다. 작업장 오른쪽은 '가시와다 철공소' 간판이 붙은 함석 문짝 바로 뒤로, 차가 네댓 대 들어갈 만한 빈터였다. 작년 섣달그믐에 저격범이 탄 '랜드크루저'를 뒤쫓으려다가 블루버드의 시동이 꺼졌을 때 나를 추월해 지나간 차, 그차와 똑같은 메탈릭실버 '사브'가 거기 있었다. 뒤쪽 창문에 붙은 X표시 유무까지 확인할 수는 없었다.

돌아보니 방주인은 비디오게임 화면 앞에 걸터앉아 편의점 도시락을 여는 중이었다. 나는 텔레비전으로 다가가 전원을 껐다. 주인은 내 얼굴을 노려보며 말없이 우롱차 캔을 땄다. 이 침입자에게 일일이 잔소리해봤자 소용없다는 학습능력은 갖춘 듯했다. 나는 잡지와 CD 따위로 가득해 거의 쓰지 않는 듯한 책상 의자를 당겨 걸터앉았다.

"이름이 다사카 이오리인가?" 내가 물었다. 상대는 대꾸하지 않고 도시락을 먹었다. "좋아, 답이 예스일 때는 말하지 않아도 돼. 노일 때만 대답해. 나이는…… 열아홉? 스물? 스무 살쯤이로군."

역시 말이 없었다.

"좋아, 나이는 스물이라고 하고—"

"스물다섯 살."

"그래? 너도 내가 여기 길게 머물기를 바라지는 않을 테니 될 수 있으면 용건을 빨리 마치도록 하지. 도시락을 먹으면서 내 이야기를 들어. 알겠나?"

나는 연필꽂이 옆에 있는 재떨이를 보고 코트 주머니에서 담배를 꺼내 불을 붙였다. "작년 12월 말일에 있었던 일이야. 신주쿠 경찰서에서 어떤 사건 용의자와 형사가 호송중에 권총으로 저격당했지. 범인들이 탄 차는 검은색 랜드크루저인데 오우메 가도를 서쪽으로 질주했다. 이 사건은 신문이나 텔레비전이 보도했으니 알 테지."

대꾸가 없었다.

"건너편 가시와다 씨 집 안에 있는 사브는 알지?"

이번에도 대답이 없었다.

"그 사륜구동차의 뒤쪽 유리창에 고무테이프로 X표시가 붙어 있는지 어떤지 아나?"

역시 대답이 없었지만 이번에는 표정이 살짝 변했다.

"모르나?" 내가 실망한 듯한 목소리로 말했다.

"알아. 고무테이프는 붙어 있어. 아마…… 반년쯤 전부터."

"그래? 그럼 틀림없군."

다사카 이오리는 무심코 흥미를 드러내며 나를 보았다.

"방금 말한 범인들이 탄 랜드크루저가 오우메 가도의 나카노사카우에 부근을 질주할 때 지금 저 담장 안쪽에 주차된 사브가 바로 뒤따라가듯 달렸지. 12월 말일 오전 11시쯤이었어."

다사카 이오리는 젓가락질하던 손을 멈추고 우롱차를 마시면서 말했다. "건너편 집 사브가 오우메 가도를 달린다고 해도 별로 이상한 일은 아니잖아."

"그렇지만 말이야, 그 사브는 저격 사건이 일어나기 이십 분쯤 전부터 신주쿠 경찰서 정면에 주차해 있었지. 뒤쪽 유리창의 X표시를 내가 똑똑히 기억해. 사건 직전에 신주쿠 경찰서 지하와 지상 주차장에 각각 주차되어 있던 랜드크루저와 사브가 사건 발생 이십 분 뒤에는 오우메 가도를 나란히 달렸다는 거지."

"그런 우연이 없을 거라고는 할 수 없잖아."

"그래." 내가 말하며 담뱃재를 재떨이에 떨었다. "그게 우연이 아니라는, 더 확실한 증거가 있으면 지금쯤 저 건너편 담장 안에 수많은 경찰관이 우글우글하고 사브고 뭐고 샅샅이 뒤질 테지."

증거가 없어서 이렇게 나 혼자 맞은편에 사는 **히키코모리** 같은 젊은이 방 창문으로 그 집 안쪽을 살피는 중이다. 어쩌면 신주쿠 경찰서의 구로다 경부가 두 개의 차량번호에 그런 편협한 반응을 보이지 않았다면, 나는 마음에 걸리는 사브에 대한 참고 의견을 순순히 진술했을지도 모른다.

다사카 이오리는 도시락을 다 먹고 치우더니 우롱차를 마셨다.

"그래서 말이야." 내가 다시 말을 이었다. "네가 기억을 떠올려주었으면 하는 건 12월 말일 점심때 전후해서 저 집 사브가 돌아왔을 때의 일이야. 예를 들면 나갈 때는 한 명이나 두 명밖에 타지 않았던 사브에 돌아올 때는 세 명이나 네 명이 타지는 않았나?"

"아니. 나갈 때는 어땠는지 몰라도, 적어도 돌아왔을 때는 운전석에 한 명밖에 없었어. 그렇지만 창문으로는 보이는 범위에 한계가 있으니 좌석 밑이라거나 짐칸 쪽에 숨으면 알 수 없지. 어쨌든 자주 보던 야구모자에 가죽점퍼를 입은 남자가 철공소 입구 문을 열고 차를 넣은 다음 혼자 차에서 내려 작업장 쪽으로 들어갔어. 내가 본 건 그게 전부야."

"그래……?"

사브가 랜드크루저를 보호하기 위한 '엄호 역할'이었을지도 모른다는 내 어림짐작은 별로 들어맞지 못한 듯했다. 다사카 이오리 말대로 사브가 신주쿠 경찰서 지상 주차장에 서 있던 것이나 오우메 가도를 나란히 달린 것도 단순한 우연이었을까. 하지만 그런 우연은 마음에 들지 않았다.

"사브가 네 명을 태우고 돌아온 건 더 전이었어." 다사카 이오리가 말했다.

"12월 31일이 아니라 분명히 29일 저녁이 다 되었을 때였지."

"어떻게 29일이라는 걸 기억하지?"

"그날부터 연말 특별 세일이라서 어머니가 여느 때는 5시까지인데 7시까지 근무했기 때문이야. 난 그날 두 개째 편의점 도시락을 지겨워하면서 먹었거든. 그런데 그때 건너편 공장 입구 문이 열리는 소리가 났어."

"그랬군. 네 명 가운데 한 명은 방금 이야기한 야구모자에 가죽점 퍼를 입은 남자지?"

"그럴 거야. 그 남자가 운전석에서 내렸어."

"다른 세 명은?"

"왼쪽 뒷좌석에 탄 덩치 큰 남자도 건너편 공장 안에서 두세 차례 본 적이 있는 남자일 거야. 그렇지만 나머지 두 명은 차에서 내리는 걸 봤을 뿐 그 뒤로는 전혀 보지 못했어."

"둘 다 남자였나?"

"아마…… 그렇지만 거의 해 질 무렵이라 어두워지기 시작해 이 창문에서 보는 각도로는 정확하게 알 수 없어."

"그래도 다른 두 명과는 구별되었군. 어떻게 다른지 기억해봐."

"글쎄…… 틀림없이 조수석에서 내린 사람은 양복을 제대로 차려 입고 넥타이를 맸어. 다른 두 사람과 비교하면 조금 어렸던 것 같아. 머리 모양이나 그런 걸로 미루어보면. 그리고 그 녀석이 차에서 내 리는 걸 뒷좌석에서 내린 남자가 부축하는 듯했는데 작업장 쪽으로 갔던가……? 마지막에 내린 사람은 오른쪽 뒷좌석에 탄 남자였는데 그 사람은 확실하게 기억해. 기모노를 입었거든."

"기모노라니, 전통복장이었다고?"

"그래."

다사카 이오리는 우롱차를 들이켠 뒤에 말을 이었다. "하오리하 카마일본 전통복장 겉옷 상의인 하오리와 하의인 하카마를 입은 차림새라고 하지 않나, 그걸? 설날이 되려면 아직 이른데, 하는 생각이 들었지. 그리고 그 남자는 머리카락이 새하얗고 꽤 나이 든 사람이었던 것 같아. 이쪽도 운전석에 앉았던 야구모자 남자가 부축해서 가시와다 씨네 살림집 쪽으로 데리고 갔어."

"제법 대단한 관찰력이구나." 나는 그렇게 말하며 담배를 재떨이에 껐다.

"정말? 놀리거나 무시하는 거 아니지? 하루 종일 이웃집이나 엿보는 이상한 놈이라고."

"건너편 집에서 이상한 일이 있다는 생각이 들면 누구나 신경 쓰이겠지. 적어도 내겐 지금 해준 이야기가 큰 도움이 되었다. 그리고 자신이 이상한 놈인지 어떤지는 스스로 판단할 수밖에 없어."

"그런가…… 그렇겠군."

"그런데 건너편 건물 말이야, 슬레이트 지붕 작업장에 딸린 벽돌 건물 부분은 뭐지?"

"그건 십 년쯤 전에 증축한 거야. 방음시설이 된 작업장이지. 금속판을 재단할 때 소음이 지독했고 야간작업 소음도 있어 주변에 사는 사람들이 진정을 냈거든. 작업장이 증설되고 그런 작업은 모두 그 안에서 하면서 아주 조용해졌어. 그 즈음부터 건너편 집뿐만 아니라 이 주변 동네 공장들 모두 일감이 급격하게 줄어들어 거기도 외아들인 세이야의 록밴드 연습장으로만 쓰였지만."

"아들이 있나?"

다사카 이오리가 고개를 저었다. "사 년쯤 전이었나? 오토바이사고로 죽었어. 나보다 두 살 아래니까 열아홉 살이었지. 서로 다른 타입이라 별로 친하지는 않았지만 그래도 꽤 충격이었어."

"그렇겠지. 바로 앞에 사는 데다가 자기보다 어린 사람이 죽으면 충격이 있지."

다사카 이오리는 고개를 끄덕였다. 그리고 갑자기 생각났다는 듯이 말했다. "양복 차림 젊은 남자와 기모노 입은 노인은 그 작업장에 있을까?"

"록밴드가 연습해도 괜찮을 만큼 방음설비가 잘 되었다고 했지?"

"그럼……" 다사카 이오리도 내 생각을 눈치챘는지 표정에 불안과 호기심이 섞여 지나갔다.

"신문 있니?" 내가 물었다. "네 명이 사브를 타고 도착한 다음 날인 30일 자 신문이 있으면 보여줘."

다사카 이오리는 머뭇거리지 않고 방을 나갔다. 바로 계단을 내려가는 소리가 들려왔다. 나는 의자에서 일어나 창 옆으로 다가가 건너편을 살폈다. 지금은 아무런 변화도 없었다. 잠시 후 계단을 올라오는 소리가 나더니 다사카 이오리가 방으로 돌아왔다.

"사건 기사가 실리는 사회면을 펼쳐봐." 나는 의자로 돌아오며 말했다. "요코하마의 가나가와 은행에서 일어난 총격 사건 기사가 있을 거야."

다사카 이오리가 신문을 뒤적여 펼쳤다. "……있네."

"그 기사 아래쪽에 같은 은행에서 노인이 행방불명되었다는 식의 내용이 있지?"

"……없어."

"무슨 신문이지?"

"이건 〈마이니치〉인데…… 아, 있다. 여기 있는 작은 기사야. '92세 노인 행방불명'이라는 제목인데, 그러니까 충격 사건이 일어난 가나가와 은행 호라이 지점에서 거의 같은 시각에 가마쿠라 시 오우기가야쓰 2-28에 사는 시다라 미쓰히코 씨(92)가 지점장실을 나간 뒤로 돌아오지 않아 행방불명되었다. 경찰은 충격 사건과 관계가 있는지 조사중이며 동시에 시다라 씨가 고령이기도 해 사고와 사건 양쪽에 모두 가능성을 두고 수사하고 있다. 현재 협박전화는 걸려오지 않은 상태다. 이렇게 썼네."

"얼굴 사진이 실려 있나?"

"없어. 하지만 그때 기모노 입은 노인은 아흔두 살까지 되어 보이지는 않았는데……."

"그렇게 보이지 않을 정도니까 가마쿠라에 사는 영감님이 요코하마 은행에서 어슬렁거리기도 하고 행방불명되기도 할 테지."

"그러고 보니 그런가……? 나는 노인 가족과 함께 산 적이 없어서 일흔 살과 여든 살, 아흔 살이 어떻게 다른지 전혀 모르니까."

"정정한 노인이라면 일흔 살이나 아흔 살이나 큰 차이 없을 거야. 넌 내내 부모님과 셋이서만 살았니?"

"아니…… 아버지는 오 년 전에 집을 나가 나고야에서 다른 여자랑 살아."

바깥에서 난 소리에 반응한 것은 다사카 이오리가 빨랐다. "작업장 문이 열리네."

우리는 재빨리 창문 커튼 쪽으로 이동했다.

"잘 들어, 커튼 끝자락을 천천히 움직이면서 살펴. 저쪽에서 이쪽을 보더라도 당황해서 커튼을 놓거나 하지 마."

다사카 이오리는 내 지시대로 했다. 그리고 속삭이는 목소리로 말했다. "이 각도에서는 잘 안 보여."

"조금씩 위로 이동해." 내가 말하자 다사카 이오리는 구부렸던 허리를 펴기 시작했다.

"어, 사브가 나가는 것 같아." 차 시동을 거는 소리와 기어를 넣는 소리가 들려왔다.

"누가 탔는지 확인해."

"음, 운전석에 있는 사람은 야구모자 쓴 남자야. 조수석에는 아무도 없고…… 사브가 나왔네. 오른쪽으로 꺾어 이케가미길 쪽으로 가는 것 같아…… 뒷좌석에는 아무도 안 탄 것 같은데 조수석 뒷자리는 잘 보이지 않았어."

"문은?"

"지금은 열려 있는데…… 잠깐…… 또 그 덩치 큰 남자가 나왔어. 입구 쪽을 어슬렁거리면서 이따금 스트레칭중이야."

나는 다사카 이오리와 반대편에 있는 커튼 자락을 살짝 들치고 밖을 보았다. 확실히 키가 180센티미터는 될 것 같은 단단한 체격의 삼십대 후반 남자가 밝은 햇살이 눈부신 듯 한쪽 손으로 이마 앞을 가리면서 몸을 좌우로 틀었다. 도로 좌우를 빈틈없이 살피는 눈치이기도 했다. 그러나 담장 위를 산책하는 고양이처럼 제 눈높이보다 위쪽에는 거의 신경 쓰지 않는 듯했다. 짙은 남색 운동복 상하의에 거무스름한 코트를 걸쳤고 양말에 샌들을 신었다. 그는 귀찮다는 듯한 동작으로 입구 문 한쪽을 닫았다.

"안으로 돌아갈 작정인가?" 다사카 이오리가 말했다.

운동복 차림의 남자는 다른 한쪽 문도 닫기 시작했는데 사람이 지나다닐 수 있을 만한 50센티미터가량의 틈만 남기고 그 앞에 섰다. 한 차례 크게 기지개를 펴더니 코트 주머니를 뒤져 담배를 꺼내 불을 붙였다. 그는 담배를 피우면서 담뱃갑을 들여다보다가 화가 난 듯 구기고는 문 틈새를 통해 공장 안으로 던져 넣었다. 공중도덕을 지키려는 게 아니라 그냥 조심성이 많기 때문인 듯했다. 그러고는 운동복 바지 주머니를 뒤지더니 잔돈을 꺼내 얼마인지 세는 듯했다.

"아무 생각 없이 보면 동작 알아맞히기 게임을 하는 것 같네." 다사카 이오리가 재미있다는 듯 말했다.

운동복 차림의 남자는 입구 앞에서 잠시 머뭇거렸다. 문 안쪽이 신경 쓰여서가 아니라 담배가 떨어진 게 불쾌한 모양이었다. 열린 틈새를 10센티미터쯤 좁히더니 잰걸음으로 사브가 달려간 이케가미길을 향해 걷기 시작했다.

"담뱃가게가 근처에 있니?" 내가 물었다.

"보아하니 이케가미길에 있는 자동판매기까지 갈 작정인가 보네. 가마타 역 쪽으로 가면 절반쯤 되는 거리에 남뱃가게가 있다는 걸 모를 테지."

"왕복 얼마나 걸리겠니?"

"십오 분쯤? 더 걸리려나? 자동판매기로 갔을 경우지만."

나는 손목시계로 현재 시각을 확인했다. 3시 12분이었다.

"난 지금 저 안쪽을 살펴볼 거야. 넌 여기서 움직이지 마." 나는 방문으로 향했다.

"그런데 괜찮을까……? 그 남자가 돌아오면?"

나는 잠깐 생각한 뒤 말했다. "작업장 문으로 들어가 안에서 잠글 수 있다면 놈을 못 들어오게 해야지."

"그렇지만 저 남자라면 저런 담장은 넘을 수 있을 테고 살림집 쪽을 통해 안으로 들어갈 수 있을지도 몰라. 게다가 한패가 안에 남았을 가능성도 있고."

"그때는 그때지. 내가 안에 들어가 삼십 분이 지난 뒤에는 네가 판단하기에 경찰을 불러야 할 것 같으면 전화해줘."

다사카 이오리는 살짝 겁먹은 표정을 짓더니 겨우 대답했다. "……해볼게."

나는 문손잡이를 잡고 돌아보았다. "어쩌면 건너편 가시와다 씨 집 안에 범죄와 관련이 있을 만한 게 아무것도 없어서 경찰에 잡히는 건 오히려 내가 될지도 몰라. 하지만 그런 건 걱정하지 말고. 알았지?"

"알았어. 역시 당신은 경찰이 아니네."

"내가 경찰이라고 하지는 않았을 텐데. 헷갈리기 쉬운 발언을 한 건 인정하지. 그리고 하나 더. 넌 무슨 일이 있더라도 이 방에서 나가지 마."

"하지만 전화는 아래층에만 있는데."

다사카 이오리가 슬쩍 웃었다.

"뭐가 우습지?"

"아냐…… 난 요 이 년 반 동안 매일 다른 사람들에게서 이 방에서 나가라, 이 집에서 나가라 하는 소리만 들었는데 나가지 말라는 말을 들으니…… 왠지."

"나가고 싶어지니? 그렇지만 오늘만은 안 돼."

나는 문을 열고 계단으로 향했다.

7

가시와다 철공소 폐공장은 문 안으로 들어서자 심장 박동이 빨라지는 소리가 들릴 만큼 조용했다. 나는 문을 닫고 쇠막대로 된 빗장을 질러 잠갔다. 사브가 주차된 마당을 가로질러 슬레이트 지붕을 얹은 작업장으로 가는 도중에, 건너편 2층의 파란 커튼 창문을 돌아보며 다사카 이오리가 서 있을 만한 곳을 향해 손을 흔들어 신호를 보냈다. 작업장 입구는 함석을 댄 커다란 문 윗부분에 부착한 바퀴가 철골 들보에 간 레일 위를 이동해 여닫는 슬라이딩 방식인데, 이미 반쯤 열려 있었다. 나는 소리가 나지 않도록 조심해서 작업장 안으로 들어갔다. 내부는 조명이 켜져 있지 않아 어두컴컴했지만 슬레이트 지붕이나 주위 벽면의 적당한 곳에 반투명 소재를 이용한 덕에 외부 빛이 들어와 움직이는 데 불편은 없었다.

가운데 통로 양쪽에 크고 작은 기계가 가지런히 놓였는데 정연하게 늘어선 모습이 오히려 폐공장 분위기를 더욱 짙게 만들었다. 나는 20미터쯤 되는 통로를 반쯤 걸어 작업장 한가운데 섰다.

"누구 없습니까?" 내가 소리 내어 물었다. 아무도 없는 듯했다. 거기서 오른쪽으로 이어지는 통로가 있고 그 끝 벽에 손잡이가 달린 문이 보였다. 살림집 쪽으로 통하는 문인 모양이라고 생각했지만 그쪽은 나중으로 돌리고 계속 중앙 통로를 똑바로 나아갔다.

막다른 부분은 개축한 듯 새로 올린 벽으로 되어 있었다. 다사카 씨 집 2층에서 본 튼튼한 블록으로 지은 건물, 다사카 이오리가 방음장치를 했다고 말한 그 건물과 연결되는 듯했다. 큼직한 문은 두툼해 보였다. 손잡이도 녹음 스튜디오 같은 곳에서 본 것 같은 굵직한 막대 모양 핸들이었는데 2시 방향으로 뻗어 있었다. 핸들 바로 위에 '작업중 개방 엄금. 개방중 작업 엄금'이라는 빨간색 글자가 큼직하게 적힌 스티커가 붙어 있었다.

나는 일단 핸들에 손을 댔다가 생각을 바꿔 작업장 오른쪽 모퉁이에 있는 공구 선반으로 다가갔다. 크고 작은 여러 공구류가 언제든 쓸 수 있도록 잘 정리되어 있지만 이미 반년 이상 아무도 손대지 않았다는 사실을 살짝 쌓인 먼지가 증명했다. 나는 공격적인 해머를 집어 들었다가 생각을 고쳐 방어적인 몽키렌치를 골랐다. 나중에 생각하니 몽키렌치가 왜 방어적인지 제대로 설명할 수 없었지만 그때는 분명히 그렇게 생각했다. 다시 방음문 앞으로 돌아와 핸들을 4시 방향에서 5시 방향까지 힘주어 내린 다음 앞으로 당겨 열었다. 문

안은 조명이 켜진 상태였고 게다가 설날 단골 BGM인 거문고 소리까지 느릿하게 흘렀다. 실내에 누가 있다는 증거였다. 나는 무심코 몽키렌치를 쥔 손에 힘을 주었다.

"누구 있나?" 나는 실내를 향해 물었다. 이번에도 대답은 없었다.

문을 조금 더 열고 내부를 재빨리 살펴보았다. 안쪽에도 마찬가지로 막대 모양 핸들이 달려 있어 안과 밖 어느 쪽에서든 문을 열 수 있다는 걸 확인했다. 실내에 들어선 순간 누가 밖에 있다가 문을 닫으면 꼼짝도 할 수 없기 때문이다. 나는 한 걸음 안으로 들어가 실내를 살폈다.

열 평이 넘을 듯한 실내의 대부분을 차지하는 것은 엄청나게 큰 강철 덩어리였다. 다사카 이오리가 한 이야기에 따르면 금속판을 재단할 때 쓰는 기계인 듯했다. 얼핏 보기에도 가동되면 심한 소음을 낼 것 같은 장비였다. 나머지 오른쪽 절반의 공간 안쪽에는 다른 종류의 두툼한 금속판을 수납하는 선반이 설치되어 있었다. 남은 오른쪽 앞부분의 사분의 일 공간에는 지금까지 보았던 철공소와는 좀 다른 것이 놓여 있었다. 천장 형광등 불빛을 받고 있는 것도 그 부분이었다.

금속판 수납 선반 앞에는 야전침대가 놓였고 오른쪽 벽에는 드럼 세트와 대형 기타 앰프 같은 것들이 한데 모여 있었다. 내가 들어온 문이 있는 쪽 벽을 따라 철제 책상 두 개가 놓였고 벽면에는 서류 선반 같은 것이 있었다. 모두 철공소 시절의 흔적 같았는데 두툼한 바인더나 서류 묶음 같은 것도 눈에 띄었지만 그보다는 책상 위에 흩어진 식료품과 먹다 남긴 흔적들이 더 눈길을 끌었다. 거문고 소리는 서류 선반에 놓인 소형 라디오에서 흘러나오는 듯했다. 한가운데 낡은 알라딘 대류식 석유난로가 놓여 있었는데 켜두지 않아 실내는 살짝 추웠다.

야전침대 위에 있는 침구가 갑자기 꿈지럭꿈지럭 움직이더니 누가 힘겹게 상반신을 일으켰다. 움직임이 힘겨워 보인 건 왼쪽 금속판 수납 선반의 쇠기둥에 수갑이 채워져 있었기 때문이다. 그가 남자라는 사실과 그의 왼손, 두 발이 닿는 범위에는 야전침대와 침구말고는 아무것도 없다는 사실을 바로 파악했다. 나는 기모노 차림의 아흔두 살 노인일 거라고 예상했다. 그러나 그렇게 되기까지는 갓 태어난 아기가 환갑을 맞이할 만큼의 세월이 필요할 것 같은 서른 살 전후의 양복 차림 남자가 초점이 맞지 않는 눈으로 내 쪽을 바라보았다. 당연히 양복은 구겨졌고 머리카락은 빗지 않았으며 수염을 일주일쯤 깎지 못한 애처로운 모습이었다.

"당신은…… 누군가?" 그는 아직도 꿈을 꾸는 듯 잠에서 덜 깬 목소리로 물었다.

나는 손목시계를 보면서 남자에게 다가갔다. 다사카 씨 집에서 시간을 확인한 뒤로 곧 십 분이 지나려 하고 있었다.

"나는 사와자키. 이부키 게이코라는 젊은 여성의 의뢰를 받고…… 움직이는 사람이지."

의뢰를 받아들이지는 않았지만 내가 지금 여기 있는 건 결국 그녀 때문임은 틀림없었다.

남자는 **의아스러운** 표정으로 물었다. "내 조카 게이코라고……?"

"이부키 게이코가 조카라면 자네는 벳쇼 후미오인가?"

"……그런데, 당신은 놈들과 한패가 아닌가?"

"놈들이라면 야구모자에 가죽점퍼를 입은 남자와 운동복 상하의를 입은 덩치 좋은 남자 말인가? 그렇다면 난 한패가 아니지."

"그렇다면 나를 당장 구해줘." 벳쇼 후미오의 머리가 이제 겨우 돌아가기 시작한 모양이었다. 그것도 급격하게 속도를 올리면서. "나, 나는 그놈들에게 강제로 감금되어 있는 거야. 작년 연말, 그러니까 29일부터. 오늘이 며칠이지? 3일? 4일?"

나는 손을 들어 그의 말을 가로막았다. "시간이 별로 없어. 놈들 가운데 한 녀석이 담배를 사러 간 거면 이삼 분 안에 돌아올 거야."

"그럼 저기 있는 책상 맨 아래 서랍을 열어봐. 내 소지품을 모두 거기 넣었어."

나는 두 개가 나란히 있는 책상으로 다가가 서랍을 열었다. 자질구레한 문구 종류와 전표 같은 것들 위에 넥타이, 벨트, 가죽장갑, 지갑, 수첩, 휴대전화, 그리고 권총 한 자루가 들어 있었다. 은빛 금속 바디에 검은 손잡이가 붙은 자동권총이었다.

"이게 가나가와 은행 호라이 지점에서 두 남자를 쏜 권총인가?"

"그걸 아나?"

"총탄은 몇 발 남았지?"

"세 발 쏘았으니 아직 여섯 발 남았을 거야."

"장갑도 빌리지." 나는 몽키렌치를 왼손으로 바꿔 들고 오른손에 장갑을 낀 다음 권총을 쥐었다. 생각보다 크고 무거웠다. 총신에 가로로 'SMITH & WESSON'이라고 글자가 새겨져 있었다.

"안전장치는 이건가?" 내가 벳쇼 쪽으로 다가가며 물었다.

"맞아. 그걸 위로 밀어 올린 다음 방아쇠를 당기면 언제든 총알이 발사돼."

내가 권총을 손에 들자 벳쇼의 태도가 조금 진정된 듯했다. 근본은 그다지 나쁜 인간이 아닐지도 모른다.

"은행에서 두 남자를 쏜 뒤에 무슨 일이 있었던 거지?"

"애당초 내가 그놈들을 쏜 이유는—"

"그건 됐고. 시간이 없다는 걸 잊지 마. 묻고 싶은 건 쏜 다음의 일이야."

"그러니까, 그놈들을 쏘고 난 뒤에는 별로 도망치거나 숨을 생각은 없었어. 나는 요코하마 이세자키 경찰서에 자수하기 위해 바로 주차장으로 갔지. 주차장은 연말 폐점이 가까운 시각이라 아주 붐볐지만 내 BMW 코앞에 핑크색 경차가 딱 막고 서 있었어. 제길, 어떤 멍청한 년의 차가 틀림없었지. 그렇지만 설마 방금 사람을 총으로 쏜 내가 은행으로 돌아가 핑크색 경차를 빨리 빼달라고 부탁할 수는 없는 노릇이잖아."

"그래서?"

"바로 그때 주차장을 나가려고 하는 차가 있어서 운전기사에게 권총을 들이대며 조수석으로 가라고 했지. 그리고 이세자키 경찰서까지 가자고 했어."

"어떤 차였나?"

"마침 사륜구동이었다. 아마 토요타에서 만든 '랜드크루저'였을 텐데."

나는 잘못은 바로잡지 않고 물었다. "그다음에는?"

"큰길로 나와 잠시 달릴 때까지는 괜찮았는데 어딘가 신호에서 정지했을 때 운전하던 덩치 큰 남자가 옆구리를 찌르는 권총이 무서워서 운전을 못 하겠으니 총을 치워달라고 했어. 나도 행인이 보면 곤란하다고 생각해 그만 안전장치를 걸고 두 발 사이에 숨기려고 했지. 신호가 파란불로 바뀌고 차가 출발한 순간, 뒷좌석에 탄 야구모자 쓴 남자가 내 목덜미에 권총을 들이댔어. 깜짝 놀랐어. 눈 깜짝할 사이에 권총을 빼앗겼고 그다음은 놈들이 **시키는 대로** 한 거야. 아무리 그래도 빼앗은 차가 노인을 유괴해서 어디론가 데리고 가려는 범죄자들 것일 줄이야 생각도 못 했지."

"유괴당한 노인은 어디 있나?"

"이쪽 공장이 아니라 살림집 쪽에 감금되어 있지 않을까? 여기 도착해서 따로따로 감금된 뒤에는 한 번도 보지 못했어."

"놈들이 사용한 권총은 지금 누가 지녔지?"

"야구모자를 쓴 놈일 거야. 덩치 큰 놈은 권총은 만지려고 하지도 않더라고. 그놈은 힘이 세다며 제 손으로 사람 때리는 걸 더 좋아하는 녀석이지. 나도 저항하다가 몇 번 당했어. 이 수갑 열쇠도 덩치 큰 놈 운동복 주머니에 있고. 시간이 있으면 여기 있는 공구로 절단할 텐데……."

나는 책상 서랍으로 돌아가 벳쇼의 소지품으로 보이는 휴대전화를 꺼내 야전침대 쪽으로 던졌다. "바로 경찰에 전화해."

"뭐? 그렇지만……" 벳쇼는 침구 위에 떨어진 휴대전화를 자유롭게 움직일 수 있는 왼손으로 집어 들었다.

"권총을 지녔다는 야구모자 쓴 남자는 조금 전 차를 타고 나갔지만 언제 돌아올지 몰라. 난 이런 위험한 물건을 들고 권총 가진 사람과 힘센 사람을 상대하고 싶은 생각 없어."

"야구모자를 쓴 남자는 신주쿠로 갔어. 내 누나를 만나 몸값을 받으러. 그러니 한동안 돌아오지 않을 거야."

과연. 그렇게 되었던 건가? 섣달그믐에 X자 표시를 한 사브가 신주쿠 경찰서 주변을 왔다 갔다 한 까닭이 이해되었다. 신주쿠 경찰서 저격범이 탄 랜드크루저와 가나가와 은행 유괴범이 탄 사브는 직접적인 관계가 없을지도 모른다. 랜드크루저는 가나가와 은행 총격 사건의 진범 대신 자수한 이부키 데쓰야와 관계가 있었다. 사브는 가나가와 은행 총격 사건의 진범으로 보이는 벳쇼 후미오와 관계가 있었다. 이부키와 벳쇼는 처남 매부 사이다. 하지만 랜드크루저와 사브의 관계는 현재 제로인 듯하다.

"자세한 건 나중에 다시 묻겠어. 유괴범은 지금 이야기에 나온 두 명뿐인가?"

"아니, 난 만난 적 없지만 놈들 말로는 유괴한 노인과 접촉하는 **배후인물** 같은 사람이 또 한 명 있는 모양이야. 이곳에는 늘 밤에만 오는 것 같지만."

"그래?" 나는 그렇게 말하고 벳쇼가 손에 든 휴대전화를 가리켰다. "역시 경찰에 전화하는 게 좋겠어. 어쨌든 내가 이 공장에 들어와 삼십 분이 지나도 나오지 않으면 밖에 있는 내 친구가 경찰에 신고하기로 되어 있으니까. 신고받고 달려온 경찰관에게 체포되는 편이 낫겠나, 아니면 자수하겠다고 스스로 전화하는 편이 낫겠나. 생각해볼 필요도 없을 텐데…… 전화하는 김에 가나가와 은행에서 행방불명된 노인이 여기 감금되어 있는 것 같다고 알려주면 정상참작에 도움이 될지 몰라."

벳쇼 후미오는 잠깐 생각하더니 납득된 듯이 고개를 끄덕였다. 그리고 수갑 찬 오른손으로 휴대전화를 가져가 걸려 했다. 그때 이웃한 작업장 쪽에서 무슨 소리와 함께 남자목소리가 들려왔다.

"전화 계속 걸어." 나는 이렇게 말하고 얼른 문 뒤로 몸을 숨겼다.

발소리가 가까워지더니 아까 그 운동복 입은 남자가 문으로 들어왔다. "이거 너무하잖아. 내가 나갔는데 빗장을 질러버리다니……."

남자는 실내에 자신이 나간 뒤 문을 걸어 잠근 동료는 없다는 걸 깨달았다. 동시에 벳쇼 후미오가 전화 거는 모습을 보았다. 그리고 제 심장이 있는 위치 등 쪽에 누가 권총을 들이댔다는 사실을 깨닫고 흠칫 몸을 떨었다.

"그대로 앉아." 내가 말했다.

운동복 차림의 남자는 시키는 대로 앉았다. 나는 총구를 남자의 등에서 목덜미를 지나 뒤통수까지 천천히 옮겼다. 차가운 총구가 목덜미에 닿았을 때 남자는 또 한 번 흠칫 몸을 떨었다.

남자와 나는 움직이지 않고 벳쇼 후미오가 경찰에 자기 문제와 유괴 사건을 신고하는 통화 내용을 들었다.

"······그렇습니다······ 예? 정확한 주소요? 잠깐 기다리세요."

나는 신주쿠 경찰서에서 구로다 경부한테 받은 메모를 상의 주머니에서 꺼내 가시와다 세이치로의 주소를 가르쳐주었다. 벳쇼는 그걸 복창하더니 최대한 서둘러달라는 말과 함께 전화를 끊었다.

나는 총구로 운동복 남자의 뒤통수를 쿡쿡 찔렀다. "수갑 열쇠 꺼내."

남자는 고분고분 주머니에서 열쇠를 꺼내 어깨 너머로 내게 건넸다. 나는 언더스로로 벳쇼에게 열쇠를 던졌다. 그는 가슴께에서 열쇠를 받아 바로 수갑을 풀었다. 그러고는 일어설 방향을 고르듯 어색하게 발을 움직이다가 침대에서 일어났다.

"이쪽으로 와. 이 남자를 여기 있는 커다란 재단기에 묶어두는 게 좋겠어."

벳쇼는 재단기 아래쪽, 레일 위에 있는 바퀴의 차축과 운동복 남자의 오른손을 수갑으로 연결했다. 운동복 남자는 기계 아래 부분에 오른손을 집어넣은 듯한 이상한 자세를 취해야 해서 투덜투덜 불평했다.

"경찰이 올 때까지 참아." 벳쇼가 말했다. "지금까지 네게 얻어맞은 주먹에 보답할 기운도 없다는 길 감사하게 생각해라."

벳쇼의 시선이 내 손에 있는 권총으로 향했다. "그 권총 안전장치를 풀지 않았어."

"난 총으로 쏘고 싶은 사람 아무도 없어." 나는 권총을 상의 주머니에 넣었다.

"그렇군…… 여기 감금되어 있는 동안 내가 한 짓을 곰곰 돌이켜보았는데…… 그때 그놈들을 쏜 뒤 바로 경찰서에 자수해서, 폭력단과 은행 융자부 그 더러운 놈들이 한통속이 되어 우리 영업을 방해한다는 사실을 폭로할 작정이었는데…… 일이 이렇게 되어버리니그만 뭐가 뭔지 잘 모르겠네."

벳쇼 후미오는 철제 책상으로 다가가 서랍에서 벨트와 지갑 등제 물건을 꺼내 챙겼다.

"이부키 데쓰야가 자수한 건 언제 알았지?" 빌린 장갑 한 짝을 돌려주며 내가 물었다.

"지난해 마지막 날이었을 거야. 난 이놈들에게 가나가와 은행에서 한 일을 털어놓고, 영감을 유괴했다는 이야기는 절대로 아무한테도 하지 않을 테니 풀어달라고 사정했는데 들어주지 않았어. 그리고그날 아침에 '네가 저질렀다던 저격 사건의 범인이 신주쿠 경찰서에자수했다'라고 가르쳐주더군. 신주쿠 경찰서라는 소리를 듣고 난 그게 바로 이부키 매형이라는 걸 알았지. 나중에 라디오 뉴스로 듣고그게 사실이라는 걸 확인했고. 매형이 쓸데없는 짓을 했다고 생각했어. 매형은 분명히 사건을 일으킨 뒤에 내가 겁을 집어먹고 이리저리 도망치는 거라고 생각했겠지."

벳쇼 후미오는 빨갛게 자국이 남은 오른쪽 손목을 무의식적으로문지르면서 말을 이었다. 해방감 때문인지 원래 그런 성격인지 꽤 수다스러웠다.

"그러다가 그럴듯한 아이디어가 하나 떠올랐지. 놈들은 처음부터 유괴한 영감이나 나나 1월 7일에는 풀어줄 테니 걱정하지 말고 얌전히 있으라고 했어. 그래서 난 누나에게 편지를 쓰기로 했지. 7일이면 풀려날 테니 그때 경찰서에 가서 자수하겠다. 그러니 매형에게 대신 자수한 걸 취소하게 하라고. 그리고 그 편지에 누나에게 내 몸값으로 1백만 엔을 내야 한다고 덧붙이면 어떻겠느냐고 놈들과 의논한 거야. 두 놈은 바로 내 제안에 응했어. 아마 좀 전에 말한 세 번째 동료에게는 비밀로 하고 둘이서만 진행하려고 했던 것 같아. 그래서 작년 마지막 날에 야구모자 쓴 놈이 내 편지를 들고 누나 부부가 사는 하쓰다이로 갔지. 가서 전화를 걸었더니 집을 지키던 사람이 누나는 신주쿠 경찰서에 갔다고 해서, 휴대전화로 연락해 경찰서에서 누나와 접촉했다는 거야. 그 직후에 매형이 저격당했기 때문에 내 계획은 절반쯤 물거품이 되고 말았지만."

"야구모자 남자는 그 1백만 엔을 받으러 나간 건가?"

"그렇지."

"몇 시에?"

"4시라고 했어."

나는 손목시계를 보았다. "3시 40분이 다 되었군."

벳쇼 후미오는 바로 휴대전화 번호를 누르고 상내가 받기를 기다렸다.

"……아, 누나? 나야, 후미오…… 잘 들어. 난 이제 안전해. 풀려났

어. 자세하게 설명할 틈은 없지만 어쨌든 1백만 엔은 줄 필요 없
어…… 그래, 그런 이야기야. 잠깐만 기다려." 벳쇼는 휴대전화를 귀
에서 떼고 내게 물었다. "그놈을 신주쿠에서 잡을 수 있는 방법은 없
을까?"

"4시라면 시간이 없어. 어설픈 수를 쓰다가는 네 누나가 위험해질
수 있지. 그리고 야구모자 남자는 1백만 엔을 손에 넣지 못하면 어
떻게 나올까. 곧장 여기로 돌아오거나 눈치채고 도망치거나 둘 중
하나겠지."

벳쇼는 다시 통화하기 시작했다. "누나, 바로 거기서 나와 집으로
돌아가줘…… 그래. 알았어…… 응, 난 괜찮아. 경찰에 자수하겠다
고 전화하려던 참이니까…… 매형이랑 게이코에게 미안하다고 전
해줘…… 그럼 끊어." 벳쇼는 전화를 끊었다. 가족과 통화를 해서인
지 얼굴이 약간 불그레해졌다.

나는 수갑으로 재단기에 묶여 있는 운동복 남자에게 갔다.

"너희는 그런 노인을 유괴해서 뭐하려고 한 거지?"

"……난 아무것도 몰라. 잠자코 시키는 대로 했을 뿐이야."

"야구모자를 쓴 남자 이름은?"

"스즈키 이치로라고 했다. 진짜 이름은 몰라. 지난 크리스마스에
가와사키 경륜장에서 만난 사이니까."

"네 이름은?"

"웃지 마. 스즈키는 나를 '대마신'특수촬영 시대극 영화 〈대마신〉 시리즈에 등장
하는 장수 모습을 한 거대 신이라고 부르지. 본명은—"

"그건 경찰에 이야기하면 돼. 또 한 명, 여기 밤에만 나타나는 동료 이름은?"

"모른다…… 스즈키에게 한 번 물어본 적이 있는데 모르는 편이 신상에 좋다고 하더군."

"그 녀석을 만난 적은 있나?"

"아니, 없어."

노인이 행방불명된 이후 유괴범이라거나 하는 쪽에게서 아무 연락도 오지 않았다는 신문보도를 떠올리며 나는 벳쇼에게 물었다. "그들이 유괴한 노인의 몸값을 요구하지 않았나?"

"나도 그 생각을 했는데 여기서는 하지 않은 것 같아. 적어도 내 앞에서 한 적은 없었지. 아마 세 번째 동료가 살림집에서 하지 않았을까?

나는 운동복을 입은 녀석에게 물었다. "노인은 어디 있나?"

"살림집 쪽 2층에 갇혀 있다는 말밖에 듣지 못했다."

나는 벳쇼 후미오에게 말했다.

"경찰이 도착하기 전에 인질 구출로 점수를 좀 따놓을게."

8

나는 작업장 앞 공터로 나와 다사카 이오리를 불러 경찰에 신고할 필요가 없어졌다고 알렸다. 다사카 이오리의 근심스러운 표정이 밝아지는 모습을 보았을 때 나 자신이 부끄러웠다. 좀 전에 다사카 이오리를 '친구'라고 했을 때 거짓말하고 있다고 의식했기 때문이다. 우리는 누군가를 등지는 짓을 했을 때 비로소 상대가 친구가 될 수 있었을 거라는 사실을 깨닫는다. 하지만 그걸 깨달았을 때는 이미 자격을 잃은 상태다. 나는 경찰이 도착했을 때를 위해 공장으로 들어가는 입구 문의 빗장을 풀고 반쯤 열어두었다. 그리고 작업장으로 돌아와 중앙 오른쪽에 있는 문을 통해 살림집으로 통하는 골목을 지나 부엌문 앞에서 기다리던 벳쇼 후미오와 합류했다. 부엌문은 잠겨 있지 않아 바로 열렸다.

우리는 구두를 벗고 집 안으로 들어갔다. 부엌은 얼핏 보기에도 누군가가 연말부터 내내 사용한 흔적이 또렷했다. 다만 보통 가정의 설날 연휴 부엌이 아니라 여성의 손길이 닿지 않은 학생 운동선수 합숙소처럼 어질러져 있었다. 우리는 불을 켜며 부엌을 지나고 거실도 지나 일단 현관 쪽으로 갔고, 거기서 2층으로 올라가는 계단을 발견했다. 나는 계단 초입 벽에 있는 조명 스위치를 켰다.

"누구 있나?" 환해진 계단 위쪽을 향해 물었다. 오늘 자주 하는 대사인데, 이번에도 대답은 없었다.

나는 만약을 위해 주머니에서 벳쇼의 권총을 꺼냈다. 벳쇼는 경찰에 자수하겠다고 신고한 상태라 지문을 걱정할 필요는 없었다. 벳쇼는 내가 건네준 몽키렌치를 오른손에 들고 두세 차례 흔들어 보였다. 둘이서 계단을 올라갔다. 계단은 중간에 층계참이 있고 거기서 오른쪽으로 꺾여 예닐곱 칸 더 올라갔다. 다 올라가자 왼쪽 벽에 스위치 두 개가 보였다. 하나를 누르니 계단 조명이 꺼졌다. 다시 켜서 계단을 밝히고 다른 스위치를 누르자 2층 복도 전체가 환해졌다. 복도를 5, 6미터 걸으니 판자벽이 앞을 가로막았다. 거기서 복도는 T자 모양으로 이어졌다. 좌우를 살펴 2층에는 방이 세 개 있다는 걸 확인했다. 계단을 사이에 두고 양쪽에 작은 방 두 개가 있고 막다른 판자벽 쪽이 커다란 방이었다. 가시와다 부부의 방과 사 년 전에 세상을 떠난 아들의 방, 그리고 나머지 방 하나일 거라고 짐작되었다. 나는 우선 거리 쪽 방과 이웃 쪽 방을 제외하고, 외부에서 가장 눈에 띄지 않을 철공소 쪽 방을 골라 계단 오른쪽의 작은 방으로 향했다.

문을 열고 어두컴컴한 방을 향해 나는 다시 '누구 있나?'라고 물었다. 역시 이번에도 대답은 없었다. 방 안쪽 벽을 더듬어 조명 스위치를 찾아 불을 켰다. 실내는 크고 작은 골판지 상자로 반쯤 채워져 있었는데, 남은 공간에 의자가 두 개 딸린 응접세트가 있고 그 안쪽에 침대가 놓여 있었다. 창고와 비즈니스호텔의 방 한 칸을 합해 놓은 듯한 스산한 방이었다. 하지만 창 쪽 벽에 붙은 공기조절기로 온도를 조절해 실내는 따스했다. 아무도 없는 방에 난방을 할 리 없다.

벳쇼가 응접세트 쪽을 가리켰다. 의자 하나에 하오리와 하카마 같은 것이 **아무렇게나** 걸려 있었다.

"저건 분명히 함께 끌려 온 노인이 입던 옷인데."

우리는 침대로 다가갔다. 침구 안에 백발 노인이 누워 있었다. 상당히 고령이라는 걸 알 수 있을 만큼 주름과 검버섯이 가득한 얼굴이 이상하리만치 희게 보였다. 살아 있는 것 같지가 않았다. 하지만 숨은 가늘게 쉬고 있었다. 나는 노인의 어깨를 흔들었다. 처음에는 거의 반응이 없었지만 계속 흔들자 이윽고 살짝 눈을 떴다.

"좀 더 자게 해다오…… 할 이야기는 이제 아무것도 없어…… 제발……."

"어르신 존함이 시다라 미쓰히코입니까?" 나는 좀 큰 소리로 물었다.

노인은 감으려던 두 눈을 다시 뜨고 나를 바라보려 애썼다. 그리고 자신이 생각하던 사람이 아니라는 사실을 깨달은 모양이었다.

"그렇소, 내가 시다라요…… 그런데 댁은 누구신가……?"

"어르신은 요코하마에 있는 가나가와 은행 호라이 지점에서 납치되어 여기 감금된 겁니까?"

"나는 잘 모르겠구려…… 여기 끌려온 뒤로 이상한 주사만 맞은 바람에 머리가 멍해서."

나는 벳쇼에게 말했다. "구급차를 부르는 게 낫겠군."

벳쇼는 고개를 끄덕이더니 주머니에서 휴대전화를 꺼냈다. 침대 옆 쓰레기통을 들여다보니 같은 약품의 포장지가 여럿 버려져 있었다. 나는 그 가운데 하나를 꺼내 상의 주머니에 넣었다. 통화하는 벳쇼의 목소리에 섞여 멀리서 사이렌 소리가 들려오기 시작했다.

드디어 경찰 나리들 행차이시다. 사이렌 소리는 한둘이 아니었다. 가나가와 은행에서 일어난 총격 사건의 범인과 유괴 사건 피해자가 있다는 신고가 들어온 현장으로 달려오는 것이니 출동 태세를 갖추느라 제법 시간이 걸렸으리라.

9

이튿날 오전, 나는 신주쿠 경찰서 지하 주차장 안쪽에 있는 경무과 차량계 창구에서 블루버드를 돌려받았다. 담당자 지시에 따라 압수물 반환 어쩌고 하는 서류에 필요한 사항을 적어 넣고 서명 날인했다. 블루버드를 압수물건 제○○○○○○○호라고 일곱 자리나 되는 숫자로 부르는, 위장병을 앓는 듯한 낯빛을 한 담당 경찰관은 처리에 묘하게 시간이 걸리는구나 생각하는데 어디선가 구로다 경부가 나타났다.

"그런 고물차는 빨리 폐차하고 반짝거리는 새 차를 사는 게 어때. 그나저나 그런 중요한 단서를 숨기다니 당신 정말로 지저분한 인간이야."

"그때까지만 해도 중요한 단서인지 어떤지 확실하지 않았어. 나는 차량번호를 둘 다 정확하게 진술했지만 당신들은 저격범 차 말고는 관심이 없었지. 다른 번호가 중요한 정보인지 아닌지 검토하기도 전에, 그걸 내게 줄지 말지에만 관심이 있었어."

"난 그런 이야기를 하는 게 아니야. 행방불명된 시다라 미쓰히코라는 노인에 대한 제보에 1백만 엔, 발견 관련 정보에는 2백만 엔의 '현상금'이 걸려 있다는 걸 알고 그때부터 그걸 노린 거지?"

"그 이야긴가?" 나는 블루버드 키를 주머니에 넣으며 말했다. "그걸 알게 된 건 가마타 경찰서에 도착한 뒤야."

"거짓말. 그게 공표되고 신문에 실린 건 1월 3일이지만 경찰에 시다라 씨 가족에게서 그런 요청이 들어온 것은 유괴 다음 날이었어. 당신은 그때 이미 연줄 같은 걸 이용해 정보를 파악한 게 틀림없어."

"2백만 엔을 받을 사람이 대체 누구지? 이봐, 말단 공무원. 의심하려면 가마타 경찰서에 좀 물어보고 나서 해."

"누가 받을 것 같은가?"

"스물다섯 살 난 히키코모리 젊은이와 서른 몇 살쯤 먹은 가나가와 은행 총격 사건 진범이 반씩 나누지 않을까?"

구로다 경부는 먹어본 적 없는 음식이 강제로 입안에 욱여넣어진 듯한 표정을 지으며 나타날 때와 같은 속도로 가버렸다. 구로다가 말한 유일한 사실은 압수물 제○○○○○○○호가 과장 없이 표현해도 고물차라는 점이었다. 나는 닷새 만에 그 핸들 앞에 앉아 메이지 길로 나와 이케부쿠로 쪽으로 향했다.

어제만큼 화창한 날씨는 아니지만 약간 흐린 오후 햇살은 그래도 부드러웠고 거리는 따스한 겨울 기운으로 가득했다. 원래 일기예보에서는 오늘부터 기온이 갑자기 떨어져 1월에 어울리는 추위가 다시 찾아올 거라고 했다. 1월도 닷새가 지나자 거리는 평소와 다름없었다. 도쓰카 교차로에서 조시가야에 걸쳐 조금 붐비는 편이었지만 이케부쿠로가 가까워지면서 오히려 차량이 줄어들었다. 미나미이케부쿠로 2초메에 있는 공원 남쪽에 '이케부쿠로 크리미널 에이전트'의 머리글자인 'ICA' 간판이 보였다. 그 아래 전용 주차장에 블루버드를 세운 때는 오후 2시가 되려면 제법 남은 시각이었다. 지금이야 거창하게 탐정사무소지만 십 년 전까지만 해도 '이케부쿠로 흥신소'라고 했고, 그보다 십 년 전에는 '사토 탐정사'라고 했다. '사토'는 소프트모자에 짧은 콧수염을 기른 사장 겸 탐정의 성인데, 아직도 간판에 그려진 일러스트의 얼굴로 ICA라는 글자 아래서 세상을 엿보고 있었다.

이케부쿠로 역에서 걸어서 약 오 분 거리인 12층짜리 빌딩의 4층 전체를 차지한 이 사무소를 방문할 때마다, 탐정업은 불황을 잘 이겨내는 업종이라는 기쁘기도 하고 슬프기도 한 확신을 내게 안겨주었다.

탐정 관리 업무의 책임자인 이나바라는 사십대 중반 총무과장이 내 얼굴을 보더니 빈정거리듯 말했다. "아니 이런, 신주쿠에 계시는 대선배 탐정님이 새해 벽두부터 이런 시골 에이전트에 왕림하시다니, 대체 무슨 바람이 분 걸까?"

이 남자가 과장에 취임한 뒤로는 자리를 비웠기를 은근히 바라게 되었지만 그는 늘 사람을 얕잡아보는 듯한 얼굴을 하고는 늘 푸른색 파일을 앞에 두고 늘 자리에 앉아 있었다.

"다 들었어. 작년에는 시부야에서 택시 운전기사가 되기도 하고, 신주쿠 3초메에 있는 고미술상이 되기도 하고, 메지로다이에 있는 대학병원에 입원한 암 환자가 되기도 하며 대활약하느라 아주 바쁘셨잖아? 우리가 맡기는 일은 할 틈이 전혀 없는 줄 알았는데."

"그런 정도 일로는 먹고살 수 없어. 내가 할 수 있는 일이 있다면 올해도 잘 부탁해."

"그 '내가 할 수 있는 일'이라는 게 참 문제야. 우리가 시키고 싶은 일은 어지간해선 받아들이지 않으니까 말이야. 실제로 오늘도 봄에 입사할 신입사원 신용조사 의뢰가 많은데 일손이 부족해 캐스팅에 애를 먹고 있거든."

이나바는 책상 위에 있는, ICA라는 글자가 표지에 들어간 푸른색 파일을 펼쳤다. 자신이 하는 일은 미국 'CIA'가 하는 일과 일맥상통하는 면이 있다고 착각하고 싶어 하는 듯한 심리는 요즘 같은 세상에 귀중하다고 할 수 있지만, 실제로 그렇게 착각하는 사람은 한 명도 없었다.

"오늘은 새해 인사를 하러 들렀을 뿐이야." 내가 얼른 말했다.

"또 그러는군." 이나바는 파일을 덮고 고개를 저었다.

스물네댓 살쯤 돼 보이는 머리가 긴 여사무원이 이나바의 책상으로 다가오더니 커다란 서류봉투를 건넸다.

"식사 마친 뒤에 급하다고 하신 그 사진 가지고 왔습니다. 교대로 무네카타 씨가 휴식인데 시키실 일 있습니까?"

"없어." 이나바가 대답했다.

"뭐야, 벌써 식사했어요?" 내가 여직원에게 말하고 이나바 쪽으로 방향을 바꾸었다. "사실 오늘은 늘 안내나 전화 때문에 신세 지는 여직원들에게 점심이라도 대접할까 해서 왔는데."

이나바의 표정이 흐려졌다. "희한한 일도 다 있군. 설마 우리 직원을 빼가려는 속셈은 아닐 테지."

"내 사무실이 여성 안내 직원까지 필요할 형편인가?"

"그건 그렇지만…… 혹시 야릇한 속셈이 있는 건 아닐 테지?"

"순수하게 경의를 표하려는 접대라고나 할까."

"교대는 무네카타 씨인가?" 이나바가 여직원에게 확인했다. 입가에 웃음이 떠올랐다.

"뭐 무네카타 씨가 접대에 응하겠다고 한다면 괜찮겠죠. 하지만 무네카타 씨는 미나미이케부쿠로에서 철벽으로 유명해요."

접대에 응하기로 오전 중 전화로 미리 약속한 무네카타 마리코와 나는 단골인 '브라보 알파 로미오'라는 긴 이름을 지닌 카페 바에서 늦은 점심식사를 함께했다.

무네카타 마리코라는 여성을 알게 된 지는 삼 년쯤 되었다. 그래 봤자 ICA에 왔을 때 얼굴을 보거나 ICA와 통화할 때 무네카타 마리코로 여겨지는 목소리를 가끔 듣는 정도였다. 다만 다른 직원이나 탐정들과는 분명히 인상이 달랐다. 예를 들면 ICA라는 탐정사무소는 사토 사장 이하 부장, 과장도 다들 훈시하기 좋아하는 관리직이라 툭하면 사원이나 우리 같은 하청업체 사람을 불러 '브레인 미팅'이라는 쓸데없는 시간을 마련하고 싶어 했다. 그러고는 쉴 새 없이 외래어를 내뱉으며 엘리트 기업 콤플렉스를 노골적으로 드러내는 그들의 연설은 나 같은 사람에게는 귀를 기울일 만한 내용이 아니었다. 기분을 상하게 만들고 싶지 않아 나는 눈을 내리깔거나 외면하거나 둘 중 하나를 선택해야만 한다. 시선을 피하다, 나와 마찬가지로 눈길 둘 곳을 찾지 못하는 무네카타 마리코와 시선이 마주치는 바람에 쓴웃음을 나누는 일이 자주 있었다. 지난해 마지막 날, 신주쿠 경찰서 주차장에 서 있던 흰색 경차 운전석에서 무네카타 마리코가 보여준 희미한 미소도 그와 일맥상통하는 느낌을 주었다. 아는 사이라고 해봤자 겨우 이런 정도였다.

"잘 먹었습니다." 무네카타 마리코가 이렇게 말하며 담뱃불을 붙였다. "……아, 사와자키 씨는 제게 묻고 싶은 게 있겠죠? 지난해 마지막 날 일로."

"그래요. 그때 거기에서 일어난 사건은 아시죠?"

"신문이나 텔레비전으로 보도된 정도라면…… 사건 현장에서 그렇게 가까운 곳에 있었으니까요. 사건 직후 주차장은 바로 봉쇄되었고 신원과 차량 증명을 엄격하게 점검한 뒤에 무슨 이유로 그 주차장에 있었는지 묻더군요. 신주쿠 경찰서에서 나올 때까지 거의 한 시간쯤 걸렸어요."

"괜찮으시다면 그 이유를 들려주실 수 있을까요?"

"괜찮아요. 하루 전날인 12월 30일에 우리 흥신소 직원 한 명이 조사 대상이 된 사람에게 주거침입으로 체포되어 신주쿠 경찰서에 넘겨졌죠. 기쿠치라는 변호사와 함께 유치장에 있는 직원을 면담하고 가석방 수속이나 변호를 위해 갖춰야 할 서류나 자료 처리를 지시받았어요. 주차장에 있던 건 돌아갈 때였죠."

"그러면 주차장에서 조수석에 앉아 있던 사람이 기쿠치 변호사인가요?"

"……아니에요." 무네카타 마리코는 입을 다물었다.

웨이터가 우리 테이블에 커피를 가지고 왔다. 무네카타 마리코와는 낯익은 사이인지 웨이터가 말을 걸었다. "천천히 드세요." 가게 안은 시간대 때문인지 손님이 **드문드문** 보였다.

웨이터가 돌아간 뒤 내가 입을 열었다. "지하 주차장에서 처음 무네카타 씨 차 앞을 지나갈 때 조수석에 남성이 앉아 있었죠. 그리고 칠팔 분 뒤에 또 한 차례 그 앞을 지나갈 때…… 아니, 그때는 질주하는 차를 추적중이었으니 확신할 수는 없지만 조수석 남성은 없었을 겁니다."

"무시무시한 속도로 달리는 거무스름한 사륜구동차를 뒤쫓던 차는 역시 사와자키 씨였군요. 신문이나 텔레비전에서는 그런 내용이 전혀 나오지 않아 잘못 알았나 했는데……."

나는 커피를 한 모금 마시고 나서 말했다. "사실 그때 그 주차장에 사람이 얼마나 있었는지는 모르지만 대부분 내가 모르는 사람들이었죠. 두 사람 빼고. 한 명은 저격당해 중상을 입은 이부키 데쓰야라는 남자, 또 한 사람은 무네카타 씨. 이건 탐정이 지닌 애처로운 습성이 시킨 질문이라고 생각하고 참고 들어주면 고맙겠어요. 무네카타 씨는 거기서 일어난 저격 사건과 아무런 관계도 없나요?"

"없어요." 담배를 끄고 무네카타 마리코는 커피 잔을 입에 댔다.

"그럼 조수석에 있던 남자는 어떻습니까?"

"그 사람은……" 커피 잔을 테이블에 내려놓고 말을 이었다. "제 남편이에요. 혼인신고를 하지는 않았지만 벌써 십 년이나 함께 살았으니 그렇게 불러도 되겠죠. 그 사람은 좀 전에 이야기한 기쿠치 변호사가 소속된 '야지마 변호사사무소'에서 조수로 아르바이트를 합니다. 그 사람은 저격 사건과 관계가 없을 거예요. 그렇지만 제가 그 사람의 모든 걸 다 알지는 못하니까."

그때 문득 무네카타 마리코가 아름다운 여성이라는 사실을 깨달았다. 동시에 그녀가 나보다 스무 살 이상 어리다는 사실도 떠올려야만 했다.

"그렇군요. 대답을 들었으니 충분합니다. 내가 무네카타 씨의 사생활에 대한 실례되는 질문을 한 것 같군요. 장소는 좀 이상하지만 부부가 경찰서 지하 주차장에서 저녁식사 준비를 의논했다고 해도 이상할 일 없는데."

무네카타 마리코는 미소를 지으며 말했다. "저는 벌써 오 년 넘게, 어쩌면 그전부터 그 사람을 위해 서녁 밥상을 차린 적이 없어요. 우리가 그런 대화를 했던 게 아니라는 건 사와자키 씨라면 한눈에 알아차렸을 테죠."

"좀 심각한 분위기 같기는 했죠." 나는 상의 주머니에서 담배를 꺼냈다.

무네카타 마리코의 표정이 살짝 굳어졌다. "며칠 전부터 제가 헤어지자는 말을 꺼낸 상태였는데, 그날 그 사람은 제 말을 거부하고 정식으로 혼인신고를 하고 결혼하자고 했어요. 저는 거기에 조건을 달아 동의했죠. 그게 지하 주차장 차 안에서 나눈 대화의 전부예요. ……그리고 그 사람은 변호사회 일로 다른 변호사와 만난 기쿠치 변호사와 합류하기 위해 주차장을 나갔죠. 그리고 제가 차 안에서 잠깐 마음을 가라앉힐 때 총소리가 났어요. 그때는 총소리인지 뭔지 몰랐지만요."

나는 담배에 불을 붙이고 물었다. "왜 헤어지자는 말씀을?"

"들으시겠어요? 재미없는 이야기인데."

"탐정은 재미없는 이야기쯤에는 놀라지 않죠."

무네카타 마리코는 미소를 지었지만 눈은 웃지 않았다. "작년 여름이었어요. 그 사람에게 좋아하는 여자가 생겼죠. 바람을 피운 게 아니라 진심이었던 모양이에요. 상대는 야지마 변호사사무소에 있는 여자 변호사예요. 아마 독신이고 저보다 한두 살 위일 겁니다. 그 사람이 확실하게 털어놓은 적은 없지만, 그렇다고 특별히 숨기려고도 하지 않았어요. 저는 그렇게 나오는데도 바로 반응하지 못했죠. 그저 꾹 참기만 한 것 같아요. 여자 변호사와 연하의 아르바이트 조수는 그다지 어울리지 않는다고 생각하시죠? 아니더라고요. 그걸 이해하시려면 그 사람과 제가 만난 이야기부터 해야 하는데…… 들으시겠어요? 따분한 이야기예요. 탐정은 따분한 이야기쯤에는 놀라지 않나요?"

"두 분은 흥신소 여직원과 흥신소와 거래하는 변호사사무소 조수로서 알게 된 게 아니군요."

"예. 그 사람과 저는 모 '미술대학' 선후배 사이였어요. 그 사람은 유화에 대단한 재능이 있죠. 저보다 두 살 위인데 일 년 늦게 졸업해서 저보다 일 년 먼저 사회에 나갔어요. 유화 화가의 세계는 아실 테지만 재능이 좀 있는 정도만으로는 쉽게 먹고살지 못하죠. 저는 졸업할 때 제 미술 재능을 포기했어요. 원래 판화 전공으로 대학에 들어갔는데 학년이 올라가면서 미술 전반에 대한 흥미가 생겨 장차 미술관 관련 일을 하고 싶었죠. 하지만 저희가 졸업할 무렵은 이른바 '거품 붕괴' 직후라서 적어도 제 주위에는 희망하는 쪽으로 진출한 사람이 아무도 없었어요. 그래서 저는 졸업 후 조금이라도 실수입이 괜찮은 직장을 찾아 이리저리 옮겨 다녔어요. 어쨌든 그 사람과 제가 먹고살 생활비를 벌어야 했으니까요. 그리고 오륙 년쯤 전의 일인데 제게 ICA의 사무직과 야지마 변호사사무소의 조수 일자리가 동시에 들어왔어요. 둘 다 그때 제가 하던 일보다 보수가 훨씬 좋았죠. 그런데 갑자기 그 사람이 그중 하나를 자기가 하게 해달라더군요. 저 혼자 벌어서는 생활하기 빠듯한 게 사실이었거든요. 그 사람은 유화에 전념해 9년이 지났는데도 상황이 좋아지기는커녕 큰 벽에 부딪힌 것 같은 상태였죠. 저는 잠깐이라면 일을 해보는 것도 기분전환에 괜찮겠다고 생각했는데 이제 와서 돌이켜보면 그 사람에게 그런 일은 절대로 시켜서는 안 되는 거였어요. ICA 쪽은 여자여야 채용한다는 조건이었기 때문에 그 사람은 어쩔 수 없이 야지마 변호사사무소에서 일하게 되었죠…… 그날 이후 그 사람은 붓을 한 번도 잡지 않았을 거예요. 대신 야지마에서 지낸 오륙 년 동안 법률 공부를 무섭게 했어요. 삼 년째 무렵에는 야지마 선생도 자기 사무실에서 가장 우수한 변호사는 그 사람인데 안타깝게도 변호사 자격증이 없다고 말씀하셨을 정도니까요. 지금은 사무실에서 어려운 문제가 생겼을 때 가장 좋은 답안을 내놓는 사람이라고 합니다. 선생은 신물이 날 만큼 사법고시를 보라고 했다는데 그 사람은 통 보려고 들지 않았어요. 대답은 늘 '나는 화가다. 아직 아무도 인정해주지 않지만'이었죠…… 그래도 여자 변호사와 그 사람의 연애가 어울리지 않나요?"

무네카타 마리코는 도전적인 말투로 말을 마치더니 커피 잔을 다 비우고 이어서 컵에 담긴 물을 반 이상 들이켰다.

"어울리지 않는 연애는…… 그런 게 있다면 하는 말이지만, 그건 연애 비슷한 다른 것 아닐까요?"

"그런 건 외야석 의견이죠."

"맞는 말씀이에요." 나는 짧아진 담배를 재떨이에 껐다. "하지만 외야석 관객 없이도 성립하는 건 풀뿌리 야구뿐이죠. 무네카타 씨 말씀은 두 사람의 연애를 아내인 내가 평가하니 공식전으로 통할 만한 연애라고 주장하는 것 같습니다. 주장이야 별 상관없지만 그렇다고 해도 외야석은 가득 차지 않을 거예요. 하물며 그 사람들에게 일어나 박수를 쳐달라고 요구하는 것도 억지 주문이죠."

무네카타 마리코는 내 말에 귀를 기울였지만 받아들이는 표정은 아니었다.

"개인적인 의견을 말하죠." 내가 말했다. "그 사람의 상대가 야지마 변호사사무소의 사쿠마 변호사라면 두 사람의 연애는 안 어울리지 않아요."

"어머, 사와자키 씨도 그 여자를 아세요?"

넘겨짚었는데 이번에는 적중했다. '여성 시대'라는 말이 나온 지는 오래되었지만 야지마 변호사사무소에 두 번째나 세 번째 여성변호사가 탄생했을 거라고는 생각하기 힘들었다.

"딱 한 번, 같이 일을 한 적이 있죠."

"그 여자를 만난 적이 없는 저와 그 사람을 만난 적이 없는 사와자키 씨가 두 사람의 연애 문제를 놓고 이야기하다니 우습군요. 그 여자는 어떤 사람인가요?"

"일을 함께했다기보다는 일로 부딪혔던 사이죠. 성실하고 만만치 않은 변호사였습니다. 의뢰인의 누나가 왜 자살했는지 진상을 알아내야만 했는데 상대방 쪽에서는 어느 노能 명인과 그를 지지하는 큰 조직의 권익을 지키기 위해 나를 가로막았죠."

"결과는 사와자키 씨 승리고요?"

"나는 거기서 보수를 받았고 그 여자도 보수와 급여를 받았을 겁니다. 세무서를 상대하지는 않기 때문에 얼버무릴 생각은 없지만 내가 그 여자보다 얻은 게 많았다고는 생각하지 않아요. 그래도 내가 이긴 건가? 의뢰인과 명인의 승패를 묻는다면 양쪽 모두 진 것 같은 인상을 받았죠."

무네카타 마리코는 평정을 되찾고 미소를 지으며 말했다. "흥신소 사무직원 경력 오 년치고는 미숙한 질문이었네요. 재미없으니 따분한 이야기는 그만하죠. 작년 여름에 시작된 두 사람의 연애는 가을이 끝나면서 갑자기 막을 내린 모양이에요. 어쨌든 그 사람이 내게 돌아온 것은 확실했죠. 또 한 가지 확실한 것은 연애를 끝낸 사람은 그 사람이 아니라 여자 쪽이었다는 겁니다. 그 사람은 여자를 포기할 남자가 아니기 때문에 단순명쾌하게 표현한다면 그 여자에게 버림받았다는 거죠. 두 사람의 연애가 계속되는 동안 저는 꾹 참고만 있었지만 그 사람이 돌아왔을 때 헤어지자고 생각하기 시작했어요. 그러면서 그 사람이 결심하기를 기다렸던 거죠."

"야지마 변호사사무소를 그만두겠다는 결심인가요?"

무네카타 마리코는 고개를 끄덕였다. "그리고 그 사람에게는 변호사사무소를 그만둘 생각이 없는 모양이라는 사실을 깨달았을 때 저는 그 사람에게 헤어지자는 말을 꺼냈죠…… 이제야 겨우 사와자키 씨 질문에 대한 대답에 이르렀네요."

"결혼에 동의했을 때 내건 조건은?"

"사와자키 씨는 남의 말을 한 마디도 흘려듣지 않는군요. 야지마 변호사사무소를 그만두고 그림 그리기에 전념할 것. 그것뿐이에요. 그 사람에겐 재능이 있죠. 저는 그 사람과 그의 재능 양쪽을 사랑해요. 그건 이미 말씀드렸죠?"

나는 쓴웃음을 지었다. "무네카타 씨 이야기는 처음부터 끝까지 그것뿐이죠."

"그러면 그 사람이 신주쿠 경찰서에서 일어난 사건과 관련 있지 않느냐는 사와자키 씨의 의심은 어떻게 되었나요?"

"솔직하게 대답하죠. 무네카타 씨가 그려준 그 사람에 대한 동판 화식 인물상으로는 그 사건과 관련이 있다는 냄새는 나지 않는군 요…… 그렇지만 이런 불경기에 안정된 직장을 버리고 그림 그리기 에 전념한다니. 저처럼 별로 미적이지 못한 삶을 사는 인간은 뭔가 큰돈이 들어올 거라는 계산이 있는 걸까, 하는 생각을 하게 되죠."

"제가 아는 한 그건 제 두 어깨에 걸려 있어요."

"마음씨가 곱군요. 그러나 그럴 가치가 있을지도 모르죠. 야지마 변호사사무소에 근무하는 사쿠라는 여자 변호사가 한 명이라면 그 여자와 관련해 떠오르는 게 한 가지 있군요. 그 여자는 반신불수 라 휠체어를 타고 다닙니다."

무네카타 마리코는 말도 못 할 만큼 놀란 표정을 지었다. 그런 사 실을 전혀 몰랐다는 증거다.

"그런 사실을 이야기하지 않은 남자의 이름은 알아두고 싶군요."

무네카타 마리코는 고개를 숙이고 말했다. "4월이면 저는 미즈하 라 마리코가 됩니다. 그래도 머리글자는 M·M이라 달라지지 않죠."

그리고 무네카타 마리코는 두 손으로 얼굴을 가린 채 소리 내어 울기 시작했다. 나는 자리에서 일어서 계산대로 향했다. 아까 그 웨 이터가 걱정스러운 듯 물었다. "무네카타 씨는 괜찮을까요?"

"여자가 저렇게 우는 건 인생에서 가장 나쁠 때거나 가장 좋을 때 아닌가? ……별로 자신은 없지만 아마 후자 쪽일 거라고 생각해."

나는 계산을 마치고 가게를 나왔다.

10

신주쿠로 돌아오는 길에 나는 오래 침묵을 지키던 자동차 라디오를 켰다. 경무과 담당자가 라디오 스위치 배선도 끊어져 있어서 수리했다고 한 말이 생각났기 때문이다. 라디오 배선은 저격범의 차에 부딪히기 몇 해 전부터 끊어진 상태였다. 불황이라고 상품 이름이나 계속 외쳐대고, DJ는 말투가 너무 무람없고, 우스갯소리는 강박적이며 운치 없고, 음악은 어른들이 듣기를 거부하는 듯했다. 배선이 끊어지기 전보다 나아진 게 없었다. 마음에 들지 않는 소리가 홍수처럼 쏟아져 나오는 바람에 스위치를 끄려는데 3시 뉴스가 시작되었다. 나아진 게 없기는 뉴스도 매한가지였다. 후반부에 실인범 두 명과 살인 미수범 한 명이 또 새로 나타났다는 소식을 알렸다. 신주쿠 경찰서 쇼지 형사가 순직했고 요코하마의 폭력단 가부라기구미의 두목은 위독한 상태에서 벗어나 다음 주에는 경찰 조사를 받게 될 거라고 보도했다. 최근 뉴스치고는 범죄자 발생률을 따지면 오히려 낮은 편일지도 몰랐다. 세 명의 범죄자 가운데 두 명은 아직 체포하지 못한 상태라고 보도했는데 이 또한 최근 뉴스치고는 적은 편일지도 몰랐다.

신주쿠 사무실 주차장에 자리가 영 불편해 보이는 짙은 청색 메르세데스 벤츠 '아방가르드'가 주차되어 있었다. 2층 사무실 앞 벤치에는 더 마음이 편치 않아 보이는 방문객 세 명이 앉아 있었다. 이부키 게이코가 나를 보더니 벤치에서 일어섰다. 지난해 마지막 날 만났을 때와 같은 코트에 같은 청바지, 같은 백이었다. 적어도 내게는 그렇게 보였다.

"전화했더니 3시까지는 돌아오실 거라고 해서 기다렸어요. 시간 괜찮으세요?" 이부키 게이코는 '전화 응답 서비스'에 남긴 메시지를 들은 모양이다.

"물론." 나는 사무실 문을 열고 안으로 들어갔다. 창문 블라인드가 열려 있었지만 흐린 날이면 조명이 필요해 스위치를 켰다.

"그렇게 멋진 목소리를 가진 비서는 어디에 숨겨둔 거죠?"

나는 오른쪽 입꼬리를 살짝 들어 올리며 웃기로 했다. 이부키 게이코의 뒤로 한 시대 전의 변호사 제복처럼 답답해 보이는 짙은 남색 양복 차림의 오십대 남자와 수수한 기모노를 입은, 숨이 멎을 것처럼 아름다운 사십대 여성이 사무실로 들어왔다. 그 여성이 오른쪽 다리를 심하게 절어 또 숨이 막힐 뻔했다.

이부키 게이코가 두 사람을 소개했다. "아버지 담당 변호사인 우루시바라 씨이고 이쪽은 우리 엄마예요."

우루시바라는 7대 3 가르마를 탄 백발 섞인 머리를 살짝 숙여 인사하기 전에 이미 내 사무실을 음미한 모양이었다.

"이부키 데쓰야의 아내입니다. 지난번에 남편을 구해주셔서 정말 감사합니다. 그리고 어제는 또 동생을 구해주셨을 뿐 아니라 자수하도록 만들어주셨다고 들었습니다. 거듭, 거듭 감사드립니다."

나는 사물함 옆에 세워둔 접이식 의자 두 개를 꺼내 이부키 게이코에게 건넸다.

"일단 앉으세요."

이부키 게이코가 손님용 의자에는 변호사를 앉힌 뒤 접이식 의자를 자기 어머니와 나누는 사이, 나는 석유난로에 불을 붙이고 책상 의자에 앉았다.

"자세가 건방져 죄송합니다." 이부키 게이코의 어머니가 말했다. 신주쿠 경찰서에서 이름은 기누에라고 들었다. 오른쪽 무릎을 거의 구부릴 수 없는지 다리를 어색하게 앞으로 내밀고 있었다. 나는 말 없이 고개를 끄덕였다.

"어머니 다리는 제가 태어나기도 전에 우리 할아버지가 권총으로 공격받았을 때 유탄을 맞아 이렇게 되었어요. 우리는 권총과 인연이 깊은 집안이네요. 할아버지 때 어머니기 총에 맞고 이번에는 후미오 삼촌 대신 아버지가 총에 맞다니⋯⋯ 그전에 삼촌이 은행에서 두 명을 총으로 쐈으니 쏘고 맞고 계산이 맞는 것 같기는 하지만."

"게이코." 어머니가 꾸짖었다. "그런 농담하면 못써."

우루시바라 변호사가 상황을 수습하려는 듯이 명함을 꺼내 책상 너머로 내게 건넸다.

"성급하지만 일단 지난해 마지막 날 있었던 일은 사과드리겠습니다. 이부키 씨 면회시간이 급박해 서두르기도 했고, 정신없는 통에 사무실 직원에게 사와자키 씨에게 터무니없이 적은 사례를 드리라고 한 채 인사도 드리지 못하고……."

그 말을 듣고 나도 기억났다. 받은 그대로 책상 서랍에 넣어둔, 우루시바라 변호사사무소라고 인쇄된 봉투를 꺼내 우루시바라 앞에 내놓았다.

"그때 전화로 말씀드렸듯이 저는 업무로 게이코 씨를 데려다준 게 아니니 이건 받을 수 없죠."

"그러십니까? 사와자키 씨가 그렇게 말씀하시는 것도 당연하겠죠. 그럼 이건 도로 넣어두겠습니다." 우루시바라는 봉투를 무릎 위에 얹은 서류 가방 안에 넣고 나서 말을 이었다. "그런데 사와자키 씨에게 부탁이 있습니다. 오늘 아침에 이부키 부부와 의논한 내용이죠. 지난해 마지막 날 게이코 씨가 이곳을 방문해 경찰에 자수한 이부키 씨를 구해달라고 부탁드렸을 때 사와자키 씨는 거절하셨습니다. 하지만 결과적으로 생각하면 이부키 씨를 총격에서 지켜내주셨고, 후미오 군을 구출해 자수시켜 이부키 씨가 무죄라는 사실까지 증명해주신 셈이 됩니다. 그래서 작년 마지막 날 이후 게이코 씨 의뢰를 받아들였을 때의 사례, 아니 이건 당연히 지불해야 할 보수가 되겠습니다만, 이걸 꼭 받아주셨으면 합니다."

나는 고개를 젓고 말했다. "이부키 씨는 제 예전 파트너인 와타나베라는 사람을 믿었죠. 와타나베가 그렇게 믿을 만한 사람이었는지 어땠는지는 몰라도 그는 이미 이 세상 사람이 아닙니다. 그래서 어차피 나가는 김에 게이코 씨를 신주쿠 경찰서까지 데려다주기로 한 거죠. 의뢰받은 업무로 한 게 아닙니다. 그 뒤에 일어난 일들은 말하자면 제 호기심과 구경꾼 근성이 불러온 우연한 결과에 지나지 않아요. 제 업무에 충실한 탐정이었다면 그때 주차장에서 무엇을 보고 무엇을 느꼈건 바로 이 사무실로 돌아왔어야 합니다. 보수를 받을 수 없는 일로 보수를 받는다면 나는 탐정 간판을 내려야겠죠. 어떻게든 답례하고 싶다면 이부키 씨가 믿은 와타나베에게 해야겠지만 그는 이미 죽었어요. 그렇다면 애당초 그런 와타나베를 믿은 이부키 씨는 자신이 스스로를 구한 셈이 됩니다. 뭐 이쯤 해두면 되지 않겠어요?"

"하지만 그런—"

"잠깐만요." 이부키 기누에가 우루시바라를 제지했다. "자꾸 떼를 써서 사와자키 씨에게 폐를 끼치지 말기로 하죠. 그보다 어젯밤에 딸과 의논해 사와자키 씨에게 부탁드리기로 한 일이 있습니다."

딸이 고개를 끄덕이더니 말을 이었다. "이번에는 사와자키 씨에게 아버지를 쏜 범인을 찾아내는 일을 부탁드리고 싶은데 그 일이라면 괜찮겠죠?"

나는 잠시 생각하고 말했다. "안타깝게도 그건 경찰이 할 일이에요. 나로서는 어찌해볼 방법이 없는 조사를 맡겠다고 한다면 그건 사기를 치는 거나 마찬가지죠."

"사와자키 씨는 처음에도 똑같은 이야기를 했지만 결국 경찰은 아무것도 해주지 않았다는 걸—"

"게이코 씨." 이번에는 우루시바라 변호사가 가로막았다. "사와자키 씨에게 조사를 부탁드리자는 건 당연히 반대하지 않아요. 하지만 나도 사와자키 씨 말씀에 동의합니다. 사실 아직 발표되지 않은 정보인데, 요코하마에 있는 이세자키 경찰서에서 알려온 소식에 따르면 가부라기구미 소속 젊은 준간부급 남자 두 명이 작년 12월 말일 이른 아침 이후 행방불명된 모양이에요. 두목이 입원해 있는 병원에서 둘이 함께 빠져나간 것까지는 알지만 그 뒤로 집에나 조직 사무실에나 얼굴을 내밀지 않았답니다. 이세자키 경찰서와 신주쿠 경찰서가 합동해서 두 사람의 행방을 최우선으로 찾고 있어요. 그들이 구속되면 이 건은 의외로 조기에 해결될지도 모릅니다."

"그런 부탁도 안 된다면 우리가 오늘 여기 무엇 하러 온 건지 모르겠군요."

"게이코." 어머니가 또 꾸짖었다. "우리는 사와자키 씨에게 지금까지 도와주셔서 고맙다고 인사를 드리기 위해 찾아뵌 거야."

"그런 건 신경 쓰지 마십시오." 내가 말했다. "괜찮으시다면 제가 한 가지 부탁드리고 싶은 일이 있습니다만."

세 사람의 방문객은 일제히 나를 바라보았다.

"부인의 남편을 만나고 싶습니다."

"예, 물론이죠. 남편이 자유로워지면 바로 사와자키 씨를 찾아뵙고 인사드리게 할 셈입니다."

"이야기 나눌 수 있게 되면 제가 찾아뵙죠."

"신주쿠 경찰서의 견해는 이렇습니다." 우루시바라가 변호사다운 말투로 말했다. "이부키 씨가 즉시 무죄로 풀려나지는 않을 겁니다. 어쨌든 12월은 '폭력단 추방의 달'인데 이런 사건이 일어났으니 세간의 관심이 꽤 높죠. 하지만 오른쪽 어깨에 입은 총상이 입원해서 치료를 더 받아야 할 필요가 없을 만큼 회복되면 간단한 취조, 물론 따끔한 훈계는 받고 바로 풀려날 수 있을 겁니다. 그렇다면 면회 상대가 사와자키 씨인 경우 경찰도 할 말 없을 테니까 제가 경찰병원에 모시고 가도 좋습니다."

변호사라서 흥신소 탐정과 접촉은 있을 테지만 경찰과 탐정 사이에는 여러 가지 문제가 있다는 데까지는 생각이 미치지 못하는 모양이었다.

"아뇨, 그렇게 서둘 일은 아닙니다. 병원에서 나온 다음에 만나기로 하죠."

나는 손님들에게 허락을 구하고 담배에 불을 붙였다.

"부인께 한 가지 더 여쭤보고 싶은 게 있습니다. 스즈키 이치로라고 불리던 노인 유괴범 일당 가운데 한 명인데요…… 신주쿠 경찰서에 계실 때 이렇게 집촉하신 거죠?"

"휴대전화였어요. 그날은 아침부터 신주쿠 경찰서에 있었는데 남편과 면회가 가능한지 우루시바라 씨가 이런저런 내용을 알아볼 때였죠. 3층 복도 벤치에 혼자 멍하니 앉아 있는데 휴대전화로 스즈키라는 사람이 전화를 하더군요. 동생이 제게 보내는 편지를 1층 안내 데스크에 맡겨놓았으니 받아서 읽어보라는 말만 하고 바로 끊었습니다. 편지를 받아 읽어보니 필적으로 동생이 쓴 편지라는 걸 바로 알 수 있었습니다. 편지에는 감금되어 있는 상황이 간단하게 적혀 있고 돈을 주면 무사히 풀려날 거라는 이야기, 풀려나면 바로 경찰서에 자수할 생각이라는 내용이 적혀 있었죠. 그리고 이 이야기는 아무한테도 하지 말라며, 발각되면 자신은 절대로 살아서 풀려나지 못할 거라는 말도 적혀 있었어요. 편지를 다 읽고 십오 분쯤 지나 다시 전화가 왔습니다. 제가 현금으로 1백만 엔을 마련하려면 사흘이 걸릴 거라고 하자 그 사람은 4일 오전에 다시 걸겠다고 하고 전화를 끊었죠."

"그렇다면 부인께선 그 남자를 직접 만나지는 않은 거로군요."

"예, 그렇죠."

"아주 빈틈없는 사람인 모양이더군요." 우루시바라가 말했다. "안내 담당 경찰관의 기억으로는 신주쿠 경찰서 안내 데스크에 편지를 준 사람은 중년 여성이었다고 하니 누군가에게 돈을 주고 맡긴 게 틀림없죠. 게다가 1백만 엔을 주고받을 장소에 사모님이 나타나지 않을 거라고 예상해 그대로 행방을 감추고는 니시카마타에 있는 아지트에도 돌아가지 않았어요. 다만 그가 탔던 차가……."

"토요타 사브 말인가요?" 내가 물었다.

"예, 그 차가 오늘 아침에 JR 가마타 역 주차장에서 발견되었다고 하니까 어제는 일단 아지트로 돌아갈 생각이었나 봅니다. 그러나 뭔가 이상하다는 걸 느끼고 도주한 게 아닐까요?"

"세 번째인 배후 인물 같은 한패는?"

"전혀 모습을 드러내지 않는군요. 일당 가운데 잡힌 녀석 하나는 신원이 밝혀졌다는데 그저 시키는 대로만 했다고 하니 아무짝에도 쓸모가 없는 모양입니다."

"그럼 대체 노인을 유괴한 목적이 뭘까요? 몸값을 요구한 적도 없는 것 같던데."

"그런 모양입니다. 이건 제 상상입니다만 처음에는 후미오 씨가 차에 올라타는 바람에 계획이 어그러진 게 아닐까요? 그리고 다음에는 사와자키 씨가 아지트에 쳐들어오는 바람에 계획이 더 어긋나 몸값을 요구할 상황이 아니게 되지 않았을까요? 코미디소설도 아니고 도대체 아흔두 살에 약간 치매까지 있다는 노인을 유괴해서 어쩌자는 건지. 자칫하면 아지트에 도착하기 전에 죽을지도 모르는데…… 그러고 보니 어느 스포츠신문에 새로운 수법의 노인 돌봄 자원봉사 활동이 아니냐고 놀리는 기사도 실렸죠."

"우루시바라 씨는 혼고에 있는 '야지마 변호사사무소'를 아십니까?"

"물론 알죠. 도쿄에 있는 변호사가 야지마 씨를 모르면 가짜라고 해도 지나친 말이 아닐 겁니다."

"거기 소속된 기쿠치라는 변호사를 아시나요?"

"아뇨, 거기까지는 모르겠군요. 그 변호사가 왜요?"

"이부키 씨가 저격당하기 전후로 신주쿠 경찰서에 있었을 가능성이 있다고 해서."

"……그렇군요."

그 뒤로 손님들이 돌아갈 때까지 한동안 대화가 이어졌다. 주로 우루시바라 변호사가 신주쿠 경찰서 지하 주차장에서 일어난 사건의 전말이나 오타 구 니시카마타에서 있었던 인질 구출에 관련하여 질문했고 이부키 기누에가 가끔씩 고맙다는 인사를 되풀이했다. 딸 게이코는 거의 말이 없었다. 이제 가족의 위기 상황은 고비를 넘겼으니 좀 더 젊은 아가씨답게 시간 보낼 방법을 궁리하는 듯했다. 내가 자기 아버지를 만나고 싶어 하는 이유가 무엇인지 궁금해하는 듯 보이기도 했다. 나도 그 '이유'를 알고 싶었다.

11

　나는 이부키 기누에를 태우고 주차장을 빠져나가는 우루시바라 변호사의 벤츠를 사무실 2층 창문에서 배웅했다. 딸인 이부키 게이코는 다리가 불편한 어머니가 뒷좌석에 타는 걸 도운 다음 혼자서 신주쿠 역 방향으로 걸어갔다. 좀 전에는 역시 젊은 아가씨답게 시간 보낼 방법을 고민한 걸까. 아니, 경험 풍부한 탐정이라면 저 또래 아가씨들 마음을 짐작하려는 무모한 짓은 해서는 안 될 일이었다.

　나는 의자로 돌아와 책상에 팔꿈치를 대고 두 손바닥으로 볼을 괸 채 이번에 겪은 일련의 사건을 생각해보았다. 뭘 어떻게 생각하건 결국 생각이 이르는 곳은 12월 29일 오후의 몇 초 동안이었다. 가부라기구미 두목과 가나가와 은행 융자부장을 총으로 쏜 벳쇼 후미오가 시다라 미쓰히코 노인을 유괴한 두 범인의 차에 올라탄 '몇 초 동안'. 이런 우연의 교차가 없었다면 내 연말연시는 여느 해와 마찬가지로 따분하고 평온한 휴가기간이 되었으리라. 이부키 데쓰야가 대신 자수할 일도 없었을 테고 이부키 기누에가 죽은 와타나베를 떠올릴 일도 없고 이부키 게이코가 내 사무실을 찾아올 일도 없었다. 그러면 신주쿠 경찰서 지하 주차장 저격 사건도 없었을 테고 니시카마타에 있는 옛 철공소에서 구출 드라마를 찍을 일도 없었다. 그리고 같은 무대에서 일어난 가나가와 은행 호라이 지점 총격 사건과 노인 유괴 사건이 한 건은 총격 사건 범인의 자수로, 다른 한 건은 제대로 유괴 사건다운 전개를 보이며 각각 마무리됐을 터였다. 탐정은 직업상 우연히 무슨 일이 일어난다는 걸 믿지 않는 습성이 있는데 그 의심에 이의를 주장할 만한 근거는 무엇 하나 찾을 수 없었다.

책상 위에서 전화벨이 울렸을 때 나는 석유난로로 따스해진 실내 온도 때문에 졸고 있었다. 등을 쭉 펴고 수화기를 들었다.

"와타나베 탐정사무소입니까?" 귀에 익지 않은 남자 목소리였다.

"그렇습니다."

"사와자키라는 탐정은?"

"접니다만."

"차 수리는 됐나?"

졸음이 확 달아났다. 전화기의 번호표시 창에는 '공중전화'라고 되어 있었다. 시각은 15시 12분.

"누구냐?"

"네 똥차에 궁둥이를 들이받힌 사람이다."

"어느 쪽이지? 선글라스에 가짜수염을 붙인 쪽인가? 아니면 스타킹을 뒤집어 쓴 쪽인가?"

"흥, 장난전화가 아닌지 경계하는군. 흰 마스크에 모자를 쓴 쪽이다. 당연히 목출모를 쓴 쪽도 이 전화를 듣고 있지, 권총 분해 청소하면서."

"오호. 어떻게 나를 알아냈지?"

"오우메 가도를 뒤따라온 당신과 똥차를 보고 목출모가 아무래도 짭새 같지 않다고 하더군. 그래서 차번호를 외워두라고 했지. 번호 외운 거야 피차 마찬가지잖아. 하지만 탐정일 줄이야. 기가 막혔지."

"기가 막힌 김에 경찰에 자수하는 건 어때? 너희는 일반 사회에 있어봐야 미움이나 살 테지만 경찰은 환영할걸."

"조심해. 목출모는 심기가 별로 좋지 않아. 당신이 우리 사업을 훼방놓는 바람에 공연히 살생을 저질렀다고 생각해."

"사업이라고, 그게? 두목을 위한 복수 아니었나?"

"……무슨 소린지 모르겠군."

"두목의 원수도 아닌 사람을 잘못 알아 쏴 죽이는 건 쓸데없는 살생 아닌가?"

"그 남자는 스스로 제 이름을 그렇게 밝히고 나섰어. 스스로 나서니 뒤처리를 해야지."

"어쨌든 너희가 서툰 짓을 하는 바람에 진짜 원수는 경찰의 엄격한 경비체제 아래 보호받으며 느긋하게 지내는 거야. 유감스러운 일이지."

"그런가? 가마타에 숨어 있던 벳쇼 녀석을 자수시킨 것도 역시 너였나?"

그때 사무실 문을 노크하는 소리가 났다. 나는 송화구를 손으로 가리고 '예'라고 대답했다. 문이 열리더니 검은 테 안경을 쓴 내 또래 남자가 얼굴을 들이밀었다.

"바깥에 있는 벤치에서 잠시 기다려주시겠습니까? 통화는 바로 끝내겠습니다."

남자는 고개를 끄덕이고 얼굴을 뺐다.

"용건이 뭐지?" 나는 통화 상대에게 물었다. "추돌한 차는 너희 게 아니니 수리비는 줄 수 없어."

"탐정이면 탐정답게 외도 현장 사진이나 찍어. 더는 얼씬거리지 말라고 충고해둔다."

"아니, 할 거야."

"목출모의 권총은 총알이 아직 잔뜩 남아 있어." 전화는 여기서 끊어졌다.

나는 수화기를 내려놓고 책상 위에 놓인 담뱃갑에서 한 개비 뽑아 불을 붙였다. 손이 떨리지는 않았지만 손바닥에는 살짝 땀이 나 있었다. 나는 깊게 한 모금 빨아들인 뒤 크게 내뿜었다.

문이 열리고 조금 전 검은 테 안경을 쓴 남자가 나타났다. 또 전화벨이 울렸다. 남자는 쓴웃음을 지으며 춥다는 몸짓을 해 보였다.

"들어오시죠." 나는 손님용 의자를 가리켰다.

남자는 고개를 끄덕이고 사무실 안으로 들어왔다. 나는 수화기를 집어 들었다.

"사와자키 씨인가요?" 이번에는 귀에 익지 않은 여자 목소리였다. 번호표시 창을 보니 열 자리 번호가 표시되어 있었다.

"그렇습니다."

남자는 국방색 트렌치코트를 벗어 들고 의자에 걸터앉았다.

"저는 어제 사와자키 씨가 구해주신 시다라 미쓰히코의 딸입니다. 덕분에 아버지가 무사히 돌아오실 수 있었습니다. 정말 감사드립니다."

아흔두 살 노인의 딸치고는 목소리가 너무 젊게 들렸다.

"몸은 괜찮으시던가요?" 나는 담뱃불을 재떨이에 껐다.

"예, 어제 하룻밤만 입원하셨는데 오늘 아침에는 아주 좋아져서 의사 선생님 말도 듣지 않고 집으로 돌아오셨어요."

"그러셨나요?"

"그래서…… 사실은 저희 쪽에서 아버지와 함께 감사 인사를 드리러 찾아뵈어야 하겠지만, 괜찮으시다면 내일이라도 저희 집에 들러주실 수는 없을까요?"

"아뇨, 이제 신경 쓰지 마십시오."

검은 테 안경을 쓴 남자가 벗은 코트 주머니를 뒤져 담배를 꺼냈다. '호프'였다. 나는 남자 쪽으로 재떨이를 밀어주었다.

"그게 아니고요, 아버지는 물론 어제 그 일에 감사 말씀을 드리고 싶어 합니다. 그런데 사실은 사와자키 씨가 괜찮으시다면 부탁드리고 싶은 일이 있다고 하십니다."

"오호. 그건 의뢰하고 싶은 일이 있다는 말씀인가요?"

"예. 괜찮으시다면."

남자는 은빛 지포 라이터로 담배에 불을 붙였다.

"제가 무슨 일을 하는 사람인지 아십니까?"

"예, 탐정 일을 하신다고 가마타 경찰서 경찰관이 가르쳐주었죠."

"들르겠습니다. 시간은?"

"내일 오전 10시는 어떠신가요?"

나는 찾아가야 할 곳 위치를 물었다.

"본가는 가마쿠라이지만 지요다 구 이치반초에 있는 아파트 쪽으로 부탁드리겠습니다. 주소는 외부에 비밀이지만……."

"알았습니다."

시다라 미쓰히코의 딸은 자세한 주소와 전화번호를 가르쳐주었고 나는 메모했다. 아직 이름도 모르는 방문객의 귀가 있어 복창하지는 않고 확인을 위해 주소와 전화번호를 다시 불러달라고 했다. 딸은 아파트의 외관과 주차장 등도 꼼꼼하게 알려주었다. 그리고 전화를 끊었다.

"무척 번창하는군요." 남자가 말했다. 빙긋 웃는 표정이지만 검은테 안경 속 눈빛은 약간 날카로웠다. 그는 상의 안주머니에서 명함 지갑을 꺼내 명함 한 장을 책상 너머로 내게 건넸다.

'경시청 공안 제4과 촉탁 사이쇼税所 요시로'라고 찍혀 있었다.

"성은 사이쇼라고 읽습니다. 세무서와는 아무런 관계도 없으니 부디 마음 놓으시기를."

"용건은?"

남자는 담배 연기를 폐 안에 담은 채 잠시 생각하더니 결심이 선 듯 연기를 내뿜었다.

"예전에 '사흘남작'이라 불리며 세상의 웃음을 샀던 모양이더군요."

"누가?"

"어제 당신이 구출한 아흔두 살 먹은 노인의 **부친**이."

"남작이라니. 그 남작을 말하는 건가? 그러니까, 단샤쿠이모감자의 한 종류. '남작'의 일본어인 '단샤쿠'를 이용한 말장난의 그 남작?"

"하하하, 예전 귀족의 작위도 이젠 감자 이름을 끌어들이지 않으면 뜻이 통하지 않나요? 시다라 미쓰히코의 아버지 히코야스란 사람은 이 나라에서 마지막으로 귀족이 된 사람이라고 하더군요. 그전에는 네고로 히코야스란 이름이었답니다. 아마 출신 지역 이름에서 따왔을 테지만, 남작 작위를 받고 시다라 야스히코로 개명했죠. 시다라도 보통 성이 아니지만 네고로도 대단한 성이죠. 최근에 무슨 책을 읽었는데 '네고로'의 어원으로는 '열여섯은 오보코, 열여덟은 네고로'오보코'는 '풋내 나는 어린 여성', '네고로'는 '적당한 값'을 뜻하는 말. 희귀 성씨의 한자 표기와 발음을 엮어 만든 농담'라는 말이 있다고 하더군요. 실제로 '十八娘'이라고 쓰고 '네고로'라고 읽는 성도 있는 모양입니다. 그래도 남작 성으로 네고로는 좀 그렇죠. 어쨌든 기껏 남작 직위를 받았는데 이내 전쟁이 끝나 도로 평민이 되었다고 합니다."

"그래서 사흘남작인가?"

"실제로 남작이 된 건 전쟁이 끝난 해 5월이고 일본의 귀족제도가 폐지된 건 1947년 새 헌법부터이니 이 년쯤은 명목뿐인 남작이었던 셈이지만 사흘남작이란 말이 아무래도 더 어울리죠."

나는 공안 쪽에 관련된 사람을 알지 못하기 때문에 바로 앞에 있는 수다스러운 남자의 신분이 진짜인지 아닌지 도무지 짐작이 가지 않았다. 넓은 세상이니 수다스러운 공안관_{공안조사관의 준말}이 없다고는 할 수 없을 테니까.

"그 사흘남작의 아들에게 경시청 공안이 대체 무슨 용건인가?"

"너무 서둘지 맙시다." 사이쇼 요시로가 그렇게 말하며 담배를 재떨이에 껐다. "시다라 야스히코, 즉 네고로 히코야스는 고노에인지 시온지인지 가쓰라인지 몰라도 이른바 메이지 유신 때 원훈元勳인 집안의 가령_{왕족이나 귀족 집안의 관리인}이었습니다. 아, '가령'도 오래된 말이군요. 집안일을 관장하는 관리인이라고나 할까? 어쨌든 그가 모시던 사람이 정확하게 누군지 밝히는 건 피하는 편이 나을 겁니다. 메이지 원훈은 종종 총리대신 자리를 직접 맡기도 했지만 정당 정치 이전에 그들이 한 중요한 일은 총리대신을 선출하고 임명하는 것이었죠. 즉 일본의 '킹메이커'였습니다. 그렇죠?"

"그런가? 공안이 역사 출장강의도 하나?"

"당신은 내 이야기를 별로 믿지 않는 모양이군."

"내가 믿고 말고가 문제 될 만한 것도 아닌 듯한데. 내가 믿건 말건 상관없이 하던 이야기나 계속하시지?"

사이쇼는 쓴웃음을 지으며 의자 등받이에 몸을 기댔다. 잠깐 천장 조명에 반사된 검은 테 안경 렌즈가 평평한 유리라는 걸 보여주는 듯 빛났다. 도수 없는 안경을 쓴 배우를 조심성 없는 카메라맨이 촬영했을 때 흔히 볼 수 있는 장면 같았다. 그러나 가짜 안경을 썼으니 가짜 공안관인가, 가짜 안경을 썼으니 진짜 공안관인가. 결론이 날 리 없었다.

"그런데 한 나라의 '재상'을 선출하기 위한 조건은 뭘까? 후보가 된 인물의 사상인가? 재주와 지식인가? 힘인가? 인격? 인망? 아니면 큰 뜻일까……? 아니야. 스캔들이 없을 것, 오점이 없을 것. 즉 감점 요소가 없어야 한다는 거야. 아테네 민주정치의 근간은 그 뭐라고 하더라, '오스트라시즘'이었나, 이른바 '도편추방'이라는 거지. 정말 합리적이야. 이 녀석을 재상으로 뽑고 싶다는 마음보다 이 녀석만은 재상을 시키고 싶지 않다는 마음 쪽이 거짓이 적지. 그래서 실수도 적고. 그렇지?"

"공안치고는 다소 대담한 의견 같은데, 어차피 대화 상대에 따라 대사가 바뀌겠지."

"농담으로 넘기려고 하지 않았으면 좋겠군. 이래 봬도 아주 진지하게 이야기하는 거야."

내가 담배에 불을 붙이자 사이쇼는 거의 무의식적으로 재떨이를 내 쪽으로 밀었다.

"그래서 내각제가 탄생하고 킹메이커가 기능하기 시작함과 동시에 재상 자리가 가까워지자, 내 자리라고 생각한 정치가들은 라이벌의 스캔들, 오점, 감점 요소가 될 꼬투리를 잡아 원훈 가운데 한 사람에게 열심히 가지고 가게 되었던 거야. 마땅한 증거와 마땅한 상납금을 더해서 말이지. 물론 그런 것을 원훈 본인이 관리하지는 않지. 가령으로 있던 네고로 히코야스가 관리를 모두 맡았지. 전쟁이 막 끝나려는 무렵 이 남자에게 남작 작위가 굴러들어온 것은 그가 관리하는 정계 스캔들, 오점, 감점 요소…… 즉 정계의 '마이너스' 유산이 공작가의 일개 일꾼에 머물게 놔둘 수 없을 만큼 대단히 골치 아픈 존재가 되었다는 걸 증명하지."

"그런 일이 혹시나 있었다고 해도 영원히 이어지지는 않을 거 아닌가."

"그렇게 생각하나? 하지만 아냐. 정당정치가 탄생한 뒤에도, 원훈들이 킹메이커 역할을 마쳤는데도, 전쟁이 끝났는데도, 그리고 장밋빛 민주국가가 되었는데도 사라지지 않았어. 그야 당연하지. 재상 자리를 다투는 권력투쟁이 있는 한 이 시스템은…… 이제 시스템이라고 불러도 괜찮을 거라고 생각하는데, 이 시스템은 쉽게 버리기 힘들 만큼 효력이 있다는 거야. 다른 정당 소속 정치가의 스캔들이나 오점이라면 정보를 손에 넣자마자 바로 발표해버리면 그만이야. 하지만 같은 당 소속 정치가의 스캔들이나 오점은 쉽게 공표할 수 없잖아? 같은 식구들의 그런 정보는 쉽게 손에 들어오는데 말이야. 그리고 권좌가 가까워진 정치가들은 반드시 이렇게 생각할 거야. 라이벌인 저 녀석은 이미 내 감점 요인을 찾아내 '사흘남작'에게 일러바쳤을지도 모른다고 말이야. 스캔들이나 오점이 전혀 없는 갓난아기 엉덩이 같은 정치가는 그렇게 생각하지 않을 테지만, 과연 털어서 먼지 나지 않을 만한 정치가가 이 나라에 몇이나 될까? 처음 의원이 된 사람이라면 몰라도 권좌가 바로 앞이라는 늙은 너구리들 가운데 말이지. 그렇다면 유사시에 대한 보장을 위해서도 라이벌의 감점 요인을 찾아내 사흘남작에게 제출해두지 않으면 도저히 다리 뻗고 잘 수 없게 될 거야. 예를 들자면 이런 거지. A는 B의 스캔들을, B는 C의 오점을, C는 D의 감점 요소를, D는 A의 장남이 연관된 스캔들…… 이런 식으로 안배하는 거야. 그렇게 해서 권력 레이스의 균형이 잡히는데 그 밸런스가 깨질 때 B의 스캔들이 어떻게 될까. 빤하잖아?"

"그 출처가 사흘남작이라는 건가?"

"그뿐만이 아니야. 그밖에도 돈 문제가 지저분해 몰락한 정치가는 헤아릴 수 없을 지경이잖아. 그러고 보니 숨겨둔 애인에게 줄 위자료를 아끼려다가 총리대신 자리에서 역사상 가장 빠른 속도로 내려온 놈도 있지. 원래 이 시스템에서는 재상 자리를 손에 넣은 뒤 스캔들이 들통난다는 건 문제가 있는 사태지. 원래는 그런 상태가 되기 전에, 권력자일 수 없는 놈이 그 자리에 앉는 걸 막는 게 정상이야. 그런 의미에서 실력자로서 두각을 드러낸 순간 아들의 마약 문제 때문에 모습을 감춘 의원이나 최근 뇌물수수 혐의로 몰락한 홋카이도 출신 품위 없는 실력자 의원 등은 총리대신의 스캔들처럼 눈에 확 띄지 않기 때문에 바로 잊힐 수 있겠지. 하지만 이쪽이 건수가 훨씬 많은 데다가 이 시스템의 진가를 여실히 보여준다고 할 수 있지."

"스캔들이 들통났을 때의 정보원은 여러 곳이었던 것 같은데."

"그건 스캔들의 폭발지점이고. 도화선을 더듬어 가면 불을 붙인 곳은 반드시……."

"사흘남작이?"

"정확하게 말하자면 이제 '2대째' 사흘남작이 되겠지만 말이야. 들은 바에 따르면 그는 열세 살 때 들어온 정보를 한 번 읽기만 해도 순식간에 암기하는 천재적인 능력을 발휘한 뒤로 학교를 제대로 다니지 않고 그 길에 전념했다더군. 그 뒤로 아버지를 대신했으니 칠십구 년 동안 들어온 정보가 모두 그 사람 머릿속에 쌓였다는 거지. 물론 물적 증거…… 증거 서류나 증거 사진 같은 것들은 수도권 및 근교에 있는 열세 개 은행 대여금고에 잘 보관되어 있어 시다라 노인이 한 달에 한 번씩 그 열세 개 은행의 빌린 금고를 돌며 증거품들을 **바람 쐬게** 해준다더군."

"지난달은 요코하마의 가나가와 은행 차례였군."

"당신은 내 이야기를 별로 믿지 않는 모양이야." 사이쇼가 풀 죽은 목소리로 반복했다.

책상 위 전화가 울렸다. 전화가 무척 자주 오는 날이다. 나는 사이쇼에게 손짓하고 수화기를 집어 들었다.

"여보세요? 사와자키 씨인가요?" 이번에는 귀에 익은 남자 목소리였다.

"그렇습니다."

"사토미입니다." 남자가 말했다. 어느 사립대학 부속병원 조교수인 의사로, 작년 연말의 암에 기막힌 효과가 있다는 가짜 약 사건은 그가 의뢰한 일이었다. "어젯밤에 맡기신 약품 패키지 문제로 전화 드렸습니다만."

"바쁘실 텐데 미안하군요."

"아닙니다. 친구인 전문가에게 문의해보았는데 역시 예전에 '펜토탈'이라고 부르던 약제와 같은 계통이고 제가 설명한 상황으로 추측하면 이른바 **자백제**로 사용하는 것 이외에는 생각할 수 없다고 했습니다."

"그래요? 알겠습니다." 나는 인사하고 전화를 끊었다.

사이쇼 요시로는 의자에서 일어나 코트에 팔을 꿰기 시작했다.

"내 말을 믿지 않아도 상관없어. 나조차 아주 미심쩍은 이야기라 속지 않으려고 조심할 정도니까 말이야. 하지만 신문이나 텔레비전 같은 데서는 유괴하고 몸값 요구가 없었던 점이나 당신이 중간에 구출해낸 점 때문에 이미 끝난 유괴 미수 사건으로 다루는 모양인데 과연 그럴까……? 범인들은 이래저래 엿새 동안 노인과 함께 지냈어. 그 사이에 일정한 목적을 이뤘을지도 모르지."

"그 노인이 칠십구 년에 걸쳐 머릿속에 쌓아놓은 한심한 기억을 그들이 모두 캐냈다는 뜻인가?"

"난 범인이 아니라 실제로 어땠는지는 모르겠지만 내가 만약 범인이라면 캐내고 싶은 게 최근 십 년뿐일까? 무슨 수를 써서도 이십 년 동안의 기억은 뽑아낼 테지."

사이쇼는 코트 벨트를 묶더니 문 쪽으로 가다가 불쑥 멈춰 섰다.

"아, 참. 시다라 미쓰히코는 오늘 아침에 병원에서 퇴원해 가마쿠라 오우기가야쓰에 있는 자택으로 돌아가는 걸로 되어 있지. 고령이라 사건 충격 때문에 컨디션이 좋지 않아 매스컴 취재는 모두 거부한다더군. 어떤 신문사 베테랑 기자가 제 선배 도움으로 정보를 수집해 노인의 소재를 확인하니, 도쿄 도내의 어떤 고급 호텔에서 쉬는 중이라는데 어느 호텔인지는 알 수 없다는 대답이었지. 그 친구들이 알아낼 수 있는 건 뭐 거기까지일 테지만."

"노인은 어디 있는데?"

"십오 년쯤 전부터 지요다 구 이치반초에 있는 10층짜리 아파트 꼭대기 층에서 지내지. 이 아파트는 '네고로 부동산'이라는 작은 회사가 운영하는데 이름을 들으면 알 수 있듯이 그 회사 주식은 모두 시다라 유미코라는 그 노인의 **양녀** 소유야. 그 아파트 지하 주차장에 있는 외부 손님용 주차 공간은 오늘 아침 일찍부터 검은색 대형차로 붐벼. 차에서는 아는 사람이 보면 한눈에 국회의원 비서라는 걸 알 수 있을 만한 녀석들이나 이따금 의원 본인이 내리지. 이 아파트의 주인과 자기들의 관계는 아무도 모른다고 생각하기 때문에 참으로 당당하지. 만약 누가 이런 곳에 무엇 하러 왔느냐고 질문하면 옛 귀족 노인 병문안을 왔다고 대답할 속셈일 테고. 노인 병문안이라면 과일 바구니나 꽃, 아니면 술이라도 들고 와야 조금은 모양이 날 텐데 하나같이 무거워 보이는 서류가방을 애지중지 안고 있어."

"이야기가 또 수상해지는군."

책상 위에 놓인 전화가 또 울리자 사이쇼가 씁쓸하게 웃었다. "공안 제4과 내 사무실보다 이쪽이 훨씬 더 바쁜 모양이군. 일본은 참

천하태평이야. 다음에 다시 들르지."

사이쇼 요시로가 문을 열고 사무실을 나간 뒤 나는 수화기를 들었다.

"신주쿠 경찰서 구로다 경부다. 왜 이리 늦게 받아?"

"무슨 볼일인가?"

"오늘 6시에 경찰서로 나와."

내가 대꾸하기도 전에 끊을 거라고 생각해 가만히 있으니 아니나 다를까 전화는 바로 끊어졌다.

12

신주쿠 경찰서 3층 취조실에는 수사4과 트리오 쓰쓰미 과장과 구로다 경부, 쓰무라 형사가 한자리에 모여 있었다. 이 취조실에 들어오기는 처음이었다. 옆 취조실과 이 취조실 사이 벽에 한 평쯤 되는 크기의 용의자 확인을 위한 일방투명경이 끼워져 있기 때문이다. 나는 신주쿠 경찰서에서 경찰이 아닌 사람들이 들어갈 수 있을 만한 곳이라면 거의 다 안다. 자랑이 아니라 과거 이 경찰서에서 겪은 불쾌한 경험들이, 아주 작은 기억의 조각마저도 순식간에 되살아났기 때문이다.

구로다 경부가 탁자 위에 놓인 내선전화로 '이쪽은 준비 완료'라고 말하고 쓰무라 형사가 조명을 끄자 거울이 유리처럼 변해 옆 취조실이 들여다보였다. 형사로 보이는 남자 두 명이 앉아 있었다. 이

내 내선전화 스피커를 통해 옆 방 문이 열리는 소리가 들려왔다. 그리고 제복경찰 두 명이 남자 둘을 각각 데리고 안으로 들어왔다. 두 경찰은 자신이 데려온 남자의 수갑을 한 쪽씩만 풀더니 의자에 앉힌 다음 의자 등받이 파이프 부분에 다시 채웠다. 두 경찰관은 안무가가 계획한 것 같이 움직여 일방투명경의 시야에서 나란히 사라졌다.

"저 두 남자를 본 적 있나?" 구로다 경부가 물었다.

나는 그들을 보았다. 이쪽에서 보기에 오른쪽에 앉은 남자는 삼십대 중반에서 사십대까지도 볼 수 있는 나이였다. 중키에 살도 적당하면서 약간 다부진 체격이었다. 머리는 박박 깎았다가 조금 자란 정도로 짧았다. 왼쪽 남자는 그보다 조금 더 젊고 키도 조금 더 큰 것 같지만 약간 마른 체형이고, 머리는 좀 더 길었지만 가르마를 탈 만큼은 아니었다. 둘 다 고개를 숙여 얼굴이 잘 보이지 않았다.

"두 사람 얼굴을 들게 해." 구로다가 손에 든 휴대전화 같은 것에 대고 말했다.

"아니, 잠깐. 그보다 이름과 주소, 직업을 대라고 해."

옆방 형사 가운데 한 명이 테이블 위에 놓인 조서를 펼치며 앞에 앉은 두 남자에게 구로다가 지시한 대로 요구하는 목소리가 내선전화 스피커를 통해 들려왔다. 일방투명경 너머로 보니 뒷모습이라 확실하지 않지만 형사 귀에는 이어폰이 꽂혀 있는 듯했다. 구로다의 음성이 그걸 통해 들리리라.

'이름은 가모시다 겐이치…… 현재 주소는 요코하마 시 니시 구 추오…… 가부라기 홍업에 근무한다.'

이게 나이가 많은 쪽 대답이었다. 다리를 떠는지 몸이 살짝 흔들렸다.

'나는 리키이시 하지메…… 주소는 요코하마 시 호도가야 구 가타비라초이고, 마찬가지로 가부라기 흥업 사원이다.'

이게 마른 편인 남자가 한 대답이었다. 가모시다에 비하면 배짱 있는 시원시원한 말투였다.

이름을 댈 때 얼굴을 들었기 때문에 두 사람 얼굴을 확실하게 볼 수 있었다. 옛날처럼 폭력단원의 외모나 분위기가 대번에 느껴지지는 않았다. 게다가 경찰 취조실에 앉아 있는 지금은 그들이 가장 얌전할 상황일 텐데도 표정이나 말투에는 보는 사람을 불쾌하게 만드는 **뭔가**가 있었다.

나는 한 시간쯤 전에 사무실에 협박전화를 걸어온 흰색 마스크와 목출모를 쓴 남자의 목소리와 옆 방 두 사람의 목소리를 비교했다. 목소리가 비슷한 쪽은 가모시다였다. 전화기를 통해 들은 목소리와 스피커를 거쳐 들리는 목소리는 어느 쪽이나 전기적인 왜곡이 있기 때문에 비슷하게 들렸는지도 모르겠다. 내 귀로는 같은 사람인지 다른 사람인지 판단이 서지 않았다.

"두 사람을 본 적 있나?" 구로다가 다시 물었다.

"……아는 사람들은 아니야. 하지만 한 번도 만난 적 없다는 확신을 가질 만큼 특징 있는 얼굴도 아니로군."

구로다 경부와 쓰쓰미 과장은 미간을 찌푸렸다. 쓰쓰미는 안타깝다는 듯이 한숨을 내쉬었다. "저 친구들이 왜 신주쿠 경찰서에 들어와 있는 거지?" 내가 물었다.

"그 이야기를 하면 예비지식이 되기 때문에 당신 증언에 영향을 끼쳐 증언의 정당성을 의심받을 여지가 있어." 구로다는 벗어지기 시작한 앞머리를 오래간만에 쓰다듬었다.

"예비지식이라면 여기로 불렀을 때부터 준 거나 마찬가지야. 저 친구들이 작년 연말에 일어난 저격 사건 용의자겠지?"

쓰쓰미와 구로다가 얼굴을 마주 보며 여느 때와 마찬가지로 의사소통을 시도했다. 취조실에서 이루어지는 형사들의 일 가운데 삼분의 일은 이런 일에 소비하게 되어 있다.

"당신 추측이 맞아." 쓰쓰미가 말했다. "저 녀석들이 지하 주차장에서 랜드크루저를 타고 있던 두 명인지 아닌지 확인할 방법이 없겠어? 얼굴에 무슨 두드러진 특징 같은 건 없었나? 아니면 저 녀석들에게 마스크와 목출모를 씌워볼까?"

나는 그 상태를 머릿속에 그려보았다. "그래봤자 눈매 말고는 누가 누구인지 구분할 수 없어지기만 하잖아. 놈들은 그걸 노리고 마스크나 목출모를 썼을 테고. ……안타깝게도 나는 랜드크루저를 타고 있던 두 사람을 지목할 수 있을 만큼 똑똑히 보지는 못한 것 같아. 두 사람이 맨얼굴일 때는 거리가 있었지. 게다가 그놈들에게 내 얼굴이 드러나지 않도록 될 수 있으면 그쪽을 보지 않으려고 애썼고. 추돌 전후에는 거리가 더 가까웠지만 그때는 이미 마스크와 목출모를 쓴 상태였지."

구로다는 옆방을 가리켰다. "그러니까 저 친구들이 저격범이라고 지목할 수 없다는 거지?"

"그래."

"하지만 저격범이 아니라고 단정할 수도 없다?"

"그래."

구로다가 혀를 찼다. "그럼 아무 도움도 안 되잖아."

"그렇지." 내가 말했다. "주차장 입구 경비초소에 있던 경찰관은 두 사람 얼굴을 기억 못 하나?"

이번에는 쓰쓰미가 대답했다. "납품서를 내민 건 가모시다 같기도 한데 확신은 못 하겠다더군. 리키이시 쪽은 본 기억이 없고 차에 탄 사람은 한 명뿐이었던 것 같다고 해." 그는 풀 죽은 목소리로 구로다에게 말했다. "옆 방 녀석들 유치장으로 돌려보내."

구로다는 휴대전화로 옆방의 쓰쓰미에게 지시했다. 쓰무라 형사가 불을 켜자 유리창은 거울로 바뀌었다.

나는 쓰쓰미에게 물었다. "저 친구들을 언제 무슨 이유로 잡아들인 건가?"

"그런 걸 알려줄 수야 없지." 구로다가 옆에서 끼어들었다. "당신에게 말해도 되는 건 쇼지 형사가 죽었고, 지하 주차장에서 일어난 일은 참고인 살인 미수 사건일 뿐 아니라 경찰관 살인 사건이 되었다는 사실이야."

"라디오 뉴스로 들어 알아."

"쇼지 형사는 작년 11월에 형사가 된 의욕 넘치는 스물여섯 젊은 이였어. 이번 호송 임무에는 내가 추천했지. 게다가 올 6월에 결혼

할 예정이었다고. 그것도 아냐?"

연말에 쓰무라가 보인 히스테리 증상이 구로다에게 전염된 듯했지만 사실 신주쿠 경찰서에 근무하는 경찰은 모두 이 골치 아픈 병균의 보균자이리라. 증상이 드러나느냐 아니냐만 다를 뿐.

"구로다, 그만해." 쓰쓰미가 마음에도 없는 목소리로 제지했다. 그리고 내게 말했다. "당신이라면 누설할 일 없을 테니 알려줘도 괜찮겠지. 들은 대로 저 두 사람은 가부라기구미 간부 후보야. 부상을 입은 두목이 입원한 요코하마의 병원에 틀어박혀 있었다는데, 12월 마지막 날 이른 아침에 둘이 함께 병원을 빠져나간 뒤 행방을 감춘 걸로 되어 있었어. 저격 사건이 발생하고 난 뒤 이세자키 경찰서에서 가부라기구미의 동정을 엄중하게 감시해 주요 조직원의 소재를 파악했는데, 거기서 이 두 명이 떠오른 거지. 설날에서 사흘이 지났는데도 모습을 드러내지 않는 게 심상치 않다고 판단해서 어제 긴급 수배를 내렸어. 그 결과 오늘 오후 하네다 공항에서 잠복하던 형사들이 싱가포르행 비행기에 탑승 수속을 밟던 두 명을 발견해 '임의 동행' 형식으로 데리고 온 거지."

"저 친구들이 잡힌 게 오후 몇 시인가?"

쓰쓰미가 구로다를 보며 고개를 끄덕이자 구로다가 마지못해 대답했다. "오후 4시 30분 비행기를 타려다가 잡혔으니 틀림없이 4시가 조금 지난 시각이었을 거야."

"틀림없나? 두 사람이 3시 40분 전후에 어디서 무엇을 했는지 확인할 수는 없을까?"

"그 시간은 왜?"

"내 사무실로 자기가 지하 주차장 저격범이라는 남자가 전화를 걸었어. 공중전화였지만."

"장난전화 같은 거 아니고?"

"적어도 저격범이 마스크와 목출모를 쓴 이인조라는 사실, 오우메 가도를 질주하며 내 차에 쫓겼다는 사실, 그리고 벳쇼 후미오가 자수한 일도 알아."

쓰쓰미와 구로다가 얼굴을 마주 보았다. 쓰쓰미가 조금 생각한 뒤 구로다에게 명령했다. "두 사람을 연행한 형사들 만나서 3시 40분 전후 행적을 파악할 수 있는지 알아봐."

구로다 경부는 일어서서 문 쪽으로 향했다.

"잠깐." 내가 구로다를 불러 세웠다. "그 남자가 어떻게 내게 전화를 걸 수 있었는지 묻고 싶지 않나?"

구로다는 멈춰 서서 돌아보았다.

"오우메 가도를 추적해 온 블루버드를 보고 아무래도 짭새 같지는 않아서 블루버드 차량번호를 외웠다는 거야."

"그렇군." 쓰쓰미가 말했다. "그게 사실이라면 올해 들어 도쿄나 가나가와 현 육운사무소에 블루버드의 차량번호를 문의한 사람 기록이 남아 있을 테지."

"그렇지만 과장님, 그런 문의를 한 놈이 제대로 본명을 사용했을 리 없지 않겠습니까? 번거롭기만 하지 별로 중요한 단서가 되지는……."

"가명이건 다른 사람을 시켰건 뭔가 실마리는 잡히지 않겠나?"

내가 끼어들었다. "만약 육운사무소에 블루버드 차량번호를 문의한 기록이 없다면 그건 더 재미있는 단서가 되지 않을까?"

쓰쓰미와 구로다가 또 얼굴을 마주 보았다. 마주 보는 걸 무척이나 좋아하는 형사들이다. 이번에는 낯빛이 조금 변해 구로다가 날카로워진 목소리로 말했다. "그게 무슨 뜻이지?"

"저격범들은 차량번호 같은 건 조회하지 않고도 내가 누군지 안다는 이야기가 되지. 저격 사건에 내가 관련됐다는 사실을 경찰이 공표하지 않았는데도 말이야."

쓰쓰미와 구로다는 일단 그게 무슨 뜻인지 생각하는 듯했다. 결론은 애초에 나와 있었다.

"말도 안 돼!" 구로다가 버럭 소리를 질렀다. "기록은 틀림없이 있을 거야. 과장님, 당장 두 건 모두 조사하겠습니다. 쓰무라, 따라와."

두 사람은 취조실을 나섰다.

쓰쓰미 과장은 상의에서 꺼낸 담배를 내게 내밀면서 무척 지친 듯이 말했다.

"당신 조서에 있던, 사건 직전에 저격범 휴대전화로 걸려온 지시 전화 문제 말인데, 그때 3층에 있던 사람을 조사하라고 했지만 너무 막연해서 오늘까지 제대로 하지 못했어."

나는 내 담배를 꺼내 불을 붙였다 "그렇겠지. 하지만 어느 육운사무소에도 블루버드 차량번호를 문의한 기록이 없다면?"

"물론 그때는 저격 사건에 당신이 관여됐다는 사실을 아는, 그야말로 몇 안 되는 사람들이 엄격한 취조를 받겠지."

나는 고개를 끄덕였다. "잡힌 가부라기구미 조직원 두 녀석의 휴대전화는?"

"조사했지."

"그 시간에 누군가 전화를 걸어왔나?"

쓰쓰미도 담배에 불을 붙이고 대답했다. "나이 든 쪽, 가모시다의 휴대전화로."

"누가 걸었는지 알아낼 수 있나?"

"아니. 공중전화였어. 공중전화는 요즘 범죄자 전용회선인지."

"3층에 공중전화가 있나?"

"각 층에 있지. 미리 말해두겠는데 가모시다 본인에게는 아직 그 전화 내용을 캐묻지 않았어. 물어봐야 무슨 대답이 나올지 알지만. 죄가 있든 없든 필요한 것은 더 확실한 증거야."

나는 담배 연기를 뿜어내며 동의했다.

"그런데 당신 사무실에 전화한 남자는 대체 무슨 목적이었던 거지?"

"무슨 속셈인지는 나도 모르지."

"협박인가?"

"그런 말도 없지는 않았어. 이부키 데쓰야를 죽이지 못한 게 불만인 듯한 말투였어. 그것보다 신경 쓰이는 건, 한 시간 뒤에 싱가포르로 날아가려는 놈들이 왜 나 같은 사람에게 굳이 전화를 걸어야 했느냐는 거야."

"……그렇군."

"용의자 확인에 기대를 걸었던 걸 보니 잡힌 두 명은 혐의를 인정하지 않는 건가? 병원에서 빠져나온 뒤에 무얼 했다는 거지?"

"가모시다 쪽은 혐의를 부인한 뒤 계속 묵비권을 행사중이야. 리키이시가 조금씩 입을 열기 시작했지. 이세자키 경찰서 조사에 따르며 리키이시는 가부라기구미에 들어간 게 비교적 최근인데 총기류를 잘 알아서 특별대우를 받았다더군. 그만큼 조직에 대한 의리도 약하겠지. 리키이시 진술에 따르면 병원을 빠져나간 이유는 요코하마 지역을 가부라기구미와 양분하는 '진류카이' 간부 오기스라는 남자가 불러냈기 때문이라더군."

"오호."

"가부라기구미는 두목인 가부라기 혼자 힘으로 세운 폭력단이야. 두목이 벳쇼 후미오에게 저격당해 생사의 고비를 헤매던 그 시점에는 조직원 대부분이 이렇게 생각했다더군. 두목이 죽으면 자기들이 장악했던 지역이 대부분 진류카이로 넘어가게 될 거라고. 아주 긴박한 상황이었다는 거야. 그러니 진류카이의 중요 간부가 비밀리에 만나자고 하면 마다하기 힘들겠지. 그래서 두 사람이 지정된 장소로 나가 보니 시커먼 대형 외제차가 기다리다가 눈 깜짝할 사이에 눈가리개를 씌우고 감금했다는 거지. 그리고 풀려난 게 설날 한밤중이었다고 하더군."

"내 설날 휴무보다 조금 더 우아하군."

쓰쓰미가 말을 이었다. "풀려난 뒤에 가모시다는 바로 가부라기구미 사무실로 돌아가려 했던 모양이야. 하지만 리키이시가 이런 일을 당했는데 뭔가 **꿍꿍이셈**이 있을 거라면서 가모시다를 말리고, 부하 똘마니들을 불러 상황을 파악하게 했다더군. 그 사이에 신주쿠 경찰서 지하 주차장에서 저격 사건이 일어났다는 걸 알았고, 이건 자기들을 두목 습격에 대한 보복 범행의 범인으로 만들려는 함정이 틀림없다고 생각했다는 거야. 경찰에 자수해 전부 다 털어놓을까 하는 생각도 잠시 했지만, 저격범들이 두목을 습격한 진범이 아니라 대신 자수한 남자를 쏜 데다가 경찰관 살해죄까지 뒤집어쓰면 큰일이라고 여겨 바로 해외로 튀자고 결심했다는 거지."

"믿을 수 있나, 그 진술?"

쓰쓰미는 고개를 저었다. "분명히 진류카이 조직원이었는지 어떤지도 증명할 수 없고 감금되었던 장소도 제대로 설명하지 못해. 가모시다 쪽도 리키이시와 거의 같은 내용으로 진술하기 시작한 상태지. 하지만 둘이서 입을 맞추고 이야기를 꾸며낼 시간은 얼마든지 있었으니까."

"그렇지만 그들의 진술이 거짓이라는 확증도 없고?"

"그렇지."

"진류카이가 적대 세력인 가부라기구미를 박살내기 위해 벳쇼 후미오의 두목 총격 사건을 틈타, 대신 자수한 이부키 데쓰야를 저격하거나 그 저격을 가부키구미 조직원이 저지른 짓으로 만들거나 했다는 건가……? 폭력단에 어울리지 않게 복잡한 수법인데."

"있을 수 없는 일은 아니야. 솔직하게 말하면 가부라기구미의 두 명이 저격범일 가능성은 육십 퍼센트이거나 그 이하겠지."

"그렇다면 내게 전화한 남자들이 풀려났을 가능성은 사십 퍼센트나 그 이상이라는 거로군."

우리는 동시에 담뱃불을 끄고 동시에 일어섰다.

"조심해야 해." 쓰쓰미가 말했다.

나는 고개를 끄덕이고 취조실 문 쪽으로 갔다.

"이제 어떻게 할 건가?"

"내일부터 탐정 업무로 돌아갈 거야."

쓰쓰미 과장의 못미더워하는 얼굴을 뒤로하고 나는 취조실을 나왔다.

13

　나는 엘리베이터를 타고 신주쿠 경찰서 지하 주차장으로 갔다. 2층에서 타 1층에서 바로 내린 두 명의 제복경찰관이 나눈 대화는 순직수당 금액에 대한 이야기인 듯했다. 지하층에서 엘리베이터를 내려 나는 무의식중에 주위를 살폈다. 주차되어 있던 블루버드로 가니 조수석에 사람이 보였다. 담배 연기 때문에 얼굴은 잘 알아볼 수 없었다. 운전석 문을 열고 들여다보니 낯익은 남자였다. 나는 운전석에 올라탔다.

　"잠겨 있지 않아서 안에 들어와 기다렸는데 조심성이 부족하군."

　정겨운 **쉰 목소리**였다.

　"수사1과, 틀림없이…… 다지마 주임이었지?"

　"기억해주시는군. 이젠 주임이 아니지만."

아득한 옛날이야기인데 '도지사 저격 사건' 와중에 만난 형사로, 그 뒤에도 몇 차례 만났다.

"아직도 신주쿠 경찰서 근무? 벌써 퇴직한 줄 알았지."

"내가 노안이라서…… 그래도 드디어 올 가을이면 정년이야. 삼십 년 걸려서 겨우 경부보가 되었는데 눈 깜짝할 사이에 정년퇴직이 눈앞이네."

나는 담배에 불을 붙이고 물었다. "아직도 1과에 있나?"

"아니, 지금은 총무과 정보관리 담당이야. 연말부터 정초까지 당신은 여전히 4과와 가마타 경찰서를 들쑤시는 모양이더군."

"지난 연말 저격범 차량번호 확인할 때 누가 필요 이상으로 시간을 끈 흔적은 없나? 조금만 더 빨리 수배했다면 범인들이 훔친 차를 원래대로 돌려놓기 전에 차량 주인의 집으로 바로 갈 수 있었을지도 모르는데."

다지마 경부보가 쓴웃음을 지었다. "**당신들**은 보는 눈이 똑같군. 반드시 그걸 물을 테니 답이 궁하지 않도록 하라더군."

"답이 궁해질 만한 지연 사유가 있었나?"

"그렇지 않아. 당신이 기억하는 불완전한 번호 때문에 본부의 '종합조회'가 해당 차량을 뽑아내는 데 걸린 시간이 대략 그쯤이야. 4과 형사들이 그 목록에서 해당하지 않는 차량을 제외하면서 좁혀 가는 작업에 필요한 시간도 대략 그 정도지."

"그런가……? 당신이 그렇게 말한다면 믿지."

다지마는 대시보드의 재떨이에 담뱃불을 끄고 나서 말했다. "이건 노파심 때문에 하는 이야기인데 당신들이 서로 미워하는 이유를 나는 알 수 있을 것 같아. 당신들이 일을 대하는 사고방식은 일란성 쌍둥이처럼 닮았거든. 그래서 만나면 자기가 가장 싫어하는 면을 드러내는 것 같은 느낌이 들어."

"나이 차이가 꽤 나는 쌍둥이 형은 왜 얼굴을 드러내지 않는 거지? 장기 휴가인가, 전근이라도 갔나, 아니면 퇴직했거나 잘렸나? 그것도 아니면 죽었어?"

"니시고리 경부는 파리에 갔어."

"뭐라고? 파리라니, 런던, 파리 할 때 그 파리?"

"그 파리. '인터폴' 국제회의에 참석중이야."

나는 웃으려다가 담배 연기 때문에 목이 메었다. "단벌 짙은 남색 양복에 하나뿐인 넥타이를 매고 말인가?"

"아마 그럴 테지."

"일본 경찰이 세계적으로 미움을 사는 데 크게 공헌하겠군."

"니시고리 경부가 우수한 형사라는 건 당신이 잘 알지."

"그런 아첨이나 하라고 그 녀석이 당신을 이리 보낸 건가?"

"……아니야. 실은 경부가 전하라는 말이 있어." 다지마가 말하고 한숨을 내쉬었다.

"듣지 않아도 무슨 소린지 알겠지만 일단 들어두지."

다지마가 목소리를 살짝 낮췄다. "'우쭐거리지 마, 탐정.'"

"'메그레 경감한테 가르침을 받아 품성을 좀 갈고 닦고 와'라고 전해달라더군."

다지마는 조수석 쪽 문손잡이로 손을 뻗었다.

"아 참, 잠깐만." 나는 담뱃불을 재떨이에 끄고 상의 주머니에서 메모지를 꺼냈다. 세 시간 전에 사무실에서 받은 명함에서 이름과 직함을 옮겨 적은 쪽지였다. "이 사람을 알고 싶은데."

다지마 경부보는 말없이 쪽지를 받아들더니 블루버드에서 내려 엘리베이터 쪽으로 걸어갔다.

나는 블루버드를 출발시켜 지하 주차장을 나가 신주쿠 경찰서 정문 쪽으로 돌았다. 니시고리 경부가 없는 신주쿠 경찰서는 이미 어둠에 싸여 있었다.

14

이튿날 아침, 나는 사무실에서 '탐정 수칙 삼 항목'을 복창하면서 시간을 때웠다. '강한 적과의 교전은 피한다.' '공격하기 쉬운 쪽부터 공략하라.' '이용할 수 있다면 뭐든 이용한다.' 삼 항목은 오타케 히데오 구 단의 신간 《오타케 병법의 비결》 머리말에 적힌 '바둑 수칙 십 개조'를 표절한 것이었다.

9시 반이 되기를 기다려 나는 주차장으로 내려가 블루버드를 출발시켰다. 니시신주쿠 사무실 주위를 코스와 스피드를 바꾸면서 세 바퀴 돌았다. 특별히 의심스러운 차나 사람은 보이지 않았다. 그리고 지요다 구 이치반초로 향했다. 1월 6일에 탐정 업무를 시작하는 게 결코 늦은 건 아니지만 업무도 아닌 일로 그렇게 많이 돌아다닌 설 연휴는 일찍이 없었다. 어제 일기예보대로 기온이 뚝 떨어져 거리나 사람들이나 돌아온 동장군 앞에 잔뜩 웅크렸다. 야스쿠니길을 이치가야까지 달려 이치가야바시 다리를 건넌 다음 '닛폰테레비' 앞에서 좌회전해 300미터쯤 서행하니 오른쪽에 '네고로 레지던스'라는 아파트 건물이 보였다. 10층짜리 수수한 올리브색 건물이었다. 나는 정면 현관 옆 지하 주차장 입구를 피해 시다라 노인의 양녀가 가르쳐준 대로 건물 뒤편에 있는 다른 지하 주차장 입구로 들어갔다. 입구 옆에는 '계약 차량 이외에는 주차할 수 없습니다'라는 간판이 서 있었다.

슬로프를 내려가 왼쪽으로 꺾으니 일고여덟 대쯤 주차 가능한 공간이 있었는데 반쯤을 검은 고급 승용차가 차지하고 있었다. 늘 그렇지만 블루버드의 엔진 소리가 열등감이 섞인 이상한 소리로 변했다. 마침 짙은 남색 크라운마제스타 한 대가 출구 쪽으로 이동중이었는데 운전자 얼굴은 보이지 않았다. 빈 공간에 적당히 주차하고 주차장 구석에 있는 엘리베이터로 향했다. 주차장의 건물 정면 쪽 벽면은 세 개의 커다란 셔터가 내려진 상태였다. 셔터 너머에는 정면 입구로 들어온 일반 차량용 지하 주차장이 있을 터였다.

엘리베이터 문에 '10층 전용'이라는 표시가 있고 옆쪽 벽에 인터폰이라기보다 벽걸이 전화에 가까운 것이 설치되어 있었다. '방문객은 수화기를 들고 오른쪽 아래 있는 파란색 버튼을 눌러주세요.' 손목시계로 시간을 확인하니 10시 오 분 전이었다. 나는 수화기를 들고 오른쪽 아래 있는 파란색 버튼을 눌렀다.

"예, 시다라입니다." 남자 목소리지만 구십대 노인 목소리처럼 들리지는 않았다.

"와타나베 탐정사무소의 사와자키입니다."

"기다렸습니다. 엘리베이터를 타고 10층으로 와주세요."

수화기를 내려놓자 엘리베이터 문이 열렸다. 나는 안으로 들어가 10층 버튼을 눌렀다. 제어판에는 각 층 버튼이 있으니 내리려 한다면 어느 층에든 멈출 수 있으리라. 건물도 엘리베이터도 새것은 아니었지만 돈을 들여 제대로 지은 것 같았다. 엘리베이터는 조용히, 그리고 천천히 안정적으로 올라갔다. 10층에 도착하자 문이 열리고 오피스 빌딩의 작은 로비 같은 공간이 나타났다. 정면에 별로 장사할 마음이 없어 보이는 '네고로 부동산'이란 간판이 걸린 문이 있는데 그 문에 눈이라도 달린 듯 바로 열렸다. 수수한 짙은 남색 양복에 같은 색 넥타이를 맨 사십대 중반 남자가 나왔다. 햇볕에 그을어 약간 거무스름한 얼굴과 포마드를 잔뜩 바른 머리 모양 때문인지 혹은 나비넥타이 때문인지 영어를 유창하게 한다면 동남아시아 고급 리조트 호텔의 지배인처럼 보일 듯했다.

"사와자키 씨입니까?" 그가 일본어로 물었다.

나는 그렇다고 대답했다.

"안내하겠습니다. 저는 '네고로 부동산'에서 일하는 도쿠야마라고 합니다."

자신을 도쿠야마라고 소개한 남자가 왼쪽으로 난 복도를 앞장서서 걸어갔다. 복도 왼쪽 유리창을 통해 이치반초와 고지마치의 풍경이 한눈에 들어왔는데 하늘에 뭔가 희고 작은 것이 흩날렸다.

"아무래도 내리는 것 같군요."

눈이었는데 이런 상태로는 땅까지 내려갈 수 있을지 어떨지 의심스러웠다. 복도 모퉁이에서 오른쪽으로 꺾자 바로 중후한 와인색 오크나무 두짝문이 나타났고 한쪽은 이미 열려 있었다. 안으로 들어가니 분위기가 확 달라졌다. 철근 빌딩 안에서 갑자기 목조 건축물로 들어온 기분이었다. 바닥에는 회색 카펫이 깔려 있었다. 그러나 거기 역시 복도였다. 10미터쯤 앞에 현관 같은 구조물이 보였다. 아까와 마찬가지로 오크나무 문인데 이쪽은 외문이었다. 그 문에 '시다라'라는 문패가 걸려 있었다. 도쿠야마가 문을 열고 나를 안으로 들였다. 어디선가 희미하게 차임벨 울리는 듯한 소리가 들렸다.

문 안은 현관이라기보다 십오 평쯤 되는 호텔 로비처럼 널찍한 공간이었다. 한가운데 열 명쯤은 충분히 회의할 수 있을 커다란 응접세트가 있고 남자 세 명이 뿔뿔이 떨어져 앉아 있었다. 도쿠야마는 그 세 명에게 고개를 살짝 숙이며 로비를 똑바로 가로질렀다. 세 사람은 도쿠야마의 뒤를 따라 걷는 나를 빤히 바라보았다. 세 사람 모두 검은 정장 차림으로, 무릎 위에 큼직한 서류가방을 얹었다. 경시청 공안관이라는 사이쇼 요시로의 허풍을 떠올리지 않을 수 없었다. 세 사람은 처음엔 자기들을 제치고 먼저 안내받다니 대체 뭐하는 놈인가 싶어 마뜩잖은 표정을 지었지만, 이내 백화점 연말 세일 청구서를 들고 온 영업시원이 부익 배관관리 견적서를 가지고 온 업자라도 보는 눈빛으로 변하며 관심이 식었다. 도쿠야마와 나는 로비 안쪽에 있는 그날 세 번째 오크나무 문을 열고 안으로 들어갔다.

드디어 일반 주택 현관 같은 곳—하지만 어지간한 료칸 현관쯤 되는 널찍한 공간이었다—에 이르러 나는 마음이 놓였다. 도쿠야마는 신발을 벗어 현관에 가지런히 정돈하고 슬리퍼를 신었다. 그리고 내가 따라 하기를 기다렸다. 잘 닦인 마루가 깔린 복도를 지나 잠시 가다가 처음 나타난 문을 도쿠야마가 노크했다.

"들어오시죠." 안에서 여자 목소리가 들려왔다. 도쿠야마가 문을 열자 응접실 같은 실내에서 남자와 여자가 마주 앉은 모습이 얼핏 보였다. 여자는 이쪽에 등을 보이고 앉아 있어 소파 위로 머리카락과 옆얼굴 일부만 보였지만 맞은편에 앉은 남자는 방금 로비에서 본 세 남자와 같은 부류라는 걸 바로 알 수 있었다.

"오셨나?" 여자가 물었다.

"예." 도쿠야마가 대답했다.

"그럼 서재 쪽에서 아버지가 기다리니 그쪽으로 모셔. 나도 바로 갈 테니까."

"그렇게 하겠습니다." 도쿠야마가 대답하고 문을 닫았다.

그리고 다시 복도를 앞으로 더 나아갔다. 중간에 문을 두세 개 그냥 지나치고 복도 막다른 곳까지 가서 조금 전 그 문 반대편에 있는 문을 노크했다. 안에서 남자의 웅얼거리는 목소리가 희미하게 들려왔다. 도쿠야마는 문을 열더니 안에 대고 '사와자키 씨를 모시고 왔습니다'라고 하더니 내게 '들어가시죠'라고 말했다. 안으로 들어가자 뒤에서 문이 닫혔다.

그야말로 전형적인 서재였다. 최근에 어느 허름한 식당 텔레비전에서 본 외국영화에서 갱 역할을 맡은 클라크 게이블이 시장 역할의 스펜서 트레이시를 방문하는 장면에 등장한 것과 똑같은 서재였다. 배우 이름은 틀릴지도 모르지만 서재 모습은 확실하다. 다만 영화에 나오는 서재는 겉모습뿐이었다. 영화 세트와 마찬가지로 이 서재도 실제로는 거의 쓰이지 않는 듯했지만 크고 위엄 있는 체통을 가장 중요하게 여긴 분위기였다. 방 안쪽 커다란 책상 너머에 그가 앉아 있었다.

시다라 미쓰히코는 의자에서 일어나더니 책상을 돌아 방 한가운데 있는 응접세트 쪽으로 나왔다. 잠옷 위에 두툼한 겨울 가운을 입었다.

"사와자키 씨 오셨습니다. 자, 이쪽으로."

나도 응접세트 옆으로 다가갔다.

"지난번에는 정말 고마웠소. 덕분에 이렇게 무사히 안온한 생활로 돌아올 수 있었으니. 사와자키 씨에겐 뭐라 말씀을 드려야 좋을지 모를 만큼 감사하는 마음이오. 자, 이리 앉으시오."

우리는 테이블을 사이에 두고 소파에 앉았다. 시다라 미쓰히코는 니시카마타에 있는 철공소 2층 침대에서 보았을 때에 비하면 알아보기 힘들 만큼 낯빛도 좋아졌고 정정했다. 이 정도면 아흔두 살이라고는 생각할 수 없을 만한 회복력이다. 등 뒤에서 방금 내가 들어온 문이 열리디니 조금 전에 응섭실에서 본 여자가 들어왔다. 삼십 대 초반으로 보이는 아름다운 여성이었다. 물을 들인 건지 어떤지 알 수 없을 만큼 밝고 풍성한 머리카락에 둘러싸인 흰 얼굴에는 오히려 자신의 아름다움을 소홀히 여기는 듯한 생기와 자신감이 드러났다. 방금 이야기한 클라크 게이블이나 스펜서 트레이시와 팔짱낄만한 여성이 취향이라는 남자에게 인기 있을 미인이었다. 브랜드 제품 같은 황갈색 비즈니스 정장을 입었는데, 그 정도면 서류 작성에 오타 하나 있는 걸로 꾸짖을 만한 신분은 아닌 듯했다. 누군가에게 오타를 지적할 만한 지위에 있는 사람이 입는 정장이 따로 있다. 그녀는 커피세트를 얹은 쟁반을 들고 들어와 테이블에 내려놓고 인사했다.

"어제는 전화로 실례가 많았습니다. 딸인 유미코입니다. 아버지는 이미 고맙다는 인사를 하셨죠?"

시다라 유미코는 커피 컵을 제 아버지와 내 앞에 놓고 포트를 들어 커피를 따랐다. 그동안에도 아버지와 번갈아가며 내게 감사 인사를 계속했다.

"아버지, 그건?" 시다라 유미코가 물었다.

"아직. 책상 위에 준비해두었으니 가지고 오너라." 시다라 노인이 자기 등 뒤를 가리키자 딸이 책상 쪽으로 갔다.

"어제 찾아온 가마타 경찰서 형사에게 듣고 알게 되었는데 딸아이가 경찰 쪽에 위탁한 보상금을 받지 않으셨다고요."

"보상금을 받아야 할 사람은 따로 있으니까요."

딸은 두툼한 봉투를 들고 돌아와 노인 옆 소파에 앉았다.

"그렇지만 가마타 경찰서 형사는 정보 제공은 몰라도 실질적으로 나를 구해낸 사람은 사와자키 씨라고 했소. 그런데 보상금 절반은 권총으로 사람을 쏜 녀석이 받게 될지도 모른다면서요? 그리 되면 사와자키 씨에게 너무 미안해서, 그래서……" 노인은 딸한테서 봉투를 받아 들더니 테이블 위에 내려놓고 내 커피 컵 옆으로 밀었다. "이거 약소하지만 보상금 같은 것과는 관계없이 우리가 깊은 감사의 뜻으로 드리는 것이니 받아주시오."

나는 커피를 한 모금 마셨다. 혀가 굳어져 말이 꼬이지 않도록 하기 위한 준비였다.

"그건 받을 수 없습니다. 따님께 어제 전화로 말씀드렸듯이 오늘은 탐정 업무 의뢰가 있다고 하셔서 찾아뵌 겁니다." 나는 두툼한 봉투를 노인의 커피 컵 옆으로 밀었다.

"아니, 그렇지만, 이건—"

"아버지." 딸이 끼어들었다. "떼를 쓰시면 안 돼요. 아버지 방식이 누구에게나 다 통하지는 않아요."

"……그런가?" 시다라 노인은 섭섭한 표정을 지었다.

"그보다 사와자키 씨에게 부탁하실 일을 설명하셔야죠. 그 일을 받아들여주실지 아닐지가 중요하잖아요."

"그렇지." 노인은 표정을 풀고 테이블에 놓인 봉투를 또 내 쪽으로 밀었다. "사와자키 씨에게 그 일을 맡기고 그 보수로 이걸 드리면……."

나는 쓴웃음을 지으며 고개를 저었다. 벽창호 같은 노인이다.

"그것도 안 되나?" 노인이 실망한 표정을 지으며 커피 컵을 입으로 가져갔다.

시다라 유미코는 테이블 위에 놓인 봉투를 집어 들더니 원래 있던 책상 위에 놓고 돌아왔다.

"사와자키 씨께 부탁드리고 싶은 일은 아버지가 말씀하시겠어요, 아니면 제가?"

"네가 해라. 부탁하마."

시다라 유미코는 고개를 끄덕이고 다시 나를 보았다.

"내일 오후 5시쯤부터 시간이 되십니까? 다시 이쪽으로 와주셨으면 하는데요."

나는 시간이 난다고 말했다.

"내일 8시 이후에 아버지 앞으로 전화가 한 통 걸려올 겁니다. 그 전화의 지시에 따라 어떤 물건을 전화한 상대에게 무사히 전해주면 되는 일이죠. 물건은 제가 전해줄 텐데, 사와자키 씨께 운전과 경비를 부탁드리고 싶어요."

"흐음."

"좀 이르지만 이런저런 준비도 해야 할 테니까 여유 있게 5시쯤에 와주셨으면 합니다."

예상하지 못한 내용은 아니었다. 다시 사이쇼 요시로의 허풍을 떠올리지 않을 수 없었다.

"전해야 할 물건이란 게 뭡니까?"

시다라 유미코는 아버지 쪽을 보았다. 시다라 미쓰히코는 두 눈을 감은 채 미간에 주름을 잡고 낮게 신음했다.

"그건 묻지 않는 편이 좋을 것 같은데요." 딸이 대답했다.

"저 두툼한 봉투를 받을 수 없다고 한 건 바로 이런 경우가 있기 때문입니다. 출구는 어느 쪽이죠? 나비넥타이를 맨 친구만 따라 복도를 걸어 들어왔으니 돌아갈 길이 염려되는군. 거기는 들어가지 않는 편이 좋을 거라고 생각합니다, 라고 꾸지람 들을 만한 곳으로 잘못 들어가면 폐가 될 테니까요." 나는 자리에서 일어서려고 했다.

"잠깐만요." 딸이 제지했다. "꼭 아셔야겠다면 말씀드리죠. 아마…… 7억 엔쯤 되는 현금을 운반하게 될 거예요. 내일이 되기 전에는 정확한 금액을 알 수 없어요. 좀 늘어날지도 모릅니다."

큰 신음 소리가 들렸는데 아마 내가 아니라 시다라 노인이 냈으리라. 그는 팔짱을 낀 채 미간에 주름을 더 깊게 새겼지만 아무 말도 없었다.

"아버님이 유괴당한 사건과 관계 있는 겁니까?"

"그렇습니다."

"아버님이 감금당한 엿새 동안 일종의 자백제 같은 걸 대량으로 투여당한 흔적이 있습니다만…… 거기서 유괴범에게 털어놓은 이야기들이 큰돈을 지불하는 이유인가요?"

"그렇습니다."

"내일 전화를 걸 사람이 스즈키 이치로라는 남자인가요?"

"그렇습니다."

"그 돈을 지불하지 않으면 어떻게 됩니까?"

시다라 유미코는 일어서서 책상 쪽으로 가더니 신문을 들고 돌아왔다. 사회면을 펼쳐 내 쪽으로 내밀었다. "어제 조간인데요, 아버지가 빨간 색연필로 표시한 기사를 봐주세요."

　기사 내용은 어제 사무실에서 다른 신문 기사로 보았기 때문에 대략 알았다. 장관을 지낸 어느 여당의 어느 파벌 실력자 의원의 '학력 위조' 문제가 폭로되어 있었다. 요즘 자주 듣는, 외국의 들어본 적도 없는 수상쩍은 대학을 나왔다는 게 아니었다. 그 의원의 최종 학력은 엄연히 일본 유명 사립대학을 삼십오 년 전에 졸업한 것으로 되어 있지만, 실은 이십오 년 전 첫 당선 직후에 그 대학 이사 한 명에게 큰돈을 주고 구입한 것이라는 이야기였다. 본인은 졸업증서나 학점 취득 단위, 졸업명부 기재도 모두 제대로 되었으니 '위조'가 아니라고 반론하는데 학생의 본분인 면학을 통해 취득한 것이 아니라 수표 한 장에 구입한 것이므로 지금까지의 학력 위조 사건보다 훨씬 악질적인 중대범죄라는 것이 폭로 기사의 주된 내용이었다.

　대학 측 담당자는 문제의 이사가 이미 고인이 되었고, 그 의원 이름이 붙은 기념 교실도 남아 있으니 당시 이사가 수령한 것은 대학 '기부금'이 아니겠느냐고 했다. 그 의원에게 졸업 자격이 있느냐 없느냐는 담당자가 대학에 취직하기 훨씬 전에 일어난 일이라 갑자기 판단할 수는 없지만, 만약 정식 고소가 있어 법적 판단이 요구된다면 온힘을 다해 밝힐 생각이라고도 덧붙였다.

　관련 기사로 야당의 아무개 의원—유명 사립대학 후배라는—이 문제의 여당 의원을 재빨리 학력 위조로 고발했다는 내용도 어제 읽은 기사와 거의 같았다.

　그러나 학력 위조 혐의를 받는 의원이 장관 임기 중에 정치가로서 얼마나 국민들을 속였는지는 거의 아무도 흥미를 보이지 않았기 때문에 이 나라는…… 아니, 이 나라가 천하태평이라는 것은 경시청 공안관인 사이쇼 요시로의 의견이지 내 의견은 아니었다.

15

"그저께 밤이었습니다." 시다라 유미코가 말했다. "아버지가 구출된 날 밤이었죠. 스즈키 이치로라는 사람이 전화를 걸어왔습니다. 내일 조간신문을 보라고만 하고 끊더군요. 그리고 어제 각 신문 조간에 그 기사가 일제히 실렸던 거예요."

시다라 유미코는 내가 손에 든 신문을 가리켰다.

"두 번째 전화는 어제 점심때가 조금 지나서 왔죠. 내일 오후 8시까지, 그 스즈키라는 사람이 표현에 따르면 '보험료'를―"

"말하자면 입을 다무는 대가라는 거로군요."

"예. 보낼 장소는 다시 연락해 알려주겠다고 했습니다."

"그 남자가 그런 터무니없는 큰돈을 요구한 건가요?"

"아뇨. 그쪽에서는 금액 이야기는 한 마디도 하지 않았습니다."

"오호…… 그렇다면 당신들 쪽에서 보험 가입자 측에 그런 금액의 보험료를 지불하겠다고 통고한 겁니까?"

"아뇨. 그러지 않았어요. 지난 12월 29일에 아버지가 행방불명이라는 사실이 발표된 뒤로 많은 분이 '병문안'이라며 큰돈, 말씀하셨듯이 보험료를 보내왔죠. 게다가 아버지가 풀려나셨다는 보도가 나오고, 또 박차를 가하듯 학력 위조를 폭로하는 기사가 실린 뒤로는 거의 패닉 상태에 가까운 **상황**입니다. 그 가운데 몇몇 심부름으로 오신 분들은 조금 전 로비 쪽에서 보셨을 거예요."

시다라 미쓰히코는 어느새 코를 골고 있었다. 아마 딸이 이야기를 시작하자 바로 잠들었으리라. 시다라 유미코가 아버지의 어깨에 손을 얹어 깨우려 했지만 나는 손을 들어 말렸다. 의뢰 문제는 딸하고만 이야기해도 아무 지장이 없을 것 같았기 때문이다. 아버지가 필요하다면 그때 깨우면 그만이다.

"기사에 나온 학력 위조 국회의원은 보험료를 지불하거나 병문안하러 오지 않았나요?"

"그렇습니다. 오시지 않기를 잘했죠. 보험료를 지불했는데 '네고로 메모'의 비밀이 폭로되었다면 저희 쪽에 무슨 말썽이 있는 걸로 비쳤을지도 모르니까요. 학력 문제는 무척 오래돼서 저쪽에서는 대수롭지 않게 여겼던 모양이에요."

"그걸 '네고로 메모'라고 부르나요?" 내 머리도 조금씩 사이쇼 요시로의 허풍에 감화되었는지 모른다.

"저희는 예전부터 그렇게 불렀습니다. 지금이니까 하는 말이지만 저희 '네고로 메모' 안에 아무런 비밀도 없는데 어찌된 영문인지 보험료를 보내는 분들이 상당히 계시죠. 우리는 모르지만 사실은 뭔가 비밀이 있는 분일지도 모르죠. 비밀은 없어도 만에 하나 누명이나 오해 때문에 기사가 나가면 골치 아프니 보험료만 지불해놓으면 무사할 거라는 생각일지도 모르고요."

"그런 보험료도 내일 스즈키에게 건넬 건가요?"

"아뇨, 그런 쓸데없는 짓은 하지 않을 겁니다. 그 몫을 일련의 골치 아픈 일에 연관된 여러 가지 경비로 쓸 생각이에요. 아버지 입원비나 그 보상금, 지금 7억 엔이 넘어가는 현금의 경비를 맡은 경비회사에 지불할 비용 같은—"

"내게 지불할 의뢰비."

시다라 유미코가 미소를 지었다. "그것도 그렇게 처리하게 될 겁니다."

"운전과 경비는 내가 아니라 그 경비회사에 맡겨야 하지 않을까요? 내가 보험료를 운반하다가 당신을 강제로 차에서 내리게 한 다음 돈만 가지고 도망칠지도 모르는데. 7억 엔이나 되는 '출처불명 비자금'이 있는 차를 탄다면 왠지 그렇게 해야 옳을 것 같은 느낌이 드네요."

시다라 유미코는 잠깐 생각한 뒤에 말했다. "그건 경비회사 쪽도 마찬가지 아닐까요? 지금 경비는 그분들이 하지만 금액까지는 모릅니다. 그래도 그분들을 서둘러 고용한 과정이나 지금의 삼엄한 경비, 그리고 내일 운반하게 될 물건의 무게와 상태를 보면 거의 추측할 수 있지 않겠어요……? 다를 바 없다면 아버지를 구출한 은인인 당신이 억만장자가 되는 편이 낫죠."

"그렇게 된다면 어떻게 하실 거죠?"

"저희는 별로 손쓸 방법이 없습니다. 다만 이러이러한 분이 돈을 가지고 갔다고 경찰에 신고하겠죠?"

"범인들은 그 정도로 넘어갈까요?"

"글쎄요. 어떻게 나올지. 화가 나서 입수한 비밀을 모두 폭로해버릴까요? 그렇게 하더라도 우리는 별로 곤란할 일 없습니다. 하지만 그래봤자 범인들이 얻을 수 있는 게 아무것도 없잖아요? 그보다 돈을 가지고 도망간 경비회사 직원이 잡혀 돈을 찾은 뒤에 재교섭하거나 아니면 우리 쪽에 다시 적당한 보험료가 채워지기를 기다렸다가 다시 교섭하거나…… 저라면 어쨌든 기다리는 편을 택하겠어요."

"그렇지만 사람들이 다시 그렇게 보험료를 내지는 않을 텐데요?"

시다라 유미코가 고개를 저었다. "내기를 해도 좋습니다. 만약 7억 엔이라는 돈을 누가 가로챘다는 보도가 나오면 이십사 시간 뒤에 틀림없이 1억 엔이 넘는 보험료가 들어올 거예요. 결국 7억 엔은 못 채울지 모르지만 적게 잡아도 3억 엔이나 4억 엔쯤은 들어올 겁니다."

"어처구니없군…… 결국 일본에서 정치하는 놈들은 그 지경으로 썩어문드러졌다는 이야기네."

"어머, 지금 하신 말씀은 사와자키 씨가 하신 말씀인가요? 아니면 순진한 중학생이 누구 말투를 흉내 낸 건가요?"

나는 쓴웃음을 지었다. 하지만 바로 다른 의문이 떠올랐다. "유괴범들은 자백제로 아버님에게 '네고로 메모'의 비밀을 털어놓게 하고 그걸 청취했을 뿐 이른바 물적 증거는 아무것도 손에 넣지 못했죠. 분명히 그렇죠?"

"예, 그런 건 모두 은행 대여금고 안에 안전하게 보관되어 있죠."

"그런데도 이런 협박이 성립합니까?"

"아무도 돈을 내놓으라고 요구하지 않았는데 자진해 7억 엔을 보내오는 상태를 협박이라 부를 수 있다면 협박이 성립하는 거죠…… 다만 실제로 협박당한 사람은 우리를 포함해 아무도 없어요."

"7억 엔을 주었는데 한 달이나 일 년 뒤에 범인들이 다시 전화를 걸면 어떻게 하죠?"

"글쎄요…… 일단 그 요구에 귀를 기울이겠죠…… 사와자키 씨, 아주 실례되는 질문일 텐데 1억 엔이 넘는 돈을 자기 것으로 소유해본 적이 있으신가요?"

"아뇨." 내가 대답했다.

몇 해 전에 죽은 와타나베의 유품인 1억4천만 엔이 든 예금통장과 인감을 며칠 동안 석유난로 급유탱크 안쪽에 숨긴 적은 있지만 그 돈이 **내 것**이라는 생각은 단 한순간도 들지 않았다.

"전화를 건 스즈키라는 사람이 7억 엔을 대체 몇 명과 나눌지 모르지만 적어도 다들 억만장자가 될 건 틀림없죠. 게다가 큰돈을 지불한 분들이나 우리나 틀림없이 그 사람들이 경찰에 잡히기를 바라지 않을 겁니다. 이상한 이야기지만 이번 경우에는 그 사람들이 경찰에 잡힌다면 사건 해결이 아니라, 도리어 그야말로 대사건으로 커져버릴지도 모르니까요. 그러니 경찰에 쫓길 염려 없이 억만장자가 될 수 있는 셈입니다. 그런 처지인데 굳이 다시 위험한 범죄에 손댈 필요가 있을까요?"

"그렇군요…… 하지만 돈은 있으면 있을수록 욕심내기 마련이라고 들었는데요."

"그럴지도 모르죠. 하지만 이 경우에는 좀 초점이 어긋난 표현일지도 모르지만, '부자 몸 조심'하는 쪽이 되지 않을까요?"

나는 커피를 다 마신 뒤 테이블 위에 재떨이가 있기에 허락을 받고 담배에 불을 붙였다.

"의뢰를 받아들이기 전에 조금 더 묻고 싶은 게 있습니다."

"뭐든 물어보세요."

"아버님을 은행에서 납치한 사람은 스즈키 이치로라는 남자와 이미 가마타 경찰서에 잡혀 있는 체격 좋은 남자였죠?"

"예, 그렇습니다. 아버지는 그 사람을 대마신이라 불렀다고 했습니다만……."

"범인은 한 명 더 있습니다. 세 번째 남자가 있다는 사실을 아시나요?"

"아버지도 그렇게 말씀하셨죠. 납치된 그날 밤부터 매일 밤 9시 가까이 되면 스즈키라는 사람이 아버지에게 주사를 놓았다고 합니다. 그리고 잠시 후 약효가 나타날 때쯤 되면 세 번째 남자가 나타났다더군요."

"아버님께선 그 남자 인상을 기억하십니까?"

"그게⋯⋯" 시다라 유미코는 소파에서 일어나더니 책상으로 다가가 이번에는 큼직한 파일 같은 것을 가지고 돌아왔다. 파일에서 도화지 한 장을 꺼내 내게 내밀었다. "아버지가 그린 그림인데 이게 세 번째 남자라고 합니다만⋯⋯."

헌팅캡에 선글라스와 마스크라는, 맨얼굴을 감추기 위한 '3종의 신기'를 갖추고 코트 옷깃을 세운 남자가 그려져 있었다. 아마추어치고는 꽤 그림 솜씨가 있어 보였지만 인상을 특징적으로 드러낼 수 있는 부분은 모두 가려져 아무 도움도 되지 않았다.

"이쪽이 스즈키라는 사람이라고 합니다." 시다라 유미코가 다른 도화지를 한 장 꺼냈다.

야구모자와 가죽점퍼 사이에 삼십대 중반쯤으로 보이는 뻔뻔한 인상의 남자 얼굴이 그려져 있었다. 그런 인상은 짙게 옆으로 그어진 굵은 눈썹, 작고 날카로운 눈매, 콧방울이 펑퍼짐한 커다란 코, 두툼하지만 꾹 다문 입술 같은 부분에서 느껴졌다. 속된 표현으로 하면 낯짝이 두꺼운 얼굴로, 대마신 밑에서 졸개 노릇을 했다면 고개가 끄덕여질 만한 인상이었다. 이 남자가 니시카마타에 있는 가시와다 철공소에서 차를 타고 나갈 때 나는 건너편 다사카 씨 집 2층에 있었기 때문에 보지 못했다.

"아버님께선 이번에 전화를 걸어온 스즈키가 이 스케치북에 있는 남자라고 확인해주셨나요?"

"아뇨. 전화는 제가 받았습니다. 주치의가 아버지 연세를 생각해 흥분하거나 쇼크받지 않도록 최대한 노력하라고 해서서."

"전화 녹음은?"

"갑자기 걸려왔기 때문에 준비가 되어 있지 않았습니다. 그래도 내일 전화는 녹음할 수 있도록 준비를 해두었지요."

"마지막으로 하나만 더." 나는 담뱃재를 재떨이에 떨고 나서 물었다. "내일 일은 경찰에 신고하지 않을 작정입니까?"

"하지 않을 겁니다."

"그건 아버님 생각인가요?"

"아버지와 제 생각입니다."

"제가 경찰에 신고하면 어쩌시겠습니까?"

"별달리 어쩔 방법이 없죠. 다만 작년 연말 아버지 유괴로 시작된 일련의 소동이 내일 밤이면 드디어 평온한 상태로 돌아가지 않을까 했는데 그 바람이 다시 멀어지는 건 안타깝겠죠. 신고하실 작정이라면 미리 알려주시겠어요? 그럴 경우에는 아버지를 이곳도 아니고 가마쿠라도 아닌 어디 적당한 병원에 입원시켜 격리하지 않으면 그 소동을 도저히 견뎌내실 수 없을 테니까요."

"알겠습니다. 내일 일은 내가 맡죠. 오늘 여기 오면서 만약의 경우를 생각해 누가 미행하지 못하도록 신경 썼습니다. 현재 시다라 씨 집안과 제 관계, 즉 니시카마타에서 아버님과 접촉한 일 말고 뭔가 더 있다는 사실을 아는 사람은 이 세상에 한 명도 없습니다. 그렇지만 제가 자칫 빠뜨린 부분이 있을지 모르고 내일 아침까지 무슨 일이 일어날지도 모르죠." 나는 담배를 재떨이에 끄고 말을 이었다.

"탐정이라는 직업상 경찰에는 나를 아는 사람이 적지 않고 또 범죄자 가운데도 나를 아는 인간이 적지 않습니다. 그런 점이 내일 일에 지장을 초래하지 않을 거라고 단언할 수는 없어요."

시다라 유미코는 내 말을 듣고 잠시 생각한 뒤 입을 열었다. "사와자키 씨는 공정한 분이시군요. 하지만 조금 전에도 말씀드렸듯이 그런 일은 이 건을 어느 분에게 부탁하더라도 일어날 수 있는 일이 아닐까요……? 아버지의 은인인 사와자키 씨라면 저희도 단념하겠다는 겁니다."

"혹시나 싶어 묻겠습니다. 가족관계는?"

"식구를 물으신 거라면 아버지 쪽으로는 아무도 없습니다. 제게는 국제결혼을 한 언니, 산인 쪽에 숙부와 친척이 있지만 아버지의 양녀로 들어와 오래전부터 왕래는 끊어진 상태죠. 그래서 주변에 아버지 친척은 물론이고 제 친척도 전혀 없어요."

"저를 이리 안내한, 나비넥타이를 맨 도쿠야마라는 사람은?"

"네고로 부동산 전무인데 이 집은 물론이고 이 건물도 모두 그 사람에게 맡겼죠."

"네고로 부동산 사장은 그쪽이시죠?"

"그렇습니다."

"그 밖에는?"

"남자 사원 세 명과 여자 사원 한 명이 있죠."

"스즈키에게서 전화가 온 일이나 내일 일을 아는 사람은?"

"도쿠야마 전무뿐입니다. 경비회사와의 문제나 내일 사용할 녹음

장비 준비도 도쿠야마가 합니다."

"도쿠야마 전무는 내일 운전과 경비를 자기가 니맡겠다고 나서지 않았나요?"

"뭐든 다 꿰뚫어보시는군요. 하지만 도쿠야마는 제가 나가 있는 동안 여기 남아 아버지 곁에 있어야겠죠."

"알았습니다." 나는 소파에서 일어났다. "저는 5시까지 오겠습니다. 아버님은 그냥 주무시게 두세요. 배웅은 필요 없습니다. 나가는 길을 모르면 다시 돌아오죠."

서재를 나와 출구로 향했다. 솔직히 말하면 사흘남작의 아흔두 살 먹은 아들이나 아름다운 양녀에게서 멀어진다기보다 7억 엔이라는 현금에서 멀어지는 느낌이었다. 그리고 살면서 7억 엔이나 되는 현금이 이토록 하찮게 취급되는 이야기는 들어본 적 없었다.

16

억만장자에게는 결코 어울리지 않을 점심식사를 마치고 나는 1시 조금 지난 시각에 사무실로 돌아왔다. 이렇다 할 이상은 없었다. '네고로 레지던스'의 지하 주차장을 나올 때도 가능한 한 주의를 기울였지만 특별한 이상은 없었다. 뭐가 이상이고 뭐가 이상이 아닌지 내가 구분할 수 있느냐 없느냐가 문제였다.

책상 위에 놓인 전화가 울렸다. 나는 난로에 불을 붙이던 손길을 멈추고 수화기를 집어 들었다.

"신주쿠 경찰서 쓰쓰미다."

"사와자키다."

"안타깝게도 가모시다와 리키이시를 석방할 수밖에 없었네."

"그래? 언제?"

"이미 한 시간쯤 전에 경찰서를 나갔어."

"구로다 경부가 조사하던 두 건의 결과도 그걸로 짐작이 되지만 일단 듣고 싶은데."

"가모시다와 리키이시가 어제 오후 3시 40분 전후에 공중전화에서 누군가에게 전화를 걸었는지 어떤지는 특정할 수 없었네. 그리고 그저께 오후에 요코하마 시 쓰즈키 구에 있는 가나가와 육운사무소에서 당신 블루버드의 차량번호를 가지고 소유자 주소와 이름을 알아낸 사람이 있었어."

"서류에 남긴 이름은 가짜인가?"

"신청서에 적힌 이름은 이부키 데쓰야였어. 다만 데쓰야哲哉의 '哉'자가 활과 화살을 뜻하는 궁시弓矢의 '矢'자로 되어 있고, 주소는 도쿄 도 신주쿠 시 다음은 실제로 존재하지는 않는 동네 이름과 엉터리 숫자가 적혀 있었네."

"장난치는 걸까?"

"그럴지도 모르지. 어쨌든 부디 몸조심해."

"그러지." 나는 전화를 끊었다. 하지만 수화기를 내려놓지 않고 바로 '전화 응답 서비스'에 전화를 걸었다.

"예, 전화응답서비스 'T·A·S'입니다."

몇 명 되는 오퍼레이터 아가씨 가운데 유일하게 구분할 수 있는 허스키한 목소리의 주인공이었다. 애당초 '아가씨'라고 부를 수 없을 만큼 오랜 사이였지만 만난 적이 없어서 이름도 나이도 모른다.

"와타나베 탐정사무소의 사와자키인데, 근하신년."

"새해 복 많이 받으세요. 올 한 해도 잘 부탁드립니다."

"나야말로. 무슨 연락 들어온 거 없나?"

"10시 45분에 신주쿠 경찰서 쓰쓰미 씨가, 11시 05분에 이부키 게이코 씨가, 11시 40분에 신주쿠 경찰서 다지마 씨가 각각 전화하셨습니다. 오후 1시쯤 사무실에 돌아오실 예정이라고 말씀드리니 모두 '1시 이후에 다시 연락하겠다'라고 하셨습니다."

"신주쿠 경찰서 쓰쓰미한테서는 이미 전화가 왔어. 고마워. 새 남편과는 잘 지내고?"

"예…… 적어도 탐정에겐 볼일이 없는 것 같군요."

"그거 다행이군." 나는 전화를 끊었다.

눈은 땅바닥에 닿자마자 녹았지만 낡은 건물의 냉기는 지독했다. 나는 서둘러 난로에 불을 붙였다. 사무실 안에 조금 온기가 돌 무렵, 다시 책상 위에 놓인 전화의 벨이 울렸다.

"여보세요, 와타나베 탐정사무소인가요?" 독특하게 쉰 목소리라 누군지 바로 알 수 있었다.

"다지마 경부보? 사와자키다. 전화했다고 듣긴 했는데 방금 돌아왔어."

"요점만 말하지. 경시청 공안에 사이쇼 요시로라는 사람은 없어."

"그래? 역시."

"경시청에 공안과 관련 있을 만한 부서에도 그런 이름은 없었지. 그리고 전국 어느 공안과에도 그런 이름을 쓰는 사람은 없고."

"알았어, 고마워."

"잠깐만. 바로 끊으면 곤란하지. 초과근무까지 하면서 조사한 결과, 너는 **가짜** 경찰관에 대한 정보를 가지고 있다는 거야."

"그런가?"

"중대한 범죄야, '경관 사칭'은. 우리로서는 그냥 넘어갈 수 없는 문제지."

"사이쇼 요시로란 이름에 뭔가 걸려 나오는 게 있나?"

"아니, 내가 알아본 바로는 없어. 하지만 뭔가 걸려 나올 때는 이미 늦은 거지. 우리의 첫 번째 임무는 범죄 방지야. 범죄 수사와 적발은 어디까지나 두 번째지. 당신이 사이쇼 요시로와 관련해 아는 건 모두 들어야겠어. 협력하지 않겠다면 당신을 소환해서라도."

"니시고리가 그렇게 말했군."

"……경부님은 관계없다. 모든 경관이 범죄 방지를 위해 취해야 할 초보적인 활동이지."

"알았어. 빚은 조만간 경찰서로 찾아가 갚지. 내친김에 한 가지 더 알려줘. 아마 초과근무까지는 필요 없을 거야. 쇼지 형사 조문하려면 어디로 가야 하지?"

"뭐? 제정신으로 하는 소리야, 당신?"

"그래."

"그래봐야 아무도 기뻐하지 않아."

"왜시?"

"쇼지 형사를 죽인 건 누구도 아닌 그 저격범이야. 하지만 자세한 사정을 아는 사람은 당신이 그때 끼어들지 않았다면 죽지 않았을 거라고 생각해. 당연히 유족도 그런 사정을 알 권리가 있고."

"그래서 조문하려는 거야."

"그냥 다른 곳에서 명복만 빌어주는 건 어때?"

통화료 올라가는 소리가 들릴 듯한 침묵이 흘렀다. 이윽고 다지마가 내쉬는 깊은 한숨 소리가 들려왔다.

"분명히…… 오늘 쓰야죽은 이를 기리며 하루 밤샘하는 일본 장례 절차하고 장례식은 내일이라고 들었는데. 여기 빈소 안내문이……."

"아니, 장례식이 끝난 뒤에 집으로 찾아가 조문하려고."

"그래……? 그렇군. 잠깐 기다려."

삼십 초쯤 기다리자 다시 다지마의 목소리가 들렸다. 그가 네리마 구 토요타마키타의 주소를 불렀고 나는 메모했다.

"서에 나오기를 기다리지." 다지마 경부보가 다시 못을 박고 전화를 끊었다.

나는 상의 주머니에서 담배를 꺼내 불을 붙였다. 그리고 의자 등받이에 기대어 깊숙이 연기를 삼키고 오전 중에 의뢰받은 올해 첫 번째 일을 생각했다.

정치계 이면의 숨은 역사에는 무슨 이야기가 적혀 있더라도 이상할 게 없다. 애당초 정치의 세계에 표면이 있다고 보는 것 자체가 이미 어설픈 생각이다. 몸값이 없는 유괴, 사흘남작의 후계자, 머릿속에 보관된 네고로 메모, 그리고 7억 엔이라는 보험료…… 있을 법하지 않은 이야기라서 있을 수 있다고 하는 사람도 틀림없이 있으리라. 있을 법한 이야기지만 결코 있을 수 없다고 하는 사람도 틀림없이 있을 것이다. 끓어오르는 불신감을 겨우 억누르고 있던 것은 허풍도 두 번 들으면 진실처럼 들린다는 다소 박약한 근거뿐이었다. 그중 하나가 다지마 경부보의 전화로 너무도 간단하게 무너지고 말았다. 애당초 경시청 '공안'이라는 명함이 뭔가를 보증할 수 있다고 생각하지는 않았다. 오후의 탁한 공기 속에 내가 담배 연기와 함께 토해낸 것은 내 안에 있는 어리석은 자에 대한 욕설이었다.

17

사무실 창 아래 주차장에서 자동차 엔진 소리와 함께 사람 목소리가 들려왔다. 나는 분수에도 없는 사색에서 현실로 끌려나왔다. 담뱃불을 끄고 의자에서 일어나 창 옆으로 가 주차장을 내다보았다. 주차 공간을 초과해 주차된 짙은 청색 벤츠는 우루시바라 변호사의 차였다. 이부키 게이코가 왼쪽 뒷좌석 문으로 내렸다. 이어 앞쪽 문으로 가 흰머리가 섞인 짧은 머리를 한 남자가 내리는 걸 부축했다. 운전석에서 내린 우루시바라는 오른쪽 뒷좌석 문 너머로 차 안에 있는 누군가와 이야기하는 듯했다. 이윽고 이부키 게이코와 짧은 머리 남자, 우루시바라 세 명이 이 빌딩 입구 쪽으로 향했다. 나는 의자에 앉아 그들을 기다렸다.

계단을 오르는 발소리가 들리고 2층 복도를 지나 이내 사무실 문을 노크하는 소리가 났다.

"들어오세요." 내가 응답했다.

문이 열리고 이부키 게이코가 얼굴을 내밀었다. "아버지가 석방되어 오늘 경찰병원에서 퇴원하는 길에 모시고 왔어요. 그러기로 약속했으니까."

이부키 게이코에 이어 나와 비슷한 연배인 키 큰 남자가 사무실로 들어왔다. 그리고 우루시바라 변호사가 따라 들어와 문을 닫으려고 했다.

"문을 닫지 말아줘." 내가 말했다.

"그러고 보니 실내 공기가 좋지 않은 것 같네." 우루시바라가 말했다. "그래도 오늘은 날이 추워서 그런지 여긴 좀 춥군요."

"환기 때문이 아니야. 게이코 씨와 당신은 나가줬으면 하는데."

세 사람은 깜짝 놀란 표정으로 내 얼굴을 보았다.

"이부키 씨하고 단둘이 이야기하고 싶군."

이부키 데쓰야는 갈색 트위드 코트를 걸치고 있었다. 코트 안의 오른팔은 흰 팔꿈치 보호대와 벨트로 이루어진 신식 의료용구로 어깨에 매달았다. 그는 그 어깨를 흔들 듯 움직였다. 병상에서 일어난 흔적을 지우려는 몸짓처럼 보였다.

"나는 이부키 씨 변호사입니다. 이부키 씨는 아직 검찰에 서류 송치될 수도 있는 처지라 어떠한 경우에도 동석하고 싶은데요."

"이부키 씨 동의가 있다면, 말이지?"

우루시바라 변호사는 이부키 데쓰야 쪽을 보았다. 이부키는 그럴 필요 없다는 듯이 고개를 저었다.

"아빠는 퇴원했어도 아직 정상이 아니니까 우리가 모시고 가야 해요."

"그럼 다른 날 다시 와도 좋고, 내가 아버지를 집까지 데려다줘도 좋고."

이부키 게이코가 제 아버지에게 말했다. "그럼 오늘은 고맙다는 인사만 드리고 다른 날 찾아뵙기로 하죠. 차에서 기다리는 어머니도 몸이 별로 좋지 않은 모양이라." 그녀는 나를 다시 바라보았다. "어머니도 함께 오셨지만 차에서 속이 좋지 않아져 죄송하게도 올라오지 못했습니다."

이부키 데쓰야가 한 걸음 앞으로 나서더니 단호하게 말했다. "두 사람은 돌아가. 난 남겠다…… 게이코, 너 지갑 좀 빌려다오. 내가 지금 돈이 없어서."

이부키 게이코는 늘 어깨에 걸치는 검은 백에서 지갑을 꺼내 아버지에게 건넸다.

"아빠는 일단 말을 꺼내면 무슨 소리를 해도 듣지 않고 사와자키 씨도 못지않으니 우리는 먼저 갈게요."

이부키 게이코는 사무실 문으로 가서 우루시바라 변호사를 기다리는 중이었다.

"그럼 저는 두 분을 댁으로 모셔다드리죠."

우루시바라와 이부키 게이코가 사무실을 나가 문을 닫았다. 내가 손님용 의자를 가리키자 이부키 데쓰야는 코트를 벗고 거기 걸터앉아 천천히 사무실 안을 둘러보았다.

"이십 년 만에 느끼는 감상에 젖기 전에 이야기해둘 게 있어."

이부키가 고개를 끄덕였다. 조금 전과는 안색이 바뀌었다. 단순히 사랑하는 딸이 곁에 있느냐 없느냐의 차이 때문인지도 모른다.

"어제 오후에 신주쿠 경찰서 지하 주차장 저격범이라고 냄새를 피우는 남자가 전화를 걸었지. 그 녀석은 당신을 쏴죽이지 못한 게 불만인 듯했고 그걸 방해한 내게도 마찬가지로 불만이 있는 듯했지. 그리고 권총에는 아직 총알이 남아 있다더군."

이부키의 눈빛이 날카로워졌다. "내가 총을 맞고 머리까지 완전히 엉망이 된 모양이군. 우루시바라 변호사 말로는 어제 가부라기구미 소속 젊은 애들 둘이 저격 사건 용의자로 검거됐다고 하던데—"

"오늘 석방되었어. 나도 얼굴을 확인했는데 저격범이라는 확증은 아무것도 없었지."

"그럼 경찰병원에서 변호사 차를 얻어 타고 아내와 딸을 데리고 이리 온 것도 미친 짓이었군."

"부인이나 딸의 안전을 생각한다면 당분간 당신은 내게 접근하지 말아야 해."

"미안하군. 생각이 짧았어…… 아내가 그런 꼴을 당하게 만든 건 사실 이게 처음은 아니지. 내가 아직 '아사카구미'에 몸담았을 무렵, 선대 두목님이 숨겨둔 애인에게서 언은 딸을 고등학교 졸업 축하 쇼핑에 데리고 나갔다가 라이벌 조직이 쏜 권총에 저격당했지. 경호 담당이었던 나는 반사적으로 두목을 감싸고 밀어 넘어뜨렸지만 총탄은 우리 바로 뒤에 있던 딸 무릎에 맞았지. 지금이니까 하는 이야기지만 나는 사실 두목은 내버려두고 딸 쪽을 지키고 싶었네. 경호원으로는 실격이고 조직원으로서는 있어서는 안 될 일이지. 나는 그때 조직에서 벗어날 생각이었어. 와타나베 씨의 꾸지람은 한 번도 내 머릿속에서 떠난 적이 없었지. 나는 두목에게 고개를 숙이고 딸과 결혼해 함께 평범한 삶으로 돌아가게 해달라고 애원했어. 두목은 나를 위해서라기보다 딸을 위해 바로 허락해주었지만 기누에가 허락하기까지는 일 년이나 걸렸지. 무릎 수술을 두 차례 하고 힘든 재활 기간을 거쳐 스스로 걸을 수 있기 전까지는 허락해주지 않았던 거야."

창 아래 벤츠 엔진 소리가 이부키의 회상을 중단시켰다. 이부키 데쓰야는 얼른 일어났다. 나는 그에게 창문 오른쪽 끝으로 가라고 했다. 나는 왼쪽 끝으로 갔다. 우리는 창문 양쪽 끝에 서서 밖에서는 보이지 않도록 조심하며 주차장을 내려다보았다. 우루시바라의 벤츠가 후진해 차도로 나가는 중이었다. 우리는 도로 좌우와 건너편 쪽 건물 주위를 살폈다. 어디에도 특별한 이상은 없는 듯했다. 벤츠는 방향을 바꾸어 오우메 가도 쪽으로 천천히 달려갔다. 이부키 데쓰야가 안도한 표정으로 나를 보았다.

우리는 제각각 의자로 돌아왔다. "우선 지난 12월 31일에 있었던 일로 고맙다는 인사를 해야겠군." 이부키 데쓰야가 말했다.

나는 책상 위에 놓인 담뱃갑을 들어 이부키에게 권했다. 이부키는 한 개비를 뽑았다.

"병원에서는 피울 수 없어서 딸에게 이 기회에 금연하라는 소리를 듣고 그래볼까 하는 중이었는데 당분간 미뤄야겠군. 필터 없는 '피스'라니 오래간만이야. 이런 담배가 여태 남아 있었네."

나는 내 담배에 불을 붙이고 팔을 뻗어 이부키의 담배에도 불을 붙였다. 그리고 W자 모양 재떨이를 중간 위치로 옮겼다.

"와타나베가 죽었다는 걸 아나?"

"그래…… 이십 년 전에 이 사무실을 찾아와 손을 씻었다고 보고한 뒤로 와타나베 씨 이야기는 소문쯤은 들으며 지냈지. 하지만 기누에와 함께 작은 요릿집부터 시작해 성실하게 살아가느라 갖은 고생을 하던 터라 도저히 다른 사람 일에 마음을 쓸 만한 상황이 아니었네."

"와타나베에게 의지할 수 없다는 사실은 부인한테 말 안 했나?"

"차마 할 수 없었지. 우리 두 사람에게 와타나베 씨는 이중적인 의미에서 인연을 맺어준 분이니까. 조직에서 나와서 기누에와 함께 성실하게 살 결심을 하게 된 것도 물론 와타나베 씨 덕분이지만 애초에 내가 아사카구미에 들어가 기누에를 만나게 된 것도 와타나베 씨 때문이니까…… 만약 내게 무슨 일이 생기면 이분과 상담하라고 와타나베 씨가 적어준 연락처 메모를 건넸더니 기누에는 그걸 부적처럼 우리 집 신위를 모셔두는 선반 아래 서랍에 넣어두었어."

이부키의 얼굴이 방금 와타나베에 대한 나쁜 소문을 들었다는 듯이 일그러졌다. "그런데 도저히 사실대로 털어놓을 수 없었어. 알코올의존증이나 마찬가지인 상태로 지낸다거나 폭력단 관련 강탈 사건을 일으켜 경찰에 쫓기는 신세가 되었다거나…… 물론 사건이 발표되지는 않았지만 손을 씻었다고는 해도 그 정도 소문은 내게도 들어왔어. 하물며 도망다니다가 결국 병으로 죽었다니…… 나는 모든 걸 가슴에 묻고 기누에에겐 알리지 않기로 한 거지."

"그렇게 된 건가?" 나는 담뱃재를 재떨이에 떨었다.

"그런데 이럴 수가. 전혀 생각도 못한 일이었지. 나조차 까맣게 잊었던 그 부적이 효과를 발휘해주었어. 아니, 나는 이걸 단순한 행운이라고 생각하지 않아. 와타나베 씨를 믿은 내 눈이 잘못되지 않았고 와타나베 씨가 당신을 파트너로 선택한 눈도 잘못되지 않았다는 거지. 그래서 나는 이렇게 살아 있는 거고. 다시 한 번 당신에게 고맙다고 말하고 싶어."

"그럴 필요 없어. 내가 머리가 더 잘 돌아가는 기민한 인간이었다면 아무도 저격당하지 않고 넘어갔을 테지."

이부키 데쓰야가 처음으로 웃는 표정을 보였다. "당신, 기억하나? 이십 년 전에 여길 찾아왔을 때 와타나베 씨와 나는 축배를…… 내가 야쿠자 세계에서 손을 씻고 결혼해 곧 아버지가 된다며 축배를 들기 위해 둘이서 바로 여기서 나간 적이 있어. 건물에서 나가며 와타나베 씨에게 사무실에 있는 저 **젊은이**는 누구냐고 물었어. 그 대답을 지금도 또렷하게 기억해. '너보다 더 골치 아픈 녀석'이라고 했지. 그때는 나하고 똑같이 과거에 뭔가 있다는 의미일 거라고 생각해 더는 캐묻지 않았어. 하지만 이제 와타나베 씨가 무슨 뜻으로 그렇게 말했는지 알겠군."

"이십 년 전 추억이나 작년 저격 사건이나 다 지난 일이지. 중요한 건 지금 현재야. 지난해 마지막 날 당신을 저격하려 한 범인들도 당신 처남인 벳쇼 후미오가 자수한 바람에 가부라기구미 두목을 쏜 진범이라는 사실을 알았는데, 그렇다면 과연 그들이 당신을 쏘려던 애초 의도가 해소되었는지 어떤지 잘 모르겠어."

"처남 문제로도 신세를 지고 말았군. 그 멍청이 때문에 다들 골치를 앓아. 하지만 이번 사건은 경찰병원에 누워 있는 동안에도 이리저리 생각해보았지만, 그런 난폭한 방식이 폭력단의 보복 아니면 무엇이라는 건지 나로선 알 수가 없군."

나는 담뱃불을 재떨이에 껐다. "가장 대답하기 힘들 걸 묻지. 당신에게 벳쇼 후미오 대신 자수하라고 요구한 건 누군가?"

"아니, 아무도 그런 요구는 하지 않았어." 이부키는 낯빛 하나 바꾸지 않고 대답했다. 그게 사실이라면 내 질문에 안색이 전혀 변하지 않는 게 오히려 자연스럽지 못하다.

"경찰도 그걸 물었을 텐데."

"경찰에서도 똑같이 대답했어."

"경찰은 왜 그런 걸 당신에게 물었지?"

"그건……" 이부키는 말을 흐리다가 담배를 끄고 나서 이렇게 말했다. "나는 이미 그 세계와 오래전에 인연을 끊은 사람이고 하쓰다이에 있는 요릿집은 요 십 년 사이에 이름난 집이 되었어. 하쓰다이라고 해봐야 역에서 가까울 뿐 신주쿠 구의 니시신주쿠 같은 곳이지만 말이야. 꼭 일 년 전에 아자부에 낸 대형 지점도 아주 순조롭게 굴러가. 사랑하는 아내와 예쁜 딸, 실력 좋은 종업원에 둘러싸여 나는 아무 불편 없이 행복하게 하루하루를 보내지. 그런 내가 총격 사건의 살인 미수범 대신 자수한다는 건 아무리 생각해도 자연스럽지 못하니까 틀림없이 마지못해 그렇게 한 이유가 있을 거라고 보는 게 경찰다운 억측이지."

"경찰만이 아니라 누가 들어도 당신이 취한 행동은 자연스럽지 못해."

"당신은 이해해줄 거라고 생각했는데 그렇게 말한다면 이해할 수 있도록 차근차근 말해야겠군…… 작년 12월 30일 아침, 아사카구미의 제2대 두목이 기누에에게 전화를 했어. 두목이 직접 전화하는 일은 우리가 결혼한 뒤로 처음이었는데 벳쇼 후미오가 이쪽에 오지 않았느냐고 물었지. 내가 대신 사정 이야기를 들었어. 두목은 가나가와 은행 총격 사건은 십중팔구 후미오가 저지른 짓이 틀림없다고 했어. 이상한 것은 왜 그 바보가 여느 때처럼 허세 부리며 바로 자수하지 않았는가 하는 점이었어. 설마 그런 사건에 휘말렸을 줄은 다들 상상도 못 했지. 그래서 두목이 가장 우려한 건 도망친 후미오가 가부라기구미 녀석들에게 먼저 발견되는 일이었어. 그러면 후미오는 죽은 목숨이나 마찬가지니까. 그래서 오늘 하루 찾아보고 후미오를 발견하지 못하면 조직원 누군가를 대신 자수시킬 수밖에 없다고 두목이 말하더군…… 여기까지는 이해되겠지?"

"왜 그렇게 하지 않았지?"

"내가 그건 절대로 안 된다고 두목에게 확실하게 못을 박았어. 이런 이야기를 이해할 수 있을지 어떨지 모르겠지만, 잘 들어. 다른 조직원이 대신 자수하는 건 내가 대신 자수하는 것과는 전혀 달라. 후미오 대신 교도소 생활을 다 하고 나와야 한다는 거지."

"성급하게 들리겠지만, 무슨 말을 하려는지 알겠어."

"그러면 후미오는 평생 야쿠자 세계에서 살아가야 해. 그리고 살아 있는 한 제2대 두목이나 우리나 모두 그걸 인정할 수밖에 없는 거지. 그런 논리가 이해되나?"

"반쯤은 알겠어. 하지만 가나가와 은행에서 두 남자에게 총을 쏜 벳쇼 후미오가 아직 야쿠자가 아니라는 이야기는 도무지 이해가 안 되는군."

"이야기하자니 괴롭군. 하지만 아직 후미오는 돌이킬 수 있어. 그 길을 중간에 빠져나온 나는 알지. 경찰에 자수해 죗값을 치르고 돌아오면 후미오에게는 다시 한 번 재기할 기회가 있어. 우리는…… 제2대 두목과 나는 절대로 후미오가 야쿠자가 되게 하지 않겠다고 제1대 두목, 그러니까 장인이 숨을 거둘 때 머리맡에서 굳게 맹세했어. 그게 나와 기누에를 함께 살게 해주고 손을 씻게 해준 제1대 두목에게 은혜를 갚을 수 있는 단 한 번뿐인 기회인 거지."

이부키는 문득 내 시선을 피하듯 고개를 돌렸다. "……아니, 사실은 그것뿐만은 아니지. 나는 이미 일반인과 똑같은 사고방식을 갖게 된 거야. 후미오를 야쿠자로 만들지 않으려는 진짜 이유는 아내의 단 하나뿐인 동생이기 때문이었어. 그리고 그 이상으로 내 딸의 둘뿐인 삼촌이 모두 야쿠자라는 최악의 사태는 어떻게든 피하고 싶었던 거야. 야쿠자는 두목 자리를 물려받은 다케오 하나면 충분하지."

"그래서 당신이 대신 나섰나?"

"누가 요구한 건 아니야. 스스로 생각해 결정한 거지. 내가 대신 자수했다는 걸 알면 당장은 피해 다니더라도 언젠가는 후미오가 자수할 거라는 확신이 있었지."

"벳쇼 후미오는 감금 상태에서 분명히 그 일로 마음을 썼지." 벳쇼 후미오는 매형이 쓸데없는 짓을 했다고 말했지만 그 이야기는 하지 않았다.

"상황이 어떻게 돌아가는지 알고 후미오가 자수했다는 말을 들었을 때는 총알이야 한 방 먹었지만 대신 자수한 보람이 있다고 남몰래 가슴을 쓸어내렸지."

"그렇지만 지금 한 이야기를 냉정하게 생각해보면 당신은 누가 요구하지 않았는데 대신 자수했다지만 오히려 선대 두목의 망령이나 제2대 두목, 부인, 딸의 부탁을 받고…… 아, 물론 아무도 직접 입 밖에 내지는 않았지. 그런데 도리어 입 밖에 낸 것 이상 압박을 느껴 대신 나선 것처럼 보이는걸."

"불쾌한 소리지만 당신이 그렇게 생각하고 싶다면 내가 알 바 아니지."

"그들 말고 당신에게 대신 나서라고 부탁한 사람, 혹은 그러라고 권한 사람은 정말 없다는 건가?"

"끈덕지군. 정말 아무도 없다니까. 왜 자꾸 그런 거에 매달리지?"

"신주쿠 경찰서 지하 주차장에서 당신을 쏜 녀석들을 보았나?"

"아니…… 분하지만 기억에 남은 건 그 거무스름한 차뿐이야."

"나는 저격자들은 가부라기구미 두목을 저격했다는 남자를 노린 게 아니라 처음부터 이부키 데쓰야라는 사람을 죽이려던 게 아닌가 하는 생각이 들기 시작했어."

"뭐라고?" 이부키는 얼떨결에 벌떡 일어섰다.

"그래서 당신을 가부라기구미 두목을 쏜 남자로 대신 자수하게 해 그 장소에 세운 놈이 있다면 그냥 내버려둘 수 없는 거지."

이부키는 오른손을 들려다 어깨에 통증을 느끼고 얼굴을 찌푸리며 왼손을 들어 검지로 나를 가리켰다.

"당신 정말 골치 아픈 사람이로군. 와타나베 씨가 말한 것보다 더 골치 아픈 남자야."

이부키는 휙 돌아서더니 곧바로 문을 향했다.

"데려다주지 않아도 괜찮겠나?"

이부키는 문을 열고 말없이 성큼성큼 사무실을 나갔다.

"권총 조심해." 내가 소리쳤다. 하지만 그 목소리는 지저분한 복도 벽에 부딪혀 다시 내게 돌아올 뿐이었다.

18

신주쿠 역 구내와 플랫폼에는 볼꼴 사나운 교복에서 해방된 아이들이 유난히 많았다. 겨울방학도 이제 곧 끝날 즈음이었다. 즐거운 시간은 오래 이어지지 않는다는 사실을 아는 게 인생의 첫걸음이지만, 괴로운 시간 역시 마찬가지라는 사실은 인생이 끝나갈 때가 다 되어서도 알기 어렵다. 나는 소부 선으로 스이도바시까지 가서 도영지하철 미타 선으로 갈아타고 바로 다음 역인 가스가 역에서 내렸다. 남쪽 출구로 나와 차가운 바람을 맞으며 삼 분쯤 걸었다. '야지마 변호사사무소'는 분쿄 구 혼고 4초메에 있는 오피스 빌딩 2층이었다. 사무실 방문은 처음이었다.

전화로 약속한 4시까지 아직 십오륙 분 남았기 때문에 나는 1층 모퉁이에 있는 셀프서비스 카페에 들어가 뜨거운 커피를 주문했다.

도내 각지에 있는 '블루벨'이라는 체인점인데 입구나 가게 안 모습이 다른 점포와 좀 달랐다. '배리어 프리고령자나 장애인도 살기 좋은 사회를 만들기 위해 장벽을 허물자는 운동'라는 것인 모양이었다. 2층 변호사사무소에 소속된 휠체어를 타는 여성 변호사 한 명을 위해 이런 설비를 해놓았을 리는 없겠지만 지금은 이미 그런 시대인지도 모른다. 만약 내가 휠체어 생활자가 된다면 사무실이 있는 니시신주쿠의 그 낡은 건물은 당장 난공불락의 요새일 것이다. 커피와 재떨이를 가지고 도로 쪽으로 난 창가 자리를 찾는데 밖에서 내게 손짓하는 나이 든 남자가 있었다. 야지마 변호사였다. 그는 바로 카페 안으로 들어왔다.

"2층에서 자네가 오는 게 보였어. 빌딩 정면 입구가 아니라 이 가게로 들어가는 것 같아 마중 나왔네."

"감사합니다."

"아니야, 뭘. 나도 커피를 마시고 싶어서. 잠깐 기다리게."

야지마 변호사는 커피를 주문하러 갔다가 금방 돌아와 옆자리에 걸터앉았다. 이제 일흔이 넘었을 텐데 여전히 고급스러운 다크 블루의 쓰리피스 정장을 입었고 은빛 머리카락 아래 금테 안경 안에서는 색소가 적은 눈이 나를 똑바로 바라보았다. 날카로운 눈빛은 나이와 함께 어느 정도 부드러워진 듯했다.

"우리 기쿠치 변호사에게 볼일이 있다고 하던데, 아까 전화로 이야기한 용건이 틀림없겠지."

"그렇습니다만." 나는 커피 컵을 테이블에 내려놓고 물었다. "무슨 문제가 있나요?"

"아닐세. 그게 몇 년 전이었나? 노의 명인 '오쓰키 사건'이었지. 그때는 자네에게 정말 멋지게 당했어. 그러니 아무래도 경계할 수밖에 없군."

"설마요. 그때는 그쪽 의뢰인이 중요한 내용을 변호사님에게 거짓으로 말했기 때문이죠. 그렇지 않았다면 제 추궁쯤이야 쉽게 물리치고 그들을 지켜내셨을 겁니다."

"그야 그렇지만…… 내가 경계하는 건 바로 자네의 그런 냉정한 판단이야. 아니, 냉정한 게 아니지. 정확하게 표현하면 평정한 판단이라고 해야겠지. 자네도 알다시피 우리 변호사들은 늘 흥분 상태인 사람을 상대하네. 겉모습만의 문제가 아니라 밖에서는 볼 수 없는 정신 상태도 포함해서 말이야. 우리는 그렇게 흥분한 사람을 다루는 일에는 충분히 능숙해. 그런데 때론 무서우리만큼 냉정한 녀석이 나타나는데, 냉정이란 말하자면 흥분의 반대 같은 거지. 수완 좋은 변호사는 이런 녀석도 급소만 찌른다면 어떻게든 대응할 수 있겠지. 곤란한 건 평정한 인간이야. 자네처럼 평정한 인간은 무슨 생각인지 알 수가 없어. 무슨 생각을 하는지 모르니 경계할 수밖에 없지."

"그런 건 소용없습니다. 기쿠치 변호사를 만나 작년 마지막 날 신주쿠 경찰서에서 무엇을 했는지, 아니, 변호사로서 무슨 일을 했는지에 관해 묻고 싶은 건 아니니까요. 신주쿠 경찰서에 있는 동안 주변에서 뭔가 알아차린 게 없는지…… 그런 걸 묻고 싶은 겁니다."

"그래? 그러길 바라야겠군."

"그런데 사쿠마 변호사는 잘 지냅니까?"

"아, 잘 지내네. 그런가? 오쓰키 사건이 사쿠마 변호사 담당이었군. 그녀는 그때 패배한 게 아주 좋은 약이 되었어. 그 뒤로 실력이 부쩍 늘었네. 지금은 '휠체어를 탄'이라는 수식어도 '여성'이란 수식어도 필요 없는 훌륭한 변호사가 되었네."

나는 상의 주머니에서 담배를 꺼냈다.

"자네에게서 전화가 온 뒤 알았는데 작년 마지막 날 신주쿠 경찰서라는 건 호송 용의자와 경찰관이 저격당한 사건에 관한 이야기겠지?"

나는 고개를 끄덕이고 담배에 불을 붙였다.

기쿠치 변호사 사무실은 2층 야지마 변호사사무소의 다섯 개 사무실 가운데 하나였는데 안내 창구와 가까워 큰길 쪽에 있었다. 복도를 사이에 두고 맞은편 문에는 사쿠마 변호사의 명판이 붙어 있었다. 사무실 안은 밝고 넓어 어느 모로 보나 **수완 좋은** 중견 변호사의 사무실이란 느낌이 들었다. 책상과 사무용 기기를 얹은 사이드 데스크, 법률 서적이 즐비한 책꽂이, 자료를 얹은 선반, 사물함 등 모든 부분에서 가지런히 정돈된 느낌과 일을 하느라 어질러진 느낌이 서로 맞서고 있었는데 정돈 쪽이 살짝 우세해 보였다. 내가 코트를 벗고 손님용 의자에 앉자 정수리의 머리카락 숱이 조금 엷어진 사십대 중반의 기쿠치 변호사가 책상 위에 펼쳐 놓은 두툼한 재판 관련 서류 파일을 덮었다.

"야지마 소장님께 용건은 들었습니다. 전면적으로 협력하라는 지시가 있었으니 최대한 원하시는 부분에 답변을 드리죠." 기쿠치는 그렇게 말하더니 손목시계를 흘끔 보았다.

"변호사님은 작년 마지막 날, 신주쿠 경찰서에 가셨죠?"

"예."

"신주쿠 경찰서에는 승용차로?"

"그렇죠."

"본인 차였습니까?"

"그래요."

"주차하신 곳이 지하 주차장입니까?"

"그랬죠."

"몇 시쯤이었죠?"

"아마 그날 첫 번째 용건이었으니까…… 9시 반쯤 되었을까?"

내가 이부키 게이코를 태우고 신주쿠 경찰서에 도착하기 한 시간 전이다.

"주차장에서 어디로?"

"엘리베이터를 타고 2층 수사과로."

"그날 볼일은 수사과뿐이었나요?"

"예."

"2층 말고 다른 층에는 가지 않았습니까?"

기쿠치는 잠깐 생각한 뒤 대답했다. "예, 가지 않았죠."

"변호사회 업무로 누구 다른 변호사를 만나지 않았습니까?"

"아아, 참. 간사를 맡은 동기 이소무라 변호사를 만났습니다."

"그때도 신주쿠 경찰서 2층이었나요?"

"그렇습니다."

"이소무라 변호사는 어디 소속 변호사인가요?"

"시부야의 쇼토라는 곳에 자기 사무실을 냈습니다."

학생처럼 보이는 직원인지 아르바이트생이 차를 내왔다. 기쿠치는 재빨리 손목시계를 보았다. 실제로 시간에 신경 쓰는 게 아니라 일종의 버릇인 듯했다. 변호사로서 그리 적절하다고 볼 수 없는 버릇이었다. 야지마 소장이 나와의 면담에 유난히 마음을 쓴 이유도 이런 버릇 때문인지도 몰랐다.

"휴대전화를 사용하시나요?"

"물론이죠."

"작년 마지막 날 통화 기록이 남아 있습니까?"

"글쎄요, 잠깐 기다리세요." 기쿠치는 상의 안주머니에서 휴대전화를 꺼내 살펴보았다. "아, 설 연휴에 가족과 함께 처가에 들렀는데 별로 전화를 걸지 않아 의외로 통화 건수가 적군요…… 12월 31일이라면, 어디…… 있군요. 음…… 열 건쯤 있네요."

"오전 10시 30분부터 11시 사이에 전화를 건 기록이 있습니까?"

"……두 건 있군요. 마침 이소무라 변호사와 이야기하던 시간인데 한 건은 10시 36분에 여기, 그러니까 야지마 변호사사무소에 업무 연락을 했습니다. 늘 하는 일이라 일 분쯤 통화했겠죠."

"또 한 건은?"

"어디…… 10시 43분에…… 미안합니다만 이건 제 변호 업무에 관한 일이라 자세하게 말씀드릴 수 없습니다. 그날 접견한 피의자의 친형제에게 변호 방침은 설명해두는 게 좋겠다고 생각해서 이소무라 변호사와 나누던 이야기를 중단하고 걸었습니다. 하지만 이때는 본인이 자리에 없어 바로 끊었을 겁니다."

무네카타 마리코의 말로는 기쿠치 변호사가 접견한 피의자는 주거침입죄로 잡힌 ICA 소속 탐정이라고 했다. 더 자세한 정보를 기쿠치 변호사에게 요구할 필요는 없었다.

"이 두 건뿐인데요. 직접 확인하겠습니까?" 기쿠치는 전화를 내 쪽으로 내밀었다.

"아뇨, 됐습니다." 나는 책상 위에 놓인 찻잔을 들어 마셨다. 어디에도 재떨이가 보이지 않으니 이 사무실은 금연 공간이 틀림없다.

"이래 봬도 명색이 변호사라서요. 통신사 기록과 대조하면 쉽게 파악할 수 있는 어설픈 거짓말이나 조작은 하지 않으니 걱정하지 마세요. 그리고 아주 희한한 일인데 야지마 소장님께서는 당신과 면담할 때는 절대로 '밀당'하지 말라고 하셨죠."

나는 쓴웃음을 짓고 질문을 이어갔다. "신주쿠 경찰서에는 혼자 가셨습니까?"

"예."

"돌아올 때는?"

"예…… 아뇨. 그렇지, 깜빡했네. 거기서 조수인 미즈하라 씨와 합류했죠."

"그 조수라는 분은 사무실에 계신가요?"

"아뇨, 오전에 퇴근했습니다. 급한 일이 있는지 사무실을 그만두 겠다고 했답니다. 다만 업무 인수인계 등으로 남은 업무를 정리하기 위해 며칠 동안은 오전에만 사무실에 나오기로 되어 있죠. 이번 변호도 준비 단계는 미즈하라 씨에게 기대가 컸는데 큰일이군요. 적당한 후임자를 빨리 찾지 않으면 이 사무실 변호사는 모두 패닉 상태에 빠지지 않을까 싶어요."

"그분이 그렇게 뛰어났습니까?"

"예, 뭐 승부욕이 대단한 청년이죠. 하지만 조수는 어디까지나 조수니까."

"그럼 지난해 마지막 날에 본 미즈하라 씨를 기억나시는 정도만이라도 좋으니 말씀해주시죠…… 피의자와 접견 때 동석했습니까?"

"아뇨, 접견은 변호사인 저만 할 수 있죠. 미즈하라 씨는 피의자쪽 회사 담당 여성과 함께 면회실 밖에서 기다렸습니다."

"그랬군요. 접견 시간은 기억하십니까?"

"그건 확실히 기억합니다." 기쿠치가 말하더니 방금 덮은 서류 파일을 뒤적였다. "어디 보자…… 31일 접견 시간은 9시 40분부터 10시 10분까지 대략 삼십 분간이군요. 그리고 접견이 끝난 뒤 바깥 복도에서 담당인 여성까지 포함해 셋이서 십오 분쯤 이야기를 나누었죠." 기쿠치는 파일에서 눈을 들고 말을 이었다. "그때 이소무라 변호사가 나타나서 잠깐 변호사회 일로 볼일이 있다고 했고, 미즈하라 씨는 담당 여성을 배웅할 겸 잠깐 사무적인 의논을 하겠다고 해서 아마…… 맞아, 10시 40분까지 돌아오라고 제가 말했습니다. 제

차로 함께 사무실에 돌아올 예정이었으니까요."

"미즈하라 씨는 그 시간까지 돌아왔나요? 조금 전 휴대전화 기록으로는 10시 43분에 피의자의 친형제에게 전화를 거셨다고 했는데, 그러면 그전에 미즈하라 씨가 돌아왔다는 건가요?"

"아뇨, 그때는 아직 돌아오지 않았죠. 이소무라 변호사와 변호사회 관련 상의가 끝난 뒤에 그가 늦는다 생각하면서 골프 이야기 같은 잡담을 시작했으니까요…… 그럭저럭 하는 사이에 주차장 저격사건이 일어난 거죠. 경찰서 내부가 갑자기 어수선해졌어요. 미즈하라 씨는 아마 십 분쯤 늦게 돌아왔을 겁니다. 그 친구도 도중에 사건이 일어났다는 소식을 들었는지 셋이 흥분해서 그 이야기를 했으니까요. 그래서 늦게 왔다고 잔소리하거나 할 틈은 없었습니다."

"그랬군요."

기쿠치는 불만스러운 말투로 이렇게 덧붙였다. "문제는 그다음이었죠. 지하 주차장에 세워 놓은 차들을 움직이지 못해 신주쿠 경찰서에서 12시가 다 되었을 때 나왔거든요."

나는 차를 다 마시고 나서 조사에 협조해주어 고맙다고 인사했다.

"캐물으려는 건 아니지만, 이건 혹시 그 저격 사건 때문입니까? 아, 이런 건 물으면 안 되는 건가?"

"가능하면 그렇게 해주시죠."

"나나 미즈하라 씨나 틀림없이 저격 사건 범인은 아니니 그런 조사는 아니라는 걸 알지만…… 그런 건 묻지 않는 게 낫겠군요."

"가능하면."

"그리고 당신이 와서 여러 가지 질문한 일은 미즈하라 씨에게는 비밀로 해두는 편이 좋을 테고."

"가능하면."

"알았습니다. 하지만 당신과 면담한 내용은 야지마 소장님에게만은 보고해야겠군요."

"그러시죠." 나는 이렇게 대꾸하고 의자에서 일어났다.

나는 야지마 소장 사무실에 들러 인사를 마친 뒤, 따라온 기쿠치 변호사를 그 방에 남겨두고 야지마 변호사사무소를 나왔다. 휠체어를 타도 쉽게 손이 닿을 높이에 번호판이 있는 엘리베이터는 천천히 1층으로 내려갔다. 마음에 걸리는 부분을 씻어낼 생각으로 혼고라는 동네 변두리까지 찾아왔는데 오히려 걸리는 부분이 더 늘어나고 말았다. 미즈하라라는 아르바이트 조수는 지하 주차장에 있던 무네카타 마리코의 차에서 나온 뒤 기쿠치 변호사가 있는 2층으로 돌아가기까지, 말하자면 알리바이가 없는 공백의 시간이 있는데 바로 그 시간에 저격범은 휴대전화를 받고 저격을 결행한 셈이 된다. 게다가 이건 있을 수 없는 일일 테지만, 기쿠치 변호사가 10시 43분에 피의자의 친형제에게 걸었다는 전화가 저격범이 휴대전화로 받은 전화일 가능성도 전혀 없지는 않다.

나는 엘리베이터에서 내려 빌딩 현관으로 향했다. 배리어 프리 출입구로 휠체어를 탄 사쿠마 변호사가 들어오는 중이었다. 멀리서 보기에도 오쓰키 사건으로 만났을 때보다 오히려 젊어진 느낌이었다.

아직 마흔 살은 되지 않아 보였다. 원래 자그마하고 피부가 흰 여성이었다. 그때는 검은 테 안경을 썼던 걸로 기억하는데 콘택트렌즈로 바꿨는지도 모른다. 옷차림도 조금 젊어졌지만 옆에 있는 크고 실용적이며 투박한 느낌을 주는 갈색 서류가방만은 여전했다. 스쳐 지날때 사쿠마 변호사는 내 얼굴을 똑바로 쳐다보았지만 나를 전혀 기억하지 못하는 듯했다. 나는 건물을 나와 찬바람을 막으려 코트 옷깃을 세우고 지하철역으로 향했다.

19

　나는 신주쿠 역 구내에서 혀에 화상을 입을 만큼 뜨거운 메밀국수를 서서 먹었다. 그래도 신주쿠 역에서 사무실까지 걸어가는 것만으로도 몸이 얼어붙을 듯 추웠다. 어둑어둑해진 사무실 주차장 건너편 도로에 검은색 프레지던트닛산자동차의 최고급 세단가 서 있었다. 조수석 유리창이 스르륵 소리도 없이 열렸다.

　"사와자키." 들어본 적 있지만 뇌의 불쾌중추를 자극하는 목소리였다.

　나는 몇 걸음 다가가 차 안을 살폈다. '세이와카이'의 사가라였다. 죽은 와타나베가 일으킨 각성제외 현금 강달 사선, 그 한쪽 피해자인 폭력단 소속의 야쿠자 파마를 한 거한이었다. 다른 한쪽 피해자는 경찰이었다.

"네까짓 놈에게는 볼일 없어." 나는 방향을 바꾸어 건물 입구로 향했다.

"기다려. 널 만나고 싶어 하는 **분**이 계셔."

나는 걸음을 멈췄다. "옆엔 누구지?"

"아사카구미의 에노키라는 분이다."

"분? 웃기시네. 너희처럼 공중도덕이 결여된 열등 인종이 야쿠자 영화 같은 말 쓰지 마. 그래, 아사카구미의 에노키가 내게 무슨 볼일인가?"

"어지간히 해, 사와자키."

운전석 남자가 사가라를 제지했다. "우리 두목이 당신을 만나고 싶다고 한다. 같이 가지."

"두목이라면 아사카 다케오 말인가?"

"그렇다." 남자는 꾹 참는 말투로 대꾸했다.

"아사카 다케오에게 전해. 나를 만나고 싶다면 직접 오라고."

"그래……? 그럼 그렇게 전하지."

나는 건물 입구로 가려다 걸음을 멈췄다. "잠깐만. 내가 아사카 다케오란 남자를 만나고 싶어졌다." 나는 프레지던트 뒷좌석 문으로 갔다. "안내해."

나는 문을 열고 차에 올라탔다. 차 안은 화가 날 만큼 온도가 쾌적했다.

프레지던트는 오우메 가도를 타고 서쪽으로 달렸다. 나카노사카우에를 지날 무렵 사가라는 휴대전화로 누군가에게 스기나미에 있는 아사카구미 사무실로 마중 나오라고 지시했다.

"세이와카이와 아사카구미는 한통속인가?" 내가 물었다.

사가라가 어디서 나오는지 모를 으르렁거리는 소리로 대꾸했다. '노'라기보다 '예스' 쪽으로 들리는 목소리였다. 그리고 화제를 바꾸듯 덧붙였다.

"하시즈메 형님은 작년부터 간사이 쪽에 가 계셔. 돌아오시는 건 아마—"

"누가 하시즈메 소식 따위를 물었나?" 나는 잠깐 생각한 뒤 말을 이었다. "사가라. 넌 아무래도 이 에노키라는 **분**에게 내가 하시즈메라는 **분**과 아는 사이라는 냄새를 풍겨 내 태도가 좋지 않은 걸 얼버무리려고 하는 모양이군. 쓸데없는 짓 하지 마. 난 하시즈메를 버러지라고밖에 생각하지 않고 하시즈메는 나를 틈만 나면 죽이고 싶어 해. 우리는 그런 사이야."

"넌 형님을 오해하고 있어."

"뭐라고? 내가 뭘 어떻게 오해한다는 거지? 폭력단 주제에 뭘 어떻게 이해해달라는 건가."

"그만 좀 닥쳐, 사와자키." 사가라의 말투가 조금 변했다.

나는 입을 다물었다. 아사카 다케오가 나를 만나고 싶어 하는 이유를 생각해야만 했기 때문이다. 노모는 빌리는 정도는 아니었지만 저녁 교통정체 시간대와 겹쳤다. 그것도 나카노 구를 빠져나갔을 즈음부터는 흐름이 조금씩 원활해졌다. 생각할 시간은 충분했지만 수

확은 전혀 없었다.

아사카구미의 철근 콘크리트 3층 건물에 있는 사무실은 스기나미구 가미오기의 시멘도 부근이었다. 1층 로비 같은 곳에서 사가라는 '여기서 기다리겠다'라고 말하고 걸음을 멈추었다. 에노키가 안쪽에 있는 엘리베이터를 타고 나를 2층으로 데리고 갔다. 엘리베이터에서 내리니 왼쪽 귀가 거의 없는 초로의 남자가 기다리다가 앞장서서 복도를 걷기 시작했다. 에노키는 엘리베이터에서 내리지 않고 문을 닫았다. 좁은 복도를 두 차례 꺾어 특별할 것 없는 방으로 들어가니 억세게 생긴 남자 네 명이 진을 치고 있었다. 안내를 맡은 초로의 남자도 네 남자도 아무 말 없었지만 시선은 모두 내게 집중되었다. 상의 안주머니에 갑자기 손을 넣고 급히 뛰기 시작하면 어떻게 할지 시험해보고 싶은 유혹에 사로잡혔지만 그만두었다. 초로의 남자는 앞장서서 그 방을 가로질러 안쪽 칸막이 뒤에 있는 엘리베이터를 탔다. 가는 곳은 3층이었다. 아마 이 건물에는 1층에서 3층으로 바로 올라가는 엘리베이터가 없는 모양이다. 무얼 경계하는지는 상상이 갔지만 불편하기 짝이 없는 건물이었다. 3층에 도착해 엘리베이터에서 내려서는 또 좁은 복도를 걸었다. 이번에는 딱 한 번만 꺾어 목적한 방에 이르렀다. 왼쪽 귀가 없는 초로의 남자가 문을 노크했다. 방 안에서 '들어와'라는 굵은 목소리가 들려왔다. 안내하던 남자가 문을 열어 우리는 방 안으로 들어갔다.

무서우리만치 장식이 없는 응접실이었다. 네 평쯤 되는 공간에 네 개의 검은 가죽 소파가 테이블을 둘러쌌을 뿐 세 벽면에는 아무 가구도 없었다. 정면 창 쪽에는 아래 부분의 판자벽과 거의 같은 옅은 갈색 커튼이 쳐져 있었다. 커튼을 등진 소파에서 기모노를 입은 남자가 일어섰다. 작지만 마르지는 않은 중간 체격에 등이 약간 구부정했다. 나이는 육십대 초반쯤 되었으리라. 짧게 자른 머리는 상당히 벗어졌고 옛날식 둥근 안경을 썼다. 약간 도수 높은 렌즈 안에 어디를 보는지 알 수 없는 눈이 있었다. 나는 무심코 내가 만날 아사카 다케오가 따로 있는 게 아닐까 싶어 방 안을 둘러보았지만 아무도 없었다.

"내가 아사카입니다." 일어선 남자가 굵은 목소리로 말했다. "이쪽으로 오시죠." 아사카는 나를 손짓해 불렀다. 그리고 왼쪽 귀가 없는 남자에게 말했다. "자넨 이제 됐지?"

남자는 잠깐 머뭇거렸지만 대꾸는 하지 않고 몸을 돌려 방을 나갔다. 나는 아사카 맞은편 소파에 걸터앉았다.

"별로 폭력단 두목 같지 않은 사람이라 놀라셨나?"

"폭력단 두목을 만나는 게 처음이라 잘 모르지만, 당신을 보고 바로 떠오른 건 어렸을 때 학교에서 본 소사 아저씨였소."

아사카는 웃었다. "우리 딸과 같은 소리를 하는군. 원래 우리 딸은 학교에서 일하는 **사환 아저씨** 같다고 했지만 말이야. 요즘은 소사를 그렇게 부르는 모양이에요. 옛날 영화배우 가운데 사카모토 다케시라고 아시나?"

"아뇨."

"딸아이 말로는 오즈 야스지로라는 감독 영화에 자주 나온 배우인데 소사나 그 비슷한 역할일 때가 많다는군. 내가 그 배우를 닮았다고 합니다."

"따님이 몇 살입니까?"

"스물여섯이오."

"이부키 게이코 씨와 사촌자매 사이가 되는 셈이군요."

"반쯤은. 나하고 기누에는 **배다른** 형제라서. 불쌍하게도, 평범한 친척이라면 딸과 게이코가 사이 좋은 사촌자매가 될 수도 있었을 텐데…… 둘은 아직 만난 적도 없을 거요."

"선대 두목의 뜻입니까?"

"그것도 있지만 우리도 결국 그렇게 하는 게 제일 무난할 거라고 생각했죠. 딸들만이 아니라 아내와 기누에도 만난 적 없으니까. 마찬가지로 배다른 동생인 후미오도 만나서는 안 되는데 그 바보가 아버지가 남긴 말씀을 어기는 짓만 하니 아무래도 불러다 야단치지 않을 수 없어서……."

아사카는 불쑥 소파에서 일어나 옆으로 나가더니 바닥에 무릎을 꿇고 두 손을 짚은 다음 머리를 숙였다.

"사와자키 씨가 후미오를 심각한 위기에서 구해주셨죠. 늦었지만 정말 감사하다는 말씀드립니다. 게다가 이부키의 목숨까지 구해주셨으니 뭐라고 감사 말씀을 드려야 할지 모르겠군요." 연극 같은 행동이었다. 아마 자신의 외모가 볼품없어서 여타 폭력단 두목처럼 거만한 태도를 취하면 세상 사람들이 우스꽝스럽게 여길 거라는 사실을 알리라. 상당히 영리한 남자 같았다.

"너무 그러지 마시죠. 이런 모습을 당신 조직원이 보면 나를 그냥 두지 않을 겁니다."

"아, 그러면 안 되죠." 아사카가 일어나 소파로 돌아갔다. "나는 보시다시피 생김새가 사카모토 다케시란 배우가 연기하는 소사 같지만, 이래 봬도 간토 지역에서는 둘째 가라면 서러울 만큼 이름난 조직을 이끌고 있소. 여기니까 하는 이야기인데 요즘 폭력단이 하는 범죄행위 가운데 우리가 손을 대지 않는 일은 하나도 없죠. 이건 아버지 때부터 우리 조직이 걸어온 숙명 같은 거라서 조직을 물려받은 내가 갑자기 멋대로 바꿀 수 있는 게 아니에요. 그래서 남들처럼 친척들과 오가며 살고 싶은 마음이 없지는 않지만 기누에가 되었건 손을 씻은 이부키가 되었건 게이코가 되었건, 그리고 후미오마저도 될 수 있으면 거리를 두고 만나지 말아야 합니다."

나는 상의 주머니에서 담배를 꺼내 불을 붙였다. "이부키 씨를 마지막으로 만난 게 언제죠?"

"언제던가……? 그가 아버지와 인연을 끊고 일반인으로 돌아간 날 이후로는 만나지 않았으니까 아마 이십 년쯤 전이겠군요."

"그렇다면 작년 12월 29일에 후미오 사건 때는 이부키 씨에게 전화로 연락했다는 거로군요."

"그렇죠. 가나가와 은행 총격 사건은 아무래도 후미오가 저지른 짓이 틀림없다고 생각해 그 녀석 행방을 찾았는데, 겁을 집어먹은 후미오가—실제로는 겁을 먹지 않았다는 건 당신도 알겠지만— 숨을 만한 곳은 이부키가 있는 곳 말고는 떠오르지 않아서 도저히 연락을 취하지 않을 수 없어 연락했던 거요."

"당신은 후미오를 찾지 못하면 조직원 가운데 누군가를 대신 자수시킬 작정이었다고 하던데요?"

"그러지 않을 수 없었어요. 후미오는 멍청한 녀석이지만 가부라기 흥업 녀석들이 먼저 찾아내는 일은 피하고 싶었죠. 대신 자수할 사람을 내세우면 그들의 관심을 그쪽으로 돌릴 수 있을 지도 모르니까. 게다가 조직에는 대신 자수하겠다는 지망자가 많아 내버려두면 앞다투어 경찰서로 달려갈지도 모를 상황이었고. 잘난 척하려는 건 아니지만 조직을 책임질 동생을 대신해 자수할 녀석이니 누구든 상관없다고는 할 수 없죠. 나중에 대신 자수한 녀석이 출소하면 나나 조직이나 그 녀석에게 한 수 접고 들어가지 않으면 안 될 테니까."

"예를 들면 이부키 데쓰야 정도가 아니면 안 된다?"

아사카가 웃으며 고개를 저었다. "그건 당신이 아마추어라 할 수 있는 이야기요. 이런 경우에 일반인이 된 이부키를 대신 내세운 게 세상에 알려지기라도 하면, 아무리 좁은 세계라고 해도 우리 조직은 그야말로 낯을 들고 다닐 수 없을 거요."

"그럼 이부키 데쓰야가 대신 자수하는 걸 도저히 막을 수 없었던 겁니까?"

"막고 뭐고 그때는 그가 대신 자수할 거라고는 상상도 못 했죠."

"조직원 가운데 대신 자수할 사람을 고르는 걸 이부키 씨가 강경하게 반대했다던데요."

"그랬죠."

"그때까지만 해도 그가 대신 나설 작정이라는 생각은 못 했던 건가요?"

"그렇게 이야기하면 내 생각이 부족했던 점이 부끄러워지지만, 설마 이부키가 그럴 줄은 상상도 못 했지. 결국 그는 아사카구미의 존속보다 후미오의 장래나 기누에, 게이코, 그리고 자신의 생활을 먼저 생각하는 진짜 일반인이 되어 있었던 거요. 아, 불평하는 게 아니라 그를 칭찬하는 겁니다. 게다가 이부키가 조직원을 대신 자수시키는 일만은 절대 있어서는 안 된다며 내일까지 기다려달라고 했을 때는 후미오를 찾아낼 무슨 유력한 단서라도 있는 줄 알았던 거지. 아니, 그는 분명히 내가 그렇게 생각하게 만들 만한 말투였어."

"그럼 이부키 씨가 대신 자수할 거라는 사실을 전혀 몰랐다는 겁니까?"

"물론. 알았다면 절대로 그렇게 두지 않았을 거요. 무엇보다 아사카구미를 이끄는 두목으로서. 그리고 이부키와 기누에의 오빠이자 처남으로서."

"그렇습니까?" 나는 담뱃불을 테이블 위에 놓인 먼지 한 톨 없는 큼직한 남부주철이와테 현 '남부철기협동조합연합회' 소속 업자들이 제작하는 전통공예품 철기 재떨이에 끄고 나서 말을 이었다. "이부키 씨가 오늘 요청한 거로군요. 나를 만나서 그런 경위를 자세하게 설명해주라고."

"그건 좀 다르군." 아사카는 신중한 목소리로 말했다. "원래 이부키와 후미오 일로 당신을 만나 고맙다는 인사를 하고 싶었지. 인간이라면 만나서 고맙다는 뜻을 직접 전하는 게 당연한 도리니까. 그런데 기누에와 이부키가 말리더군요. 아니, 말렸다기보다 가로막았다는 게 더 옳은 표현이겠군. 자기들이 사와자키 씨를 찾아가 인사를 드릴 거다, 그런데 거기서 우리가 혹시 마주치면 여태 지켜온 아버지의 유지를 어기는 꼴이 되지 않는가, 라면서. 기누에는 내게 더 심한 말을 했죠. 오빠 같은 세계에 사는 사람은 평범한 세상을 살아가는 사람의 기쁨과 분노, 슬픔과 즐거움을 똑같이 맛볼 권리가 없다. 남의 목숨을 빼앗고도 아무 일도 없었다는 듯이 사는 인간이 가족의 목숨을 구해주었다고 고맙다는 인사를 해봤자 웃기는 일일 뿐 아무도 진심에서 우러난 인사로는 생각하지 않을 거다, 라고."

"그런데 오늘 전화에서는 달랐다?"

"지난번에는 자기들 말이 좀 지나쳤다면서 나도 은인에게 감사드리고 싶어 하는 마음이야 당연하지 않겠느냐고 하더군요. 그러면서 사와자키 씨는 이부키가 대신 자수한 일을 내가 지시했다고 오해하고 계시니 특히 그 부분에 대한 사정을 잘 말씀드려서 오해를 풀 수 있도록 해달라고."

"그랬군요. 자꾸 물어서 미안합니다만 다시 묻겠습니다. 당신은 이부키 씨에게 대신 자수해달라고 부탁하지 않았습니까?"

"부탁하지 않았소, 맹세코."

"당신이 아니라면 그런 일을 이부키에게 부탁했을 가능성이 있는 사람, 혹은 그에게 그런 일을 강제로 시킬 수 있을 만한 사람은 없을까요?"

"아뇨, 아니에요. 그런 사람이 있을 리 없죠. 적어도 내가 알기로는……."

아주 짧은 순간이었지만 어디를 보는지 알 수 없었던 아사카 다케오의 눈동자가 어딘가를 조준한 듯했다.

"아사카구미 안에 그런 일을 할 법한 자는 없습니까? 그러니까 두목이자 이부키 씨의 형님인 당신이 직접 그런 일을 부탁할 수 없는 처지라는 사실을 아는, 당신 대신 그에게 슬쩍 자수하도록 권할 사람이 있다고 생각하지는 않나요?"

"설마 그런 짓을……" 아사카의 표정에 동요한 기색이 또렷하게 떠올랐다.

"이부키 씨는 나를 만나 오해를 풀어달라고 한 것 이외에 또 뭔가—"

"잠깐 실례." 아사카가 소파에서 일어나 불쑥 내 뒤에 있는 입구 쪽으로 갔다. 문을 열더니 복도 왼쪽에 대고 소리쳤다. "아무나 좀 와봐."

아까 그 귀 없는 남자가 바로 나타났다.

"오늘 이부키한테서 온 전화, 내가 통화한 뒤에 너를 바꿔달라고 해서 그렇게 했는데 이부키와 무슨 이야기를 했지?"

"조직 가입 동기인 하네마사가 있느냐고 물었습니다."

"하네마사라면 하네다 마사오 말이냐?"

"예, 그렇습니다."

"있었나?"

"없었습니다. 하네다는 설 연휴 뒤 처가 제사에 가고 싶다면서 휴가를 냈습니다."

"부인 친정은 어디지?"

"이즈 쪽에 있는 이토라고 들었습니다."

"잠깐." 아사카가 기모노 소맷부리 안을 뒤지더니 휴대전화를 꺼냈다. 급히 번호를 누른 뒤 상대가 받기를 기다렸다.

"아, 여보세요? 기누에? 나 다케오인데, 남편 좀 바꿔줘. ……뭐? ……아아 ……그래? 아니야, 아무 일도 아니니까 굳이 깨울 필요는 없고…… 그럼 내일 집에서 나가기 전에 연락하라고 전해줘…… 아니야, 아무것도 걱정할 일 없다니까, 그럼 끊는다."

아사카는 전화를 끊더니 왼쪽 귀가 없는 남자에게 말했다. "이부키는 내일 일찍 이토에 갈 예정이고 오늘은 이미 잠이 들었다는군. 이토에는 부상 치료 때문에 온천욕을 하러 가겠다고 한 모양이야. 잘 들어, 당장 모을 수 있는 애들을 모아. 그리고 즉시 하네다를 잡아서 내 앞으로 끌고 와, 알았나?"

"하네다라는 사람을 어쩔 작정이죠?" 내가 물었다.

아사카는 돌아보더니 내가 있다는 사실에 놀란 표정을 지었다. "이건 우리 조직 일이니 부디 신경 쓰지 마시오."

"이미 조직 내부 일이 아니지 않을까요? 이부키 씨는 죽을 뻔했습니다. 하네다라는 남자를 어떻게 할 작정인지 물었습니다."

"주제넘은 짓을 했다면 처리해야지."

"그러기 전에 해야 할 일이 있다는 말입니다."

"뭘 말이오?"

"이부키 씨를 대신 자수하도록 꼬드긴 사람이 대체 누구인지, 혹시 그 하네다라는 남자라면 그 사람에게 그렇게 지시한 놈은 대체 누구인지, 그걸 알아내는 일이죠."

아사카 다케오는 내 말뜻을 잠시 생각하다가 이해가 되었는지 이윽고 어떤 결론에 이른 듯했다. 옆에서 보기에도, 거침없이 어떤 결단을 내린 게 분명했다. 그는 나를 등지고 왼쪽 귀가 없는 남자의 어깨에 손을 얹더니 굵은 목소리로 말했다. "세이와카이에서 심부름하러 온 자에게 사와자키 씨를 모셔다드리라고 해. 그리고 방금 지시한 대로 신속하게 움직이도록."

왼쪽 귀가 없는 남자는 잰걸음으로 복도를 걸어 사라졌다. 나는 폭력단 두목을 상대중이라는 사실을 떠올렸다. 외모와 말투, 태도야 어떻든 야쿠자는 야쿠자에 지나지 않았다.

20

나는 '세이와카이'에서 보낸 메르세데스 벤츠 S500에 실려 올 때와 역코스로 오우메 가도 동쪽을 향했다. 택시로 돌아갈 테니 상관 말라고 했지만 '그러시죠'라고 해주는 놈이 전혀 없었다. 나는 벤츠에 올라타기 직전에도 마지막 저항을 시도했다.

"너희 운전기사는 예전처럼 함부로 권총을 내보이는 얼간이는 아닐 테지? 그런 차라면 동승은 사양한다."

사가라는 말없이 내 등을 밀었다. 그리고 내 뒤를 따라 뒷좌석에 올라탔다. 운전석에는 그 언젠가 같은 젊은 조직원이 아니라 쉰 살이 다 된 듯한 기운 없어 보이는 남자가 앉아 있었다.

스기나미 구를 빠져나와 나카노 구를 지나 신주쿠 구로 들어설 때까지는 간신히 참았지만 부도심 고층빌딩의 불빛이 눈에 들어오자 내 인내도 한계에 이르렀다.

"사가라. 차 세워. 날 내려주거나 아니면 네 휴대전화를 빌려주거나 둘 중 하나를 선택해."

"……안 돼. 너한테서 눈을 떼지 말라는 지시를 받았다."

"그뿐인가?"

"그래."

"그럼 휴대전화를 빌려줘. 그리고 눈을 떼지 말고 지켜보면 돼."

"그런 소리가 통할 것 같은가?"

나는 사가라의 상의 옷깃을 움켜쥐고 틀어 올렸다. 사가라는 키가 185센티미터가 넘고 체중 100킬로그램이 넘는 거구였다. 계속 힘을 줘봤자 옷깃이 구겨질 뿐이리라. 사가라는 측은하다는 듯 한숨을 내쉬었다. 그리고 옷깃을 움켜쥔 내 오른쪽 손목을 어린이용 야구 글러브만 한, 그렇지만 전혀 귀엽지 않은 오른손으로 덥석 잡았다. 바로 오른손에 감각이 없어져 옷깃을 놓을 수밖에 없었다.

"휴대전화를 빌려줘. 안 그러면 나는 평생 후회할 실수를 저지르게 될지도 몰라. 그러면 너도 평생 후회하게 될 거다."

"협박하는 건가?" 사가라가 쓴웃음을 지으며 내 손목을 놓았다. 손목에는 감각이 없었지만 놓는 게 보였으니 틀림없이 놓았으리라.

"그건 안 돼."

"그렇지 않아. 네가 지금 지키고 있는 아사카구미의 명령은 세이와카이에 아무 도움도 되지 않는다는 소리야." 그냥 겁을 줘보자는 거였다.

"……알아들을 수 있도록 설명해."

"그럴 시간 없어."

사가라는 고개를 돌려 창밖 불빛들을 바라보았다. 교섭이 중단되었나 싶었는데 그렇지 않았다.

"사와자키, 넌 지금까지 나한테 거짓말을 한 적 없지."

놀랍게도 사가라가 상의 주머니에서 휴대전화를 꺼냈다. 나는 아직도 찌릿찌릿한 손으로 상의 주머니에서 수첩을 꺼내 간신히 페이지를 넘겼다. 실내등을 켜라고 사가라가 지시하자 차 안이 환해졌다. 찾던 번호를 발견하고 읽자 사가라가 번호를 눌렀다. 번호를 다 누른 사가라는 전화를 제 귀에 댔다. 상대가 누군지 확인할 생각이었다.

"상대는 신주쿠 경찰서 4과 형사야." 내가 말했다.

사가라는 전화를 끊을까 말까 망설였다.

"전화 이리 줘. 끊으면 저쪽 착신 기록에 네 번호가 남아 번거로워질지도 모르지."

사가라는 의미를 알 수 없는 신음 소리를 내면서 거칠게 전화를 내 손에 건넸다.

"여보세요, 구로다 경부입니다만…… 여보세요?"

"사와자키다. 급한 부탁이 있어."

"무슨 소리야?"

"아사카구미 조직원 가운데 하네다 마사오란 남자가 있을 거야."

"……."

"듣고 있나?"

"그게 어쨌다는 거야?"

"지금 이즈의 이토에 있는 처가에 있대. 그 녀석 신병을 빨리 확보해줘."

사가라가 내 옆구리를 찔렀다. 슬쩍 찌른 셈일 테지만 숨을 쉴 수 없을 만큼 아팠다.

"왜지?" 구로다가 물었다.

"자세하게 이야기할 시간은 없지만 어쩌면 그 녀석 입에서 지하 주차장 저격범에 관한 단서를 얻을 수 있을지도 몰라."

"그게 어쨌다고. 하네다 마사오는 이미 입을 열 수 있는 처지가 아니야."

"그게 무슨 뜻이지?"

"오늘 오후 5시쯤 도쿄 만에 떠 있던 시체에서 사진이 붙은 하네다 마사오의 '사원증'이 나왔어."

"하네다 마사오가 죽었다는 건가…… 사인이 뭐지?"

구로다는 내 질문을 무시하고 말했다. "어젯밤 하루미 부두에서 차가 추락하는 모습을 보았다는 제보가 있어 수상경찰이 수색에 나섰지. 음주운전 사고로 판단했지만 하네다의 경력을 보고 더 자세히 조사하기로 해서 도쿄 도내 모든 경찰서 4과에도 통보가 있었지. 잘 들어, 넌 왜 하네다가 지하 주차장 저격범 관련 단서를 쥐고 있을 거라고 생각했는지 경찰서에 나와서 설명해줘야겠어."

"그보다 하네다의 소지품과 빠진 차가 있다면 그걸 건져서 내가 말한 단서를 찾아봐."

"지시하지 마. 그런 단서는 추적중이야. 내일 반드시 경찰서로 나와, 알겠지?"

전화가 끊어졌기 때문에 나는 휴대전화를 사가라에게 돌려주었다. 벤츠는 나카노사카우에의 신호등 앞에 정지했다.

"하네다라는 남자가 죽었나?" 사가라가 물었다.

"그런 모양이야."

"아사카구미에는 애들을 총동원해서 그놈을 찾아내라는 지시가 떨어진 모양이던데."

"이미 사고로 죽은 남자의 처가에 쳐들어가 소란을 떨면 경찰에 쓸데없는 꼬투리를 잡히기나 할 텐데…… 어쩔 거야? 한통속인데 알려줘야 하지 않겠어?"

신호가 파란불로 바뀌자 벤츠가 움직이기 시작했다. 사가라는 휴대전화를 노려보며 생각에 잠겼다.

"이제 날 감시할 필요가 없어졌을 거야. 나루코자카시타를 지나면 내려줘."

사가라는 일단 세이와카이에 전화를 걸었다. 하시즈메는 간사이쪽에 있다고 하니 누군지는 몰라도 간부일 것이다. 통화 상대가 하는 지시는 들리지 않았다. 하지만 사가라의 표정과 목소리가 점점 무뚝뚝해져 가는 것만 봐도 대략 짐작이 갔다. 차는 이윽고 나루코자카시타를 지났다.

"세워." 사가라가 운전기사에게 말했다.

벤츠가 서자 나는 문을 열고 차에서 내렸다. 폭력단이 폭력단을 상대로 무슨 꿍꿍이인지 내가 알 바 아니었다.

21

9시가 지나서 사무실 건물에 도착하니 2층 내 사무실 창에 불빛 줄무늬가 보였다. 나갈 때 닫아놓은 블라인드가 열려 있고 꺼놓은 불이 켜져 있었다. 누가 문을 열고 안에 들어갔다는 이야기다. 자신이 저격범이라고 냄새를 피우던 남자의 어제 전화가 뇌리를 스쳤다. 하지만 권총에 남은 총탄을 여기서 쏠 작정이라면 불을 끄고 기다리리라. 나는 창문을 올려다보며 오 분을 기다렸다.

불빛은 꺼지지 않았다. 게다가 실내에서 사람이 움직이는지 이따금 창문 불빛에 미묘한 변화가 보였다. 숨어서 기다리는 사람의 움직임으로 보이지는 않았다. 그리고 실외에서 더 추위에 떨어봐야 내 몸만 얼어붙을 뿐이었다. 나는 건물 입구로 들어가 계단을 올라갔다. 그리고 2층 복도를 지나 사무실 앞에 섰다. 어둠을 무서워하는 살인자가 있다고 해도 이상할 일 없다고 생각하니 심장 박동이 빨라졌다. 환한 편이 표적을 확실하게 처치할 수 있을 거라고 생각하니 심장 박동은 더 빨라졌다.

"들어와." 사무실 안에서 목소리가 들려왔다.

나는 문을 열었다. 손님용 의자에 문쪽을 등지고 걸터앉은 남자가 천천히 돌아보았다. **가짜** 공안관 사이쇼 요시로였다.

"오오, 어서와." 사이쇼가 말하며 크게 기지개를 폈다.

나는 문 자물쇠 부분을 살폈다.

"걱정할 것 없어. 복사 열쇠를 쓰지는 않았지만 흠집 내지 않고 열었어."

나는 사이쇼의 등 뒤를 지나 책상을 돌아 코트를 벗고 의자에 앉았다. 예의 바르게 난로도 켜놓아 사무실 안은 따스했다. 나는 책상 위에 놓인 전화기를 들고 전화 응답 서비스에 걸었다.

"전화 서비스 T·A·S입니다." 야간 근무 학생 아르바이트 같은 목소리였다.

"와타나베 탐정사무소의 사와자키인데 연락 들어온 것 없어요?"

"음…… 7시 20분에 이부키 데쓰야 씨께서 '내일 다시 전화하겠다'라고 했습니다. 이상입니다."

"알았어요. 메모를 받아 적어줘요."

"말씀하십시오."

"지금 이 사무실에 수상한 남자가 있다." 아르바이트 오퍼레이터는 그대로 복창했다.

사이쇼 요시로는 재미있다는 표정으로 나를 바라보았다.

"십 분 뒤에 이리 전화를 걸어 아무도 받지 않으면 110번에 전화해 가택 침입자를 체포하러 오라고 신고해줘요."

"예? 정말입니까?"

"그래요."

"십 분 뒤에 제가 그쪽으로 전화를 걸라고요?"

"그래요."

"그리고 아무도 받지 않으면 110번에 신고해 그쪽에, 음…… 니시신주쿠 사무실에 가택 침입자를 체포하러 가라고 신고하는 거고요?"

"그래요. 부탁해요." 나는 수화기를 내려놓고 손목시계를 보았다. 사이쇼도 손목시계를 보았다. "현재 시각 9시 13분. 하지만 그런 짓을 할 필요는 없었을 텐데." 그는 두 손에 흰 장갑을 끼고 있었다.

"당신 누구야?"

"그렇게 나오셔야지." 사이쇼는 상의 안주머니에서 명함지갑을 꺼내더니 장갑을 벗고 한 장 뽑아 책상 너머로 내게 건네려 했다.

"그런 종이쪽지 받아봤자 쓸데없어."

"그래? 하지만 '리궈지'라는 이름을 들어도 바로 떠오르는 게 없겠지? 당신 중국어 아나?"

나는 고개를 저었다. 사이쇼는 슬쩍 일어나 명함을 책상 위, 내 앞에 놓았다. 나는 명함이 아니라 상대를 관찰했다. 검은 테 안경이 뿔테로 바뀌었다. 머리카락에 흰머리가 늘어 나하고 비슷한 연배라기보다 조금 더 위인 듯한 인상으로 바뀌어 있었다. 수수했던 짙은 남색 계통 양복이 조금 화려한 모스그린 헤링본 상의와 짙은 갈색 바지로 바뀌었다. 의자에 걸쳐놓은 코트도 일본인이라면 개그맨이나 폭력단원 이외에는 입을 수 없을 밝은 낙타색 캐시미어 코트로 바뀌었다. 나는 책상에 놓인 명함을 집어 들었다.

'대북주일경제문화대표臺北駐日經濟文化代表·촉탁·리궈지'라고 인쇄되어 있었다.

"'대북주일'이라는 게 뭔가?"

"간단하게 이야기하면 타이완 대사관이라는 뜻이지. 중국이 하도 시끄럽게 구니 그렇게 표현할 수밖에 없어졌어."

"촉탁을 어지간히 좋아하는군."

리궈지로 이름을 바꾼 남자는 쓴웃음을 지었다. "믿음을 못 주는 것도 자업자득이지만 이거라면 좀 믿어주려나?"

리궈지는 코트 주머니를 뒤져 녹색 여권과 신분증명서 같은 것을 꺼내 둘 다 책상 위에 던졌다.

"중국인치고는 말투가 거칠군."

"그런가? 사실 난 중국인이 아니야. 중국 잔류 일본인 고아라고 해야겠지. 태어난 지 얼마 지나지 않은 나를 일본인 여자에게서 떠맡은 아버지는…… 그러니까 날 키워준 아버지인데 일본이 항복하자 가족과 재산을 정리해 다롄으로 피난했다가 1947년에 농생이 사는 타이완으로 건너왔지. 그러니 정확하게 말하자면 타이완 잔류 고아인 셈인데 그런 말이 있나? 어쨌든 일본인과 친했던 아버지는 대륙에 남아봤자 별로 좋은 일 없겠다고 생각했겠지. 아버지는 만주에 있을 때 표면적으로는 예능 관련 흥행사업 같은 걸 했기 때문에 일본에서 온 위문단 같은 관계자들과 꽤 친분이 있었어."

리궈지는 상의 옆 주머니에서 노란색과 황금색이 요란한 타이완제 같은 담배를 꺼냈다.

"신쇼는 아나? 물론 5대째인 고콘테이 신쇼도쿄에서 활약한 라쿠고 명인 말이야."

"이름은 들어본 적 있지."

리궈지는 은빛 던힐 라이터로 담배에 불을 붙이고 말을 이었다. "연예 위문단으로 만주에 왔던 신쇼와 다롄까지 함께 움직였다고 아버지가 말했지. 전쟁이 끝난 뒤에도 연락이 있었는지 어쨌든 타이완의 우리 집에는 신쇼의 레코드판이나 카세트테이프가 잔뜩 있었어. 그게 내 일본어 선생이었지. 요즘처럼 일본인 행세를 할 때는 평범한 일본어를 하려고 조심하지만 그럴 필요가 없을 때는 신쇼처럼 되고 마는 거지. 애당초 내가 일본인 행세를 한다는 것도 우스운 이야기지만 말이야."

리궈지는 타이완제 담배를 권했지만 나는 사양하기로 했다.

"그런 처지인 사람이 어떻게 '사흘남작'에 관한 부풀린 이야기를 알지?"

"아버지는 만주에서 표면적으로는 예능 관련 흥행사업 같은 걸 했지만 사실은 관동군 특무기관과 관계가 있었어. 그때 일본 귀족 출신 퇴역군인이 특명을 띠고 일본에서 건너왔는데 아버지가 그를 맡아 임무 수행을 도왔지. 특명이라는 게 간단하게 말하면, 언젠가 만주 괴뢰정권이 안정되어 만주인 실력자와 정치가가 실무를 맡게 될 때 사흘남작 시스템을 반드시 도입해야 한다면서, 정치 교육과 그 기초 공작을 할 작정으로 퇴역군인이 아버지를 손발처럼 부리며 정력적으로 움직인 거야. 아버지는 그때 일본의 그 시스템 실태를 자세하게 들었지. 퇴역군인은 만주에 살며 그런 일을 하는 중국인에게는 자세하게 들려줘도 별로 문제가 없을 거라고 보았겠지. 결국 퇴역군인은 아무런 성과도 거두지 못했지만."

"일본이 전쟁에 졌기 때문인가?"

"전혀." 리궈지는 담뱃재를 재떨이에 떨면서 말했다. "그 퇴역군인과 아버지가 만주의 실력자를 만났을 때 알게 되었는데, 중국에는 그런 비슷한 제도가 1300년 전인 수나라, 당나라 때부터 어엿하게 있었다는 거지. 무슨 어려운 한자 두 글자로 된, 사전에 실리지도 않은 단어가 있다는데 중국 정치학을 연구한 사람이면 모르는 이가 없을 만큼 분명히 존재한 제도라더군. 그 만주 실력자는 일본의 시스템이 어쩌면 중국 제도에서 배운 게 아니겠느냐, 다른 모든 학문과 마찬가지로…… 그러면서 그 퇴역군인의 말을 가볍게 받아넘겼다는 거야."

"이야기가 또 수상해지네. 이번엔 중화사상적 허풍이군."

"아버지가 자랑하듯 한 이야기의 수위를 좀 낮췄는데, 이제 내가 어떻게 사흘남작 시스템을 아는지 이해되겠지."

리궈지는 담뱃불을 끈 재떨이를 내 쪽으로 밀었다.

"그래서 잔류 고아 출신 대사관 촉탁이 내게 대체 무슨 볼일이 있다는 건가? 가택침입죄까지 저질러야만 할 만큼 급한 용건은 아직 듣지 못했는데."

"아주 간단해. 슬슬 지요다 구 이치반초에 있는 '네고로 레지던스'의 어느 방에는 억대에 가까운 큰돈이…… 아니, 어쩌면 억 엔 이상의 큰돈이 모였을 때가 되지 않았을까 생각해."

"허풍이 진짜라면 말이지."

"그 허풍이란 소리도 이제 좀 그만했으면 좋겠어. 내가 무슨 이득이 있다고, 가짜 정보를 들고 이런 곳에 두 번씩이나 헛걸음을 할 만큼 한가한 놈으로 보이나?"

나는 상의 주머니에서 담배를 꺼내 불을 붙였다. "그래서?"

"그런 큰돈을 그냥 놔둘 놈은 없을 거야. 내 말을 제대로 들었다면 그 거액이 출처가 모호한 수상한 돈이고 그 돈의 행선지는 더욱 모호하고 수상한 곳이라는 걸 알 수 있을 텐데. 그렇다면 그 큰돈을 만약 누가 훔쳐간다고 해도 경찰이 조사에 나서거나 할 일은 없다는 이야기야."

"그래서?"

"그래서라고? 탐정 노릇을 하면서도 감이 둔하군. 말하자면 당신은 시다라 미쓰히코의 목숨을 구해준 은인이잖아, 그렇지? 근처에 온 김에 병문안하러 들렀다고 하면 설마 문전박대를 당하지는 않을 거 아닌가."

"글쎄, 그거야 모르지. 그 노인은 반길지 모르지만 억 엔 이하인지 이상인지 될 거라는 큰돈이 나를 문전박대하지 않을까?"

"그건 해보기 전에는 모르지." 리궈지는 사무실 안을 둘러보고 나서 말했다. "당신은 그런 식이라 늘 이런 멋들어진 방에서 썩는 거야. 잘 들어. 피차 먹을 만큼 먹은 나이야. 이쯤에서 한번 앞으로의 인생을 편안하게 만들 수 있는 큰 작업, 아니 중간쯤일까, 그런 걸 해보시지."

"가령, 문전박대당하지 않았다고 하면 당신은 어떻게 할 건데?"

"글쎄…… 친구인 공안관 사이쇼 요시로로서 당신과 동행해도 좋고, 뭔가 더 적당한 역할이 있다면 그 명으로 동행해도 좋지. 타이완 국적의 리궈지만은 좀 곤란하지만. 한 번만이라도 시다라 저택의 집 안 구경을 할 수 있다면 나머지는 걱정할 것 없어. 모두 내게 맡겨 둬. 이십사 시간, 늦어도 삼십육 시간 안에 그 저택에 있는 현금을 한 푼도 남김없이 가져올 테니까. 당신은 그 시간에 신주쿠 경찰서에라도 가서 알리바이나 확실하게 만들어두면 그만이야."

"이십사 시간이나 삼십육 시간 뒤 우리는 다시 만날 수 없을 거다, 라는 속셈인가?"

"정말 의심이 많군…… 좋아, 알았어." 리궈지는 책상 위에 놓인 여권과 신분증명서를 가리키며 말했다. "실행에 옮기기 전에 이 두 가지를 당신에게 맡기기로 하지. 그렇게 하면 나는 일본에서 나갈 수 없고 대사관으로도 돌아갈 수 없이. 그 돈을 손에 넣는다고 해도 독 안에 든 쥐인 셈이지. 이 두 가지와 손에 넣은 먹이 절반을 맞교환하기로 하는 거야. 이 정도면 어때?"

내가 책상 위에 놓인 여권과 신분증명서에 손을 뻗으려고 했을 때 전화가 울렸다.

"이제 9시 22분이 되려는 시각인데 참 성급한 녀석이로군." 리쿼지는 손목시계를 보고 말했다.

나는 짧아진 담배를 재떨이에 끄면서 재빨리 전화기 번호표시창을 보았다. 전화 응답 서비스가 아니라 아까 사가라의 휴대전화로 걸었던 신주쿠 경찰서 구로다 경부의 전화번호였다. 다섯 번 울린 전화벨이 여섯 번째 울어대기 시작했다.

"……아니, 받지 않을 건가?" 방금까지 보였던 리쿼지의 자신만만한 태도가 조금 이상해졌다.

벨은 세 번 더 울렸다.

"수화기를 들지 않으면 전화가 끊어질 거야."

"신주쿠 경찰서에서 여기까지는 직선으로 300미터밖에 안 되지만 중간에 오우메 가도가 있지. 110번 순찰차가 몇 분 걸려서 도착할지 후학을 위해 알아두는 것도 나쁘지 않을 거야."

리쿼지는 의자에서 일어나 책상 위에 놓인 여권과 신분증명서를 집어 들고 서둘러 상의 주머니에 넣었다. 그리고 명함에도 손을 뻗으려 해서 내가 먼저 집어 서랍 안에 넣었다. 그때 전화벨 소리가 멈췄다.

"내 제안을 하룻밤 느긋하게 생각해봐." 리쿼지가 말했다. "그렇지만 시간 여유가 별로 없어. 시다라 씨 집이 텅 빈 다음에 들어가봐야 한 푼도 건질 수 없을 테니까."

리귀지는 의자에 걸쳐놓았던 코트를 들고 문 쪽으로 갔다. 문을 열더니 멈춰 서서 귀를 기울였다. 어딘가 멀리서 구급차 사이렌 소리가 들려왔다. 이 시각의 니시신주쿠 외곽에서는 드문 일이 전혀 아니었다.

"내일 같은 시간에 다시 보지." 리귀지는 문을 닫고 잰걸음으로 사라졌다.

또 전화벨이 울려 나는 수화기를 들었다.

"아, 여보세요. 전화 서비스 회사인데요." 아까 그 학생 아르바이트 오퍼레이터였다.

나는 110번에 전화할 필요가 없다고 하고 전화를 끊었다. 이어서 신주쿠 경찰서의 구로다 경부에게 전화를 걸었다.

"사와자키다."

"뭐야, 방금 전화했는데."

"알아. 받을 수 없었어."

"한 가지만 가르쳐주지. 인양된 하네다 마사오의 자동차 대시보드 안에서 권총이 발견되었다."

"오호⋯⋯."

"탄도검사 결과 쇼지 형사를 쏜 권총과 같다는 사실이 밝혀졌어."

"이부키 데쓰야를 쏜 권총이기도 하고."

"뭐, 그렇다. 내일 오전 중에 경찰서로 나와." 구로다가 그렇게 말하고 전화를 끊었다.

긴 하루가 끝나고 나는 사무실을 나왔다. 내가 열지 않은 블라인드를 닫고, 내가 켜지 않은 난로를 끄고, 내가 열지 않은 문을 잠근 것은 죽은 와타나베가 실종된 날 이후 처음인가? 지독한 위화감이 들었다.

22

    이튿날 아침, 나는 조금 늦은 아침식사를 마친 뒤에 소화도 시킬 겸 신주쿠 주오 공원으로 산책을 나갔다. 운동을 일과로 삼는 일 같은 것은 나와 인연도 없고 연고도 없기 때문에 사무실에서 1킬로미터도 채 안 되는 거리인 이 공원에 발걸음을 옮기는 것은 처음이었다. 오전 10시의 기온은 여전히 낮았지만 활짝 갠 날이라 바람이 불지 않아 춥다는 느낌은 그리 들지 않았다.

    공원 북쪽에 그런 게 있어 깜짝 놀란 '구마노 신사' 측면을 지나 육교를 건넌 다음, 주니소이케노우에 쪽 연못이 있는 광장 주위를 어슬렁거리는데 요요기 쪽에서 이부기 메쓰야가 걸어왔다. 어제와 마찬가지로 갈색 트위드 코트를 입었는데 오른쪽 팔에 했던 보호대는 보이지 않았다. 오른팔은 코트 소매를 꿰었고, 오른손을 주머니에 찔러 넣고 있었다. 상반신 움직임이 부드럽지 않아 보였지만 안색은 어제에 비해 훨씬 좋았다. 원래 건강한 남자였으리라.

우리는 자연스럽게 서로의 뒤를 살폈다. 겨울방학도 끝물인 평일 오전이라 공원에는 사람이 많았다. 그게 안전을 뜻하는지 위험을 뜻하는지 잘 모르지만 시야가 탁 트인 만큼 조금은 위안이 되었다. 우리는 일단 어깨를 나란히 하고 도쿄 도청이 보이는 동쪽으로 걷기 시작했다.

"당신과 호송 형사를 쏜 권총이 도쿄 만에서 죽은 하네다 마사오의 차 대시보드에서 발견된 이유에 대해 짚이는 구석이 없다는 소리는 하지 마."

"없다니까. 난 어제 당신 사무실에서 뛰쳐나갔을 때도 지금도, 지하 주차장 저격범이 가부라기 흥업 두목을 습격한 자가 아니라 나를 노린 거였다는 **허튼소리**를 믿을 수 없어."

"어떻게 허튼소리라고 단정하지?"

"나를 죽여서 무슨 이득이 있지? 나를 쏘는 게 무슨 의미가 있느냐고. 요릿집 아저씨일 뿐인데 말이야."

"내가 묻고 싶군."

"물어도 난 대답할 수 없지."

"그렇게 모르겠다고만 하고 있을 때는 아닐 텐데. 처자식 있는 요릿집 아저씨라면 자기 자신이나 가족의 안전 문제는 더 진지하게 생각해야 하지 않겠어? 지금 당신 행동은 폭력단 똘마니와 전혀 다를 바 없어."

이부키는 잠시 내 얼굴을 노려보았지만 이윽고 어깨를 축 늘어뜨리고 쓴웃음을 지었다. "나는 머리 쓰는 일에 별로 익숙하지 못해, 옛날부터."

우리는 연못이 있는 광장 둘레에 심어놓은 잡목 숲 쪽까지 가서 멈춰 섰다. 잠시 주위를 살핀 다음 잡목 숲을 따라 시계 방향으로 남쪽을 향해 걷기 시작했다.

"질문에 답을 해." 내가 말했다.

"그게 머리 쓰는 건가?"

"이런저런 상상을 해보라고. 그러면 발끈하는 것보다 더 나을 거야."

"······됐어."

"하네다 마사오를 만난 건 손을 씻고 난 뒤였나?"

"그래."

"직접 만났어?"

이부키는 고개를 끄덕였다. "두목이 후미오 문제로 전화한 게 30일 아침이었어. 오전에는 기누에와 분담해서 후미오가 숨었을 가능성이 있는 곳을 더듬더듬 알아보았지. 우리 집에도 오지 않은 녀석이 우리가 아는 다른 곳에 숨어 있을 것 같지는 않았지만 그런 걸 따질 상황이 아니었어. 그 녀석 학창시절 친구나 잘 되지 않은 음식점 체인 거래처 등 생각할 수 있는 모든 곳을 알아보았지. 그때 하쓰다이에 있는 우리 가게에서 영업을 준비하던 종업원이 전화를 했어. 하네다라는 손님이 와 있다는 거야. 내가 있던 가게까지 걸어서 오

분도 걸리지 않는 거리지. 성만 들었을 때는 누군지 몰랐지만 얼굴을 보니 바로 기억이 났어."

"아사카구미 동기라고 들었는데."

"맞아. 같은 해에 조직에 들어갔다는 뜻이지. 나이는 아마 하네마사가 두 살쯤 위였을 거야. 내가 이삼 개월 먼저 들어갔기 때문에 그 친구가 내 아우가 되고 말았지만."

"하네다가 당신에게 후미오 대신 자수하라고 했나?"

"그래. 하지만 그때는 이미 내가 결심한 상태였기 때문에 하네마사가 권했다는 생각은 전혀 없었어. 그때도 그랬고, 어제 당신이 질문했을 때도 마찬가지였지. 지금도 같고."

나는 고개를 끄덕였다. "그때 나눈 대화를 될 수 있으면 자세하게 이야기해줘."

"글쎄…… 나는 우선 그게 두목이 한 말이냐고 물었지. 하네마사는 아니라고 대답했어. 저 혼자 생각인데 두목은 입 밖에 내지 않았을 뿐 사실 그걸 제일 바라지 않겠느냐고 했지."

"하네다는 자기 혼자 생각이라고 했나?"

"그랬어."

"두목이 바란다는 건, 후미오 대신이면 아무나 괜찮다는 식으로는 안 된다는 조직 사정인가?"

"그런 사정도 있겠지만 하네마사 말로는 조직에 더 중대한 문제야. 그런 이야기는 두목도 당신에게 했을 리 없을 테니까 여기서 듣고 잊어. 아사카구미는 지금 지난번 두목이 물려주신 방침대로 운영하려는 두목파와 거기서 밀려나 찬밥을 먹고 있는 반대파가 암암리에 심하게 대립중인 모양이야. 반대파 녀석들은 간사이의 '야마구치구미'와 손을 잡으려는 것 같고. 단숨에 주도권을 거머쥐고 반격하려는 속셈일 테지. 두목파에는 후미오 대신 자수하게 할 만한, 감방에서 놀고먹을 만큼 한가한 녀석이 한 명도 없어. 하지만 반대파에는 대신 나서겠다는 녀석들이 우글우글하지. 그렇지만 놈들은 두목으로 하여금 마음의 빚을 지게 만들어 그동안 푸대접받은 걸 앙갚음하겠다는 야비한 목적뿐이야. 결국 두목파에서 누군가를 고르는 방법밖에 없는데 이게 그야말로 엄청난 시한폭탄이 될지도 모른다는게 하네마사의 이야기였어. 3월 말이면 이 년에 한 차례씩 열리는 '간토연합' 총회가 있지. 거기서 가부라기구미 두목 습격 사건이 반드시 문제가 될 거야. 범인이 아사카구미 두목의 영향 아래 있는 조직 간부라면 그것만으로도 두목은 진퇴 문제에 맞닥뜨리게 될지도 몰라."

"당신이 대신 나서면 나중에 벳쇼 후미오가 진범으로 자수했을 때 두목의 진퇴 문제는 일어나지 않기라도 한다는 소린가?"

"**절대로** 일어나지 않지. 간토연합 총회건 어디 무슨 회의건 평범하게 살아가는 '일반인'은 뭘 하든 전혀 문제 삼지 않아."

"그 일반인이 두목의 배다른 동생과 매제일지라도?"

"그게 그 세계야. 설사 일란성 쌍둥이더라노 한쪽이 일반인이면 완전히 타인으로 여기지."

"믿을 수 없는 일이로군."

"그렇겠지. 하지만 그게 그 세계의 법칙이야."

"그게 사실이라면 아사쿠구미의 지난번 두목이 당신 부인과 후미오를 아사쿠구미에서 격리하겠다고 고집한 심정이 조금은 이해가 가는군."

이부키가 고개를 끄덕였다.

"나도 그 은혜를 입은 거지."

"그러니 벳쇼 후미오는 아사쿠구미에, 특히 지금 두목에게 중대한 딜레마를 초래한 셈이로군."

"그래서 바보는 못 말린다는 거지."

"공기가 안 좋은 상태라면 무슨 바람이건 부는 게 낫다고 생각할 수도 있어. 상관없는 우리가 보면 야쿠자 세계의 혁명이라고는 할 수 없어도 전학련_{전일본학생자치회총연합}이나 태양족_{소설 〈태양의 계절〉에서 유래한 말로, 기성 질서를 무시하고 궤도에서 벗어난 행동을 하는 젊은이를 가리킨다}쯤은 되겠지."

"집어치워. 어쨌든 하네마사는 그런 이야기로 나를 설득하려 했지만 내가 이미 마음을 굳힌 이유는 전혀 달랐지. 어제도 말했지만 아사쿠구미의 미래는 내가 고민할 문제가 아니야. 내가 고민해야 할 건 기누에와 게이코, 후미오, 그리고 나뿐이야. 안 그래?"

"좀 욕심 사납게 들리기는 하지만 그렇지…… 하네다에게도 그렇게 말했나?"

"아니, 그 녀석에게는 생각해보겠다고만 해두었어. 가게에서 마시고 싶은 만큼 실컷 마시고 가라고 한 뒤 나는 돌아왔지."

우리는 잡목 숲 둘레를 따라 6시 방향까지 와서 멈춰 서 한동안

서로 마주 보고 이야기했다.

"하네다는 어떤 사람이지? 생김새 말이야."

"어쨌든 아주 큰 녀석이야. 시골 농업고등학교 스모부였다고 할 정도니까. 가로, 세로 모두 컸어. 얼굴은 폭력단 말고는 살아갈 곳이 없을 것처럼 인상이 무섭고 험악하지. 하지만 생김새와는 영 딴판이야. 조직에선 '오사마, 고사마_{일본의 유명한 협객}가 불면 바로 날아갈 것만 같은 하네마사'라고 할 만큼 겁 많은 녀석이지. 스모 실력도 좋지는 않았던 모양인데 싸움은 더 못했지. 아니, 아마 조직에 들어온 뒤로 싸움 같은 건 한 번도 한 적 없을 거야. 그쪽 애들이 보면 하네다가 겁이 많다는 걸 바로 알아차리겠지만 일반인에겐 겉모습만으로도 충분히 먹히지. 그 덩치와 얼굴로 인상을 쓰면 대개 통했으니까. 그렇지만 그것도 쉰 살까지나 통할 소리지. 이십 년 만에 만나니 완전히 늙었더군."

우리는 이번에는 6시 방향에서 곧장 11시 방향으로, 북쪽을 향해 걷기 시작했다. 계속 잡목 숲 둘레를 따라 걷는 것은 피하고 싶었기 때문이다.

"하네다가 그렇게 덩치가 컸나?"

"당신은…… 차에서 권총이 나왔다고 그 녀석이 저격범일 가능성을 생각하는군. 정말 웃기는 소리지."

"왜?"

"그 녀석은 옛날부터 4, 5미터 앞에 있는 사람 얼굴도 구별할 수 없을 만큼 지독한 근시인데 절대로 안경을 쓰지 않았어. 안경 같은 걸 쓰면 조직 생활에 중요한 그 얼굴이 엉망이 된다고 생각한 거지. 그래서 운전은 할 수 없고 권총 같은 것도 말이 안 되지."

"하지만 하네다와는 이십 년이라는 공백이 있잖아. 이십 년이면 어떤 남자라도 어지간한 일들은 가능해지지 않나?"

"하네마사는 기계치인데 차원이 다르다니까. 예를 들어 녀석이 이십 년 동안 매일 운전과 사격 연습을 했다고 치자 이거야. 그래도 그 녀석이 운전하는 차를 타고 누군가를 저격하려는 넋 나간 킬러는 절대 없을 거야. 그리고 그 녀석이 장전한 권총을 들고 뒷좌석에 앉아 있는 차의 운전대를 쥐려는 놈도 절대 없을 테고."

그 체격으로 보아 하네다 마사오가 저격범 가운데 한 명일 가능성은 없을 듯했다.

"결론적으로." 내가 말했다. "저격범은 그 권총을 처분하고 아직 멀쩡하게 이리저리 돌아다니고 있다는 거로군."

"그런 셈이지."

"게다가 하네다 마사오의 사체와 함께 도쿄 만에서 건져 올린 차는 애당초 하네다의 차가 아니라는 건가?"

"그럴 거야. 그러니까 운전도 못하는 녀석이 하루미 부두에서 추락해 죽었다고 하면 그 녀석은 살해된 거라고 생각할 수밖에 없지."

우리는 다시 광장 한가운데 있는 연못에 이르렀다. 어린이 물놀이용 연못 같은데 계절이 겨울이라 아이들 모습은 보이지 않았다. 공원 서쪽 출입구 쪽에서 코트를 입은 두 남자가 이쪽으로 걸어왔다. 오른쪽 키 작은 은발 남자가 우리를 보고 손을 들었다. 신주쿠 경찰서 수사4과 쓰쓰미 과장이었다. 우리 가운데 한 명, 아마 이부키 데쓰야의 신변을 마크하고 있던 게 틀림없다. 그 옆에 있는 형사도 낯이 익었지만 이름은 바로 기억나지 않았다.

그들의 목소리가 들릴 만한 거리까지 가까워졌을 때 갑자기 총성이 울렸다.

"엎드려!" 쓰쓰미가 외쳤다. 하지만 그때 이미 우리 네 명은 그 자리에 엎드린 상태였다. 주위에 있던 사람들이 총소리에 놀랐지만 몸을 움츠리는 사람은 아무도 없었다. 순식간이라 무슨 일이 일어났는지 알 수 없으니 당연한 반응이리라. 이 공원에서 총이 발사되더라도 이상할 일 없다는 사실을 아는 사람은 우리 네 명뿐이었다. 그래도 부자연스러운 모습인 우리를 보더니 사람들은 본능적으로 연못가에서 멀어지려고 했다.

"이부키, 괜찮아?" 나는 엎드린 채 물었다.

"난 괜찮다. 너는?"

"맞은 것 같지는 않아. 통증이 느껴지지 않을 만큼 치명상을 입었다면 모르겠지만."

이부키의 얼굴은 공포에 질렸지만 아마 내 얼굴도 마찬가지였을 게 틀림없다.

"잠시 움직이지 않는 편이 낫겠어." 쓰쓰미가 큰 소리로 말했다. 쓰쓰미나 옆에 있는 형사나 권총을 쥐고 있는 것이 보였다. 쓰쓰미 옆에 있는 사람은 지하 주차장 저격 사건 때 쇼지 형사와 함께 이부키 호송 임무를 수행하던 형사라는 게 기억났다.

문외한의 판단에 지나지 않지만 총소리는 사정거리가 길거나 아니면 멀리서 위를 향해 발사한 느낌이었다. 이럴 때 가만히 움직이지 않는 것이 옳은지 매우 궁금했다.

쓰쓰미와 다른 형사가 웅크리고 있는 곳으로 자세를 낮춘 세 남자가 한 명씩 모여들었다. 권총을 손에 든 형사들이었다. 왠지 낯이 익은 까닭은 아까 이부키와 공원을 거닐 때 자연스럽게 우리를 마크하던 잠복 형사들이기 때문이리라.

쇼크 때문에 시간 감각을 잃었지만 그래도 이미 총소리가 난 지 삼 분 이상 지난 듯했다. 누가 신호를 보낸 것도 아닌데 우리는 다들 조심조심 몸을 일으켰다. 쓰쓰미는 네 명의 부하에게 바로 수색 지시를 내렸다. 네 부하는 재빨리 사방으로 흩어졌다. 형사인 그들도 아까 총소리가 공원 어느 방향에서 들려온 것인지 파악하지 못했다는 사실을 알 수 있었다. 우리 주변에는 이미 사람이 거의 없었다.

쓰쓰미 과장이 코트와 상의를 헤쳐 총을 권총집에 넣으며 우리 쪽으로 다가왔다.

"이부키 씨, 당신은 두 번이나 저격당한 것 같군. 도대체 뭘 하는 거야?"

이부키는 바지 무릎에 묻은 흙을 자유롭게 쓸 수 있는 왼손으로 털면서 아주 언짢다는 목소리로 말했다. "그건…… 내가 묻고 싶군."

나는 그 이유를 한 가지 떠올렸지만 확증은 전혀 없었다.

쓰쓰미 과장은 이부키 데쓰야와 나에게 신주쿠 경찰서까지 임의 동행을 요구했다. 나는 신주쿠 주오 공원에서 일어난 발포 사건과 그전에 둘이서 나눈 대화 내용을 진술했다. 이부키 데쓰야에게는 경찰 경호가 붙게 되었다. 이부키는 거부하려 했지만 쓰쓰미는 받아들이지 않았다. 내게는 경호 이야기를 전혀 하지 않았기 때문에 거절할 수고를 덜었다.

나는 신주쿠 경찰서를 나오기 전에 총무과에 들렀다. 다행히 다지마 경부보는 자리에 없었다. 그래서 사이쇼 요시로, 즉 리궈지가 남기고 간 두 번째 명함에 신분 확인을 부탁하는 메모를 적어 다지마 경부보에게 전해달라고 했다.

23

오코우치 덴지로가 연기하는 '구니사다 주지에도 후기의 협객'가 자세를 낮추는 모습이 클로즈업되더니 다음 순간 맹수처럼 펄쩍 뛰어 추적해 온 포졸들을 덮쳤다. 무성영화라서 음성은 전혀 없지만 그런 것은 거의 필요 없었다. 영화라서 틀림없이 여러 가지 특수 기법을 사용해 촬영했을 테지만 그래도 나는 인간이 이토록 극적인 움직임을 보이는 영화는 일찍이 본 적 없었다.

세로 2미터, 가로 3미터쯤 되는 작은 스크린이 있는 그 영사실은 지요다 구 이치반초 '네고로 레지던스'의 시다라 미쓰히코의 주거공간에서도 더욱 안쪽에 있었다. 어제 방문했을 때 방 배치로 보아 가장 안쪽에 있던 서재에서 시다라 부녀를 면담했는데, 레지던스의 면적을 생각해보면 그 서재는 시다라 씨 집 거의 한가운데쯤 자리한 셈이다. 그리고 실제로 그 안에 시다라 미쓰히코가 아버지와 나의 또 다른 '숨은 얼굴'이라고 자랑스러운 표정을 지으며 이야기한 '시다라 필름 라이브러리'의 드넓은 공간이 있었다.

시다라 유미코와 약속한 대로 나는 5시에 네고로 레지던스에 도착했다. 신주쿠 주오 공원에서 일어난 발포 소동을 생각해 미행과 감시에 특별히 신경 쓰면서 블루버드를 레지던스 뒤편 전용 지하 주차장에 넣었다. 이곳에 오기 전 신주쿠 경찰서에 들러 베테랑 4과 형사에게 혹시 블루버드에 발신기나 폭탄 같은 것이 붙어 있지 않은지 꼼꼼하게 확인받았다. 발포 사건 진술서에 사인한 뒤 쓰쓰미 과장에게 부탁해 미리 허가를 받아두었던 것이다. 물론 점검 이유는 발포 사건 피해자의 신변 안전을 위해서였지 7억 엔 현금 수송을 위해서는 아니었다.

안으로 들어서니 식사가 준비되었다고 해서 여느 때보다 이른 저녁을 먹었다. 식사에는 시다라 모녀와 나비넥타이를 한 도쿠야마 전무 말고도 처음 보는 남자 세 명이 합석했다.

식사가 끝나자 시다라 미쓰히코가 내게 말했다. "전화받을 준비는 유미코와 도쿠야마에게 맡겨두고 당신은 우리와 함께 갑시다. 은인인 사와자키 씨에게 꼭 보여드리고 싶은 것이 있어요. 그건⋯⋯."

그게 사흘남작의 또 하나의 '숨긴 얼굴'인 '시다라 필름 라이브러리'였다.

"그러시죠." 시다라 유미코도 거들었다. "사와자키 씨에게 볼일이 있으면 바로 가겠습니다."

여느 때 같으면 의뢰인의 페이스에 맞추어 일하는 경우는 결코 없다. 하지만 지금은 부녀의 권유에 이의를 제기하면 7억 엔 현금 더미에 더 관심이 있는 것처럼 보일 것 같아 그러지 못했다. 문제의 전화가 올 시간까지는 아직 여유가 있어 나는 아흔두 살 집주인의 초대에 따르기로 했다.

시다라 미쓰히코는 어제와 마찬가지로 잠옷 위에 두꺼운 가운을 걸쳤지만 오늘은 신중하게 휠체어에 앉아 있었다. 처음 본 세 명 가운데 가장 젊은, 업무용 점퍼를 입은 삼십대 남자가 휠체어를 밀며 복도를 걸었다. 휠체어를 앞세우고, 쉰 살이 넘은 눈이 약간 사시인 양복 차림 남자와 칠십대로 보이는 잔뜩 야윈 기모노 차림의 남자, 그리고 내가 그 뒤를 따랐다. 서재 앞에 이르자 점퍼 입은 남자는 주머니에서 리모컨 장치 같은 것을 꺼내 복도의 막다른 벽면을 겨누었다. 그는 열 자리쯤 되는 번호를 입력하고 버튼을 눌렀다. 그러자 판자벽이 옆으로 스르륵 열리며 '출입구'가 나타났다. 유치한 비밀통로인 셈인데 웃는 사람은 아무도 없었다.

"자, 사와자키 씨. 이곳이 시다라 필름 라이브러리입니다." 시다라 미쓰히코가 말했다.

"죄송하지만 여기부터는 화기 엄금, 절대 금연이니 협조 부탁드립니다." 점퍼 입은 남자가 덧붙였다.

시다라 노인은 우선 영화 필름을 약 9백 편 소장하고 있으며 냉장고 못지않게 낮은 온도로 조절된다는 필름 창고로 우리를 안내했다. 내부 안전관리를 위해 입구 옆 벽면에 설치된 모니터 화면에는 여러 개의 선반에 쌓인 엄청난 양의 필름 캔이 보였다. 덕분에 모처럼 따스하게 데운 몸을 창고에 들어가 차게 만들지 않아도 되었다. 하기야 들여보내달라고 부탁해도 거절당할 것 같았다. 나는 푹신한 좌석이 서른 개쯤 있는 영사실로 안내되었다.

"오늘 영사회에서는 미조구치 겐지 감독의 〈거리 스케치〉를 상영할 예정이었지만 특별 게스트 사와자키 씨에게 좀 따분한 작품이 될 것 같아 다음으로 미루기로 했습니다. 제가 권하고 싶은 작품은 이토 다이스케 감독의 〈주지 여행일기―고슈살진편〉, 시바 세이카 감독의 〈마보로시〉, 이타미 만사쿠 감독의 〈국토무쌍〉 같은 작품들인데…… 사와자키 씨, 어느 쪽으로 할까요?"

"여러분께 맡기겠습니다." 내가 대답했다.

그래서 네 사람은 투표를 하게 되었고 시다라 미쓰히코와 양복 입은 남자가 투표한 〈주지 여행일기―고슈살진편〉을 상영하게 되었다. 시다라는 기모노를 입은 남자가 〈마보로시〉를 고른 까닭은 반도 쓰마사부로의 팬이기 때문이고, 점퍼 입은 남자가 〈국토무쌍〉을 선택한 까닭은 희극영화 팬이기 때문이라고 했다. 그래서 오코우치 덴지로가 연기하는 구니사다 주지를 보게 되었는데 그 아름다운 영상과 약동감은 거의 시간을 잊을 만큼 참신하고 매력적이었다.

나는 내가 탐정이라는 사실을 떠올려야만 했다. 6시 반이 지났을 때, 그 전화가 걸려오기 전에 따님꾀 의논힐 일이 있다고 했지만, 사실은 담배를 너무 피우고 싶어서 명화 감상은 다음 기회에 다시 부탁드리겠다고 시다라 미쓰히코에게 말한 뒤 영사실을 나왔다. 점퍼 입은 남자가 안내해주기 위해 슬라이드식 출입구를 나갈 때까지 따라 왔다. 혹시 불조심 때문인가, 했지만 그렇지는 않았다.

"사와자키 씨, 잠깐 부탁하고 싶은 게 있습니다만."

점퍼 입은 남자는 진지한 표정이었다.

"그럽시다." 내가 대답하자 제일 가까운 서재 문을 열고 벽을 더듬어 불을 켠 다음 안으로 들어갔다. 어제 본 응접세트 소파에 걸터앉아 상의 주머니에서 담배를 꺼냈다.

"사와자키 씨는 시다라 필름 라이브러리 내부를 보고 어떤 생각이 드셨습니까?"

"어떻게 생각하느냐고……? 오래된 영화 필름이 많아 대단하다고 생각했죠. 게다가 시다라 씨가 2대에 걸쳐 쌓아올린 재력이 뭐랄까…… 쓸데없이 낭비되거나 이런 부동산으로 변하기만 한 게 아니라 일부분이라도 문화적인 곳에 쓰였다니 대단히 기쁘고."

점퍼 입은 남자는 이야기를 더 진행해야 좋을지 어떨지 머뭇거리는 눈치였다.

"좀 앉으시지." 나는 담배에 불을 붙였다.

점퍼 입은 남자는 마침내 말하기로 마음을 굳힌 듯 맞은편 소파에 앉았다.

"모르실 수 있어 먼저 설명드리겠습니다. 저 창고에 소장된 9백편이 넘는 영화 필름은 사실 돈으로는 도저히 환산할 수 없는 엄청난 가치를 지닌 작품들입니다. 절반 이상은 현재 세계 어느 곳에도 남아 있지 않은, 귀중한 '환상의 영화'라고 할 만한 작품들이죠. 나머지 4백 편 또한 상당 부분이 필름센터 같은 곳에 소장되어 있는 필름이기는 하지만 이곳보다 보존 상태가 더 좋은 곳은 없습니다. 여기 필름 가운데 구십 퍼센트는 완벽하다고 해도 좋을 만한 상태니까요."

"오호……" 나는 담배 연기를 뿜었다.

"소개가 늦었습니다. 저는 이 라이브러리의 관리를 맡고 있는 나카야라고 합니다. 제게 이 일을 물려준 전임자 사사하라 씨…… 방금 영사실에서 본 분 가운데 젊은 쪽이 사사하라 씨입니다. 그분에게 들은 이야기로는, 시다라 소장님과 소장님의 부친 두 분이 영화 초창기부터 태평양전쟁 전까지 만들어진 작품들을, 가지고 있던 돈 대부분과 당시 정계에서 군부에 이르는 지인의 영향력까지 동원해 수집 또는 구입하신 거라고 합니다. 그리고 이곳에 그렇게 귀중한 작품이 소장되어 있다는 사실을 자세하게 아는 사람은 시다라 소장님과 대대로 라이브러리 관리를 맡아온 저희 세 명밖에 없죠. 따님이나 도쿠야마 전무도 영화 필름이 많다는 정도만 알지 그 이상은 관심이 없습니다. 하기야 저 라이브러리 문 안에 들어간 사람은 소장님을 빼면 저희 세 사람뿐이니까요."

"나를 제외하면, 그렇지."

"그렇군요."

"그래, 나에게 부탁하고 싶은 건?"

"제가 지금 말씀드린 내용, 사와자키 씨가 저기서 보신 것들은 다른 사람에게 절대로 말씀하시지 말아달라는 겁니다."

"자네가 말리지만 않는다면 난 그렇게 하겠지."

"그렇습니까……?"

"그래."

"정말 그렇습니까? 예를 들어…… 어디서 이타미 만사쿠 감독의 〈국토무쌍〉이란 영화는 이제 완전한 형태로는 존재하지 않는다는 주장이나 화제를 접했을 때 아니다, 그렇지 않다, 라고 말하지 않으실 수 있겠습니까?"

"자네가 하려는 말이 그런 뜻인가……? 내 직업이 뭔지 들었나?"

"예, 도쿠야마 전무한테 들었습니다."

나는 담뱃불을 재떨이에 끄고 나서 말했다. "내 직업은 그런 말을 하지 않는 직업이지. 그럴 수 없는 직업이라고 해도 좋고."

"그러세요?" 나카야는 믿지 못하겠다는 투로 말했다. "자꾸 이런 소리를 해 미안합니다만 양해해주시기 바랍니다. 만약에 말이죠, 나중에 사와자키 씨 의뢰인이 된 어떤 사람이 〈국토무쌍〉이란 영화의 필름이 어디 있는지 찾아달라고 하면…… 그래요, 그 정보만 알려주면 5백만 엔을 지불하겠다고 한다면 어떻게 하시겠습니까?"

"흐음, 그런 금전 감각을 지닌 세계인가?"

"아뇨, 저도 그쪽 세계는 전혀 모릅니다. 소장 필름의 가치를 금액으로 환산한 적은 한 번도 없으니까요. 하지만 그 정도 제안은 있을 수 있다고 생각합니다."

"그 의뢰인은 의뢰를 거절당하겠지."

나카야는 내 얼굴을 똑바로 바라보았다. "그 말씀을 믿을 수 있다면 좋겠군요…… 영사실에 있는 전임자 두 분도 제가 돌아가면 제일 먼저 제가 드린 부탁의 결과를 물을 게 틀림없습니다."

"적어도 시다라 노인은 나를 믿고 초대한 것 아닌가?"

"그럴 거라고는 생각합니다. 다만 걱정인 건…… 요즘 소장님에게 약간 치매 증세가 나타나는 듯합니다. 전에는 그토록 엄격했던 라이브러리 관리가 조금 허술해진 상태죠. 이런 말씀을 드리면 실례일 테지만, 예전 같으면 소장님이 설사 목숨을 구해준 은인이라고 해도 사와자키 씨 같은 직종에서 일하는 분을 저 문 안으로 들인다는 건 도저히 상상도 할 수 없었죠."

"그래? 그럼 한 가지 확인하지. 나 때문이건 나 이외의 누구 때문이건 시다라 필름 라이브러리의 실상이 세상에 알려지면 어떻게 된다는 건가?"

"저와 전임자 두 분은 즉시 이곳 출입이 금지되겠죠. 그리고 어느 누가 라이브러리의 실상에 대해 물어본다 해도 소장님은 답변을 거부할 겁니다. 이곳에 소장된 필름은 어디까지나 법적으로 소장님 개인 소유이기 때문에 그걸 캐물을 권리는 누구에게도 없죠. 이 라이브러리의 실태를 증명할 수 있는 것은 라이브러리 외부에는 우리 세 명의 기억 말고 아무것도 없다는 겁니다. 여기는 그런 식으로 관리되었으니까요. 그리고 아마 소장님은 새로 고용한 관리자에게 자신이 죽은 뒤 소장 필름을 모두 해외에 있는 우수한 필름 라이브러리에 기증할 준비를 시작하겠죠. 이건 제가 멋대로 추측한 게 아닙니다. 그런 사태가 벌어지면 반드시 그렇게 대응하겠다고 소장님이 평소 늘 말씀하시니까요."

"자네는 그렇게 되면 곤란하다는 말이로군."

"그렇죠." 나카야는 대답한 뒤 침울한 표정으로 말을 이었다. "다만 공평하게 이야기하면 곤란한 건 저희 세 사람뿐일지도 모릅니다. 사실 귀중한 영화 필름을 위해서는 해외의 뛰어난 필름 라이브러리에 기증되는 편이 훨씬 나을지도 모릅니다. 어쨌든 일본이란 나라는 영화를 저속한 오락이나 검열해야 할 위험 사상의 집합체쯤으로만 여겼어요. 하지만 영화를 뛰어난 문화유산으로 보고 아주 잘 보호하는 나라는 얼마든지 있으니까요."

"그럼 만약 자네가 바라는 대로 라이브러리의 비밀이 지켜졌을 때는 어떻게 되는 건가?"

"당장은 조금 전 보신 영사실 멤버끼리 일주일에 세 차례씩 하는 영사 모임이 평온하게 이어지겠죠. 시다라 소장님은 살아계실 동안에는 컬렉션 가운데 단 한 편도 남의 손에 넘기지 않겠다는 생각이세요. 그리고 언젠가 소장님이 돌아가신다면 모든 필름은 '도쿄 국립근대미술관 필름센터'에 기증되고 저희 세 사람이 시다라 컬렉션의 전담 관리자로 센터를 돕게 될 겁니다."

"그렇게 유언을 해둔 건가?"

"예."

"유언은 언제든 바꿀 수 있지."

"그걸 의심하면 한도 끝도 없습니다. 하지만 적어도 태평양전쟁이 끝난 뒤 오십여 년 동안 유언의 그 부분은 한 번도 바뀐 적이 없는 걸로 압니다."

"시다라 노인은 아흔두 살이지만 그리 쉽게 죽을 것 같지는 않던데. 그 마르고 기모노 입은 전임자보다 더 오래 살 것 같고, 사사하라라는 전임자도 기증할 날까지 확실하게 살아 있을 거라는 보장은 없을 것 같더군."

"솔직히 말씀드리면 서른셋인 저도 걱정스럽죠. 하지만 그렇다고 해서 저는 9백 편이 넘는 일본영화 걸작을 감상하고 관리, 보존하면서 어쩌면 세상에 소개할 수 있을지도 모른다는 고마운 혜택을 포기할 생각은 전혀 없습니다. 두 분 전임자도 틀림없이 그러하셨을 테고 이미 고인이 되신 소장님 아버님 시절의 두 분 전임자 또한 마찬가지였던 모양입니다."

"자넨 다섯 번째 관리자인가?"

"그런 것 같습니다."

"시다라 노인이 유괴되었던 엿새 동안 무얼 했지?"

갑작스러운 화제 전환에 나카야는 조금 머뭇거렸다.

"그동안은 아무도 라이브러리에 들어올 수 없었죠. 정기적인 연말 특별 영사회도 중지되었습니다. 조금 전 제가 사용한 리모컨 방식 라이브러리 키는 소장님이 패스워드를 입력하지 않으면 작동하지 않으니까요."

"그런 건 전문가에게 맡겨 풀면 쉽게 열 수 있지 않나? 아니면 저 문을 부수고 필름을 몽땅 꺼내겠다는 생각은 하지 않았고?"

"여기에는 소장님 따님도 계시고 네고로 부동산 직원들도 계시는데 그런 짓을 어떻게 하겠습니까? 만일 소장님이 저 문을 잠근 상태에서 돌아가시게 되면 그런 비상수단을 써야겠지만…… 어쨌든 저는 라이브러리 출입을 금지당할지도 모를 행위는 절대 할 생각이 없습니다. 가장 어린 저마저 대학 졸업 뒤 십일 년을 라이브러리 일에 바쳐왔기 때문에 그걸 물거품으로 만들고 싶지는 않죠. 처음에 사와자키 씨에게 부탁했던 건 그런 간절한 바람 때문이었습니다."

"그럼 자네나 전임자 두 사람이나 시다라 노인이 살아 돌아왔을 때는 꽤 실망했겠군."

나카야는 풀 죽은 얼굴로 말했다. "그런 심한 질문을 할 권리는 아무에게도 없습니다."

"정직한 친구로군, 자네는. 나는 별로 정직한 사람은 아니지만 정직한 사람에게는 거짓말하지 않으려고 애쓰지. 조금 전 자네가 한 부탁은……."

복도에서 발소리가 나더니 서재 문이 열리고 시다라 유미코가 얼굴을 나타냈다.

"사와자키 씨를 찾고 있었어요. 그 전화가 한 시간이나 일찍 걸려왔네요."

나는 나카야라는 남자에게 손을 들어 인사하고 서둘러 서재를 나갔다.

24

나는 블루버드 조수석에 시다라 유미코를 태우고 뒷좌석에 7억 7천5백만 엔이 든 이불 보따리를 실은 뒤 지요다 구 이치반초의 아파트를 7시 20분에 출발했다. 스즈키 이치로의 전화 지시에 따라 서쪽으로 달려 신주쿠로 향했다.

보따리 내용물은 블루버드에 실은 직후에 시다라 유미코의 지시에 따라 도쿠야마 전무가 보따리 끈을 풀어 내가 점검하고 다시 단단히 묶었다. 모두 1만 엔짜리 지폐로 7만7천5백 장이라고 도쿠야마가 조금 흥분한 목소리로 말했다. 좁아진 뒷좌석에서 부자연스러운 자세 때문인지도 모른다. 점검해달라고 했지만 나는 보따리 가득 든 엄청난 양의 1만 엔 지폐를 슬쩍 보기만 했을 뿐이다.

블루버드가 보기 드문 승객과 짐에도 익숙해진 7시 30분쯤, 시다라 유미코의 휴대전화가 울렸다.

"여보세요…… 그렇습니다…… 예. 지금 요쓰야 3초메 교차로를 지나는 중입니다…… 옛? 신주쿠 1초메 교차로에서 고슈 가도로 빠져나가라고요?" 그녀는 전화를 귀에서 떼고 내게 말했다. "고슈 가도로 나가랍니다."

"알았어요."

"알겠습니다…… 예…… 오하라 교차로까지 가는 거로군요…… 그렇게 하죠." 시이다 유미코는 전화를 끊었다.

"시속 50킬로미터 이하로 안전운전해서 부디 교통 법규를 위반하지 않도록 하라고 했어요."

나는 요쓰야 4초메의 교차로를 지난 다음 차선을 바꾸어 요쓰야 구민센터 앞 신주쿠 1초메 교차로에서 왼쪽으로 꺾어 신주쿠 교엔의 오키도 문에서 고슈 가도로 진입했다. 곧 신주쿠 역 남쪽 출구에 이르러 밤이 시작되는 신주쿠의 번잡한 거리를 지났다.

나는 문득 생각했다. 주위의 홍수 같은 차량 흐름 속에 있는 어느 차보다, 횡단보도에서 신호를 기다리는 사람들 가운데 누구보다 이 고물 블루버드가 가장 많은 돈을 가지고 있는 게 아닐까? 아니, 위에는 또 위가 있기 마련이다. 낮게 잡아도 10억 엔 이상 되는 각성제를 은닉한 폭력단 차가 나란히 달리고 있을지도 모를 일이고, 백미러에 비친 횡단보도를 잰걸음으로 건너는 여자는 시가 20억 엔짜리 보석을 운반하는 세일즈 레이디일지도 모른다. 그런 생각을 하자 이불 보따리의 존재도 조금은 신경이 덜 쓰였고 어깨에 들어간 힘도 약간 빠지는 느낌이 들었다.

블루버드는 신주쿠 부도심의 고층빌딩들을 오른쪽으로 바라보며 오전에 이부키 데쓰야와 이야기할 때 발포가 있었던 신주쿠 주오 공원의 남쪽을 달렸다.

"아버님이 가나가와 은행에서 유괴되었을 때 말이에요, 은행에는 아버님 혼자 가셨습니까?"

"아뇨, 반드시 제가 모시고 다니죠."

시다라 유미코는 스스로 가장 수수하고 활동적이라고 생각하는 듯한 짙은 남색 바지 정장을 입었다. 결혼식 피로연에 참석해도 이상하지 않을 만큼 수수했다.

"이동은 차로 했습니까?"

"예. 아까 주차장에서 옆에 주차되어 있던 짙은 남색 푸조였죠."

"직접 운전하셨나요?"

"아뇨, 저도 운전은 할 수 있지만 아버지가 은행을 돌 때는 도쿠야마 전무가 운전기사로 동행합니다. 도쿠야마 전무가 도저히 시간이 나지 않을 때는 도쿄 도 안에 있는 가까운 은행 정도는 라이브러리의 나카야 씨가 몇 차례 대신한 적이 있습니다."

"그럼 29일에도 도쿠야마 씨가 운전을 맡았나요?"

"예, 그랬죠."

"은행 주차장에 도착했을 때 몇 시였죠?"

"2시였을 거예요. 늘 전화로 도착할 시간을 알려드리니까요."

"그러면?"

"은행 직원이 휠체어를 준비해 맞이하러 나오죠."

"그렇군요."

"그날은 아버지 컨디션이 아주 좋아서 휠체어 신세를 지지는 않았죠. 직원 안내를 받으며 지팡이를 짚고 걸어 지점장실로 갔어요."

"늘 그렇습니까?"

"그렇죠."

"그다음에 어떻게 되었는지 말씀해주실 수 있습니까? 기억하는 범위 안에서만 해주시면 되니까요."

"알았습니다…… 지점장실에는 시바자키 지점장과 대여금고 담당 미타무라 과장, 그리고 미리 연락한 '주얼리 이세자키'의 야마나 사장이 기다리고 있었죠. 그래서 늘 그러듯 우선 아버지가 제게 써준 위임장—아버지 대신 금고실에 들어가려면 필요하죠—을 지점장에게 제출하고 저와 미타무라 과장, 야마나 씨가 지하 금고실 쪽으로 갔죠. 야마나 씨는 금고실에 들어갈 수 없기 때문에 밖에 있는 작은 방에서 대기했습니다. 거기서 저와 미타무라 과장이 열쇠 두 개를 써서 우리가 빌려 쓰는 대여금고를 열었어요. 그 증거서류를 비롯한 기타 보관품은 여느 때와 마찬가지로 잘 보관되어 있다는 사실을 확인했을 뿐입니다…… 그날은 필요한 돈이 좀 있어서 함께 보관해두었던 오르골 달린 작은 상자를 꺼내 밖에서 기다리시는 야마나 씨에게 건넸죠. 상자 안에 든 물건은 다이아몬드와 순금 장식품들이에요. 그걸 야마나 씨에게 보여드리고 필요한 돈 7백만 엔에 해당하는 만큼 꺼내라고 했습니다. 할아버지 대부터 사람들에게서 받은 돈은 그 증거서류 등과 함께 모두 귀금속으로 바꾸어 여러 대여금고에 보관하고 있거든요."

블루버드는 하타가야 부근을 달리고 있었다. 교통량이 늘어 시속 40킬로미터쯤으로 속도를 낮추지 않을 수 없었다.

"지하 금고실에서 일을 마친 다음 지점장실로 돌아왔어요. 그랬더니 할아버지 대부터 가깝게 지내는 요코하마의 '사가미 복고당'이란 골동품 가게 주인도 오셨더군요. 아버지와 약속이 있었던 모양이에요. 그분은 평소 아버지에게 연세에 어울리게 서화 골동품에도 관심을 보여주십사 부탁하기도 하셨는데, 미리 이야기가 되어 있었는지 직경 10센티미터쯤 되는 금속 깡통에 든 것을 아버지에게 건네고 돌아가시려던 모양이더군요. 아마 아버지 컬렉션과 관계 있는 영화 필름일 거예요. 자세한 내용은 알 수 없지만 그 크기라면 아버지 컬렉션 가운데 빠진 필름 일부분이라거나 뭔가를 발견해 가지고 왔던 것 아닐까요? 아버지는 비용으로 쓰려고 꺼낸 7백만 엔 가운데 50만 엔을 지불하셨죠. 평소 같으면 도쿠야마 전무가 모실 테지만 그날은 컨디션이 아주 좋다며 따라올 필요가 없다고 말씀하시고 복고당 주인과 함께 바로 지점장실을 나가셨어요. 저희가 듣지 못하도록 무슨 비싼 영화 필름 같은 걸 주문하려고 했을지도 모르죠. 돈 문제로 누구에게 잔소리 들을 처지도 아니신데, 컬렉터의 심리란 원래 그런 걸까요……? 그리고 십 분쯤 지나도록 아버지가 돌아오시지 않아 걱정이 시작될 무렵이었는데, 바로 그때 권총 소리가 나고 은행에서 큰 소동이 일어났습니다. 깜짝 놀랐죠. 그 소동이 일어나는 동안 도쿠야마 전무와 흩어져 아버지를 찾아다녔습니다. 화장실에도 안 계시고 어디서도 찾을 수 없었어요."

"사가미 복고당이란 골동품 가게 주인은 어떻게 했습니까?"

"나중에 경찰 조사를 받을 때 알게 되었는데 아버지와 화장실 앞에 서서 오 분쯤 상담을 하고 헤어지셨답니다. 아버지도 걱정 말라고 해서 그대로 은행을 나갔다고 하시더군요."

시다라 노인의 은행 방문은 원래 목적보다는 정기적인 행사 같은 것으로 변질된 듯했다. 다이묘 행차 같은 것까지는 아니어도 제법 떠들썩한 행사였던 모양이다. 그러니 그쪽 분야에서 유괴범을 지목하기는 어려울지도 몰랐다.

"달려온 경찰도 은행 직원도 권총 습격 사건으로 두 명이나 부상자가 나왔다고 허둥대면서 아흔 몇 살 먹은 노인이 길을 잃은 정도로 호들갑 떨지 말라는 소리뿐 거의 듣는 척도 하지 않았죠. 할 수 없이 도쿠야마 전무에게 집에 출입하는 어떤 가나가와 출신 의원께 시다라 미쓰히코가 가나가와 은행에서 행방불명되었다고 알리도록 했습니다. 내친김에 관방장관 귀에도 들어가게 해달라고…… 저도 패닉 상태였거든요. 그러자 삼십 분도 지나지 않아 상황이 완전히 바뀌더군요. 그때부터 아버지 수색도 본격적으로 진행되었어요. 경시총감경찰 최고위직이 경찰에 이미 일어난 폭력단 관련 총기 사건과 유괴 가능성이 있는 고령의 일반 시민 실종 사건 가운데 어느 쪽이 중요한 사건인지 판단도 못하느냐고 질책했다고 합니다."

그렇지만 그 '중요한 사건'도 해가 바뀌자 실종자가 무사히 돌아오고 범인 일당 가운데 한 명은 체포되었다. 관할 경찰서인 이세자키 경찰서는 이 유괴 사건에 별로 열의를 보이지 않는 게 틀림없었다. 일당 가운데 나머지 범인이 현재 시다라 집안을 협박하고 있지만 경찰에 신고하지 않았기 때문에 열의를 보일 리 없었다. 어쩌면 사건 당시 지시를 내린 경시총감이 다시 손바닥 뒤집듯 새로운 지시를 내렸을 가능성도 충분하다. 말하자면 무사히 살아 돌아온 고령의 일반 시민에 관계된 번거로운 수사는 따로 명령이 있을 때까지 아무쪼록 삼가라거나 뭐라거나 하는 식으로.

앞쪽에 오하라 교차로가 보였다.

"곧 간나나 도쿄 318호 간조 7호선의 준말 길과 만나는 교차로가 나오는데 그냥 직진합니까? 아니면 그 앞에서 멈춰 지시를 기다립니까?"

그때 휴대전화가 울려 시다라 유미코는 전화를 받았다.

"여보세요…… 예, 그렇습니다…… 고슈 가도를 계속 타고 가는 거로군요…… 알겠습니다."

"알았어요." 나는 브레이크로 옮기려던 발을 가속페달 쪽으로 되돌렸다. 곧 블루버드는 비탈을 내려가 간나나길 아래를 지나 고가도로로 진입했다.

"고가도로를 지나서…… 알겠습니다. 잠깐 기다려주세요." 시다라 유미코는 전화를 귀에서 떼고 내게 말했다. "고가도로를 빠져나가면 가르쳐달라고 하네요."

삼십 초 뒤에 간나나길에서 벗어나면서 나는 그녀에게 신호를 보냈다.

"고가도로를 빠져나왔습니다. ……옛? 간나나길 말인가요? 간나나길로 돌아가라는 말씀입니까……? 예, 간나나길을 스기나미 방향으로 북상하는 거로군요…… 그럼 왜 좀 더 일찍 말씀해주지 않으셨어요……?"

나는 쓴웃음을 지었다.

"여보세요…… 어머, 전화가 끊어졌네."

"간나나길을 북쪽으로 올라가는 거죠?" 내가 말했다. "화내도 소용없어요. 저쪽은 애초부터 그럴 속셈으로 우리를 우회하게 해 이 차를 추적하는 차가 있는지 확인하려고 했을 테니까요."

나는 이즈미 배수지가 있는 마쓰바라의 신호등 앞에서 뒤따라오는 차량을 조심하면서 속도를 줄이고 신호가 바뀌기를 기다려 좌회전했다.

"저쪽에선 우리 차를 감시하고 있을까요?"

"어디선가 보고 있을 게 틀림없죠. 7억7천만 엔이나 되니까."

블루버드는 게이오 선을 지나 다이타바시 역 앞에서 와사보리 급수장 배수지를 끼고 우회전한 다음, 조금 가다가 바로 좌회전해 오하라 2초메에서 신호를 받아 간나나길로 들어섰다. 그 사이에는 블루버드를 따라온 차가 네다섯 대 있었던 모양인데 도중에 속도를 떨어뜨리지 않거나 다른 길로 모습을 감추었다. 간나나길까지 따라온 차는 마력이 제법 될 듯한 자갈 운반용 트럭 한 대뿐이었다. 운전석이 높은 데다가 중간에 끼어든 차고 높은 원박스 카 때문에 내부는 볼 수 없었다.

나는 오하라 교차로를 두 번째로 지나 고슈 가도 위를 통과할 무렵부터 일부러 스피드를 떨어뜨렸다. 이내 여성 운전자가 모는 원박스 카가 블루버드를 추월하더니 자갈 트럭도 뒤로 제쳤다. 그때도 운전석 안은 어두워 보이지 않았다.

간나나길은 무척 붐벼 호난초 교차로가 가까워지면서 거의 기어가듯 운전하게 되었다. 휴대전화가 울리고 시다라 유미코가 받았다. 그 원인은 바로 알 수 있었다.

"여보세요……? 예? 검문이라고요……? 경찰 검문인가요……?" 예, 잠깐 기다리세요." 시다라 유미코는 전화를 귀에서 떼고 내게 말했다.

"저 앞에서 경찰이 검문중이라고 하네요."

"그런 모양이군. 살짝 보여요."

"어디든 옆길로 빠져서 검문을 피하라는데요."

"아뇨, 지금은 무리예요. 제일 오른쪽 차선을 타고 있기 때문에 그렇게 하면 이상하게 여길 게 틀림없다고 이야기해주세요."

시다라 유미코가 그렇게 전했다. "……예. 그렇습니다. 그렇게 해주세요." 전화를 끊은 그녀가 내게 말했다. "무사히 통과할 수 있기를 기도한답니다."

"속 편한 협박이군."

큼직한 손전등을 돌리고 있는 경찰관 세 명이 각각 세 개 차선에 서서 세울 차량과 통과시킬 차량을 구분하는 지점에 이를 때까지 서행과 정지를 반복하느라 몇 분이 걸렸다.

"좀 긴장을 풀어요. 내 아내로 여길 만하게 보이는 게 경찰에게 괜찮은 인상을 줄 텐데요."

시다라 유미코는 바로 내 쪽으로 가까이 다가앉았다. 이치반초를 출발한 뒤 그녀의 향수 냄새가 가장 짙게 풍겼다. 마지막 덧없는 바람은 이루어지지 않았다. 검문으로 세워진 차는 내 블루버드와 같은 종류의 검은 중형차 같았다. 경찰관의 지시에 따라 통과하는 차를 피하면서 왼쪽 차선으로 이동해 정지 상태에서 몇 분을 더 기다리자 검문 차례가 돌아왔다.

"안녕하십니까." 면도 자국이 파란 키 큰 경찰관이 거수경례를 했다. "면허증 좀 보여주십시오."

나는 준비해둔 면허증을 건넸다.

"사와사키 씨로군요."

"사와자키라고 읽습니다."

"아, 그런가요? 이거 실례했습니다." 경찰관은 면허증을 돌려주지 않고 내게 물었다. "뒤에 있는 짐은 뭡니까?"

"……이불 보따리입니다."

"그건 압니다. 내용물을 묻는 겁니다. 뭔가 울퉁불퉁 튀어나와 이불이 든 것처럼 보이지 않습니다만."

"하하하, 들켰나? 그렇지만 시체가 들어 있는 것처럼 보이지는 않죠……? 내용물은 사실 내다 팔 코알라 인형 열 다스입니다."

"코알라 인형입니까? 우리 딸아이들이 좋아하는데, 코알라 관련 상품을 모으더군요. 어떻게 생긴 건지 좀 보여주시죠."

"그러시죠." 나는 상반신을 뒤로 뻗어 이불 보따리 끈을 풀기 시작했다.

"그럼 따님들에게 선물하죠. 따님이 몇입니까?"

그때 시다라 유미코의 휴대전화가 울렸다.

"틀림없이 스즈키완구점에서 독촉하는 전화일 거야. 잠깐 검문에 걸렸으니 조금 늦을 거라고 해줘."

"선생님?" 경찰관이 말했다. "진짜 탐이 나면 곤란하니 보는 건 사양하죠. 코알라를 세 마리나 품에 안고 검문을 할 수는 없지 않겠습니까?"

"따님이 셋입니까?" 내가 물으며 몸을 돌렸다.

"그래요. 그쪽은?"

"아흔두 살 먹은 자식이 있습니다."

"옛?"

"아니, 아홉 살과 두 살 난 아들, 둘입니다."

"그거 부럽군요."

경찰관은 그제야 내 면허증을 돌려주었다.

"대체 무슨 검문입니까?"

"편의점 강도가 인질을 데리고 도망치고 있어서 두 사람이 탄 승용차는 모두 세우고 있습니다."

"여자 인질을?"

"아뇨, 여자 편의점 강도가 남자 손님 차에 올라타 부엌칼을 들이대고 있답니다. 검문에 협조해줘서 고맙습니다. 지나가시죠." 경찰관이 손전등을 흔들었다.

나는 블루버드를 출발시켰다. 시다라 유미코는 전화를 다시 들고 검문을 통과했다고 알렸다.

"……이대로 간나나길을 달려서…… 고엔지에서 좌회전한 다음 오우메 가도를 타고…… 신고엔지에서 또 좌회전해 이쓰카이치 가도로 들어가 쭉 달리라고요?"

시다라 유미코의 표정이 전화로 지시받은 코스를 이해했느냐고 내게 묻고 있었다.

"알았어요." 내가 대답하자 그녀는 고개를 끄덕이더니 다시 통화를 시작했다.

"그런데 왜 이렇게 이리저리 돌아다니게 하는 거죠? 우리는 물건을 언제든 전해드릴 용의가 있어요. 인질과 교환한다거나 그쪽에 있는 무언가와 교환한다거나 하는 번거로운 과정은 전혀 없잖아요? ……옛? 그런 차는 전혀 모르는데요……" 시다라 유미코는 잠시 상대방의 목소리에 귀를 기울였다. "……어쨌든 물건을 얼른 받아 가세요."

시다라 유미코는 전화를 끊었다. "저쪽이 신중하게 나오는 건 이차 뒤에 가끔 트럭이 따라오고 있는 낌새가 있기 때문이라고 해요."

"아까 고슈 가도로 우회해서 간나나길을 탔을 때 뒤에 있던 트럭이 우리를 추월했죠."

"그런 차는 모른다고 했더니 '시다라와 일하는 사람 가운데 당신을 제외한 누군가가 무슨 꿍꿍이를 꾸밀 가능성도 있다'라면서 자기

들이 받아들일 수 있는 방식으로 돈을 가져가겠다고 했어요."

시다라 유미코는 내 얼굴을 가만히 바라보았다. '당신을 제외한 누군가'에 내가 포함되는지 어떤지 가늠하는 표정이었다.

"그 트럭이건 다른 차건 나는 적어도 이 블루버드를 따라오도록 시키거나 무슨 꿍꿍이를 꾸민 기억은 없어요."

"그건 알아요. 사와자키 씨라면 그런 번거로운 짓을 하지 않더라도 이치반초에서 여기까지 오는 사이에 이불 보따리 안에 든 내용물을 자기 것으로 만들 기회가 얼마든지 있었을 테니까요."

"그렇게 하지 않아 어처구니없다는 듯한 말투로군요."

"그럴 리가요…… 저는 분명히 돈이란 것에 일정한 가치가 있다고 보지만 그렇다고 돈이 전부라는 생각은 없어요." 시다라 유미코는 창밖으로 시선을 돌리더니 작은 목소리로 덧붙였다. "그런데 그렇게 보였다면 좀 섭섭하군요."

검문을 빠져나온 뒤로는 차량 흐름이 원활해져 전방에 고엔지 고가도로가 보였다. 블루버드를 왼쪽 차선으로 붙여 오우메 가도와 만나는 교차로 신호등 앞에 정지했다. 백미러를 주의 깊게 보았지만 후속 차량 가운데 의심스러운 트럭은 없었다. 신호등이 파란색으로 바뀌자 왼쪽으로 꺾어 오우메 가도로 들어섰다.

"사이쇼 요시로라는 이름을 들으면 짚이는 게 있나요?"

시다라 유미코는 갑자기 대화 내용이 바뀌자 당황한 듯했나. "……아뇨. 모릅니다."

"스스로 경시청 '공안관'이라는데 꾸며낸 말이었죠. 이름도 가짜

였고요. 그게 드러나자 다음에는 타이완 사람 리궈지라고 했는데 이 이름은 들어보았나요?"

"아뇨. 그 이름도 들어본 적 없네요."

나는 사이쇼=리궈지의 인상이나 체격적인 특징에 대해, 변장했을 가능성이 있는 부분을 빼고 요약해서 이야기했다.

"바로 머릿속에 떠오르는 분은 없는 것 같은데요."

"그 남자는 아버님과 아버님의 아버님이 2대에 걸쳐 정계 이면에서 해온 역할을 상당히 자세하게 알더군요."

블루버드는 지하철 마루노우치 선 신고엔 지역이 있는 이쓰카이치 가도 들머리에서 좌회전했다.

"알고 있다는 사실 자체는 그다지 이상하지 않다고 생각합니다. 이불 보따리의 내용물을 보내오신 분들은 당연히 다들 그런 사실을 알고 계실 테니까요. 연인원 여든일곱 명이었어요."

"연인원?"

"예. 아무래도 걱정이 되어 두 번이나 그 '보험료'라는 걸 보내신 분이 계시니까요."

"여든일곱 명이라면…… 평균 9백만 엔쯤인가?"

"많으면 1천5백만 엔에서부터 적으면 3백만 엔까지였죠."

"생각보다 쩨쩨하다고 할까, 권력의 자리라는 게 싸구려로군요."

"여든일곱 명이라고는 해도 여당과 야당이 서로 좀 다르니까…… 며칠 전에도 어떤 분이 설마 공산당은 이런 일과 관계없겠죠, 라고 물으셨는데 일단 그렇다고 대답은 해두었습니다. 하지만 그쪽도 주기적으로 갈등이 대폭발할 때가 있잖아요. 그럴 때면 보수적인 다른 당과 비교도 할 수 없죠. 원래 일본공산당은 권력투쟁의 본고장 같은 곳이라고 하니까…… 어쨌든 여든일곱 명이라는 건 지금 현재 숫자예요."

"태평양전쟁이 끝난 뒤만 따져도 아버님에게 얼마나 많은 사람들이 비밀과 보험료를 들고 찾아왔을지, 상상도 못하겠군요."

"그중에는 권좌에 오르는 길을 나름대로 순조롭게 밟아 끝까지 오르건 그렇지 못하건 나름대로 만족스러운 결과를 얻은 다음, 자기 후계자나 파벌을 뒤에서 지원하면서 서서히 정계 중추에서 멀어져가는 사람들이 있죠. 결국 존재 의의가 있는 유효한 제도로서 앞으로도 유지되고 지켜야 할 것일 수 있잖아요? 물론 권력으로 가는 코스에서 밀려난 분들에게야 아무런 도움도 안 되고 소중하게 간직해야 할 비밀도 아니겠죠. 며칠 전 신문에 학력 위조로 폭로된 의원 같은 분이 대표적인 경우 아니겠어요? 그런 제도와 얽혀 있었던 것마저 깜빡 잊고 지냈던 셈이니까요. 이런 분들 입에서는 언제든 비밀이 새나가도 이상할 일 없겠죠. 그러다 어느 날 갑자기 이번처럼 자신의 비밀이 폭로된 기사를 보고 깜짝 놀라겠죠. 기사가 나왔을 때 아버지에게 그 의원님이 이야기한 다른 분의 비밀이 있느냐고 여쭸더니 두 건쯤 있다고 하시더군요. 그것도 대단한 권력을 지닌 분들의 비밀이…… 그래도 자포자기 또는 분풀이 식으로 그 비밀을 공표하지 않으니 아직 양식은 남아 있는 모양이죠."

"그걸 양식이라고 부를 수 있다면 그렇지만…… 어쩌면 그 비밀을 공표하는 방식이 아니라, 불리해진 지금의 자기 지위를 회복하기 위해 더 효과적인 이용 방법을 궁리하는 건지도 모르죠."

"그럴지도 모르죠. 하지만 제가 아버지에게 들은 이야기로는, 일단 아버지에게 위탁한 비밀을 정치 상황상 그럴 만한 이유나 요청도 없이 자기 편의나 이익만을 위해 멋대로 발표해버리는 행위는 나가타초 국회의사당, 수상 관저, 각 당 본부 등이 있는 일본 국정의 중심지를 배신하는 행위로 받아들여진다고 해요. 정치가로서의 미래를 스스로 끝내는 짓이 될 거라고요. 바로 아버지가 지닌 그 사람의 비밀을 공표하라는 요구가 들어올 테고 즉시 발표될 거랍니다."

"그야말로 나가타초의 가장 나가타초다운 방식이군."

"그러니 아버지가 수행하는 역할의 비밀 시스템은 한없이 지켜질 수도 있고 또 한없이 새나갈 수도 있다…… 이렇게 표현할 수 있지 않을까요?"

"결국 누가 몰라도 이상하지 않고 누가 알아도 이상할 게 없다는 건가요?"

나는 그런 소리야말로 진짜 허풍이라고 덧붙이지는 않았다.

"사와자키 씨가 말씀하신 그분이 이 시스템을 상세하게 안다고 해도 특별히 이상한 일은 아니라는……."

그때 휴대전화가 울려 시다라 유미코는 바로 받았다.

"여보세요…… 예, 잠깐만요." 그녀가 내게 물었다. "이쓰카이치 가도로 들어왔나요?"

"예. 곧 나리타미나미 3초메 신호등이 나올 겁니다."

시다라 유미코가 그렇게 전했다. "예…… 바로 호쇼지 앞에 있는 다리가 나온다고요……? 그 다리를 건너면 바로 좌회전해 강가를 따라 뻗은 샛길로 들어가라…… 샛길로 들어서면 바로 정지한 다…… 알겠습니다."

"알았어요." 내가 말했다.

"차를 세운 다음 지시대로 하라네요."

지시대로 다리를 건너 바로 좌회전해 블루버드를 세웠다.

"세웠습니다." 시다라 유미코는 전화에 대고 말했다. "예…… 그다음에는? 아, 여보세요?" 전화가 끊어진 모양이었다.

"여기서 다시 전화할 때까지 대기하라고 했어요."

뒤를 돌아보니 왼쪽 차창 너머로 강에 놓인 다리를 지나는 차들이 보였다. 그렇다면 저 다리를 건너는 차에서도 블루버드가 보일 것이다. 통화 상대인 스즈키 이치로는 여기서 무얼 하려는 걸까. 나는 세 가지 가능성을 생각하고 네 번째 가능성을 떠올리다가 그만두었다. 왼쪽으로는 강이고 오른쪽으로는 녹지가 펼쳐진 이 지점은 지금 시간이면 차가 들어올 일이 거의 없을 테니 꼼꼼하게 계산해 고른 장소라고 추측할 수 있었다.

상의 주머니에서 담배를 꺼냈다. 한 대 피우겠다고 허락을 받으려는데 시다라 유미코도 옆에 있던 핸드백을 들고 안에서 담배와 라이터를 꺼냈다. 그녀는 어제 서재에서는 담배를 피우지 않았다. 담배는 낯선 외제였지만 라이터는 금색과 검은색 옻칠이 된 듀퐁이었다. 내가 담배를 물자 그 라이터로 불을 붙여주었다. 손목시계로 시간을 확인하니 9시 17분이었다. 이치반초를 출발한 뒤로 두 시간 가까이 돌아다닌 셈이다. 은행에 7억 엔을 두 시간 동안 맡기면 이자는⋯⋯ 한 푼도 붙지 않나?

25

시다라 유미코는 담배를 피우는 동안 묻지도 않았는데 자기 처지를 털어놓았다. 심리학자라면 시간과 장소가 제한된 폐쇄상황에서 나타나는, 외래어가 붙은 무슨 심리작용이라고 설명할지도 모르지만 그런 명칭이야 아무 상관없었다. '아흔두 살 양아버지와 서른세 살 양녀라면 아무래도 수상한 사이로 여기겠죠'라고 전제한 뒤 말하기 시작했다.

시다라 유미코는 도쿄 근교에 있는 '단기대학'을 졸업한 뒤 스무 살 때 어느 무역회사에 취직했다. 그런데 그 회사가 이 년도 되지 않아 도산하고 말았다. 그 회사 중역용 사택으로 계약되어 있던 '네고로 레지던스'를 해약하기 위해 '네고로 부동산'을 방문했을 때 그때 사장 자리에 앉아 있던 시다라 미쓰히코의 첫 아내 조카가 권해 그

곳에 재취업하게 되었다.

이듬해에 시다라 미쓰히코의 두 번째 아내—내연관계였다—가 큰 병에 걸려 간병을 도왔는데 허망하게 세상을 뜨고 말았다. 여든세 살이었던 시다라 미쓰히코와 스물네 살이었던 그녀는 사십구재를 치를 무렵에는 애인 관계가 되었다. 이윽고 시다라 미쓰히코는 그녀와 결혼할 마음도 없고 자식을 낳을 마음—또는 능력—도 없다는 걸 깨닫고, 그녀가 그에게 품고 있다고 믿었던 애정도 차츰 흐려졌다.

일 년 뒤, 그녀는 음악가가 되고 싶다는 또래 젊은이와 사랑에 빠져 네고로 레지던스를 떠났다. 그리고 반년 뒤, 그 애인과 헤어지고 얼마쯤 시간이 흘렀을 때 시다라 미쓰히코가 찾아와 자기 곁으로 돌아와달라고 애원했다. 그리고 갑작스러운 교통사고로 세상을 떠난 처조카의 뒤를 이어 네고로 부동산 사장 자리를 맡아달라고 간곡히 부탁했다. 이튿날 두 사람은 정식으로 양아버지와 양녀 관계가 되었다. 시다라 미쓰히코가 여든다섯 살, 시다라 유미코가 스물여섯 살 되던 해였다. 그 뒤로 칠 년 동안 그녀는 네고로 레지던스의 여주인 역을 맡아 지내왔다.

"달리 알고 싶으신 건 없나요?" 시다라 유미코는 담배를 대시보드의 재떨이에 끄면서 말했다.

"내친김에 이야기해달라고 하기는 좀 그렇지만 도쿠야마 전무는 어떤 사람인가요?"

"절대 다른 사람에게 말하지 않는다고 약속해주실 수 있습니까?"

"물론."

"도쿠야마는 일본인이 아닙니다. 그 사람은 자신이 태어난 나라에서는 '시효'가 없다는 중죄를 지고 국외로 피한 처지라고 들었습니다. 그런 사실을 아는 사람은 아버지와 저, 그리고 그의 나라의 어떤 인물뿐이라고 합니다. 아버지는 그 인물에게 매년 일정 금액을 지불합니다. 큰 금액은 아니지만 그 사람 나라에서는 네 가족이 일 년을 넉넉히 먹고살 수 있을 정도라더군요."

"아버님이 돌아가시면?"

"제가 그 역할을 이어받게 됩니다. 도쿠야마 전무에게는 그런 사정이 있어서 네고로 부동산의 관리뿐 아니라 아버지의 비밀스러운 역할도 마음 놓고 도와달라고 할 수 있는 거죠. 도쿠야마 전무는 아버지가 생각만 바뀌지 않으면 일본에서 편안한 일생을 보낼 수 있어요. 실제로 일본 이름도 있고 아무도 의심할 염려 없는 일본 국적이 있습니다. 네고로 부동산에 근무하는 누구보다 일본어가 유창합니다. 그리고 어여쁜 프랑스인 부인, 세 아이와 함께 행복한 가정을 꾸리고 있고요."

"그런 처지를 행복하다고 느낄지 어떨지는 사람에 따라 차이가 있지 않을까요?"

"말씀하신 대로겠죠. 그렇지만 사와자키 씨는 그 사람 가정을 한 번도 본 적이 없잖아요?"

도쿠야마는 적어도 시다라 부녀에게 대놓고 반기를 들 수는 없는 처지임이 분명했다. 하지만 자기는 모른 척하면서 다른 사람을 앞잡이로 내세워 시다라 노인 유괴를 비롯한 일련의 사건에 가담하거나 혹은 주도할 수도 있다. 또는 7억7천만 엔을 낚아채 세상 끝까지라도 도망치고 싶은 충동이 일지 않을 거라고 누구도 단언할 수 없다. 하지만 시다라 유미코가 이야기한 도쿠야마의 경력이 사실이라면 현재 이 사건에서 '용의자'일 가능성은 생각할 수 없었다.

"지금 몇 시인가요?" 시다라 유미코가 물었다.

"9시 47분입니다." 내가 손목시계를 보고 대답했다. "차를 세운 지 이미 삼십 분이 지난 셈이군요."

뒤로 보이는 이쓰카이치 가도를 오가는 차는 크게 줄었다. 이쓰카이치 가도에서 벗어나 우리가 차를 세운 강변도로로 들어오는 차는 거의 없었다. 주위를 배회하는 트럭도 보이지 않았다.

스즈키 이치로는 블루버드가 이곳에 서 있을 시간을 삼십 분으로 정해두었는지 그때 시다라 유미코의 휴대전화가 울렸다.

"여보세요……? 예…… 이쓰카이치 가도로 다시 나가서……그다음에는 오우메 가도로 다시 간다…… 오우메 가도를 서쪽으로, 오기쿠보 방향으로 간다…… 그러면 왼쪽에 '폴카 도츠'라는 패밀리 레스토랑이 있고…… 바로…… 레스토랑 안으로 들어가서…… 예…… 알았습니다." 시다라 유미코는 전화를 끊었다.

"사와자키 씨, '폴카 도츠' 위치를 아시겠어요?"

"알겠어요."

"거기 가서 차를 주차장에 세운 다음, 키를 꽂아두고 짐도 뒷좌석에 그대로 둔 채 가게로 들어가서 내키는 걸 주문하랍니다."

나는 고개를 끄덕이고 블루버드를 출발시켰다.

10시 정각에 우리는 '폴카 도츠' 주차장이 내다보이는 창가 좌석에 앉았다. 가게 안은 그리 붐비지 않았기 때문에 바로 주문을 받으러 온 노란 물방울무늬 제복 차림의 여종업원에게 커피 두 잔을 부탁했다.

"여기서도 또 오래 기다리게 될까요?"

"아뇨. 이번엔 바로 나타날 겁니다. 스즈키 이치로가 이 근방 차도둑에게 7억7천만 엔을 베풀 만한 자선 사업가는 아닐 테니까요."

"그리고 보니 왜 차 키를 꽂아두라고……."

그때 착신음을 꺼둔 시다라 유미코의 휴대전화가 진동하는 소리를 냈다.

"전화 왔네요." 그녀가 말하며 전화를 받았다. "여보세요……예…… 지금 받으러 오신다고요? ……무슨 일이 있어도 자리를 뜨지 말라…… 알았습니다. 두 손을 깍지 끼고 신호를 보낸다. ……예. 그 짐을 옮겨 실으면 다시 전화할 것이다…… 알았습니다." 그리고 전화를 끊었다.

통화가 끝나자마자 레스토랑 입구로 흰색 경트럭이 들어왔다. 경트럭은 머뭇거리는 기색도 없이 블루버드가 서 있는 쪽으로 갔다. 레스토랑 창 너머로 보이는 위치에 차가 세워져 있을 게 틀림없다고 짐작한 것이다. 경트럭은 일단 블루버드 앞으로 나갔다가 다시 후진해 블루버드 건너편 쪽에 나란히 섰다.

경트럭 운전석은 어두워 얼굴 부분은 거의 보이지 않았다. 핸들에

없은 검은 장갑을 낀 손과 시커먼 상의의 팔 부분이 주차장 불빛에 얼핏 보였을 뿐이다. 조수석 문이 열리고 한 남자가 내렸다. 경트럭 운전자의 트레이드마크 같은 야구모자에 가죽점퍼 차림이 아니라 검은 털모자에 검은 다운재킷을 입고 있었다. 선글라스를 꼈지만 시다라 미쓰히코가 도화지에 그린 짙은 눈썹이나 큼직한 코, 두툼한 입술은 확실히 보였다. 남자는 우리 쪽을 향해 깍지 낀 두 손을 머리 위로 들고 두세 차례 흔들어 보였다. 기분은 챔피언이라는 듯한 모습이었다.

남자는 블루버드 뒷좌석 문을 열더니 이불 보따리 위에 엎드려 뭔가를 했는데 여기서는 어두워 잘 보이지 않았다. 내용물을 재빨리 확인하기 위해 보따리를 조금 찢는지도 모른다. 잠시 후 남자는 이불 보따리를 끌어내기 시작했다. 혼자서 들려면 무겁지만 끌어내지 못할 만큼은 아니었다. 이윽고 이불 보따리를 두 대의 차 사이에 내려놓은 모양인지 털모자가 위아래로 흔들렸다. 이불 보따리를 경트럭 뒷부분으로 끌고 가는 중이었다.

트럭 짐칸의 테일 게이트는 열린 상태였다. 이번에는 이불 보따리를 트럭 차체에 대고 굴리듯 짐칸에 밀어올리기 시작했다. 꽤 힘들어하는 모습이었지만 내용물을 생각하면 엄청나게 힘이 솟는 모양이었다.

"손님." 여종업원이 옆에서 불쑥 말을 걸었다. 나도 시다라 유미코도 펄쩍 뛸 만큼 놀랐다. 커피를 가져온 종업원도 우리와 같은 방향을 보고 있었다. "저건 손님 차와 짐 아닌가요? 저거 도둑 아니에요?" 당장이라도 큰 소리를 지를 것만 같았다.

"아뇨, 걱정하지 않아도 되요." 내가 얼른 말했다. "저건 이불도 살 수 없는 불쌍한 내 친구예요. 쓰던 것을 주는 거지. 차에 싣고 나면 이리 올 겁니다."

"어머, 그래요? 전 또 그만 도둑인 줄 알았네요." 종업원은 우리 커피를 테이블에 내려놓더니 웃으며 주방 쪽으로 물러갔다.

주차장에서는 남자가 이불 보따리를 짐칸에 싣고 접혀 있던 시트를 씌우더니 테일 게이트를 닫았다. 남자는 블루버드의 열린 뒷좌석 문을 닫고 주머니에서 휴대전화를 꺼내더니 번호를 눌렀다.

"전화 왔어요." 시다라 유미코가 전화를 받았다. "예, 보고 있었습니다. ……예? 뭐라고요?" 그녀는 전화를 귀에서 떼고 내게 말했다. "블루버드를 빌리겠다고 하네요. 아까 우리가 차를 세워두었던 호소지 다리 옆에 놔두겠답니다."

"그럴 테죠. 바로 추적할 수 없도록 하려는 겁니다. 전화 좀 잠깐 빌릴 수 있을까요?"

시다라 유미코는 바로 전화를 내게 주었다. 나는 휴대전화를 거의 사용해본 적이 없어서 너무 어색했다.

"솜씨는 잘 구경했다."

"넌 운전하던 녀석인가?"

흰색 경트럭이 경적을 한 차례 울리더니 출발해 레스토랑 주차장 출구로 향했다.

"보물 보따리를 파트너에게 맡겨도 괜찮겠어?"

"……흥. 쓸데없는 걱정." 남자는 조금 서둘러 블루버드에 올라타더니 시동을 걸었다.

"시동 거는 소리 들리나, 운전기사?"

"딱 하나만 충고해 두지." 내가 말했다.

"그건 내가 할 말이다. 잘 들어, 세상에는 돈을 옮기기만 하는 놈이 있는가 하면 그 돈으로 실컷 호사를 부리는 인간도 있어."

전화가 끊어지더니 블루버드가 소리만은 F1 레이스 출발 때처럼 요란한 마찰음을 내며 주차장을 뛰쳐나갔다.

휴대전화를 돌려주려고 하니 시다라 유미코가 넋이 나간 듯 창백한 얼굴을 하고 있었다.

"당신에게 이 일을 부탁한 건 잘못이었어요. 지금 당장 저 사람들을 잡아달라고 말할 수 없는 나도 한심하고……."

"아직 늦지 않았죠." 내가 말했다. "놈들을 잡아 빼앗긴 것을 되찾겠습니까?"

"되찾을 자신이 있어요?"

"자신 같은 건 없고. 하지만 내가 의뢰받은 일을 해내지 못한 경우는 성공한 경우보다 적을 겁니다."

"어떻게 되찾으려는 거죠?"

"잘하면 그 물건은 무사히 원래 있던 집 그 자리로 돌아오게 되겠죠. 하지만 보증할 수는 없군요. 놈들이 어떻게 저항하느냐에 따라…… 그래요, 경찰이 출동하는 상황이 되지 않을 거라는 보장은 못 합니다."

"그렇게 되면……."

"모든 게 드러나게 되는 상황도 각오해야만 하겠죠."

시다라 유미코는 내 얼굴을 삼십 초쯤 빤히 바라보았다. 변화 없는 표정 뒤에서 그녀의 반평생이 자아내는 수많은 상념이 꿈틀거리는 모양이었다. 그러더니 천천히 고개를 저었다.

"저는 도저히 아버지의 목숨을 단축시키는 짓을 할 수 없어요. 사와자키 씨에게는 결국 기분 나쁜 일을 떠맡긴 셈이 되고 말았군요."

"전에 유괴 몸값을 상대의 함정에 빠져 빼앗긴 적도 있죠. 그에 비하면 아주 편한 일이었어요."

"그 상대는 분명히 사와자키 씨 손에 잡혔겠죠?"

나는 휴대전화를 건네며 말없이 커피를 마셨다. 시다라 유미코는 집에 전화를 걸어 오늘 밤에 일어난 일을 간략하게 이야기했다.

26

　나는 레스토랑 앞에서 택시를 잡아 시다라 유미코를 태우고 이쓰카이치 가도 호쇼지 옆에 있는 다리까지 함께 갔다. 스즈키 이치로가 말한 대로 블루버드는 아까 그 샛길에 세워져 있었다. 어두웠지만 여러 해 함께해온 차의 뒷모습은 바로 알아볼 수 있었다.

　"오늘 밤은 이미 늦었으니 이 택시를 타고 그대로 집에 돌아가는 게 낫겠군요."

　"함께 가지 않아도 괜찮겠어요?"

　"나도 그게 편해서."

　"그래요? 오늘 고생하셨어요. 정말 감사합니다."

　"내일 연락드리죠."

　나는 택시에서 내려 택시가 유턴해 오우메 가도 쪽으로 달려가는 모습을 지켜보았다. 그리고 30미터쯤 앞에 서 있는 블루버드로 갔다. 낮에는 따스한 편이었는데 역시 밤이 되니 강가라 기온이 낮아져 추웠다. 블루버드는 별다른 이상이 없었다. 운전석 문을 여니 키도 제대로 꽂혀 있었다. 이불 보따리는 레스토랑 주차장에서 다른 차로 옮겨 실었으니 없는 게 당연했다. 거기 있을 때는 대수롭지 않게 여겼는데 막상 없어지자 큰 구멍이라도 뚫린 듯한 기분이 들었다. 그게 돈의 가장 큰 특성 같았다. 미련을 버려, 탐정.

블루버드에는 이상이 없었지만 블루버드와 나란히 서 있는 짙은 녹색 혼다 어코드는 차 안에서 데이트라도 하는지 좀 이상했다.

나는 블루버드 열쇠로 손을 뻗어 라이트를 켰다. 어코드 차체가 어둠 속에서 떠올랐다. 차 안에 사람은 보이지 않고 기분 나쁠 정도로 조용히 웅크리고 있었다. 나는 대시보드를 열고 안에서 손전등과 장갑을 꺼냈다. 큰 건전지 세 개가 들어가는 길이 30센티미터짜리 대형 손전등이었다. 나는 어코드 쪽으로 다가갔다. 손전등 불빛으로 차 안을 들여다보았지만 이상할 것 없는 평범한 승용차였다. 혹시나 싶어 장갑을 끼고 확인하니 문과 트렁크 모두 잠겨 있고 키도 보이지 않았다. 뒷좌석에 수상한 이불 보따리 같은 것도 없었다. 우연히 같은 장소에 주차한 모양이라고 생각하면서 차 앞쪽으로 돌아가자 이 손전등을 들었을 때면 이상하게 마주치게 되는 시체가 왼쪽 앞바퀴 옆 땅바닥에 쓰러져 있었다. 털모자도 없고 선글라스노 쓰지 않았지만 인상과 검은 다운재킷으로 보아 스즈키 이치로라는 사실을 바로 알 수 있었다. 눈은 뜬 채였고 다운재킷 가슴에는 두 군데 좌우

대칭으로 검은 구멍이 났으며 목 오른쪽에서 귀 뒷부분까지 피로 붉게 물들어 있었다.

그건 시체가 아니었다. 오른손에 든 회전식 권총을 천천히 들어올리더니 내 복부를 겨누었다.

"길동무로 삼아 주마." 남자가 작지만 또렷한 목소리로 말했다.

그가 오른손에 힘을 주는 것을 알 수 있었다. 하지만 나는 전혀 움직일 수 없었다. 그는 방아쇠를 당기지 못하다가 이내 오른팔을 부들부들 떨기 시작했다. "제길." 욕하는 소리와 함께 권총을 든 오른손을 땅바닥에 떨어뜨렸다. 그 순간이 가장 무서웠지만 다행히 총탄은 발사되지 않았다. 나는 얼어붙은 발을 억지로 움직여 총구를 정점으로 형성된 이등변삼각형의 사정권에서 벗어나 남자의 왼쪽 어깨 옆에서 몸을 구부렸다.

"누가 널 쐈지?"

남자는 살짝 숨을 들이쉬더니 내뱉으며 말했다. "트, 트럭에……."

"흰 트럭을 타고 있던 한 패 말인가?"

남자는 눈을 감은 채 고개를 살짝 저었다. "아, 아니야……그건."

"그럼 누구지?"

남자는 감았던 눈을 떴지만 아무 말도 하지 못하고 다시 눈을 감았다. 목에서는 피가 계속 흘러나왔다.

"트럭이라면 자갈 운반용 트럭 말인가?"

"그렇다." 남자는 심호흡하더니 기운을 짜내듯 말했다. "블루버드에서 내려 내 차로 갔을 때 그 트럭이 뒤에서 달려왔어…… 갑자기

한 발 쏘더군…… 죽었는지 살피러 차에서 내려온 녀석에게…… 한 방 먹였지."

"상대를 쏘았나?"

"바, 발을……."

"발에 맞았어?"

"아마…… 나도 또 총탄을 맞았지. 응사하려고 했지만…… 도망 쳤어."

"상대는 운전기사까지 합쳐 두 명인가?"

남자는 눈을 감은 채 살짝 고개를 끄덕였다.

"모르는 남자들인가?"

반응이 없었다.

"이런 일이 일어날 거라고 충고하려 했는데 넌 듣지 않았지."

역시 반응이 없었다.

"구급차를 부르지."

몸을 일으키려고 하자 남자가 눈을 떴다.

"글렀어…… 나는 그놈을……. 어, 어디선가 본 적이 있어."

남자는 눈을 감더니 축 늘어졌다. 조금 전까지만 해도 들썩거리던 가슴 부분이 움직이지 않았다.

"어디서 봤지?"

전혀 반응이 없었다. 남자의 왼쪽 손목을 잡고 맥을 찾았지만 전 혀 뛰지 않았다. 나는 손을 놓고 몸을 일으켰다. 세상에는 돈을 옮기 는 사람도 있고 그 돈으로 실컷 호사를 부리는 놈도 있다. 그리고 그 돈 때문에 목숨을 잃는 인간도 있다.

　인적이 끊어진 강가 길이라 주위에 민가는 보이지 않았지만 총소리를 들었을 가능성은 높았다. 여기 오래 머무는 것은 현명한 짓이 아닐 것 같았다. 남자의 소지품이나 어코드 안을 살펴보았는데 그것은 경찰에 맡겨야 할 일이었다. 하지만 남자의 휴대전화만은 별개였다. 다운재킷 오른쪽 주머니에 있던 전화기를 꺼내 내 상의 주머니에 넣었다. 살인현장에서 '물증'을 가지고 사라지는 짓은 큰 범죄가 틀림없다.

　나는 블루버드로 돌아와 그곳을 떠났다. 이쓰카이치 가도에서 제일 먼저 발견한 공중전화 박스로 들어가 익명으로 구급차를 부르고 익명으로 경찰에 신고했다. 누군가가 나로 착각해 죽였을 가능성이 있는 남자였지만 내가 그를 위해 해줄 수 있는 일은 이미 아무것도 없었다.

27

이튿날 아침, 집을 나서기 전에 코트 옷깃을 세우는데 오로지 송신 전용이라 수신음이 울릴 일조차 없는 전화가 울렸다. 드문 일이었다. 나는 거실로 돌아와 수화기를 들었다. 신주쿠 경찰서 총무과의 다지마 경부보의 쉰 목소리가 들려왔다. 집 전화번호는 틀림없이 니시고리 경부에게 물어 알아냈으리라.

"리궈지라는 촉탁은 '타이베이 대표처'에는 없어. 그곳에는 아예 촉탁이라는 게 없대."

"그래?"

"당신은 이런 수상한 놈들하고만 어울리는 모양이야."

"놈들은 아니야. 한 명이지. 지난번에 물어본 사이쇼 요시로와 동일 인물이야."

"경찰관 사칭이 이번에는 외교관 사칭인가? 죄가 더 무거워졌잖아. 왜 바로 연락하지 않았지?"

"110번에 신고하려 했더니 도망쳤어."

"왜 나한테 연락하지 않았나?"

"명함을 전달했잖아."

"그전에 출두해 그 녀석 생김새 같은 걸 진술해야 하지 않아?"

"그럴 작정으로 찾아갔는데 자리에 없더군."

"뭐 하는 거야? 시내 공원 같은 데서 저격이나 당하고."

어디선가 들은 기억이 있는 대사다. 신주쿠 주오 공원에서 쓰쓰미 과장이 이부키 데쓰야에게 비슷한 말을 했다.

"그걸 알면 어젯밤 스기나미 구 나리타미나미에 있는 호쇼지 강변 어코드 차량 옆에서 죽은 남자는 아직 살아 있을지도 모르지."

"뭐? 너 그 살인과도 관계가 있나?"

"살인과는 관계없어. 그 남자 신분은 알아냈나?"

"관할이 다르니까 자세한 정보는 들어오지 않았는데 아마 차에 있던 면허증으로 신원은 밝혀졌을 거야."

다지마가 서류를 뒤적이는 소리가 들려왔다. 이미 발표한 내용인 모양이었다.

"이름이 스즈키 이치로? 아니야, 그럴 리 없어."

"스즈키 요시토모, 37세. 주소는 가와사키 시 나카하라 구로 되어 있군. 다만 이 면허증은 위조 가능성이 있어. 현재 조사중이라는 단서가 달려 있네."

"그래? 스즈키 요시토모도 본명인지는 알 수 없지."

"어쨌든 권총을 손에 들고 죽은 살인 사건 피해자야. 스기나미 경찰서는 아마 폭력단과 관계가 있는 걸로 보고 수사를 시작했겠지."

"지금부터 하는 이야기는 익명의 제보자에게서 들은 정보라고 생각해줘. 연말에 가나가와 은행에서 일어난 두 사건과 관계된 벳쇼 후미오와 시다라 미쓰히코에게 스즈키 요시토모의 시체 얼굴 사진을 확인시켜."

"무슨 소리야, 그게?"

"시다라 미쓰히코를 유괴하고 감금했으며, 동시에 벳쇼 후미오도 감금했던 일당 가운데 한 명이야."

"네가 그걸 어떻게 알지?"

"익명의 제보라고 전제했을 텐데."

다지마 경부보는 못마땅한 듯 신음 소리를 냈다.

"당장 경찰서로 나오라고 해도 들어먹을 네가 아니니 이만 끊지. 하지만 그냥 넘어가지 않을 거야."

"잠깐만, 중요한 정보가 몇 가지 있어. 스즈키 요시토모를 쏜 범인은 이인조인데 자갈 운반용 트럭을 타고 있었던 것 같아. 한 놈이 스즈키를 쏘았는데 그놈도 스즈키가 쏜 총알에 다리를 맞았을 가능성이 높아. 이상."

"알았어. 끊어."

나는 수화기를 내려놓고 집을 나섰다.

니시신주쿠에 있는 사무실에 도착해 나는 이부키 데쓰야와 아사카 다케오에게 각각 전화를 걸어 **어떤** 부탁을 했다. 두 사람 모두 기꺼이 동행하겠다고 했기 때문에 현장에서 모일 시간을 오후 1시로 정했다. 그리고 상의 주머니에서 살인 사건의 '물증'인 스즈키 요시토모의 휴대전화를 꺼내 서랍에 넣고 자물쇠를 잠갔다. 모처럼 큰 죄를 저질렀는데 안타깝게도 어젯밤 손에 넣은 뒤로 전화가 한 번도 오지 않아 아무런 보람도 없었다. 난로에 불을 붙이고 온도를 조절하는데 복도에서 누가 걸어오는 발소리가 들리더니 사무실 문을 노크했다.

"들어오세요." 내가 말했다. 어차피 무거운 죄를 저지를 거라면 아예 스즈키가 쥐고 있던 권총을 가지고 오는 게 차라리 나았을 텐데, 하는 생각이 들었다. 진심이었다.

문이 열리고 '이케부쿠로 크리미널 에이전트'에 근무하는 무네카타 마리코가 보였다.

"들어가도 괜찮습니까?"

"들어와요."

그녀는 사무실 안으로 들어와 코트를 벗고 손님용 의자에 걸터앉았다.

"사실대로 말하면 괜찮지는 않아요."

"어머, 어디 외출하실 건가요?"

"……아뇨."

"그럼 손님이 오시기로 되어 있다거나?" 무네카타 마리코가 엉거

주춤 의자에서 일어났다.

"그런 게 아니고. 무네카타 씨는 탐정사무소에 근무하니까 하는 이야기지만 내 주변에 있다는 것 자체가 별로 안전하지 않을 것 같아요. 어제 아침에는 신주쿠 주오 공원에서 누군가가 총을 쏘았고, 어젯밤에는 내 차에 타고 있던 남자가 역시 총탄에 살해되었으니."

"어머, 정말이에요?" 그녀는 놀라움과 불안이 뒤섞인 표정으로 말했다. "……그 남자, 사와자키 씨로 착각해 죽인 건가요?"

"그렇게 생각해야 앞뒤가 맞을 것 같군요."

"역시 신주쿠 경찰서 지하 주차장에서 일어난 저격 사건이 원인인가요?"

"아마도."

"그럼 오늘은 안 되겠네요? 지난번에 밥을 사주셔서 오늘은 제가 대접할 생각으로 찾아왔는데."

"그건 정말 고맙지만 오늘은 힘들겠군요…… 그런데 어쩐 일이죠? 알뜰한 주부라면 그런 낭비를 해선 안 될 텐데."

"좀 전에 저를 탐정사무소에서 일한다고 하셨지만 오늘로 그만두었죠. 퇴직금도 나와서 잠깐은 지갑이 두둑해요."

"오호…… 그렇지만 두 분 다 직장을 그만두면 생활은 어떻게 하시려고?"

무네카타 마리코의 표정이 살짝 어두워졌다. "역시 야지마 변호사사무소에서 미즈하라 이야기를 물어보았군요. 사와자키 씨라면 당연히 그랬겠죠." 얼굴이 다시 밝아졌다. "하지만 그건 그저께 아닌가요?"

"그런데요."

"그럼 역시 사와자키 씨도 저와 미즈하라가 어제 결혼했다는 사실도, 어제 마지막 비행기로 그 사람이 파리로 떠났다는 사실도 모르겠네요?"

"새해부터 아주 바쁜 부부로군요."

나는 책상 위에 놓인 담뱃갑을 들고 한 개비 뽑아 불을 붙였다.

"맞는 말씀이에요." 그녀도 백에서 담배를 꺼냈다. "그래도 그 사람이 파리로 떠난 이야기를 하면 혐의도 벗겨질 텐데요."

"들어보죠."

"우선 그 사람이 오랫동안 꿈꾸던 파리행을 권한 사람은 저예요. 물론 그 사람은 크게 기뻐했지만 문제는 여비와 체재비, 즉 돈이었죠. 우리는 최근 오륙 년 동안 둘 다 일을 해서 제법 경제적인 여유가 생겨 조금씩 저축하고 있었죠. 그 사람은 언젠가 틀림없이 그림 세계로 돌아갈 테니까 그날을 위해 모아두었던 거예요. 그 저금이 5백만 엔 좀 넘었죠. 그 사람은 처음엔 파리에 갈 때 3백만 엔만 가지고 가겠다고 고집부리며 말을 듣지 않았어요. 그래서 최소한 반년은 저쪽에서 일을 해 부족하면 아르바이트를 하겠다고…… 그 사람은 프랑스어를 일상생활에 불편함이 없을 만큼 할 수 있으니까, 그것만 가지고도 어떻게든 버텨볼 수 있다고 했죠. 하지만 저는 적어도 파리에 일 년은 머물러야 진짜 공부가 될 테니 저금을 모두 찾아가라고 했죠. 그래서 또 말다툼을……."

무네카타 마리코는 담배를 끄고 한숨을 내쉬었다. "그렇지만 결국 제가 하는 말이 옳으니까 그 사람도 결국 받아들이고 저금한 돈을 다 가지고 가기로 했어요. 그래서 저도 마음이 놓여 직장을 그만두고 오랜 꿈이었던 미술관 관련 직장을 찾아보겠다고 했죠. 예, 그래요. 그런 직장이 쉽게 나오지는 않을 테지만, 공립은 몰라도 사립 미술관이라면 혹시 모르죠. 정 안 된다면 그런 쪽과 관계있는 일부터 시작해도 괜찮고요. 어쨌든 저도 그 사람이 파리에 가 있는 동안 하고 싶은 일을 실컷 하면서 지내겠다고 하니 그제야 밝은 표정을 짓더군요. 그리고 우리는 왜 여태 이런 좋은 방법을 생각하지 못했을까, 하며 후회했죠…… 그러니까 그 사람은 사와자키 씨에게 의심살 만한 그런 일과 연관됐을 리 없죠. 이제 이해가 가시죠?"

무네카타 마리코의 말을 이해하기 위해서는 시간이 좀 필요했다. 그녀는 담배 연기를 자기 오른쪽 어깨 방향으로 조용히 뿜더니 담뱃재를 살며시 재떨이에 떨었다. 검은 W자 모양의 재떨이는 미리 두 사람 사이 중간 지점으로 밀어놓았다.

"……그러니까 무네카타 씨가 지금 하는 이야기는 그 사람이 뭔가 범죄에 손을 댔다면 거기서 적지 않은 돈이 생길 테고, 그런 돈이 있다면 두 사람이 모은 돈 전액을 파리에 가지고 갈 리 없다…… 그런 겁니까?"

"예, 맞아요. 틀림없죠. 그 사람이 지닌 돈에 대한 감각이랄까, 도저히 고쳐지지 않는 성미나 버릇 같은 거랄까. 전 그걸 너무 잘 알고 있으니까요."

무네카타 마리코는 잠시 생각한 뒤 말을 이었다. "그게 우선 한 가지 증거이고, 다른 하나는 이거예요. 만약 그 사람이 무슨 범죄에 관계하고 있다면 그 사람이 일본을 벗어나는 건 일종의 도피 같은 의미를 지니게 될 텐데, 그렇다면 그 사람은 절대 파리로 가지 않겠죠. 파리라는 도시는 그 사람에게 몸도 마음도 백 퍼센트가 아니면 한 걸음도 들여놓을 수 없는 '성스러운 땅'이니까요…… 절대 도피처로 고를 곳이 아니에요."

나는 담배를 재떨이에 끄고 나서 입을 열었다. "……그렇군요."

"그렇지만 표정은 그게 아니시네요. 제 말을 믿지 못하시는 거죠? 그 사람이 결백하다는 사실을 믿지 못하는 거죠?"

"아뇨. 그렇지 않아요. 무네카타 씨 이야기는 믿어요. 하지만 그 사람의 결백을 증명한다는 내용이 비논리적이라서, 그래서 외려 그 사람이 결백하다고 믿게 만드는 것 같다는 생각이 드는군요."

"아니…… 그 사람이 대체 무슨 짓을 했다고 의심하는 거죠?"

"전화 연락." 내가 대답했다. "저격 사건 때 내가 마침 범인들의 저격 직전 행동을 목격했죠. 그들은 저격하기 약 이 분쯤 전에 휴대 전화로 어떤 연락을 받았습니다. 저격 표적이 될 인물이 지금 엘리베이터를 타고 그곳으로 내려간다는, 몇 초 안 되는 통화였어요. 그러니 그때 신주쿠 경찰서 3층 주변에 있던 사람은 모두 전화를 걸었을 가능성이 있다는, 그야말로 막연한 의심이에요. 실제로 나는 무네카타 씨 남편뿐만 아니라 '야지마'에서 일하는 기쿠치 변호사나 그가 만난 이소무라 변호사도 똑같이 의심하고 있습니다. 다만 무네카타 씨 남편이 가장 신경 쓰이는 까닭은…… 바로 무네카타 씨 남편이기 때문이죠. 왜 그렇게 전화 문제에 얽매이는가 하면 전화 건 인물을 알아내면 그 사람이 주범이건 단순한 연락 담당이건 사건을 한꺼번에 해결할 수 있기 때문이죠."

무네카타 마리코는 아까부터 피우지 않고 들고만 있던 담배를 거의 보지도 않고 재떨이에 껐다. 안색이 조금 창백해졌다. 저격 사건에 관한 남편의 혐의 이야기를 하던 중이니 그렇게 놀랄 일은 없었으리라.

"왜 그래요?"

"그 사람은 결백하다는 사실을 틀림없이 증명할 수 있을 거예요…… 그렇지만 만에 하나, 그 사람이 결백하지 않다면 그것도 증명될지도 몰라서……."

무네카타 마리코는 갑자기 무릎 위에 있는 핸드백을 열더니 휴대전화를 꺼내 책상 위에 놓았다.

"이건 제 휴대전화예요." 그러더니 핸드백 안에서 휴대전화를 또하나 꺼내 가만히 들여다보았다. "이건 그 사람이 가을부터 쓰던 휴대전화고요. 그대로 유럽에 가지고 가도 쓸 수 있는 기종이죠."

"파리에 가지고 가지 않았나요?"

"가지고 가지 않았다기보다 깜빡 잊고 두고간 거죠. 그 사람이 변호사사무소에 근무할 때 입던 수수한 코트 주머니에 넣어두었다가 공항 갈 때 그만 두고 간 거예요. 제가 꺼내 핸드백에 넣어두었죠. 공항에 도착했을 때 그 사람이 전화기를 두고 왔다는 걸 제가 깨달고 안타까워하자 이렇게 말하더군요. 당신은 내가 파리에 무엇 하러 가는 거라고 생각해? 관광 여행이 아니잖아. 그런 돈 더 들게 만드는 물건이 왜 필요해? 그러더니 파리에 가면 제게 편지를 자주 쓰겠다고 했어요. 또 휴대전화는 애당초 '야지마 변호사사무소'에서 만들어준 것이니 틈이 날 때 돌려주라고 했어요."

무네카타 마리코는 손에 든 휴대전화를 내 쪽으로 내밀었다.

"통화 기록을 열어보세요."

내가 말했다.

"제가요?"

"내가 만져봐야 하루 종일 찾아도 답이 나오지 않을 테니까."

무네카타 마리코는 전화기를 열고 만지기 시작했다. "문제의 시간이 12월 31일 몇 시쯤이죠?"

"저격이 일어난 게 오전 10시 45분 전후, 전화 연락은 아마 이 분쯤 전이니까 오전 10시 43분 전후겠군요."

"그 시간에 전화를 걸지 않았다면…… 그 사람은 결백하다는 이야기네요."

사실은 그렇지 않다. 공중전화를 이용하는 방법도 있으니까. 무네카타 마리코가 손길을 멈추고 헉, 하고 숨을 삼켰다.

"있네…… 오전 10시 40분에." 하지만 그녀의 얼굴이 이내 밝아졌다. "그렇지만 이건 니가타에 사는 어머니에게 전화한 거예요. 맞아. 올해도 설에 고향에 돌아가지 못한다고 미리 연락하라고 했는데 마지막 날이 되어서야 전화한 거죠. 내가 깜빡했네. 그리고 이때 그 사람은 어머니와 아버님의 치질 수술 문제로 길게 통화했을 테니 전화국에서 통화 시간을 조사하면 사와자키 씨가 의심하는 무서운 연락 전화는 걸지 않았다는 게 확실해지겠네요."

시골 어머니에게 전화 거는 도중에 공중전화를 이용해 저격자에게 살인 지령을 내리는 인간이 없다고는 할 수 없을 테지만 일단 없다고 생각하는 게 나을 것이다. 게다가 무네카타 마리코, 아니, 미즈하라 마리코의 남편은 휴대전화에 그런 조작까지 남겨야 할 만큼 의심받을 처지는 아니었으니까.

"남편은 아무래도 내 용의자 리스트에서 탈출해 무사히 파리로 직행한 모양이군요."

미즈하라 마리코의 얼굴에 그제야 안도하는 빛이 떠올랐다. 나는 자물쇠가 걸린 서랍을 열고 어젯밤 스즈키 요시토모의 손에서 빼낸 휴대전화를 꺼냈다.

"내친김에 이 전화도 부탁드릴 수 있을까요? 방금 탐정사무소를 그만둔 분에게 미안하지만."

미즈하라 마리코는 전화를 받아들고 만지기 시작했다. "이건 **선불** 휴대전화네요."

"그러면 전화기 주인을 알 수 없는 건가요?"

"아뇨, 이건 등록자가 스즈키 이치로로 되어 있지만…… 그런가? 가명인가요?"

"그보다 어제 오후 7시 이후에 전화를 건 기록을 살펴봐주면 좋겠는데요."

"음…… 아주 많네요. 같은 번호에 반복해서 걸었어요. 그것도 번호 두 개에 번갈아 건 것 같아요. 상대방 이름은—"

"한 명은 시다라 유미코겠지."

"맞아요."

"또 한 명은?"

"음…… 노모 히데오."

"그런가? 그럴 줄 알았지."

"이것도 가명이군요."

"착신 기록은 어떻게 되죠?"

미즈하라 마리코는 잠시 조작한 뒤 대답했다. "대부분 노모 히데오에게 전화를 받았네요. 대충 보면 전부 노모 히데오 전화뿐……."

"착신이건 발신이건 상관없고 가장 오래된 기록은 언제죠?"

미즈하라 마리코는 한동안 휴대전화를 조작한 뒤에 대답했다. "여기 남은 기록으로는 작년 12월 28일이 가장 오래되었네요. 하지만 그전 기록은 지웠을 가능성도 있죠."

"그래요? 노모 히데오의 전화번호는 알 수 있나요?"

"물론 이름과 함께 번호도 표시되어 있으니까."

"그것도 휴대전화 번호겠군요."

"그래요. 게다가 스즈키 이치로의 번호와 끝자리가 3과 4로 하나 차이니까 아마 두 대를 한꺼번에 계약한 선불 휴대전화 아닐까요?"

두 대의 휴대전화는 아마 스즈키 이치로, 즉 스즈키 요시토모와 공범인 노모 히데오가 시다라 미쓰히코 유괴 계획을 실행에 옮기기 직전부터 두 사람의 연락용으로 준비한 전화일 것이다. 스즈키의 전화는 어젯밤 내가 호쇼지 부근 현장에 도착한 뒤로 한 번도 울리지 않았다. 내가 도착하기 전에 노모는 스즈키에게 전화를 걸었는데 받지 않자 문제가 생겼다는 사실을 감지하고 다시 걸지 않고 있거나 혹은 노모 자신이 어젯밤 총격 현장을 목격해 이미 스즈키에게 전화해봐야 소용없다는 걸 알고 있거나 둘 중 하나이리라. 어쨌든 어젯밤 흰색 경트럭을 운전하던 노모 히데오란 인물이 7억7천5백만 엔을 고스란히 독차지한 것은 확실한 듯했다.

"노모 히데오란 사람 번호로 전화해볼까요?"

나는 잠시 생각한 뒤에 고개를 저었다. "아뇨, 지금은 하지 않는 게 좋겠군요. 고맙습니다. 덕분에 크게 도움이 되었어요. 내친김에 노모 히데오에게 거는 방법을 가르쳐주세요."

나는 의자에서 일어나 미즈하라 마리코가 앉은 손님용 의자 쪽으로 가서 휴대전화 사용법 임시 교육을 받았다. 교육이 끝난 뒤 전화를 받아들고 도로 서랍에 넣은 다음 자물쇠를 잠갔다.

"아까도 말했듯이 지금은 내 근처에 있으면 안전하지 못해요."

나는 사무실 창문 쪽으로 다가가 블라인드 틈새로 바깥을 살폈다. 블루버드 옆에 12월 31일에 보았던 미즈하라 마리코의 흰색 경차가 서 있었다.

"일주일만 지나면 문제들이 정리될 테니까 아까 이야기한 점심 약속은 그때로 미루죠. 다만 휴대전화 사용법을 가르쳐주었으니 계산은 내가 하죠."

"그건 안 돼요. 지난번에 사주신 보답으로 제가 살 차례예요."

"이번에는 휴대전화 사용법을 가르쳐준 답례이고 그다음에 사는 게 어때요?"

"……할 수 없군요. 그러기로 하죠. 제 연락처를 적어둘게요. 이케부쿠로 사무소는 이제 그만두었으니까."

"책상 위에 메모지가 있어요."

미즈하라 마리코가 메모지에 연락처를 남기는 동안 나는 바깥 상황에 특별한 이상이 없다는 걸 확인했다.

"오늘은 이제부터 무얼 하실 거죠?"

내가 물었다.

"점심을 혼자 먹은 다음 바로 직장을 알아볼 겁니다. 그 사람 혐의도 벗었고 기분도 좋으니 저도 파리에 있는 그 사람보다 훨씬 즐겁고 충실한 생활을 해야죠."

미즈하라 마리코는 여기 들어올 때와는 전혀 달리 구김살 없이 웃는 얼굴로 코트와 백을 들었다.

내가 물었다.

"신주쿠 부도심 고층빌딩 안에 도쿄에서도 손꼽히는 사립 미술관이 있다는 걸 알아요? 특히 내가 좋아하는 '인상파' 화가들 소장품이 대단한데."

"그런 말씀해봐야 그런 곳은 제 분수에 맞지 않아요."

나는 블라인드를 하나 올리고 한쪽 창문을 열었다. "잘 들어요. 주차장에 도착하면 이쪽 창문을 쳐다보거나 하지 말고 차를 몰고 바로 빠져나가야 해요."

미즈하라 마리코는 말없이 고개를 끄덕이고 사무실을 나갔다. 이윽고 주차장에 모습을 나타내더니 내가 시킨 대로 경차를 몰고 주차장을 빠져나갔다. 그때까지 어디서도 총성은 울리지 않았다. 나는 창문을 닫고 책상으로 돌아와 자물쇠가 있는 서랍을 열고 낡은 수첩을 찾았다.

찾는 수첩을 발견하고 나는 책상 위에 놓인 전화의 수화기를 들어 수첩에서 찾은 번호로 전화를 걸었다.

"안녕하십니까? 도신 본사 사장실입니다." 듣기 좋은 여성 비서의 목소리였다.

"고야 소이치로 사장 부탁합니다."

"실례지만 누구라고 전해드릴까요?"

"와타나베 탐정사무소의 사와자키입니다."

"예? 탐정사무소라고요?"

"그렇습니다."

"저어, 사장님과 스케줄은 잡으셨습니까?"

"약속이 있느냐는 뜻이라면 없어요. 그럼 연결해줄 수 없다고 하면 나중에 사장이 내게 전화해도 상관없고."

"저어, 전화번호를 알려주시겠습니까?"

"사장이 압니다."

"그러세요? 음…… 와타나베 탐정사무소 사와자키님이라고 하셨죠?"

"아, 그런 메모 남기면 안 되지. 사장에게 탐정사무소에서 전화라니. 모두 외워서 사장 주위에 아무도 없을 때를 틈타 귓속말로 전하세요."

"잠깐 기다려주십시오."

이십 초쯤 기다리자 불쑥 남자 목소리가 들렸다.

"사와자키 씨입니까?"

"그렇습니다. 그간 인사도 드리지 못했습니다."

"저야말로 소식도 전하지 못했군요. 도지사 저격 사건과 사에키나오키 씨 실종 사건 이후 처음이니 대체 이게 몇 년 만인지…… 정말 오래간만입니다. 그때는 신세 많이 졌습니다. 사와자키 씨가 전화를 주시다니, 아내가 들으면 섭섭해할 겁니다. 집사람은 운도 없게 하필 요즘 도신 미술관 업무 때문에 파리에 가 있어 자리를 비웠습니다."

요즘은 다들 파리에 가는 게 유행인 모양이다.

"아, 제가 집사람이라고 했는데, 사에키 씨와 헤어진 나오코와 재혼한 이야기는 들으셨죠?"

"신문에서 보았습니다."

"일가친척만 모시고 식을 올렸는데 제가 사와자키 씨를 꼭 모시자고 제안했더니 나오코가 사와자키 씨가 당황할 거라면서 화를 냈습니다."

"그 말이 맞습니다."

"저는 사와자키 씨를 뵙고 싶어서 그 뒤에도 회사에서 이런저런 문제가 생기면 어떻게든 조사를 부탁드리자고 제안했지만 나오코는 그것도 절대 반대하더군요. 당신은 은인을 부려먹으려고 드느냐고요. 누가 사와자키 씨를 부리겠다고 하는 거냐고 대들었지만 말다툼은 늘 제가 지고 말죠."

"사실 오늘은 사장님이나 부인께 도신 미술관에서 써주시기를 부탁드릴 사람이 있어서 전화를 드렸습니다만······."

"쓰겠습니다. 저와 집사람이 책임지고 채용하겠습니다. 성함을 말씀해주시죠."

"미즈하라 마리코. 결혼 전 성은 무네카타입니다. 어제 결혼했으니까 아마 미즈하라라고 이름을 밝히겠죠. 나이는 서른이 조금 넘었고 미술대학 출신인데 지금까지는 미술관 같은 곳에 근무한 경험이 없을 겁니다. 하지만 미술에 대한 열정은 있습니다."

"그쯤이면 충분합니다."

"다만 제가 중간에 끼어들었다는 이야기는 본인에게 절대 하지 말아주십시오."

"그래요? 알았습니다····· 딱 한 가지 조건을 붙여도 될까요?"

"뭡니까?"

"사와자키 씨가 한번 저와 나오코를 만나주신다는─"

내가 말을 자르기도 전에 고야 소이치로가 말을 이었다. "아니, 방금 말씀드린 조건 취소하죠. 걱정하지 마십시오. 미즈하라 씨를 사와자키 씨라고 생각하고 만나겠습니다."

"그렇게 해주신다면 고맙겠습니다. 그럼 나오코 씨에게도 안부

전해주십시오."

"알았습니다. 그 사람은 틀림없이 파리에 출장 간 일을 후회할 겁
니다."

나는 전화를 끊었다. 남의 선의를 이용해 옳지 못한 짓을 저질러
몹시 기분이 나빴다.

28

　겨울 한낮의 희미한 햇살이 거리를 밋밋하고 특색 없는 풍경으로 만들었다. 나는 간나나길 토요타마 고가도로 바로 앞에서 왼쪽으로 꺾고 속도를 줄이면서 목적지 번지수를 찾아 블루버드를 몰고 있었다. 도심 북서쪽 드라이브는 고민하기에 딱 좋았다. 회전수를 떨어뜨린 엔진 진동에 맞추어 나는 고민해야 별수 없는 일들만 고민하는 기분이었다.

　뒤에서 나타난 검은색 프레지던트가 클랙슨을 여러 차례 울리며 블루버드를 추월했다. 뒤 유리창으로 보니 아사카 후미오가 손을 들어 신호를 보내는 모습이 보였다. 저쪽은 '카 내비게이션' 지시를 따라 운행하고 있으니 그 뒤를 따라가기로 했다. 좌회전과 우회전을 두 차례 반복하더니 프레지던트는 거침없이 쇼지라고 적힌 문패 아래 '상중喪中'이라고 써 붙인 검정과 하양 반점이 있는 석제 문설주 사이로 들어갔다. 그리고 마지막으로 우회전하자 오른쪽 잡목 숲을 둘러싼 콘크리트 담장이 100미터쯤 이어졌다. 이미 쇼지 형사의 집에 들어온 상태였다.

집 안으로 들어간 뒤에도 한동안은 차도 좌우로 키가 조금 큰 나무들이 무성했지만 이내 넓은 공간이 나타났다. 한가운데 우뚝 솟은 상록수가 있고 그 주위를 로터리처럼 정리한 공터였다. 주차장 같기도 하고 광장 같기도 했다. 이미 열 대 넘는 차가 주차되어 있었지만 그래도 아직 절반은 비어 있었다. 먼저 정차한 프레지던트에서 가문 문장을 넣은 전통 예복을 갖춰 입은 아사카 다케오가 내렸다. 그러고는 검은 양복을 입은 보디가드 두 명을 거느리고 잡목 숲을 등진 농가 같은 건물로 향했다. 바로 옆에 3층짜리 흰색 철근 콘크리트 건물도 있었지만, 장례를 위한 검정과 하양 장막이 농가 같은 건물 쪽에 쳐져 있으니 조문객은 그리로 가야 하는 모양이었다. 나도 블루버드에서 내려 아사카 다케오 일행의 뒤를 따랐다.

농가 안채 입구에 들어서자 희고 검은 장막이 길을 안내하는 듯했다. 입구를 지나자 바로 안마당 같은 공간이 나타났다. 안에서 독경 소리가 들려왔다. 거기부터는 징검돌을 따라 왼쪽에 처마가 있는 마루 쪽으로 가니 임시로 마련한 출입구가 보였고, 이미 스무 켤레가 넘는 신발이 놓여 있었다. 마루 유리문은 활짝 열렸고, 마루 건너편 장지문은 모두 빼내 그 너머로 다섯 평 넘는 널찍한 다다미방이 보였다. 대여섯 명쯤 되는 사람이 보였는데 아사카의 보디가드들도 거기서 대기하고 있었다. 나는 구두를 벗고 마루 위로 올라섰다.

안쪽으로 들어가자 문상객 방명록이 보여 이름과 주소를 적었다. 쇼지 형사와 또래로 보이는 이십대 후반의, 요즘 보기 드물게 머리카락을 어깨까지 기른 젊은이가 빌려 입은 듯 어울리지 않는 검은 양복을 입고 세 권의 방명록을 펼쳐놓은 긴 책상 안쪽에 앉아 있었다. 넋이 나간 표정에 눈은 핏발이 섰다. 그저께 빈소를 마련한 뒤 고인을 위해 계속 눈물을 흘렸기 때문인 듯도 했고 고인을 위해 계속 술을 마셨기 때문인 듯 하기도 했다. 새로 샀는지 오래된 건물에는 어울리지 않는 공기조절기가 천장과 미닫이 사이에 낸 통풍용 창에 설치되어 따스한 바람을 토해내기 때문에 활짝 열려 있는데도 춥지 않았다.

넓은 다다미방 오른쪽에 맹장지를 열어둔 네 평쯤 되는 방이 있는데 거기에 열대여섯 명쯤 되는 친족이나 이웃들이 몇 덩어리로 무리지어 있었다. 사람이 없는 부분은 통로처럼 되어 이번에는 그 방 왼쪽으로 세 평쯤 되는 불상과 위패를 모셔둔 방이 이어졌다. 커다란 금빛 장식을 한 불단만 있는 방이었다. 스님의 독경 소리도 거기서 흘러나왔다. 장례식은 어제 마쳤기 때문인지 조금은 간편해 보이는 차림의 스님과 독경이었다. 방 안으로 들어서 분향을 마친 아사카 다케오와 자리를 바꾸어 내가 불단 앞으로 나섰다. 처음 보는 쇼지 형사의 영정 앞에 이미 유골이 되어 흰 친에 싸인 상자가 놓여 있고 그 앞에 분향대가 놓여 있었다. 나는 마음을 담아 향전을 올리고 분향한 뒤 영정을 향해 두 손을 모았다.

위패를 모신 방을 나오니 상복 입은 사십대 부인이 네 평쯤 되는 다다미방 구석 쪽으로 안내하고 차를 내왔다. 이런 의식을 치를 때 어떻게 관리해야 하는지 잘 아는 사람이었다. 부인은 주위 사람들의 안색을 재빨리 살피더니 나를 아는 문상객이 없다는 걸 바로 눈치채고 내가 앉을 자리는 다른 사람들과 접촉할 일이 적은 방 한쪽 구석이라는 정확한 판단을 내렸던 것이다.

안내받은 자리에 앉을 때 검은 양복을 입은 이부키 데쓰야가 고개를 숙이며 영정을 모신 방으로 들어가는 모습이 보였다. 손목시계를 보니 약속한 오후 1시에서 오 분이 채 지나지 않은 시각이었다. 나는 차를 마시며 주위를 천천히 둘러보았다. 아사카 다케오는 고인과 얼굴이 많이 닮은 쉰 살쯤 되는 남자와 그 옆에 앉은 고령의 부인 앞에서 두 손으로 바닥을 짚고 고개를 조아리는 중이었다. 고인의 형과 어머니라면 두 사람 가운데 한 명이 상주 역할을 맡았으리라. 어쨌든 사람들에게 고개 숙이기 참 좋아하는 폭력단 두목이다. 중간에서 두 사람을 소개하듯 형으로 보이는 남자의 귓가에 뭐라고 속삭이는 사람은 신주쿠 경찰서 수사4과 쓰쓰미 과장이었다. 역시 지금 여기 있는 사람 가운데 아사카를 고인의 가족에게 소개할 수 있는 사람은 쓰쓰미 과장 정도뿐이리라.

독경도 마무리 단계에 이르자 실내에 있던 많은 사람들이 함께 따라 외우고 끝났다. 이부키 데쓰야가 영정을 모신 방에서 나와 멈춰 서더니 혼자 우두커니 앉아 있는 나를 발견하고 다가왔다. 아사카와 쓰쓰미 옆을 지날 때 그에게 살짝 고개를 숙인 듯 보였지만 그대로 지나쳐 내 옆에 와 앉았다. 독경을 마친 스님도 나오더니 상주들에게 인사하고 그대로 그쪽에 앉았다. 상주와 스님과 폭력단 두목, 그리고 관할은 아니지만 폭력단 담당 형사가 한 자리에 앉은 모습은 이 나라의 부정적인 면을 압축해 보여주는 듯한 광경이었다.

쓰쓰미 과장이 상주들에게 양해를 구하고 일어섰다.

"여러분, 저는 어제 쇼지 아키히코 형사의 장례식 때 한 말씀드렸던 신주쿠 경찰서 상관인 쓰쓰미입니다. 방금 어머님과 형님인 하루히코 씨에게 보고드렸습니다만 순직한 아키히코 형사는 소급하여 1월 1일자로 '순사부장'으로 특진됐다는 점과, 어…… 그리고 마쓰노우치설날에 대문 앞에 소나무 장식을 세우는 기간가 끝나는 1월 17일 일요일에 다시 '경찰장'을 치르도록 해달라는 경시총감님의 간곡한 부탁을 두 분께 말씀드려 방금 허락을 받았습니다."

실내에서 '오오' 하는 잘되었다는 뜻이 담긴 한숨이 흘러나왔다.

"정말 감사합니다." 쓰쓰미는 상주들에게 허리 숙여 인사하고 다시 실내에 있는 사람들에게도 고개를 숙였다. "……그리고 한 가지 더 이 자리를 빌려 말씀드리고 싶은 일이 있습니다. 오늘 이곳에 좀 낯선 분들이 아키히코 형사를 조문하러 오셨습니다. 어…… 이런 경우에는 조용히 넘어가는 게 세상 사는 지혜라고나 할까요? 주지 스님이 계신데 기껏해야 경찰관인 제가 분수없는 소리를 하고 있지만, 이곳에는 아키히코 형사와 아주 가까운 분들이나 절친한 분들만 계십니다. 그러니 어쩌면 여러분이 이상하다고 생각하시거나 뒤에서 이런저런 비난이 나오는 것보다 부족하지만 제가 소개해드리는 편이 고인의 영혼을 위로하기 위해서도 좋지 않을까 생각합니다."

쓰쓰미는 우리가 앉아 있는 쪽으로 손을 뻗었다. "이쪽에 계신 분은 신주쿠에서 음식점을 경영하시는 이부키 데쓰야 씨입니다."

이번에는 실내에 반감이 깃든 한숨소리가 흘렀다. 이부키는 어찌할 바를 몰라 바닥에 손을 짚고 머리를 조아렸다.

"그리고 이쪽은 이부키 씨의 손위처남으로, 스기나미 구 가미오기에서 토건업을 하고 계시는 아사카구미의 사장 아사카 다케오 씨입니다."

이번에도 반감이 담긴 반응이 있었지만 무척 소극적이었다. 아사카는 특기를 발휘해 머리를 계속 숙였다.

"여러분은 이미 아키히코 형사의 순직 상황에 대해 자세하게 들어 알고 계실 테지만 두 분이 조문하는 뜻을 부디 헤아려주시기 바랍니다—"

"그렇지만 정말로 고인이 기뻐할까?" 어디선가 이런 목소리가 들려왔다. 맞장구치는 목소리도 두세 차례 들렸다.

"그렇게 말씀하시면 드릴 말씀이 없습니다만…… 두 분도 어제 장례식을 피해 오늘 찾아주셨을 만큼 분별력을 갖춘 분들이시니……."

반대 의견이 더 나올 분위기였지만 그걸 제지한 사람은 상주들 옆에 있던 스님이었다. "아, 아. 여러분 심정을 모르는 바 아닙니다. 하지만 그러면 오히려 고인의 성불을 방해하게 되겠죠. 오늘 어지간해서는 걸음이 내키지 않으셨을 텐데 이 자리에 와 부처님 앞에 손을 모으고 분향하신 것은 뭐 이 또한 불가에서 이야기하는 인연이라고 해야 할지…… 어쨌든 조금 전부터 경찰에서 나오신 분 말씀을 들어보면 고인이 죽기를 바라는 마음은 털끝만큼도 없으니 지금은 일단 제게 맡겨주시고……."

스님이 굵은 염주를 두세 차례 손으로 돌리더니 염불을 외우자 실내에 있는 사람들도 대부분 따라 외워 그 자리는 그렇게 넘어갔다. 쓰쓰미는 도와준 스님에게 고맙다는 인사를 했다.

조금 전 옆에 있는 다섯 평쯤 되는 넓은 다다미방 쪽으로 나갔던, 걸음걸이가 좀 불안한 노인이 방명록을 한 손에 들고 들어왔다.

"또 한 사람, 내 조카가 호송하려던 사람 옆에 앉아 있는 분이 이 방명록에 따르면 사와자키 씨인데, 신주쿠 경찰서 과장님 말씀에 따르면 그러니까……."

이번에는 내 차례가 돌아온 모양이었다.

"실례했습니다." 쓰쓰미가 다시 일어서며 말했다. "여기는 경찰 가족이 많기 때문에 틀림없이 이해해주실 거라고 생각합니다. 소개가 늦어진 사와자키 씨는 사실 수사상 중대한 기밀사항에 속하기 때문에 소개를 건너뛰었습니다만……."

그때까지 옆에 있는 넓은 다다미방 쪽에서 아사카의 보디가드들에 섞여 앉아 있던 세 남자가 네 평짜리 방과의 경계까지 나와 쓰쓰미의 말에 귀를 기울였다. 벌써 필기구와 메모지를 꺼내 들며 신문기자 티를 고스란히 내는 이도 있었다.

"당신들은 뭐야?" 쓰쓰미가 거친 목소리로 물었다. 물어볼 필요도 없는 일이었다.

"신문기자입니까? 그건 곤란한데……" 그리 곤란해 보이는 표정도 아니었다.

"과장님." 얼굴이 뻘건 노인이 말했다. "우리가 알고 싶은 건 이 사와자키란 사람이 지난번 신주쿠 경찰서 서장님을 만났을 때 설명한 것처럼 현장에 있던 외부인이 맞습니까? 쓸데없는 짓을 하지 않았다면 우리 조카가 범인이 쏜 총에 맞지 않았을 거라던 그 사람인 거요?"

"작은아버지." 고인의 형으로 보이는 인물이 처음 입을 열었다. "지금 언성을 높여 소란스럽게 만들면 안 돼요. 사와자키 씨라는 분도 이렇게 아키히코 영전에 향을 올리러 와주셨잖아요. 아키히코의 죽음을 안타깝게 여기시는 게 틀림없어요."

"하지만 하루히코, 내 말이 틀린 건 아니지 않느냐?"

"아, 잠깐만요." 쓰쓰미는 노인을 제지한 뒤 기자들을 바라보며 말했다.

"그 저격 사건에는 중요한 증인이 한 명 더 있다는 사실, 그리고 그 증인을 보호할 필요가 있다는 사실, 여러 사정 때문에 수사상 기밀사항으로 해두지 않으면 안 되었던 상황에 대해서는 나중에 경찰서에서 회견을 열어 여러분께 발표할 겁니다."

쓰쓰미는 노인을 돌아보며 말을 이었다. "어르신 심정은 이해가 갑니다. 하지만 이렇게 생각해보면 어떨까요? 만약 사와자키 씨가 자기 차로 저격범의 차를 들이받지 않았다면 음…… 권총 탄도가 불확실하기 때문에 일률적으로 말씀드릴 수는 없습니다만 범인의 총탄이 빗나가 아키히코 형사의 목숨을 앗아가는 일은 없었을지도 모르죠…… 그러나 만약 그렇다면 두 발의 총탄은 이부키 데쓰야 씨에게 명중되어 이부키 씨의 목숨을 앗아갔을 가능성이 아주 높습니다. 그 점은 이해되시죠?"

쓰쓰미는 자신이 한 말이 노인의 술 취한 머릿속과 실내 전체에 침투하기를 기다렸다.

"그렇다면 솔직하게 말씀드려서 아키히코 형사와 호송 임무를 수행하던 또 한 명의 형사는 호송인을 보호하는 형사로서 가장 중요한 임무에 실패한 셈이 됩니다. 매우 안타깝게도 아키히코 형사와 다른 형사는 혹독한 견책뿐 아니라 어쩌면 정직 처분도 피할 수 없었을지 모릅니다. 형사로 승격한 지 얼마 되지 않은 아키히코 군이 다시 순사 생활로 돌아가야 했을지도 모르죠…… 물론 상급 책임자인 저에 대한 처분도 중대 문제가 되어 지금 이런 자리에 앉아 있을 만한 상황이 아니었을 겁니다. 그런 사태를 피하게 된 것은 좀 난폭하기는 했어도 사와자키 씨가 한 그 행동 덕분인 셈입니다."

그렇게 말한 쓰쓰미는 소리가 날 만큼 어깨를 축 늘어뜨리고 덧붙였다.

"으음, 그러나 유족 여러분은 설사 정직을 당하더라도, 혹은 설사 면직을 당하더라도 아키히코 형사가 살아 있기를 바라시겠죠…… 그게 가족과 친지의 심정일 겁니다."

고인의 어머니는 손수건으로 얼굴을 가렸고, 형은 입술을 깨물었으며, 작은아버지는 불만의 기세가 꺾여 시무룩했다. 신문기자들은 쓰쓰미의 발언에서 얻은 정보 쪼가리들을 받아 적고는 있었지만 나중에 회견을 통해 발표하겠다는 말을 들었기 때문에 꽤 느긋한 모습이었다.

나는 이제 슬슬 자리에서 일어날 때가 되었다고 생각했다.

29

나는 자리에서 일어나 다다미가 깔린 넓은 방 쪽으로 갔다. 그리고 신문기자들 앞을 지날 때 방금 나온 방에서 내 움직임을 뚫어지게 바라보는 사람들을 돌아봤다.

"저격 사건이 일어난 지 벌써 팔 일이나 지났는데 아직 범인이 잡히지 않았어. 그런데 아무도 신경 쓰는 사람이 없군."

내 말을 들은 사람들은 일제히 웅성거렸지만 이내 조용해졌다.

"바보 같은 소리 하면 곤란하지." 쓰쓰미 과장이 잔뜩 힘이 들어간 목소리로 말했다. "우리 수사4과는 범인을 체포하기 위해 빈틈없는 수사를 진행하고 있어."

"범인 윤곽은 잡혔나?"

"그건…… 아직 공표할 수 있는 단계는 아니야."

"범인이 준비해둔 게 뻔한 가부라기구미의 **더미**dummy를 두 명이나 잡았다가 풀어주었을 뿐이잖아."

"그런 일 없어."

"더미 체포 직전에 범인이라고 주장하는 남자가 내게 전화를 걸었어. 가부라기구미 두목을 습격한 남자를 저격하려고 했는데 그걸 내가 방해했으니 보복하겠다는 협박 전화였지."

"그래서 우리 수사본부가 당신이 연관됐다는 사실을 발표하지 않고 보호하려고 했던 거 아닌가? 그런데 헛수고가 되고 말았지. 범인을 체포하지도 못하면서 범인 차를 어물어물 따라가다 보니 차량 번호를 본 놈들이 당신 정체를 알아내고 말았잖아. 자업자득이야."

"그들이 내게 전화한 건 보복이나 협박이 목적은 아니지. 그게 진짜 목적이라면 전화로 안부를 물을 게 아니라 느닷없이 내 앞에 나타나 죽여버리면 그만 아닌가? 그들이 내게 전화한 것은 저격 사건에 관계된 모두가 받아들이는 겉모습 뒤에 숨겨진 '사건의 진상'을 혹시 알고 있지 않은지 탐색하는 거야."

"그건 수사본부도 같은 견해다." 쓰쓰미는 대항의식을 드러내며 말했다.

"이미 우리도 저격 사건의 표적이 가부라기구미 두목을 습격한 남자였다는 견해에는 의문을 품고 있지."

신문기자 가운데 나이가 제일 많아 보이는 남자가 물었다. "그럼 범인들은 대체 누구를 표적으로 삼았다고 보는 겁니까?"

"아, 잠깐만." 쓰쓰미가 느릿한 말투로 기자의 말을 가로막았다.

"신주쿠 경찰서에서 저격 사건이 일어난 뒤에 새로운 사고가 두 건 발생했습니다. 하나는 아사카구미 조직원이자 예전에 이부키 데쓰야 씨와 가깝게 지냈던 하네다 마사오라는 남자가 하루미 부두에서 차에 탄 채 추락한 사건이죠. 하네다는 운전을 못 한다는 사실, 그리고 그 차 안에서 저격 사건에 사용된 권총이 나왔다는 사실로 미루어볼 때 틀림없이 저격범들이 입막음용으로 저지른 살인일 겁니다. 그렇다면 하네다는 왜 살해되었는가. 그건 그가 이부키 데쓰야 씨에게 가부키구미 두목을 저격한 진범인 벳쇼 후미오 대신 자수하라고 권유한 장본인이기 때문이죠. 그렇다면 저격범들의 목적은 이제 거의 드러난 거나 마찬가지입니다. 그들은 가부라기구미 두목 저격 사건을 이용해 이부키 데쓰오 씨가 마치 벳쇼 후미오 대신 자수했다가 살해된 걸로 보이게 하면서 사실은 이부키 데쓰오 씨를 죽이려는 목적이었던 거죠."

저격 사건이 지닌 뜻밖의 모습이 드러나자 사람들 사이에 놀라는 목소리가 퍼져나갔다.

"이 내용 역시 발표하지 않았는데, 그걸 증명하는 다른 사건이 어제 오전에 일어났습니다. 신주쿠 주오 공원에서 산책하던 이부키 데쓰야 씨를 누군가가 또 저격한 거죠. 다행히 이부키 씨를 경호하던 우리가 달려 나가 미수에 그쳤지만 범인들의 속셈은 이제 명확하다고 할 수 있을 겁니다. 우리는 이부키 씨를 더 철저히게 보호하면서 범인을 잡기 위해 온힘을 기울이고 있습니다."

쓰쓰미는 옆에 있는 상주들을 바라보며 덧붙였다. "그런 상황이니 아키히코 형사의 목숨을 앗은 범인들 체포도 이제 시간문제라고 믿습니다."

"이부키 씨." 나는 구석에 앉아 굳은 표정을 짓고 있는 남자에게 말했다. "누가 당신을 죽이려는지 짚이는 구석이 있나?"

"없어." 이부키가 바로 대꾸했다.

"어처구니없는 질문이로군." 쓰쓰미가 나를 비웃으며 말했다. "누가 자기를 죽이려는지 짚이는 구석이 있다고 솔직하게 털어놓을 것 같나? 이부키 씨는 두 차례나 저격당한 뒤에도 우리 취조를 받으면서 지금과 똑같은 대답을 할 만큼 배짱 있는 사람이야. 이렇게 말하기는 좀 미안하지만 십여 년 동안 아사카구미에 소속되어 있던 사람이기도 하지. 아사카구미의 두목을 앞에 두고…… 이런, 실례. 사장님을 앞에 두고 이런 소리를 하기는 괴롭지만 그 조직에 십 년 이상 몸을 담고 지냈는데 누구한테서도 원한을 사지 않을 수는 없겠지. 혹은 조직에서 나간 뒤에 신주쿠에서 음식점으로 상당한 성공을 거두었다던데 그 세계도 경쟁이 치열할 테니 그만큼 되기까지는 그리 평탄한 길만 걸었을 리 없지 않을까? 아, 백 걸음 양보해서 자신에게는 전혀 짚이는 구석이 없다고 해도 눈치채지 못한 원한도 있을 수 있지. 의외로 그런 원한이 뿌리 깊은 경우가 많아."

실내에 있는 사람들 모두가 이부키 데쓰야 쪽을 살폈다. 이부키는 이글이글 타오르는 눈빛으로 다른 누구도 아닌 나를 노려보았다. 이런 곳에 불려나온 것에 대한 주체할 수 없는 분노였다.

"아사카 사장에게 묻죠." 다른 신문기자 한 명이 말했다. "우리가 파악한 정보에 따르면 현재 조직 내부에 사장파와 반대파 사이의 대립이 심해지고 있다더군요. 반대파 가운데는 혹시 이부키 씨가 조직을 그만두지 않았다면 두목 자리를 물려받았을 적임자였다거나 선대 두목이 아들에게 물려주는 것은 잠정적인 조치이고 언젠가는 제3대 두목 자리에 이부키 씨를 앉힐 작정이었다거나 하는 의견도 있지 않나요? 이부키 씨 부인 존재를 생각하면 전혀 근거 없는 소리는 아닌 것 같은데. 그렇다면 이건 결코 사장이 교사했다고는 할 수 없겠지만, 사장파 간부 가운데 화근을 일찌감치 제거해두는 게 낫겠다는 생각에 이부키 씨를 처리하려는 계획을 꾸민 자가 있는 거 아닌가요?"

"그런 일은 결코 없습니다." 아사카 다케오가 말했다. "그렇지만 그런 이야기가 나오는 상황은 전적으로 제 부덕의 소치라 참으로 죄송하다고 생각합니다."

아사카는 또 두 손을 다다미 바닥에 짚고 머리를 깊숙이 숙였다. 질문한 신문기자는 상대가 낮은 자세로 나오자 맥이 빠졌다기보다 오히려 기분이 나쁜 표정이었다.

쓰쓰미 과장이 두 사람 사이에 끼어들었다. "아, 수사 문제는 우리에게 맡겨두시고…… 사와자키 씨도 그렇게 하는 게 어떠실까?"

"과장 이야기에는 한 가지 빠진 게 있지."

"오호? 뭐지, 그게?"

"신주쿠 주오 공원에서 일어난 두 번째 저격 사건 현장에는 나도 있었어."

"그건 그렇지만, 그게 어쨌다는 건가?"

"저격하려던 사람은 나였을지도 모르지."

수런거리던 실내가 다시 조용해졌다.

"아니, 그게 무슨 소린가. 틀림없이 범인은 전화로 당신을 협박했다던데—"

"어젯밤 11시 가까운 시각에 이쓰카이치 가도 옆 호쇼지 부근에서 블루버드를 이인조 괴한이 습격해 나를 죽이려고 했어."

"그 사건 이야기는 들었는데 피해자는 전혀 다른 사람이었잖아? 보다시피 당신은 여기 이렇게 멀쩡하게 살아 있고."

"피해자 이름은 스즈키 요시토모. 살해당하기 직전에 내 차에 타고 있었지. 스즈키를 나로 착각한 범인들이 살해했을 가능성이 높아."

쓰쓰미는 쓴웃음을 지었다. "범인들의 표적으로 입후보하고 싶다 해도 전혀 상관없지만 도대체 당신이 살해당해야 할 이유를 알 수 없군."

"범인과 나만 아는 일이 있기 때문이지."

"뭐지, 그게?"

쓰쓰미 과장만이 아니라 쇼지 아키히코의 영정 앞에 있는 모든 사람이 내 대답을 기다렸다.

"신주쿠 경찰서 지하 주차장에서 저격범의 두 번째 총탄이 발사된 건 내 블루버드가 그들이 탄 차를 들이받기 **직전**이었어."

내 말이 뜻하는 바를 이해하기 위해서는 시간이 좀 필요했다. 가장 빨리 이해한 사람은 두 차례 총탄 앞에 고스란히 몸을 드러냈던 이부키 데쓰야였다. 그는 이미 자리에서 일어나 내 곁으로 다가와 있었다. 이부키 데쓰야의 얼굴에는 조금 전에 보였던 나에 대한 분노는 찾아볼 수 없었다. 우리는 상가를 나왔다.

30

    나는 이부키 데쓰야를 블루버드 조수석에 태우고 쇼지 형사의 상가를 나왔다. 이부키는 세이부이케부쿠로 선 네리마 역에서 택시를 타고 왔다고 했다. 그게 주변 사람을 위험에 빠뜨리지 않을 가장 안전한 교통수단이라고 생각했기 때문이었다.

"오늘은 데려다주지." 내가 말했다.

"간나나길과 세이부신주쿠 선이 만나는 곳에 역이 있어."

"노가타로군."

"거기까지 부탁해. 중간에 시모오치아이 역 부근에 살해당한 하네다 마사오의 배다른 남동생과 여동생이 사는 집이 있어. 거기 들러봐야겠군."

    블루버드는 토요타마키타의 번화가를 지나 곧 간나나길로 나왔다. 간나나길 순환도로는 오후 2시가 지나면 조금 붐벼 차량 흐름이 원활하지 않았다.

이부키는 담배에 불을 붙이고 나서 혼잣말을 하듯 물었다. "저격한 놈들은 쇼지라는 젊은 형사를 죽이는 게 목적이었나?"

"사건 진상은 저격한 놈을 잡은 다음에 물을 수밖에 없지. 쓰쓰미 과장이 말했듯 권총 탄도는 믿을 게 못 되니까. 첫 발은 누구에게도 맞지 않도록 위협사격을 할 요량으로 쏘았고 두 번째는 당신 왼쪽에 있던 나이 많은 형사를 노리고 쏜 걸지도 몰라."

"그렇지 않아. 그건 사격에 자신 있는 놈이 쏴야 할 상대를 노리고 쏜 솜씨였어. 폭력단 조직원은 결코 그런 식으로 총질하지 않아. 여섯 발이건 일곱 발이건 아홉 발이건 남김없이 쏘라고 배우지. 쏘면서 계속 표적에 다가가는 거야. 마지막 몇 발은 표적에 맞을지도 모르거든. 그게 폭력단에서 가르치는 권총 사격법이야."

"그럼 그 저격범은 폭력단원이 아니라는 건가?"

"아니, 적어도 상당한 사격 훈련을 받은 인간이라는 거야. 가부라기 흥업이나 아사카구미에는 그런 사격 전문가가 있을 리 없지만 더 큰 전국구 광역 폭력단이면 그런 인물도 양성하지. 나는 저격당했을 때, 가부라기 흥업이 같은 계열인 '이나가와카이'에 부탁해 전문가를 불러들였을 거라고 생각했어."

"그런가?"

"그래서 첫 발이 내 오른쪽 어깨를 노리고 쏜 거라면 당신이 들이받은 영향을 받지 않은 두 번째 총탄은 틀림없이 쇼지 형사의 뒤통수를 노리고 쏜 셈이 되지."

"하지만 쇼지 형사는 당신을 보호하려 몸을 던진 걸로 보였는데."

"그랬지만 사실은 좀 늦었지. 두 번째 총탄도 나를 쏠 작정이었다면 저격자는 충분히 그럴 수 있었을 거야. 그렇게 되지 않은 것은 당신 차가 들이받은 덕분에 어긋난 거라고 생각했어. 차가 부딪히는 소리가 거의 동시에 들려왔으니까."

쇼지 형사의 행동이 늦었다는 건 그때 내가 받은 느낌과도 일치했다.

이부키는 담뱃재를 대시보드 재떨이에 떨었다. "어차피 지하 주차장 사건의 최대 피해자는 쇼지라는 그 젊은 형사니까. 그 형사가 재수 없이 말려들어 당했다고 생각한 건 잘못이었군…… 하기야 내가 이런 소리를 하는 것도 웃기는 짓인가? 가나가와 은행 사건을 일으킨 후미오와 우리가 뛰어들어 카무플라주하고 말았으니까."

"경찰은 그 사건이 쇼지 형사를 살해하기 위한 범죄일지도 모른다는 가설도 당연히 생각할 거야. 다만 경찰관이 살해 대상이 되는 일은 범인의 동기가 무엇이건 그 자체만으로도 이미 경찰에게는 큰 불상사지. 아무도 문제 삼지 않으면 그들이 자진해서 입 밖에 낼 일은 없어. 하지만 수사본부는 반드시 짚고 넘어가겠지."

"그런가?" 이부키가 그렇게 말하며 담배를 재떨이에 껐다. "그게 그놈들 방식이지."

"어제 신주쿠 주오 공원에서 있었던 총격 사건이나 이 차를 운전하던 사람을 살해한 범행이 있는 이상 더는 내버려둘 수 없게 되었어. 경찰이 쇼지 형사 살해가 목적이었던 범죄일 가능성도 있다는 선에서 수사 개시한 사실을 공표하지 않으면 범인들은 계속 당신과 나를 노리게 될 거야."

"그렇겠지. 당신인 줄 알고 죽였을 거라는 스즈키란 남자는 대체 어떤 사람인가?"

"가나가와 은행에서 일어난 또 다른 사건인데 시다라 미쓰히코라는 노인, 그리고 우연히 맞닥뜨린 당신 처남을 유괴해 감금한 일당 가운데 한 명이지. 그 남자가 블루버드를 운전하게 된 경위는 간단하게 설명할 수 없고."

"어쨌든 대낮에 당당하게 돌아다닐 만한 인종은 아니겠지."

이부키는 잠시 생각한 뒤 내 얼굴을 똑바로 바라보았다. "그 신문기자들을 거기 부른 것도 당신인가?"

"아니, 내가 부르지 않았어." 나는 상의 주머니에서 담배를 꺼내 한 개비 입에 물었다. "물론 그 기자들에게 오늘 쇼지 형사 상가에서 뭔가 '새로운 전개'가 있을지도 모른다고 알려준 인물이 누군지 짚이는 구석이 없지는 않지."

"치밀하군, 당신." 이부키는 내 담배에 불을 붙여주었다. "하지만 이런 새로운 전개에서 가장 신경이 쓰이는 건 쇼지라는 형사가 내 호송 임무를 맡게 된 경위야. 우리가 아무리 카무플라주하는 역할을 하고 말았다 해도 문제의 쇼지 형사를 내 옆에 배치하지 않으면 저격범을 내세울 무대가 없어질 텐데."

내 기억이 확실하다면 아직 신입이라 해도 좋을 쇼지 형사를 호송 임무에 추천한 사람은 구로다 경부다. 본인이 직접 그렇게 말했다. 그러고 보니 그토록 잔소리를 해대던 구로다 경부가 오늘은 보이지 않았다. 신주쿠 주오 공원에 나타난 형사들 가운데도 그는 없었다. 그렇지만 그런 사실은 이부키에게 말하지 않기로 했다. 이부키는 방금 자기가 저격의 표적이었다는 생각에서 해방되어 평온한 모습을 보이고 있었다. 하지만 쇼지 형사 살해를 덮기 위해 자기 오른쪽 어깨에 총탄을 박은 범인 이름을 알게 되면 이 혈기 넘치는 남자가 어떻게 반응할지 짐작이 가지 않았기 때문이다.

"경찰 수사나 신문기자들 관심이나 다 그게 출발지점이 되겠지. 하지만 그 지점에서 간단하게 범인을 알아낼 수 있을 정도라면 그 사건은 벌써 해결되었을 거야."

이부키는 고개를 끄덕이더니 갑자기 생각에 잠겼다. 블루버드가 신오우메 가도와 만나는 마루야마 고가도로를 지났기 때문에 왼쪽 차선으로 붙어 노가타 역 쪽으로 달렸다.

"그렇지만, 왜 당신은 그런 중대한 증언을 오늘까지 숨긴 거지?"

"그거? ……난 저격범 차 뒷좌석에서 이루어진 두 번째 총격과 내 블루버드가 저격범의 차를 들이받은 게 거의 동시였다고 사건 직후에 증언했지. 거의 동시라는 건 총격이 조금 빠를 수도 있고 추돌이 더 빠를 수도 있고 또 완전히 동시일 경우도 포함하지."

"그럼 총격이 더 빨랐다면……."

"그런 걸 누가 어떻게 아나? 총성과 추돌이라는 두 가지 큰 충격을 받은 순간에, 영 점 몇 초 차이로 일어난 두 가지 가운데 어느 쪽이 더 빨랐는지를 누가 단정할 수 있겠나?" 나는 블루버드를 세우고 말했다. "노가타 역이야."

이부키 데쓰야는 차에서 내려 말했다. "당신은 역시 아주 골치 아픈 사람이야."

나는 노가타 역을 출발해 처음 발견한 주유소에서 기름을 넣은 다음 공중전화를 찾았다. 쇼지 형사의 집 주소를 적은 메모를 바탕으로 전화번호부에서 집 전화번호를 찾아 걸었다.

"여보세요, 어제 장의사 지불 문제로 좀 급해서요. 아까 문상객 방명록을 담당하던 분인데 그 머리가 긴—"

"아아, 동창인 후지 군 말이군요." 전화를 받은 여자가 말했다.

"동창이라니, 누구 동창인가요?"

"그야 아키히코 씨죠."

"고등학교?"

"아뇨."

"중학교인가요?"

"그럴 거예요, 아마."

"후지 군 있나요? 전화를 바꿔주시면 좋겠는데."

"잠깐만요. 안쪽으로 전화를 돌릴게요."

전화를 돌리는 전기적인 잡음이 이어지더니 곧 남자 목소리가 들려왔다. "여보세요."

"후지 군 부탁합니다."

"예? 후지가 누구죠?"

"안내 데스크에 있는 머리 긴, 아키히코 중학교 동창입니다만."

"아아, 그 친구요? 그 친구는 그렇지…… 십오 분쯤 전에 오늘은 일이 있어서 먼저 실례한다면서 돌아갔는데요."

"집은 어디죠?"

"글쎄요. 나는 모르는데 다른 사람에게 물어볼까…… 그런데 전화 건 분은 뉘신지?"

그런 질문에 대답할 수 있나? 나는 '바빠서 이만'이라며 전화를 끊었다.

31

    기타신주쿠 변두리에 있는 싸구려 식당에서 읽은 석간신문 기사는 신주쿠 경찰서 지하 주차장에서 일어난 저격 사건이 경찰관 살인 사건의 양상을 드러냈다는 간략한 내용이었다. 같은 식당에서 본 오후 7시 텔레비전 뉴스는 신주쿠 경찰서에서 열린 기자회견을 다루었다. 스기나미 구 호쇼지 강변에서 발견된 사살 시체와도 관계가 있다고 언급해 범인 가운데 한 명이 다리에 총상을 입었을 가능성이 있다는 사실도 보도했다. 수사본부장인 경찰서장은 저격 사건 때 우연히 현장에 있던 시민이 협조했지만 안타깝게도 일종의 수사 방해가 되어 오늘까지 저격범이 호송 담당 형사를 표적으로 삼았을 가능성을 은폐한 결과가 되고 말았다고 설명했다. 제법 그럴 듯한 변명을 궁리했다. 분명히 틀린 말은 아니었다. 협력한 시민 이름은 증인

보호를 위해 발표할 수 없다고도 덧붙였다. 회견은 미리 그렇게 순서를 정했을 테지만 기자들의 관심이 쇼지 형사 살해 이유에 이를 시점에 회견 예정 시간이 끝난 모양이다.

쇼지 형사 상가에 나가 있던 신문기자들은 내가 정보를 제공하는 대신 기사에서 내 이야기는 빼기로 약속했기 때문에 문제는 없었다.

저녁식사를 마치고 사무실에 도착하니 8시가 조금 지난 시각이었다. 그 저격 사건이 '경찰관 살해'라는 사실이 내 입에서 흘러나가지 못하게 저지하려던 것이라면 범인은 이미 나를 죽일 이유가 소멸되었으리라. 대신 그 비밀이 세상에 널리 퍼져 경찰 수사의 가장 중요한 부분이 되어버린 것에 대한 '원한' 때문에 나를 죽일 새로운 이유가 생긴 셈이다. 하지만 똑같이 내 목숨을 노린다고 해도 그 차이는 크다. 전자일 경우 범인은 체포될 위험을 피하기 위해 나를 죽이려 하지만 후자인 경우에는 나를 죽이려다가 오히려 체포될 위험이 한없이 커질 터이기 때문이다.

나는 그런 생각을 곱씹으며 사무실 문을 열고 불을 켰다. 사무실 안은 오전에 나갈 때와 비교해 아무런 변화도 없었다. 나는 책상을 돌아 의자에 앉았다.

피로감이 나를 걷잡을 수 없는 상념 속으로 끌고 들어가는 듯했다. 1월 8일 오후 8시 13분 상태에서 내린 결론은 이러했다. '경찰관 살해'라면 이제 탐정이 나설 무대는 없다. 아마 경찰에 보관된 쇼지 형사가 관계한 사건 조서더미부터, 거기에 없다면 쇼지 형사의 사생활까지도 철저하게 조사해 범인의 정체를 파악할 게 틀림없다.

전화벨이 울려 나는 수화기를 들었다.

"저어, 사와자키 탐정 계십니까?"

"접니다."

"저는 며칠 전 만난, 니시카마타에 사는 다사카 시즈라고 합니다만."

"아아, 기억합니다. 그때 억지로 댁 2층까지 올라가서 폐를 끼쳤습니다."

"아뇨, 저야말로 그렇게 야박하게 굴어서…… 처음 뵙는 분에게 애 도시락을 전해달라고도 하고. 나중에 생각하니 낯이 뜨거울 만큼 창피한 짓이었습니다."

"아닙니다. 덕분에 아드님과 대화도 할 수 있었습니다."

"그때 실례를 저지른 사과를 드려야 할 텐데, 그전에 제 아이가 그날 맞은편 가시와다 씨 집에 감금되었던 노인 구출에 도움을 주었다고 해서 2백만 엔이나 되는 보상금을 받았거든요."

"아, 1백만 엔이 아니고요?"

"예, 처음에는 그랬지만 요코하마 총격 사건 범인이라는 벳쇼란 사람이 보상금을 사양했다면서 우리 이오리에게 전액 다 준다고 하더군요."

"그거 잘되었군요."

"저어, 이 돈을 우리가 받아도 되는 걸까요?"

"물론이죠…… 아, 그런가? 나중에 제 몫을 나누어달라고 오지 않을까 걱정되시는 거로군요. 그런 걱정은 하지 마십시오. 이오리는 잘 지내나요?"

"예, 여전히 칠칠치 못한 생활을 하지만…… 그 애도 그날 모험을…… 그 애가 이렇게 표현하던데, 사람들에게 자랑하고 싶어 못 참겠는 모양이에요. 저한테는 벌써 대여섯 번이나 했는데 그 정도로는 부족한지 히키코모리가 되기 전에 알고 지내던 친구한테서 전화가 오면 그 이야기를 한참 떠드는 모양이에요. 오늘은 어쩐 일로 한 번도 참석한 적 없는 고등학교 반창회 모임에 말로는 싫다고 하면서도 나갔답니다. 그 애가 집을 비운 시간이라, 가마타 경찰서 형사분께 탐정님 번호를 물어 전화를 드리게 된 거죠."

"그러셨어요?"

이오리 또래의 젊은이들이 지닌 고민 많은 정신 상태가 그렇게 간단하게 해결될 거라고는 생각하지 않았다. 하지만 아무리 크고 고여 있는 물웅덩이라고 해도 작은 돌조차 던지지 않는 것보다 던지는 편이 그나마 도움이 될지도 모른다고 생각했다.

"이해가 안 되네요. 그 애에게 늘 부드럽게 대해왔는데 아무런 효과가 없어 히키코모리 증세가 심해지기만 하던 중이었거든요. 그런데 사와자키 씨가 2층에 올라가고 싶다고 하셨을 때 저는 이오리에게나 사와자키 씨에게나 심하게 심술을 부렸죠. 그런데 이런 결과가—" 말이 끊어졌다. "아, 이오리가 돌아온 것 같네요. 그 애는 제가 자기 없을 때 전화하는 걸 아주 싫어하니 이만 전화 끊을게요. 정말 감사합니다."

"아뇨, 무슨 말씀을." 내 말이 끝나기도 전에 전화는 끊어졌다.

수화기를 내려놓고 난로에 불을 붙이려고 다가가니 다시 전화벨이 울렸다. 수화기를 들었다.

"여보세요……? 저, 시다라 유미코입니다만."

"사와자키입니다."

"통화중이셨던 모양이에요."

"미안합니다."

"아뇨. 어젯밤에는 고생하셨습니다. 오늘 연락이 올까 기다렸는데 오지 않아서요."

"여러모로 골치 아픈 일들이 있어서."

"도쿠야마한테 어젯밤 호쇼지 주변에서 사람이 총에 맞아 죽었다는 뉴스를 듣고 걱정했습니다."

"이런, 소식 들었나요? 의뢰를 받아들였을 때 잠깐 말씀드렸지만, 내가 관계하는 다른 사건과 관련해 일어난 살인 같습니다."

"아아……."

"이 사건 때문에 아버님이나 제 이름이 나오는 일은 없을 테니 걱정 마세요."

"감사합니다. 저는 몰라도 아버지에게는…… 그리고 어젯밤에 일하신 보수를 지불하고 싶은데요. 제가 곧 여행을 떠나게 될 것 같아서요."

"그리세요? 그럼 제 은행 계좌번호를 알려드리죠." 나는 은행 이름과 계좌번호를 불러주었다.

"바로 입금해드리겠습니다. 그런데 아버지께서 꼭 한번 뵙고 인사드리고 싶다고 하시는데."

"시간이 나면 연락드리죠…… 그렇지만 탐정과 알고 지내는 건 탐정료 지불을 마치면 끝내는 게 제일 좋습니다. 의뢰인도 그렇고 특히 탐정 입장에서도 마찬가지고요."

"마치 빈정거리는 것 같군요. 그래도 아버지를 위해 한번 연락 주세요."

"그럼 이만." 나는 전화를 끊었다.

난로에 불을 붙이고 그 불로 담배에도 불을 붙이는데 또 전화벨이 울렸다. 수화기를 들고 의자에 앉았다.

"이부키다."

"사와자키다."

"통화중인 것 같던데."

"미안하군."

"하네마사의 여동생을 만나고 왔네. 남동생은 홋카이도로 이사해서 만날 수 없었고, 둘 다 하네마사가 죽었다는 소식을 아직 듣지 못했더군. 그 녀석은 계모가 싫어 집을 뛰쳐나와 아버지가 인연을 끊었기 때문에 모를 수 있을 거라고 생각했던 거야. 그 녀석 원래 성은 고가인데 고가 마사오라고 하면 '온천 마을 엘레지고가 마사오의 1948년 히트곡' 같은 이미지가 떠올라 이름이 멋지지 않다는 게 녀석 입버릇이었다는군. 절연당했다는 이야기를 듣고는 아사카구미의 자식 없는 간부 양자로 들어가 지금 성을 쓰게 된 거지. 그래서 아마 죽었다는 소식도 제대로 전달되지 않았을 거야."

"여동생은 뭐라고 했나?"

"야쿠자에다 멍청했지만 마음씨는 고운 오빠였다며 울더군. 아버지가 세상을 떠난 뒤 계모도 병이 들어 동생들이 무척 고생한 것 같은데 그 무렵부터 하네마사가 경제적으로 꽤 도움을 준 모양이야. 남동생은 어차피 폭력단에서 번 더러운 돈일 거라면서 반발했는데 여동생은 자기들이 지금 이만큼 지내는 게 하네마사 덕분이라고 하더군. 그래서 여동생 집에는 이따금 들르기도 했던 모양이야······ 아, 이런 이야기는 당신과 아무 상관없겠군. 마음에 걸리는 건 하네마사가 희한하게 멋진 '유언'을 남겼다는 거야."

"유언?"

"아니, 유언이라고 해도 될 만한 말이라는 뜻이지. 하네마사는 술에 취하면 주정이 좀 있어서 불평만 늘어놓은 녀석인데, 맛이 완전히 가기 직전에 언제나 하는 입버릇이 있었다더군. 자기는 어차피 남들처럼 죽지는 못할 것이다. 야쿠자끼리 싸우다 죽거나 교도소에서 죽었을 때는 바보 같은 오빠를 위해 향 한 자루 피워주면 그걸로 됐다. 하지만 자기가 의문의 죽음을 당하면 그건 '무라시마'라는 짭새 때문이라고 생각하라고 했다는 거야. 여동생 집에서는 무라시마란 짭새 이야기가 나오면 그 뒤에 바로 곯아떨어졌다더군."

"형사 무라시마?"

"그래. 더 자세하게 물어보려 했지만 그 이상은 모르더군. 내가 대신 자수하게 만들라고 하네마사에게 권한 게 어쩌면 그놈일지도 모르지."

"그렇다면 하네다를 하루미 부두에서 살해한 것도 그놈이거나 그놈 패거리라는 이야기가 되겠군. 경찰관 살해에 경찰이 관계되어 있다니, 골치 아픈 문제가 될 것 같은데 여러모로 아귀가 맞는 부분이 있어."

"이런 사람 사는 이야기가 도움이 되겠나?"

"크게 되지."

"당신도 알 테지만 야쿠자와 붙어먹는 짭새는 야쿠자 이상으로 쓰레기야. 부디 몸 조심하셔."

"그쪽도. 신주쿠 경찰서의 경호는 아직 붙어 있나?"

"아니, 쇼지 형사 조문이 끝난 뒤에는 흔적도 없어."

"그게 안전을 의미하는 건지, 위험을 의미하는 건지 모르겠군. 이제 또 짐작할 수 없는 상태가 되고 말았어."

"알아. 이 건이 정리될 때까지는 집이나 가게에도 될 수 있으면 가까이 가지 않을 작정이야. 급한 일이 있으면 연락은 우루시바라 변호사사무소 쪽으로 해줘."

우리는 전화를 끊었다. 나는 수화기를 내려놓지 않고 신주쿠 경찰서 총무과 다지마 경부보에게 전화를 걸었다. 저쪽에서 전화받기를 기다리는데 누가 사무실 문을 노크했다.

"들어오세요." 내가 말했다.

사무실로 들어온 남자는 사이쇼 요시로=리궈지가 틀림없지만 그렇지 않다고도 할 수 있었다. 고급스러운 베이지색 버버리 코트 안쪽에 검은 플란넬 양복이 보였다. 모자도 안경도 없지만 손에 검은색 서류가방을 들고 있었다. 상의 가슴 주머니에 레이밴 같은 선글라스의 안경다리가 얼핏 보였다. 오늘 안경은 선글라스로 정한 듯했다. 지금까지 본 모습 가운데 가장 젊은 모습이고 변장한 티도 나지 않았는데 그게 외려 수상한 인상을 주었다.

"여보세요……?" 다지마 경부보의 전화를 누군가가 받았다.

나는 방문객에게 잠시 기다리라고 손짓했다. "다지마 **씨를** 부탁합니다."

"지금 잠깐 자리 비우셨는데요."

책상에 앉아 일하는 창가족 주제에 엉덩이가 가벼운 형사다. 어쩌면 저격 사건 수사본부의 궤도 수정이 경찰서 전체에 영향을 미쳤는지도 모른다.

"오늘 밤 사무실에 돌아올까요?"

"예, 지금 해외출장 가신 분들과 연락 업무를 맡아 야간 근무를 하기 때문에 내일 아침 5시까지 계실 겁니다."

해외 출장이라면 파리에 있는 니시고리 경부 이야기일 것이다. 그 영향이 파리에 있는 구깃구깃한 넥타이에까지 미치고 있는 걸까?

"다시 연락하겠습니다." 나는 전화를 끊었다.

32

    사이쇼 요시로=리궈지는 편안한 자세로 손님용 의자에 앉아 담배를 피웠다. 오늘은 '롱 피스'와 일회용 라이터였다. 책상 위에 놓인 W자 모양 재떨이도 제멋대로 중간 위치로 끌어다 놓았다. 이 남자가 이 사무실에 있는 시간이 세상을 떠난 와타나베와 나 다음으로 길어질 날도 그리 먼 미래의 일은 아닐 듯 했다.

    그는 코트 안주머니에서 자동차 면허증을 꺼내더니 내 쪽으로 내밀었다.

    "어차피 지난번 타이완 잔류 고아라고 한 가명도 들통났겠지. 이게 거짓 없는 내 진짜 이름이야. 오카다 고지."

    이전 두 이름과 달리 생각 탓인지 이름을 대는 게 괴로운 모양이었다. "장남인데 어머니가 쓰루타 고지의 열렬한 팬이었기 때문에 마음 약한 아버지를 설득해 이런 이름을 붙이고 말았지. 그 어머니가 내 얼굴을 보고는 심각한 얼굴로 한자 한 글자 차이인데 생김새는 엄청나게 다르다고 했어. 흥, 내가 이런저런 가명을 쓰고 싶어 하는 심정을 이해하겠지?"

수다스럽다는 점만은 어느 이름을 써도 마찬가지였다. 그는 면허증을 코트 주머니에 도로 넣었다. "명함은 이제 주지 않겠지만 도라노몬 뒷골목의 허름한 건물을 근거지 삼아 마찬가지로 얼마 전에 밥줄 끊긴 놈 세 명이 함께 비즈니스 컨설턴트를 하고 있지. 그저 트러블 컨설턴트가 내 담당이고, 당신과 같은 업종이라고 하는 게 빠르겠군."

"애꾸눈 운전수미스터리 영화 시리즈 〈다라오 반나이〉의 주인공이 변장하는 일곱 가지 모습 가운데 하나가 되는 건 언제지?"

"좀 봐줘." 이번에는 오카다라는 이름을 쓰는 남자는 쓴웃음을 지었지만 이내 진지한 표정으로 돌아왔다. "그보다 더 중요한 이야기가 있어. 나는 이 건에 마지막 꿈을 걸고 있지. 나를 도와줄 건지 어쩔 건지 대답을 듣고 싶어. 그렇지 않아도 쓸데없는 시간 낭비가 많아. 어젯밤 약속은 대체 어떻게 된 거지?"

"약속은 그쪽이 혼자 멋대로 정한 거고. 경시청 공안이나 타이완 외교관의 허풍이라면 몰라도 도라노몬의 트러블 컨설턴트가 '사흘 백작'의 비밀을 어디서 구입한 거지?"

"그거 말인가? 난 이십 년쯤 전에 딱 한 번 시다라 미쓰히코를 직접 만난 적이 있지. 이치반초에 있는 '네고로 레지던스'를 짓기 전

일이야. 가마쿠라의 오우기가야쓰에 있는 본가에서 만났지. 사회당 소속 유력 의원의 신입 비서로서 3백만 엔의 돈다발을 전해준 적이 있어. 이야기하자면 길지만 난 '전공투 부스러기'야. 스무 살 생일에 나는 물리적인 힘보다 머리로 승부하는 인간이란 걸 문득 깨달았지. 내 입에서 나오는 말은 교조적인 진리보다 그 자리에 한정한 거짓부리가 더 설득력 있다는 사실을 깨달은 거지."

"마치 지금처럼."

"농담하지 말아줘. 이래 봬도 당신 질문에 진지하게 대답하는 거니까…… 내 이십대는 선거로 먹고살던 십 년이었지. 처음엔 아주 활동적인 반요요기파일본공산당을 '기성 좌익'이라 비판하며 급진 혁명을 내세운 신좌익 집단 극좌후보부터 시작했어. 요즘 같으면 믿을 수 없겠지만 그 시절에는 그런 후보가 있었지. 그렇게 시작해서 조금씩 우익 성향의 후보 쪽으로 옮겨갔어. 선거 기간에 준비 기간까지 더하면 일본에서는 늘 어디선가 선거운동이 이루어지고 있지. 내가 노리는 대상은 당락이 아슬아슬한 좌익계 후보였어. 대개 낙선할 게 뻔하지만 그들을 응원하러 도쿄에서 파견되었다고 하면 어디서나 환영받았지. 아니, 저쪽도 반쯤은 미심쩍어하지만 선거사무소라는 게 기본적으로 '오는 사람 막지 않는다'는 식으로 운영되어 쓸 곳은 없는데 써야 할 돈이 두 팔 벌리고 기다리니까. 선거를 한 번 뛰고 나면 선거사무소에서 처신하는 노하우는 바로 이해할 수 있기 때문에 두 번째부터는 당당하게 등장해 도쿄 사투리로 이건 안 돼, 저건 안 돼 하고 잔소리하면 이튿날부터 배후의 중요한 선거참모로 대우받지. 그래서 무사히 낙선되면 다음 기회에는 틀림없이 당선될 거라는 연설을 한바탕 늘어놓고. 그러면 사 년 뒤, 또는 육 년 뒤에는 선거운동 한참 전부터 와달라는 초대장이 날아오게 되어 있어. 그럭저럭 십 년을 먹고 살다 보니 서른 살이 막 지났을 무렵에 홋카이도 출신 사회당 만년 낙선 후보가 뭘 어떻게 잘못했는지 몰라도 참의원에 당선되고 만 거야."

오카다 고지는 담배를 재떨이에 끄고 이야기를 이어갔다. "삼십 대였는데 그게 국회의원 비서 생활의 시작이었지. 십 년이 지나기도 전에 의원 세 명의 비서를 지냈어. 바뀔 때마다 거물급 의원 쪽으로 갈아타게 되었지. 아, 내가 그런 게 아니라 당에서 그렇게 배정해주는 거야. 뭐, 당으로서는 다음 선거에서 떨어질 의원보다 유능한 비서가 더 중요한 건 당연한 노릇이니까. 세 번째 의원이 마침 차기 당위원장을 노리던 양반이었지. 그 의원 심부름으로 갑자기 3백만 엔이라는 현금과 단단히 봉인된 큼직하고 비밀스러운 서류봉투를 들고 가마쿠라에 있는 시다라 저택을 방문하는 중대 임무를 맡게 된 거야. 그렇지만 나는 물건을 건넨 뒤 무슨 착각을 한 건지 몰라도 인수증을 써달라고 했어. 아마 사흘남작 가문이 시작된 이래 가장 큰 사건이었겠지. 나는 들고 갔던 물건과 함께 바로 쫓겨나고 말았네. 결국은 나가타초에도 출입이 당분간 금지되었어. 게다가 사람 좋은 그 의원은 나를 잘라야만 하는 처지에 놓이지 변명으로 사흘남작 시스템을 슬쩍 알려준 거지. 결국 그 의원은 부위원장에 그치고 말았어. 그리고 내가 그 시스템에 대해 철저하게 조사하기 시작한 것은…… 당연히 지금 하고 있는 트러블 컨설턴트 일도, 십 년 채 안되는 나가타초와의 더러운 인연을 이용한 야쿠자 같은 사업이지. 그러면서 시다라 미쓰히코와 그 시스템에 진 '빚'을 갚을 기회를 몰래 노리고 있었어. 그런데 그때 유괴되었다가 몸값도 없이 풀려난 그일…… 아, 당신도 한몫했던 일이지. 그 뉴스를 듣는 순간 이제 내가 나설 차례구나 하는 생각이 번개처럼 스쳐갔어."

"미안하지만 당신이 나설 차례는 지났어."

"뭐라고?"

"어젯밤 시다라 씨 집에 쌓여 있던 돈다발은 협박자 손에 다 넘어갔지."

"말도 안 돼! 그건 약속이 다르잖아."

"난 약속 같은 거 한 기억 없어. 당신이 시다라 씨 집에 쌓인 돈을 강탈할 계획을 제안했을 때 나는 이미 시다라 씨의 의뢰를 받아 고용된 신분이었지. 같은 업종이라는 당신이 일하는 방법이 어떤지 알 수 없지만 내 경우에는 의뢰인의 이익을 최우선으로 삼아야 해. 예외는 그게 위법행위에 해당할 때뿐이지. 이번 경우에 위법행위에 해당하는 건 아무래도 의뢰인보다 당신 쪽이었지."

"쳇, 당신이 그렇게 룰에 얽매이는 사람이었나? 그건 가장 큰 내 예상 착오였군."

"당신이 예상 같은 걸 할 시간은 없었을 텐데. 난 결코 룰을 신봉하는 사람이 아니야. 하지만 당신처럼 룰을 무시하는 태도는 그냥 넘어갈 수 없을 지경이로군. 실제로 내 행동에 대해서는 판단 착오를 하고, 약속하지 않았는데 멋대로 약속했다고 생각하고, 그렇게 위험한 일인데도 시간에 대한 판단이 어설퍼. 그리고 무엇보다 자신을 완력보다 머리로 승부하는 인간이라고 하면서도 현금 강탈 같은 짓에 인생의 마지막 꿈을 걸다니. 그런 식으로 하면서 룰을 비웃으면 안 되지. 그 서류가방 안에는 대체 무슨 도구를 넣어 온 건가? 그런 걸로는 설사 어젯밤 옮겨낸 물건이 아직 시다라 저택 안에 있다고 해도 당신과 함께 행동할 생각 없어."

오카다는 발 옆에 놓아둔 서류가방으로 시선을 내리더니 어깨를 축 늘어뜨리고 낮은 목소리로 말했다. "꿈은 역시 꿈에 불과했던 건가……? 그렇지만." 그가 고개를 들었다. 낙담한 기색은 거의 사라졌다. "거기에 꿈이 존재한다는 사실, 그리고 그 냄새를 맡은 내 코는 틀림없었던 거지?"

"그래."

"옮겼다는 돈은 얼마쯤 되나?"

"그런 건 알아봐야 소용없을 텐데."

"알려줘. 내 예상이 맞았나?"

"7억7천5백만 엔."

오카다는 숨을 멈추고 마른침을 삼켰다.

"정말인가……?" 오카다가 잠긴 목소리로 말했다. "그 많은 지폐를 당신도 봤어?"

"이불 보따리에 넣은 걸 얼핏 보았지."

"그때 나하고 한 약속, 아니, 내 제안을 떠올리지 않았나?"

"포기해. 그보다 트러블 컨설턴트도 어차피 거짓말일 테지만 쓸데없는 소리는 그쯤 해두는 편이 좋을 거야. 경찰관 사칭이나 외교관 사칭은 어엿한 범죄니까."

사이쇼=리귀지=오카다는 서류가방을 잡더니 맥이 빠진 듯 의자에서 일어섰다.

"법을 어기지 않고 갓난아기 엉덩이처럼 깨끗한 방법으로 꿈을 이룰 수 있을 건을 발견하면 다시 당신을 찾아오지." 그는 문 쪽으로 향했다.

"잠깐만. 당신에게 돌려줄 게 있는 것 같은데."

나는 서랍 자물쇠를 풀고 그 안에 손을 넣었다.

"내가 준 명함이라면 돌려줄 것 없어. 얼마든지 있으니까……."

그의 서류가방 안에서 휴대전화 착신음이 울리기 시작했다. 그의 표정이 순식간에 얼어붙은 듯했다.

나는 서랍에서 손을 빼고 스즈키 요시토모의 시체에서 가져온 휴대전화를 그에게 보여주었다. 통화를 중단하는 버튼을 누르자 그의 서류가방 안에서 울려나오던 착신음이 끊어졌다.

"내 정체를 언제 눈치챘지?"

그가 버버리 코트에서 꺼낸 손에는 소형 권총이 들려 있었고 총구는 나를 겨누었다. 그의 표정도 조금 변화가 나타났다. 처음 만났을 때 경시청 공안이라고 자신을 소개하던 사이쇼 요시로의 표정으로 거슬러 올라간 인상이었다.

"눈치채지 못했어." 내가 대답했다. "다만 시다라 노인을 유괴했고 7억 엔을 가져간 범인일 수 없는 사람을 관계자 명단에서 한 명씩 제거해가니 남는 사람이 없더군. 그래서 범인은 내가 만난 적 없는 사람일 거라고 생각했지. 하지만 내게 이런 게 있는 이상 시험해 보지 않을 수는 없지 않겠나?"

"스즈키 시체에서 빼냈나?"

"휴대전화를 발견했을 때는 시체였지만 쓰러진 스즈키를 발견했을 때는 아직 살아 있었지. 당신이 쏜 거냐고 물었더니 그렇지 않다고 하더군."

"그랬나……? 그놈들, 너무했어."

"보고 있었나?"

"난 그때 호쇼지 강 건너편 도로에 있었지. '폴카 도츠' 주차장을 먼저 나와 건너편에서 스즈키가 블루버드를 가지고 오기를 기다렸어. 스즈키가 어코드로 갈아타면 그 앞에 있는 다리에서 합류해 돈을 옮기고 경트럭을 버린 다음 아지트로 갈 계획이었지. 그렇지만 갑자기 자갈 트럭이 나타나 서로 총질이 시작되었어. 건너편에 있던 나는 손쓸 길이 없었지. 난 얼른 자갈 트럭 뒤를 따라갔어. 도중에 몇 번인가 스즈키의 휴대전화로 전화를 걸었는데 받지 않더군…… 죽었다고 생각할 수밖에 없었어."

"트럭 짐칸에 7억7천만 엔이나 되는 지폐가 실려 있지 않았어도 동료가 죽었다는 결론을 그렇게 빨리 내렸을까?"

"아니." 오카다가 솔직하게 대답했다. "아마 쓰러진 스즈키에게 먼저 달려갔을 테지."

"큰돈이 눈앞에 보이면 그렇게 된다는 거로군."

"맞아. 그런 거야…… 하지만 그 거금의 일부는 스즈키 몫이기도 하고 그건 타이완에 사는 스즈키의 가족 것이기도 하다는 이야기지. 그때 내가 쓰러진 스즈키에게 달려가거나 구급차를 부르고 있었다면 스즈키는 제 몫을 하수구에 내버리는 기분이 들었을 거야."

"7억7천만 엔짜리 평계로군."

"내가 그때 바로 구급차를 불렀다면 스즈키가 살았을 거라고 생각하는 건가?"

나는 조금 생각하고 나서 대답했다. "그렇게 생각하지 않아…… 그렇지만 나는 전문가인 의사도 아니고 신도 아니야."

"반가운 주석注釋을 붙여주는군. 마음이 그나마 편해졌어…… 타이완에 사는 가족에게 사정을 말할 때 스즈키 몫 이외에 그가 죽었다는 사실도 전달해야 할 텐데, 그때 그를 떠올릴 만한 뭔가를 주기 위해 '휴대전화'를 가지고 있었던 게 실수였어. 나답지 않은 감상이었네. 사실 나를 리궈지라고 소개했을 때 이야기한 경력은 대부분 스즈키의 경력을 이용한 거였지만."

"유품이라면 이걸 챙겨야겠지." 나는 스즈키의 '휴대전화'를 책상 끄트머리에 내려놓았다.

시다라 노인 유괴와 7억7천만 엔 요구 '주범'인 사이쇼 요시로=리궈지=오카다 고지는 다시 안으로 들어왔다. "돌려주는 건가?"

"난 휴대전화를 쓰지 않아. 그쪽 휴대전화에 거는 방법을 배웠을 뿐이지."

"요즘 세상에 휴대전화도 쓰지 않고 탐정 일을 하나?" 그는 어처구니없다는 표정으로 책상 쪽으로 오더니 서류가방을 책상 위에 얹어 열고 스즈키의 휴대전화를 넣었다. 그동안 총구가 내 쪽을 겨누지는 않았지만 총은 여전히 손에 들고 있었다.

"뒤따라 간 자갈 트럭 남자들에 대해 묻지."

오카다는 고개를 끄덕였다. "그렇지만 어디 나가서 증언할 생각은 없어."

"알아. 큰돈을 손에 넣는다는 게 그런 거지."

그는 쓴웃음을 짓고 말했다. "진짜 불쾌한 친구로군. 자갈 트럭은 호쇼지 옆 강가를 따라 난 도로를 벗어나 우회하더니 바로 이쓰카이치 가도를 탔어. 그대로 서쪽으로 달리다가 간바치길이 나오자 왼쪽으로 꺾어 달리다가 고슈 가도가 나오니 거기서 오른쪽으로 꺾어 그대로 조후 시내까지 달려갔지. 그리고 시바사키 역 입구라는 표지판이 있는 교차로에서 오른쪽으로 꺾은 뒤 다시 한동안 주택가를 달렸어. 그리고 동네 이름이 시바사키에서 사스초로 바뀌자 바로 폐업한 슈퍼마켓이 나타났지. '조후 라이프타운'이라는 간판이 걸려 있었을 거야. 거기 주차장이 있던 자리가 작은 폐차장 같았는데 자갈 트럭에서는 남자 한 명이 내렸어. 그리고 근처에 주차되어 있던 짙은 남색 '마크Ⅱ'를 타고 어디론가 사라졌지."

그는 서류가방에서 메모지 한 장을 꺼내 내게 건넸다. "슈퍼마켓 명함과 장소, 그리고 마크Ⅱ 차량번호가 적혀 있어."

"자갈 트럭에 있던 다른 한 명은?"

"호쇼지를 출발했을 때는 틀림없이 두 명의 그림자가 보였지. 그런데 언제부턴가 한 명밖에 보이지 않더군. 절대로 도중에 내린 사람은 없었어."

오카다는 서류가방에서 접은 신문을 꺼내더니 내게 건넸다. "어제 석간이야. 빨간 사인펜으로 표시한 기사를 읽어보면 알 수 있을 테지만 자갈 트럭 운전석에서 총에 맞아 죽은 신원 불명의 시체가 발견되었어. 가슴에 두 발, 그리고 다리에도 총상이 있다고 적혀 있어. 다리 부상은 스즈키가 쏜 총에 맞은 거겠지."

"당신이 신고했나?"

"그래. 조후를 빠져나와 바로 슈퍼마켓 주차장에 있는 자갈 트럭에 대해서만 신고했지. 마크Ⅱ 남자에게 시체를 처리할 마음이 있었는지 어떤지 모르지만 처리한 뒤에는 신고해봐야 늦으니까. 스즈키를 죽인 남자의 정체쯤은 알아두고 싶었기 때문에 마크Ⅱ에 대해서는 내가 조사할 작정이었지. 그래서 이쪽은 이야기하지 않았어."

"마크Ⅱ가 훔친 차가 아니라면 소유자 신분은 바로 알아냈겠군."

"아쉽게도 슈퍼마켓에서 무서운 속도로 달려가는 마크Ⅱ를 추적할 수는 없었지. 경트럭으로는 자갈 트럭을 한 시간 미행하는 게 한계였네."

"이 메모는 내가 맡아두지. 가능하다면 오늘 밤 안으로 경찰을 움직여볼 거야."

"부탁해. 당신에게 정체를 들키지 않고 여기서 나가면 그 남자의 신원을 확인한 다음 조후 경찰서에 제보할 작정이기는 했지만……

당신에게 맡기는 게 낫겠군."

　나는 손님용 의자를 가리키며 말했다. "좀 더 묻고 싶은 게 있어."

　"좋아." 그는 다시 의자에 걸터앉았다. 무릎에 서류가방을 얹고 그 위에 권총 쥔 손을 얹었다. "별로 바쁜 처지도 아니니까."

　나는 잠깐 생각한 뒤에 질문을 시작했다.

　"시다라 노인 유괴는?"

　"내 지시로 스즈키가 실행에 옮겼어. 세부적인 내용은 그에게 맡겼지."

　"대마신이란 남자는?"

　"스즈키가 끌어들였지. 난 직접 만난 적 없어."

　"당신은 노인을 감금해둔 니시카마타의 가시와다 철공소로 바로 갔나?"

　"그랬지."

　"가시와다 철공소를 빌린 건?"

　"그건 스즈키인데, 내가 중소기업 공장 지구에 이미 폐업한 곳 중에 부부 둘이 생활하는 곳을 찾으라고 했지. 요즘 같은 불황이니 후보는 얼마든지 있었지만 지리적인 면을 중요하게 생각해 좁혔어. 유괴 현장에서 너무 가까워도 안 되고 너무 멀어도 곤란하지. 교섭하는 중에 두 채는 거절당했지만 설 연휴에 오키나와 여행을 보내주겠다는 미끼가 효과를 발휘해 세 번째 접촉한 집을 바로 계약할 수 있었다고 스즈키가 말하더군."

　"벳쇼 후미오가 불쑥 끼어들어 깜짝 놀랐겠군."

"그랬지. 하지만 별수 없었어. 계획대로 진행할 수밖에 없었지."

"스즈키는 벳쇼 쪽에서도 몸값을 받아내려고 움직였는데, 알고 있나?"

"아, 그만한 악당이 아니라면 내 계획에 끼워주지 않았겠지. 물론 나중에 따끔하게 이야기는 했어. 어쨌든 그 문제 때문에 당신을 니시카마타로 안내한 셈이 되고 말았으니까."

"노인에게 주사한 건 당신인가?"

"난 간호사 자격을 딸 수 있을 만큼 그쪽 경험이 있어. 사실대로 말하면 두 번째로 당신을 만나러 왔을 때, 리궈지라는 타이완 의사라고 할까 외교관이라고 할까 망설이기도 했으니까. 노인 건강에는 영향이 없도록 세심한 주의를 기울였지. 노인을 유괴했지만 다치게 할 필요는 전혀 없었으니까. 자백제도 이틀 밤 사용했을 뿐이야. 첫날밤에는 제대로 듣지 않았지. 이틀째는 약이 제대로 효과를 보여 두 건의 비밀을 캐낼 수 있었어. 다음에는 수면제를 적당히 처방해 푹 자게 만들었고."

"**두 건의 비밀?**"

"그래. 처음에 캐낸 비밀은 지금 장관을 하고 있는 인물이 관련된 스캔들이야. 그건 발표하면 파문이 너무 클 거라고 생각했어. 그리고 그런 거물이라면 오히려 '지불'하는 역할을 맡기고 싶었지. 그 녀석 이름은…… 아니, 그만두는 게 좋겠군. 당신은 그런 일에 아무 관심도 없어 보이니까 말이야. 두 번째로 알아낸 비밀이 바로 신문에 실린 여당 실력자 의원의 학력 위조 문제였어. 이걸 이용하면 네고로 레지던스에 돈다발을 든 사람들이 줄을 이을 거라고 확신했지. 그걸로 안 된다면 현직 장관 스캔들을 제이 탄으로 써먹을 작정이었어. 그래서 노인을 좀 위험한 상황에 빠지게 만든 게 그 두 번째 밤이었지만."

"그렇다면 그 현직 장관 이외에는 누설되지도 않은 비밀 때문에 거금을 지불한 셈이로군."

"그렇지. 그래서 만에 하나 내가 경찰에 체포되더라도 날 협박으로 고소할 권리가 있는 사람은 엄밀하게 이야기하면 그 현직 장관뿐이야."

"내가 니시카마타에 가지 않았다면 어떻게 전개되었을까?"

"1월 7일에는 **막을 내릴** 작정이었지. 시다라 미쓰히코한테서 비밀을 모조리 캐낸 것처럼 보이기 위해서는 그만큼 시간이 필요할 거라는 거야. 느닷없이 끼어든 벳쇼 후미오라는 젊은이도 그날 풀어줄 생각이었어. 아쉬운 건 애초 계획에 따르면 시다라 노인은 나가타초의 국회의사당 앞에 세운 토요타 사브 안에서 발견될 예정이었는데 당신 때문에 실행되지 않았다는 거야. 그게 네고로 레지던스에 들고 올 돈다발의 '총액'에도 영향을 미칠 거라고 예상했으니까. 7억 엔 넘게 들어왔다고 하니 굳이 불평할 것까지는 없지만."

"이건 마지막 질문인데, 왜 내 앞에 나타난 건가?"

"처음에 온 건 시다라 미쓰히코 유괴 계획의 시나리오 후반부를 멋대로 바꿔 쓴 인물을 꼭 한번 만나보고 싶어서였지. 두 번째 만나러 온 건 당신이 시다라 씨 저택에 불려갔다는 사실을 안 뒤였고.

네고로 레지던스를 감시하던 스즈키가 연락해서 알게 되었지. 노인이 구출해준 사례를 하고 싶어서일 수 있지만 그 이상의 역할을 맡길 가능성을 이리저리 상상하니 당신을 감시 대상에서 빼놓을 수는 없었지. 가장 마음에 걸린 점은 당신이 거기 쌓인 돈을 가로챌 우려가 있다는 거였는데…… 그건 지금 생각하면 쓸데없는 걱정이었던 것 같군."

"묻고 싶은 건 이런 거였어." 나는 책상 위에 있는 담배를 한 개비 뽑아 불을 붙였다.

그도 권총을 서류가방 위에 놓고 두 번째 롱 피스에 불을 붙였다.

"내 본명을 묻지 않아도 되나?"

"물어봐야 대답할 리 없겠지."

"그렇군. 하지만 만약 내가 이대로 사무실을 나가면 당신은 날 다시는 만날 수 없을 거야. 내 신원은 결코 알아낼 수 없어. 당신의 탐정 능력을 가지고 평생을 들여봐야 찾아낼 수는 없을 거야."

"내가 왜 당신을 찾아야 하지?"

"그렇게 묻는다면 대답이 궁하군…… 당신은 내가 그 사건의 주범이라는 사실을 아는데 돈을 분배해달라고 요구할 생각은 없나?"

나는 잠시 생각한 뒤에 대답했다. "없는 것 같군."

"어처구니가 없군." 그가 말했다. 자조 섞인 웃음을 지었다. "분배를 거부당하고 실망하다니, 난 대체 어떻게 되먹은 악당인가?"

"그쪽 볼 일 끝났으면 돌아가도 돼. 경찰에 연락하는 일도 서둘러야 하니까."

"그렇군." 오카다는 담배를 재떨이에 끄더니 천천히 의자에서 일어났다.

"이런 걸 당신에게 묻는 것도 우스운 일이지만, 나는 이 권총으로 당신을 쏜 다음에 여기서 나가야겠지?"

나는 잠깐 생각한 뒤 대답했다. "그렇겠지. 큰돈을 손에 넣는다는 건 그런 거니까."

"또 그 소린가?"

"스즈키 요시토모가 나로 오인되어 총탄을 맞았을 가능성이 있다는 건 알아."

"그 가능성 이외에는 어젯밤 호쇼지 근처에서 일어난 총격을 설명할 수 없겠지."

"이미 그런 사실을 경찰도 알고 있어. 이 사무실에서 총성이 나면 누가 여기로 뛰어 들어올지 몰라."

"흐음."

"그 총을 쏴본 적 있나?"

"솔직하게 이야기하면 없어."

"그럼 날 쏴도 못 맞힐지도 모르겠군. 아니, 쏴도 총탄이 나가지 않을지도 몰라. 그럴 경우 당신은 그 7억 엔이고 이불 보따리고 당분간…… 아니, 아마도 영원히 볼 수 없게 될 거야."

"하마터면 내가 힘보다 머리로 승부하는 인간이라는 사실을 잊을 뻔했군. 이제 슬슬 물러가기로 하지." 그는 문 쪽으로 가 문을 열고 돌아보더니 말했다.

"이런 멋대가리 없는 소리를 늘어놓아서 미안해."

　신원불명의 남자는 작은 권총을 주머니에 넣더니 문을 닫고 사라졌다.

33

다지마 경부보에게 전화할 생각에 수화기로 손을 뻗으니 마치 초능력자가 손을 쓴 것처럼 전화벨이 울렸다. 초능력자는 이런 우연을 즐길 수 없어 섭섭하리라. 나는 수화기를 집어 들었다.

"여보세요…… 사와자키 씨인가요?" 초능력자가 아니기 때문에 상대는 다지마 경부보가 아니었다. 귀에 익지 않은 목소리였고 젊은 남자 같았다.

"그렇습니다만."

"저어, 저는 오늘 토요타마의 쇼지 형사 상가에서 접수할 때 뵈었던 사람인데요……."

조심스러운 말투는 긴장했기 때문이었다. 목소리에서 살짝 겁먹은 느낌이 들었지만 나 때문은 아닌 듯했다.

"아, 세상을 떠난 쇼지 형사 동창인 후지, 맞나?"

"예…… 그러면 쇼지 집에 전화를 걸어 저를 찾으신 분이 맞는 거로군요."

"그래."

"그럴 필요까지는 없었는데." 그는 조금 불만스러운 듯한 목소리로 말했다.

"조문객 명부를 보고 사와자키 씨 연락처를 알고 있었기 때문에 어차피 전화할 생각이었거든요."

"그래? 미안하군. 전화를 건 게 나라는 걸 눈치채지 못했을 텐데."

"아, 미안해하실 것 없어요. 사실 쇼지 문제로 사와자키 씨에게 묻고 싶은 것도 있고 이야기하고 싶은 것도 있는데, 지금 그쪽 사무실로 찾아가도 괜찮을까요?"

"아니, 잠깐. 쇼지 형사 집에서 말한 것처럼 내 신변은 별로 안전하다고는 할 수 없어. 사무실은 피하는 게 낫겠군. 이 부근 니시신주쿠에서 어디 아는 가게 없나? 카페건 식사를 할 수 있는 곳이건 술집이건 나는 괜찮은데."

"지금 오타키바시길로 나가 바로 보이는 '베로체'라는 카페에 있는데요."

"바로 그리 가지. 기다려."

"알았습니다." 우리는 전화를 끊었다.

나는 난로만 끄고 서둘러 코트를 집어 들었다. 복도로 나와 여느 때와 반대로 안쪽으로 향했다. 화장실을 지나면 나오는 문을 열고 좀처럼 이용하지 않는 비상계단을 내려갔다.

카페 베로체는 와인색을 바탕으로 한 인테리어의 셀프 서비스 카페였다. 내가 도착했을 때는 9시 반을 조금 지난 시각이었는데 빈 테이블이 반쯤 있었다. 나는 주문한 커피를 받아들고 오른쪽 구석에 우두커니 혼자 앉아 내내 나를 지켜보는 청년에게 다가갔다. 묶었던 긴 머리를 풀었고 검은색 피코트 안으로 옷깃이 높은 빨간 스웨터가 보여 신주쿠 번화가를 활보하는 또래 젊은이와 조금도 다를 바 없었다. 쇼지 형사 상가의 안내 데스크에 앉아 있던 사람이 틀림없었다. 눈에는 붉게 선 핏발이 아직도 남아 있었다. 하지만 그때처럼 넋 나간 표정은 사라졌고, 대신 의지가 굳어 보이는 짙은 눈썹과 턱 선이 돋보였다. 약간 어두운 인상을 주는 **눈빛**을 제외하면 요즘 스타일의 미남 청년이었다. 오렌지주스가 놓인 테이블에 커피를 내려놓자 그가 일어섰다.

"후지 히로유키라고 해요."

"나는 사와자키. 기다리게 해서 미안하군."

맞은편 의자에 앉자마자 그는 젊은이답게 솔직하게 바로 요점을 꺼냈다.

"아키히코는 살해당한 건가요? 호송 담당 형사로 임무를 수행하다가 죽은 게 아니라 애초부터 그 친구가 표적이었다는 건가요?"

"확증은 없지만 나는 현재 그렇다고 생각해. 신주쿠 경찰서 지하 주차장에서 일어난 총격 사건 개요는 들었나?"

"예, 대략은요. 쇼지네 집에서는 설날 이후 내내 그 이야기만 했으니까요."

"애초에 사건은 가나가와 은행의 어느 지점에서 일어난 가부라기구미 두목 습격에 대한 보복일 거라고 생각되었지. 두목을 습격한 범인은 벳쇼 후미오라는 남자인데 습격 직후부터 그가 범인으로 지목되었지. 그런데 벳쇼는—이건 나중에 알게 된 사실이지만— 전혀 다른 사건에 휘말려 행방을 알 수 없게 된 거야. 그 기묘한 시간 공백에 경찰관인 쇼지 아키히코가 임무 수행중 불행하게도 순직한 것처럼 보이는 상황을 꾸며 죽이려는 계획을 세운 인간이 있었던 게 아닌가, 하고 나는 생각해."

후지 히로유키는 메마른 땅이 물기를 빨아들이듯 열심히 내 이야기에 귀 기울였다.

"처음으로 느낀 의문은 지하 주차장에서 일어난 저격이 아무래도 폭력단의 보복 같지 않다는 점이었지. 신주쿠 경찰서에 자수한 사람은 벳쇼의 매형인 이부키 데쓰야인데 가짜 자수라는 사실을 알면서도 그 가짜 저격범에게 보복을 한다는 게 폭력단다운 짓인지 아닌지는 의견이 갈릴 수 있어. 하지만 저격 순서, 저격 방식, 저격 뒤에 보여준 행동 등 어느 것을 보더라도 폭력단이 한 짓이라고 생각할 수 없다는 거야. 가부라기구미가 보복한 거라면 자기들 차에 올라타 총탄을 몽땅 쏴댄 다음 관할 경찰서에 당당하게 자수해 마무리했을 거야. 그런데 훔친 차로 호송 타이밍을 휴대전화로 확인하고 프로 저격수처럼 총탄을 딱 두 발만 발사한 다음 바로 현장에서 도주했고 자수하는 놈도 없어. 게다가 저격을 방해했다는 이유로 차량번호를 가지고 내 신원을 알아내 일부러 협박전화까지 건다…… 이건 폭력단이라기보다 무슨 음모를 구미는 '모략단'이지."

나는 커피를 한 모금 마셨다. 후지 히로유키는 오렌지주스를 빨대로 한 모금 빨았다.

"그런 의혹이 차츰 커지기 시작하자 다음 단계에는 저격의 목적은 이부키 데쓰야를 죽이는 거였고 그걸 방해한 내게도 보복하는 듯한 징후를 드러내기 시작했어. 이부키 데쓰야는 원래 아사카구미라는 폭력단에 몸을 담았던 사람이고 손위처남이 아사카구미 두목이라는 관계도 있어. 결코 목숨을 노릴 리가 없다고 단언할 수 없기 때문에 한때는 그런 가능성도 있다고 생각했어. 하지만 성실한 요릿집 주인으로 이십 년이나 순탄한 가정생활을 꾸려온 이부키 주변에서는 그의 목숨을 노릴 만한 인물이 전혀 떠오르지 않았어. 그랬더니 이번에는 마지막 단계로, 현장에 없었던 벳쇼나 오른쪽 어깨에 총알을 맞은 이부키가 아니라 뒤통수에 총탄을 맞고 세상을 떠난 쇼지 형사가 사실은 진짜 표적이 아닌가 하는 의심을 품게 된 거야. 이때 사건 해결의 열쇠가 되는 것이 내 증언이지. 내가 몬 블루버드가 저격범의 차를 들이받은 게 거의 동시였다고 하는 증언. 쇼지 형사 상가에서 나는 두 번째 총탄 발사가 추돌보다 조금 빨랐다고 했을 거야. 하지만 사실 나는 총격이 빨랐는지 추돌이 빨랐는지 아니면 완전히 동시였는지 정확하게는 모르겠어. 그런 혼란스러운 상태에서는 그 순간에 대한 판단이 도저히 불가능하다는 게 내 생각이야. 그래서 '거의 동시'라는 모호한 내 증언이 오히려 꾸밈없이 진심에서 우러난 증언이었던 거지."

나는 커피를 한 모금 마시고 덧붙였다. "하지만 이 세상에 단 한 사람만은 그 순간에 대해 정확하게 말할 수 있겠지."

"저격한 본인이겠군요." 후지 히로유키가 말했다.

"그래. 그놈은 자기가 두 번째 총탄도 이부키를 쏘려고 했는지 내가 들이받는 바람에 빗나갔는지, 아니면 두 번째 사격은 쇼지 형사를 쏘려 했고 추돌 영향을 받기 전에 정확하게 목적을 이루었는지, 어느 쪽인지 분명히 알겠지. 물론 범인을 위해 공평하게 이야기하자면 첫 번째나 두 번째나 그냥 위협사격을 할 생각이었는데 사격 실력이 너무 형편없어 두 발 모두 사람에게 맞고 말았다는 변명도 가능할 테지만 말이야. 물론 당시의 차분한 저격 태도를 보면 그런 변명은 통하지 않겠지. 그러니 추돌 영향이 없었던 게 분명한 첫 번째 사격이 이부키를 쏘려고 했고, 정확하게 맞힌 사격 능력을 기준으로 본다면, 두 번째 사격도 이부키를 쏘려 했던 거라고 주장하려면 추돌이 발사보다 빨라 방아쇠를 당길 때 영향을 받았다는 게 전제 조건이 돼야 할 거야."

"범인이 사와자키 씨에게 협박전화를 한 건 그 때문이었군요."

"눈치가 빠르군. 전화를 건 녀석은 그때 운전했던 놈 같은데, 그 녀석 말에 따르면 저격을 담당한 한패가 나 때문에 일을 그르쳐 공연한 살생을 했다고 화내고 있다고 했지. 그러니까 자기들은 두 발 모두 이부키를 쏘려고 했는데 두 번째 사격 때 내가 들이받아 방해

받았다고 주장한 셈이야. 그런 식으로 주장하면 내가 어떻게 나올지, 그걸 탐색하는 게 전화의 목적이었던 게 틀림없어. 그때 나는 대신 자수한 이부키를 표적으로 삼은 저격이라는 사실에 아무 의문도 품지 않았고, 추돌과 발사의 정확한 시간적 전후 관계는 판단할 수 없었기 때문에 그들의 '주장'에 반론하지 않고 이야기를 진행했지."

"그들은 일단 안심했겠군요."

"그랬겠지. 그래서 이부키를 표적으로 삼은 저격이라는 설이 흔들리자 마치 그 주장을 뒷받침하려는 듯이 이부키와 나를 신주쿠 주오 공원에서 다시 저격한 거야. 결국 나를 죽이려고 블루버드를 운전하던 다른 사람을 착각해 죽이고 말았지. 이런 난폭한 행동을 앞뒤가 맞게 설명하기 위해서는 저격한 범인에게 아무리 씻어내려고 해도 씻기지 않는 큰 걱정거리가 있기 때문이라고 생각할 수밖에 없어."

"범인은 두 번째 사격으로 아키히코를 쏠 작정이었고 추돌당하기 전에 정확하게 목적을 이루었기 때문에 당신이 언제 그런 사실을 깨닫게 될지 모른다는 걱정이겠군요."

"맞아. 그리고 아마 이 사건이 '이부키 데쓰야 살해'로 여겨지는 한 자기들에게 수사의 손길이 미치는 일은 없을 테지만, '쇼지 형사 살해'로 간주되면 언젠가는 수사선상에 떠오르게 될 처지인 놈들의 범행이 아닐까?"

후지 히로유키는 거의 무의식적으로 남은 주스를 다 마셨다.

"저도 아키히코는 임무 수행중에 우연히 총에 맞은 게 아니라 살해되었다고 생각합니다."

나는 바로 옆 벽 쪽에 있는 작은 선반에서 작은 재떨이를 꺼내고 담배에 불을 붙였다.

"그렇게 생각한 근거를 듣고 싶군."

"예. 작년 5월 연휴 때였어요. 그때 아키히코는 아직 다나시 경찰서에 근무하던 말단 순사였죠. 회계과 소속으로 분실물이나 습득물 관리 업무를 하고 있었어요. 경찰관이 된 지 오 년이 되었지만 아키히코는 아주 긴장한 모습이었어요. 진급시험을 볼 때마다 떨어져 대인공포증 같은 모습도 보였거든요. 경찰서에서도 가급적 외부 접촉이 적은 부서를 돌았고요. 주변 사람들은 언제 경찰을 그만두어도 이상할 게 없다고 생각했던 모양이에요. 저도 일 년쯤 전까지는 토요타마키타에 있는 본가에서 지내서 아키히코를 자주 볼 수 있었는데, 갑자기 지바 현 마쓰도 시로 근무지가 바뀌는 바람에 쉽게 만날 기회가 없어졌죠. 저는 작은 광고 관련 회사에서 디자인 일을 해요. 그런데 5월 연휴에 마침 둘이 휴가가 겹쳐 오쿠타마에 있는 '닛파라 종유동'까지 2박 여행을 갔죠. 이틀째 되는 날 점심식사를 마친 뒤 장래 이야기를 하던 중, 좀 말다툼이 생겨 아키히코가 혼자 닛파라 강 쪽으로 산책을 나갔어요. 민박집에 돌아온 때는 주위가 완전히 어두워진 8시쯤이었는데 처음에는 창백한 얼굴로 한 마디도 않더군요. 저녁밥을 먹고 맥주를 마시기 시작하면서 기분이 조금씩 풀려 낮에 말다툼한 일도 모두 제 말이 옳았다며 고집을 굽히더군요. 그래서 그날 하루 더 묵고 이튿날은 일찍 집으로 돌아왔죠. 그런데 그때부터였어요. 아키히코의 삶이 크게 변한 건…… 원래 아키히코는 중학교 때나 고등학교 때 성적이 상위권이었고 운동도 제법 잘해서 반에서 인기가 꽤 많았거든요. 어려서부터 꿈꾸던 경찰관이 되기 위해 경찰대학교에 들어갔고 졸업한 뒤 경찰관이 되기는 했지만, 사회에 나오면서 아까 말씀드렸듯이 점점 사회에 잘 적응하지 못하게 되었던 거예요. 그런데 오쿠타마 여행을 계기로 완전히 학창시절의 페이스와 여유를 되찾은 느낌이었어요. 7월에는 진급시험에도 합격했고 꽤 오래 걸렸던 형사 강습 기간도 무사히 마쳤죠. 하지만 다나시 경찰서에는 형사 정원이 다 찬 상태라 11월에야 겨우 그토록 바라던 형사로 신주쿠 경찰서에서 근무하게 된 거죠. 저는 아키히코의 대변신을 보며 정말 기뻤어요. 그러면서도 오쿠타마 여행 이후 뭔가 마음에 걸리는 게 있어서 급격한 변화에 일말의 불안을 느꼈죠…… 그런데 12월 들어 아키히코 입에서 결혼 이야기가 나올 무렵부터 조금씩 파탄 조짐을 보이기 시작했어요. 12월 중순쯤이었는데 아키히코가 제 근무처로 전화를 걸어와서 그날 밤 근처 요릿집에서 식사하며 이야기를 들었죠. 신주쿠 경찰서에 있는 어느 상사가 내키지 않는 결혼을 밀어붙인다면서 많이 취해 술주정하더군요. 이리저리 캐묻는 나에게 오쿠타마 여행 이후의 '사정'을 말하기까지는 시간이 꽤 걸렸는데, 그래도 간신히 요점은 들려주었죠."

내가 담배를 재떨이에 끄자 후지 히로유키는 세상에 담배라는 게 존재한다는 사실이 그제야 생각난 듯 피코트 주머니에서 마일드세븐을 꺼내 불을 붙였다.

"아키히코와 오쿠타마에 갔을 때 이야기로 돌아가야겠군요. 그날 아키히코는 혼자 산책하다가 어떤 남자가 범죄를 저지르는 현장을 목격했답니다. 안타깝게도 그 남자 이름이나 저지른 죄가 무엇이었는지는 말해주지 않았죠. 아키히코는 근처 파출소로 달려가 순사에게 급히 신고하고 둘이서 그 남자를 현행범으로 긴급 체포했대요. 그런데 그 순사가 파출소에 돌아와 오쿠타마 본서로 연락하려다 그만 심장발작을 일으켜 쓰러지고 말았답니다. 그것도 눈 깜짝할 사이에 심장이 정지해 숨을 거두었다더군요. 그러자 수갑과 포승에 묶인 그 남자는 아키히코가 순사와 나누는 이야기를 듣고 경찰이라는 걸 눈치채고, 경찰관으로서의 미래와 출세를 보장하겠다는 조건을 내세우며 자기를 놔달라고 했답니다. 실은 그 남자는 경찰이고 상당히 높은 지위일 뿐 아니라 고위 간부 여러 명의 약점을 잡고 있었답니다. 그들을 마음대로 조종할 수 있기 때문에 아키히코에게 보증하는 '보답'은 틀림없이 이루어질 거라는 거였죠."

후지 히로유키는 깊은 한숨과 함께 담배 연기를 내뿜고 말을 이었다. "아키히코는 그 남자의 이름을 마지막까지 말하지 않았어요. 그저 자신을 신주쿠 경찰서에 근무하게 끌어준 상사라고만 했죠."

"그런가? 그렇다면 상당히 좁혀 들어갈 수 있겠군."

"범죄를 저지른 상사와 그걸 못 본 척한 부하의 관계는 12월에 결혼 이야기가 나올 때까지는 그럭저럭 괜찮았던 모양이에요. 결혼 이야기 때문에 문제가 생기기 시작했다는 말씀은 드렸죠? 아키히코에게 결혼을 권한 여성은 그 상사가 약점을 잡고 있다던 고위 간부의 상당히 문제 있는 딸이었답니다. 아키히코는 그 아가씨의 행실을 알고 있더군요. 외모는 모델 못지않지만 아버지가 경찰 높은 자리에 있지 않았다면 벌써 교도소에 들어가 있어도 이상하지 않을 만큼 유명한 아가씨라고 이죽거리며 말했죠. 그런데 그 아가씨가 무슨 바람이 불었는지 경찰 간담회 때 아키히코를 보고는 저 사람과 결혼할 수 있으면 마음잡고 성실하게 살겠다는 갸륵한 소리를 했대요. 그 상사는 이 혼담이 성사되면 아키히코를 완전히 제 사람으로 만들 수 있을 테고, 자기 영향력도 더 넓힐 수 있는 절호의 기회라고 생각했겠죠. 부탁하지도 않은 중매쟁이 역할을 맡아 의욕적으로 나서더니 아가씨의 아버지인 고위 간부에게도 따님 일은 자신에게 맡겨달라고 했다더군요. 그런데 예상과 달리 아키히코가 완강하게 거부했죠. 아무리 설득하고 어르고 달래도 통하지 않았어요. 아키히코를 장악하려던 그 상사의 계획이 어디부터 완전히 방향이 바뀌어 살해하는 쪽으로 바뀌었는지 저로서는 그저 상상할 수밖에 없죠……."

후지 히로유키는 담배를 재떨이에 껐지만 억누르고 있는 분노 때문에 손이 파르르 떨렸다.

"상상할 수밖에 없기는 나도 마찬가지지." 내가 말했다. "쇼지 형사 살해 계획은 가나가와 은행에서 일어난 가부라기구미 두목 습격 사건과 대신 자수해도 이상할 게 없는 남자가 신주쿠 경찰서 관내에 있다는 정보를 바탕으로 급히 기획한 것일 테지. 상당히 위험한 계획이었을 텐데 계획을 꾸민 사람들의 예상보다 훨씬 더 잘 풀린 것 같아."

"사와자키 씨가 블루버드로 범인의 차를 들이받기 전까지는 그랬 겠죠."

"나는 지금 신주쿠 경찰서로 가서 총무과에 근무하는 다지마라는 경부보를 만날 거야. 자네가 한 이야기 말고도 이부키에게 대신 자 수하도록 간접적으로 강제한 '무라시마'라는 형사의 존재나 저격범 가운데 한 명이 타고 있던 '마크Ⅱ'의 차량번호 같은 정보도 가지고 있어. 자네 이야기를 들어보면 범인들은 경찰관이거나 그 비슷한 부 류일 가능성이 높은 것 같군. 주범으로 보이는 쇼지 형사의 상사 이 름이 밝혀지는 것도 시간문제라고 생각하네. 자네도 함께 신주쿠 경 찰서에 가줄 텐가?"

"그건 거절하겠어요." 후지 히로유키가 말했다. 그날 가장 결연한 말투였다.

"어째서?"

"제가 동행하면 쇼지가 그토록 지키고 싶었던 비밀이 밝혀지고 말 우려가 있기 때문입니다."

"그 비밀이란 게 쇼지 형사가 상사의 범죄를 눈감아주고 종범이 되었다는 사실이나 그걸 출세에 이용했다는 사실보다 더 밝히고 싶 지 않은 건가?"

"그래요."

"그 비밀이란 자네와 쇼지 아키히코가 둘 다 남자지만 '애인' 사 이라는 사실을 말하는 건가?"

"맞아요." 후지 히로유키는 주눅 드는 기색도 없이 대답했다. 오히려 안도한 표정이었다. 그리고 물었다. "제가 그런 사실을 사와자키 씨에게 제 입으로 직접 말하지는 않았죠?"

"그랬지. 하지만 자네가 한 쇼지 아키히코 이야기는 듣기에 따라 자네들의 '애정 이야기' 이외에 아무것도 아닌 것 같더군…… 우선 장래를 함께 걱정하는 친밀한 관계."

후지 히로유키가 말을 받았다. "오쿠타마로 간 2박 여행, 그리고 아키히코의 극단적인 양면성과 형사라는 남성적 직업에 보이는 집착, 아키히코의 혼담 거절……."

"그리고 쇼지 형사 상가에서 본, 눈물을 흘려 붉게 부어오른 눈도 그렇고."

후지 히로유키는 살짝 미소를 지었다. 하지만 그 미소는 바로 지워졌다. "경찰에서 증언하게 되면 오쿠타마의 2박 여행부터 시작해야 하겠죠."

"녀석들이 그런 걸 눈치챌까?"

"만에 하나 눈치채서 아키히코의 가족이나 동창생, 경찰 동료에게 알려지면 저는 저세상에서 아키히코를 볼 면목이 없어요."

"경찰이란 곳은 증거가 되지 않을 개인 비밀은 덮어두는 곳인데."

"만에 하나라도 그렇게 되지 않으면 저는 저세상에서 아키히코를 볼 낯이 없어요. 사와자키 씨에게 그걸 들킨 건 아키히코도 용서해주겠죠. 아키히코는 사와자키 씨라는 존재 자체를 모르니까요. 하지만 그는 평소 제 가족이나 동창생, 경찰 동료가 그런 사실을 알게 된다면 그 자리에서 목숨을 끊고 말겠다고 했죠."

"말로만 그런 것 아닌가?"

"아키히코가 경찰관이 되고 싶다는 말을 꺼낸 게 아마 중학교 2학년 때였을 거예요. 그건 거의 자신이 동성애자라는 사실을 숨기고 살아가겠다고 선언한 거나 마찬가지였어요."

"자네는 그렇지 않나? 남이 알아도 상관없어?"

"저는 정반대예요. 오히려 그런 사실을 큰 목소리로 남들에게 알리고 싶을 정도랄까. 하지만 그렇다고 아키히코가 그러지 못하는 심정을 무시하는 건 아니에요. 그게 우리의 우정을 성립시키고 있었으니까요…… 사와자키 씨가 오늘 상가에 오셔서 저격 사건은 아키히코를 죽이려 했을 가능성이 있다는 사실을 지적하지 않았다면, 저는 아키히코 죽음의 진상은 영원히 어둠 속에 묻혀도 어쩔 수 없다고 생각했을 지경이니까요."

"그럼 자네는 쇼지 아키히코와의 관계를 큰 소리로 알리고 싶은 심정이지만 죽은 친구를 위해 침묵하겠다는 거로군."

"그렇죠."

"자네가 뭔가를 참고 있다면 나도 뭔가를 참아야겠지."

나는 커피를 들이켜고 의자에서 일어났다.

"여러 가지 이야기를 해줘서 고마웠어."

"그럼…… 저는 신주쿠 경찰서에 가지 않아도 되는 건가요?"

나는 잠깐 생각한 뒤 대답했다.

"어떻게 되겠지."

"어떻게 되겠지." 다지마 경부보는 잠깐 생각한 뒤에 대답했다.

나는 베로체를 나와 바로 신주쿠 경찰서로 향했다. 그때까지 입수한 몇 가지 정보를 다지마 경부보에게 전하는데 시간은 많이 걸리지 않았다. 신주쿠 경찰서에 도착한 시각은 10시가 지나서였지만 10시 반에는 모든 이야기가 끝나 있었다.

다지마 경부보의 대응은 신속했다. 경시청 관할 경찰관 가운데 '무라시마'라는 성을 지닌 경찰관은 의외로 겨우 세 명뿐이었다. 한 사람은 메구로 경찰서 교통과 소속 이십대 중반의 여성 경찰관, 또 한 사람은 하치오지 경찰서 경무과에 있는 오십대 중반의 경부였는데 병으로 장기 입원중이라는 사실이 확인되었다. 따라서 세 번째인 신주쿠 경찰서 수사4과 소속인 무라시마 나오미 순사부장, 42세가 하네다 마사오의 여동생이 기억하는 형사일 가능성이 높았다. 총무과 컴퓨터 화면에 나타난 무라시마의 사진을 보니 지하 주차장 저격 때 쇼지 형사와 함께 이부키 데쓰야를 호송하던 나이 많은 형사라는 사실을 바로 알 수 있었다. 신주쿠 주오 공원에서 발포가 있었을 때도 쓰쓰미 과장과 함께 모습을 보인 형사다.

사이쇼=리궈지=오카다가 주고 간 메모에 있던 짙은 남색 마크Ⅱ의 번호로 차량 소유자는 쉽게 알아냈다. 세타가야 구 지토세다이에 있는 경찰 관사에 사는 오구라 스스무 경부보, 마흔여섯 살로 소속은 오기쿠보 경찰서 수사4과였다. 세타가야 주소는 조후 시와 옆이 지면 코 닿을 거리이기 때문에 부근 지리를 잘 안다고 해도 이상할 일 없었다. 컴퓨터 화면에 나타난 오구라의 사진은 랜드크루저 운전석에 앉아 있던 골프모자에 마스크를 쓴 남자의 흐릿한 기억과 크게 다르지 않았다. 스기나미 구의 오기쿠보가 자기 영역이라는 아사카 구미와 이부키 데쓰야에 대한 정보를 장악하고 있는 사람은 이 경부보이리라.

슈퍼마켓 '조후 라이프 타운' 주차장 자갈 트럭 운전석에서 발견된 시체의 얼굴 사진은 조후 경찰서에서 보내왔다. 다지마 경부보가 직접 신주쿠 경찰서 경무과에서 '홍보'를 담당하는 사기무라 신지鷺村真爾 경부보, 39세라는 걸 확인했다. 올림픽 사격 종목 후보가 될 수 있는 실력이지만 정신과 기술, 체력 가운데 '정신'에 문제가 있어 과거 네 차례의 선발경기에서 최고 성적 5위밖에 기록하지 못해 경찰서 안에서는 '5위 해오라기鷺'라는 별명으로 놀리는 사람이 많았다고 한다. 컴퓨터 화면에 비친 사기무라의 얼굴은 랜드크루저 뒷좌석에 앉아 있던 목출모를 쓴 남자가 모자를 내리기 직전에 보았던 옆얼굴의 희미한 기억을 떠올리게 할 만큼 인상이 비슷했다. 홍보 담당이기 때문인지 경찰서 안에서 본 적 있는 얼굴 같은 느낌이 들었다. 사기무라에게 저격당한 스즈키 요시토모가 죽을 때 '어디서 본 적이 있다'라고 한 것도 같은 이유일지도 모른다.

신주쿠와 오기쿠보 각 경찰서 수사4과의 당직 책임자에게 문의하니 무라시마 형사와 오구라 경부보는 비번이었다. 최근 동향이 궁금했던 구로다 경부는 연말연시에 쉬지 않고 근무한 대신 7일부터 11일까지 닷새 동안 장기 휴가를 냈다고 했다. 마찬가지로 경무과 당직 책임자에게 문의하니 사기무라 형사는 오늘 아침 일찍 전화로 몸이 좋지 않아 출근 못 한다는 연락이 있었다는 답변이었다. 죽은 사람이 전화를 걸 리 없으니 아마 오구라 경부보가 전화했으리라. 사기무라의 가족에게 물어보았더니 요즘 내년도 경찰관 모집 업무 때문에 바쁘고 출장이나 야근이 잦아 어젯밤에도 귀가하지 않았다고 답했다. 병 이야기는 전혀 나오지 않았다.

세 명 혹은 네 명의 형사가 '쇼지 형사 살해'에 관여했을 가능성이 농후해진 시점에서 내 질문에 답하고 다지마 경부보는 잠긴 목소리로 '어떻게 되겠지'라고 했다. 그는 십 분쯤 자리를 비웠다. 아마 파리에 가 있는 니시고리 경부보에게 연락해 지시를 받았으리라. 돌아온 다지마는 총무과 과장에게 연락해 과장 명의로 이미 퇴근한 수사 4과 쓰쓰미 과장과 신주쿠 경찰서 서장에게 비상소집을 요구했다.

'쇼지 형사 살해 사건'은 새로 수사1과가 담당하게 되어 이미 무라시마 형사와 오구라 경부보의 신병 확보를 위해 1과 당직 형사들이 급히 움직이고 있다고 다지마가 말했다. 그리고 휴가중인 구로다 경부의 소재는 가족에게 문의했더니 오쿠타마의 '닛파라 종유동' 근처 민박집에 머물며 '수렵'을 즐기고 있다는 사실이 밝혀져 오쿠타마 경찰서에 급히 신병을 확보하라고 지시를 내렸다고도 했다.

나는 사건이 내 손을 떠나 경찰 기구의 거대한 수레바퀴에 견인되어 가는 **모습**을 총무과의 삑삑 소리를 내는 다지마 경부보의 고물 의자에 앉아 지켜보았다.

"난 돌아가겠어." 나는 의자에서 일어나 다지마에게 말했다.

"그래?" 다지마 얼굴에 잠시 안도한 표정이 떠올랐다. '경찰관 살해'에 같은 경찰서 경찰관이 여러 명 관계됐다는 엄청난 불상사가 드러나려고 하는 때에 나의 개입은 이미 훼방 이외에 아무것도 아닐 게 틀림없었다.

"오늘 밤은 사무실이든 집이든 반드시 연락이 닿을 수 있게 해 줘."

나는 고개를 끄덕이고 총무과를 나왔다. 신주쿠 경찰서를 나오니 밖에는 차가운 겨울비가 내리고 있었다.

34

나는 택시를 잡아타고 바로 집으로 가고 싶었다. 하지만 후지 히로유키를 만나기 위해 서둘러 나오는 바람에 사무실 불도 끄지 않았고 문단속도 하지 못한 상태였다. 사무실에 들어가 문을 닫을 때 나는 뭔가 이상하다는 사실을 깨달았다. 오른쪽 구석에 있는 철제 사물함 뒤에 숨듯이, 남자가 접이식 의자에 걸터앉아 있었다. 두 손을 짙은 남색 코트 주머니에 찔러넣고 있지만 오른손 쪽이 불룩했다.

"쇼지 형사를 살해한 건 너였나?" 내가 물었다.

신주쿠 경찰서 수사4과 쓰쓰미 과장은 한숨을 길게 내쉬었다. 가슴속에 맺혔던 것을 모두 토해내는 듯한 시늉이었다. "그래. 구로다 경부라고 생각하고 있었겠지?"

"난 증거도 없이 사람을 살인범이라고 생각해야만 할 처지에 있었던 적은 없어. 코트를 벗어도 되겠나?"

"그러시지."

나는 비에 젖은 코트를 벗었다. "이걸 사물함에 넣고 젖은 머리를 닦을 수건을 꺼내고 싶은데."

"그러시지. 단, 사물함에 있는 금속 야구방망이는 건드리지 마."

나는 사물함 쪽으로 가서 문을 열고 코트와 목욕 수건을 교환했다. 쓰쓰미와의 거리가 1미터도 되지 않아 주머니 속에서 오른손으로 쥔 것이 나를 겨눴다는 걸 알 수 있었다. 나는 사물함과 쓰쓰미에게서 몇 걸음 떨어져 젖은 머리를 닦았다.

"책상 쪽 의자가 아니라 그쪽 의자에 앉아주실까?" 쓰쓰미는 손님용 의자를 턱으로 가리켰다.

나는 지시에 따랐다. 손님용 의자는 왠지 편치가 않았다. 머리 닦은 목욕 수건을 목에 걸고 쓰쓰미에게 물었다. "끝났나?"

"그런 것 같군." "오쿠타마에 있는 구로다 경부를 자살로 위장해 죽이라고 무라시마와 오구라에게 명령했는데…… 끝내 알았다고 하지 않았지. 그놈들도 이제 한계인 모양이야. 두 사람 이름은 알고 있나?"

나는 고개를 끄덕였다. "1과가 신병을 확보했을 테지."

"무라시마 쪽은 얌전히 잡힐 각오를 한 모양이야. 오구라는 도망칠 수 있는 만큼 도망쳐보겠다고 했지. 어차피 연줄이 있는 간사이 지방 폭력단에 신세 질 작정일 테지만, 결말이 그리 산뜻하지는 못하겠지."

"그들은 모두 당신에게 약점을 잡혀 일을 거들었나?"

"그런 셈이 되나……? 그들을 위해 말해두지만, 그들은 과거에 분명히 경찰관을 그만두어야만 할 범죄나 실수를 저질렀지. 하지만 경찰로서는 매우 우수한 인재들이었어. 경력을 조사해보면 알 거야. 쇼지 아키히코 같은 풋내기에 비하면 훨씬 뛰어난 경찰관들이었지. 4과에는 그런 경찰이 필요해. 만약 내가 그들을 간단하게 잘라버리는 상사였다면 신주쿠 경찰서의 폭력단 대책은 훨씬 형편없었을 거야. 나는 그들을 보호하고 경찰 생활을 이어갈 수 있게 조치해줬고, 대신 그들도 내 지시에 절대 복종했지…… 그것도 어제까지였지만."

"구로다 경부를 오쿠타마에서 처치한 것도 너인가?"

"내가 휴가를 낼 생각으로 민박 예약도 지불까지 마쳤으니 사냥이라도 하러 다녀오라고 권하자 좋다고 가더군. 공짜보다 무서운 것은 없는 법이야."

"그래도 가부라기구미 두목 습격 사건의 보복으로 위장해 쇼지 형사를 살해하자는 지하 주차장 계획은 너무 위험하지 않았나?"

"나중에 보면 그렇게 보일지도 모르지. 하지만 그때는 충분히 승산이 있었어."

"가부라기구미 소속 두 사람은 가모시다와 리키이시라고 했나? 두 사람을 저격범으로 꾸밀 작정이었어?"

"그래. 두 놈은 자기들이 저격했다고 인정하지 않으면 바깥세상을 도저히 살아갈 수 없겠지. 가부라기구미를 좌지우지할 수 있는 가나가와 현경의 어떤 고위 간부가 내 뜻을 거스를 수 없는 처지야. 가부라기구미와 맞서는 진류카이의 오기스라는 간부는 내 마음대로 부릴 수 있는 녀석이고. 만약 가모시다와 리키이시가 내 뜻을 거스르고 바깥세상에서 돌아다닌다고 해도, 오기스를 통해 두 녀석이 가부라기구미 두목이 입원해 있던 병원에서 빠져나와 조직을 배신하려 했다는 말을 퍼뜨리면 바로 가부라기구미가 처단하겠지. 그런 꼴이 되는 것보다는 두목의 원수를 갚기 위해 저격을 실행한 영웅이 되는 게 낫지 않겠나? 길어봐야 칠팔 년 감방에서 **별장생활**을 하다가 사회에 복귀하는 편이 훨씬 낫지. 실제로 가모시다는 받아들였어. 리키이시란 놈이 좀 투덜거렸지만 시골에 있는 병든 노모를 돌봐주는 조건을 내걸자 그러기로 마음을 먹었지."

"이부키를 '상해'한 건 그쯤으로 끝날 테지만 쇼지 형사를 '살해'했으니 그 정도 형량으로 넘어갈 수는 없을 텐데."

"이부키만 해칠 의도가 있었던 거고 쇼지는 **과실**로 처리되겠지. 솜씨 좋은 변호사를 붙이면 이부키 상해로 삼 년 이하 징역, 쇼지 과실치사를 넣어도 길면 칠팔 년이고 잘하면 오 년 이내로 나올 거야."

"그런가? 그럼 왜 그 방법을 쓰지 않았지?"

"이봐, 이봐. 남 일처럼 말하지 말아줘. 네가 용의자를 확인할 때 두 녀석이 저격범이라고 진술했다면 사건은 그걸로 끝나는 거였어."

"하지만 확신이 서지 않았어."

"내 오랜 형사 생활 경험을 바탕으로 이야기하면, 그런 상황에서 증언자는 확신이 없어도 '노'라고 하지 않고 '예스'라고 하기 마련이

지. 특히 바로 앞에 있는 용의자가 나를 죽이려 들 우려가 있다면 그
들이 경찰서 유치장에서 풀려날 수도 있는 '노'라는 대답은 절대 하
지 않아."

"오구라 경부보를 시켜 내게 건 협박전화는 사전 공작이었나?"

"네겐 별 효과도 없었지. 게다가 오구라가 협박전화를 건 뒤 가모
시다와 리키이시가 느닷없이 해외로 도망치려했기 때문에 솔직히
당황했어. 미행중이던 이세자키 경찰서 형사들이 하네다 공항에서
탑승 수속을 밟는 순간 붙잡아 별일 없었지만. 가모시다와 리키이시
가 삼십 분만 행동이 빨랐어도 자칫하면 경찰에 잡혀 있는 놈이 네
게 협박전화를 거는 희한한 일이 일어날 뻔했지. 네가 용의자를 확
인하고 가모시다와 리키이시가 저격범이라는 확신이 들지 않는다
고 했던 것은 협박전화를 걸어온 남자가 전화를 끊고 이십 분 뒤에
싱가포르행 비행기를 타려 할 리 없다고 생각했기 때문이겠지."

"아니, 그때는 국외로 도망치기 전에 저격을 방해한 내게 한마디
남기고 싶었나 보다 생각했지."

"그런가? 해외도피 때문에 당황한 건 공연한 걱정이었나……? 어
쨌든 기모시다와 리키이시를 저격범으로 만들려는 계획은 마지막
까지 살아 있었어. 일단 석방은 했지만 두 사람은 보호 명목으로 아
직 내 감시 아래 있어. 어젯밤 사기무라와 오구라가 너를 제대로 처
치했다면 가모시다와 리키이시를 다시 잡아들여 바로 마무리할 작
정이었어. '노'라고 증언한 너만 없으면 그들을 주차장 주변에서 보
았다는 '예스' 증언은 얼마든지 꾸며낼 수 있지."

"내 시체는?"

"영원히 햇빛을 볼 수 없는 곳으로 옮기고."

"요즘 이 나라에 그런 곳이 있기나 한가?"

"경찰이 자유롭게 드나들 수 있는 곳 가운데 시체가 많이 놓인 곳이 있거든."

"그렇군."

"안전하다는 걸 확인한 뒤에 적당히 처리했을 거야. 행방불명된 널 어떻게든 찾아내고 싶다고 간토 지방 전역의 시체 보관소를 돌아다닐 사람이 있다면 좀 번거롭겠지만 네게 그런 사람이 있기나 해?"

없다.

"신주쿠 주오 공원에서 발포한 건 누굴 노린 거였나? 이부키인가 아니면 나인가?"

"내가 사기무라에게 명령한 표적은 이부키였어. 그 시점에는 지하 주차장 저격은 대신 자수한 놈이 아니라 이부키 본인을 노린 것으로 밀어붙일 생각이었어. 그런데 사기무라는 너를 표적으로 삼자고 주장했지. 지하 주차장에서 두 번째 총탄은 네 차가 들이받기 전에 발사했다는 사실을 너는 알 거라는 불안 때문에 한시도 마음이 놓이지 않았던 모양이더군. 하지만 나는 이부키를 노리라고 명령했어. 사기무라는 원래 라이플 사격 실력이 좀 정확하지 않지. 너와 이부키에게 겁을 주고, 지하 주차장에서 노린 사람은 어디까지나 이부키였다는 사실을 강조해 아무도 쇼지 형사가 표적이었다고 생각하지 못하도록 만드는 게 가장 큰 목적이었지. 라이플 사격은 표적에 명중하지 않아도 상관없었어."

"그럼 우리는 의견 차이 덕분에 목숨을 건진 셈이 되는 건가?"

"그렇지도 않아. 나중에 알게 된 사실이지만 사기무라란 녀석은 그때 멋대로 '공포탄'을 쐈어. 명중시킬 필요가 없는 데 뭐 하러 실탄을 쓰느냐는 거였지. 게다가 아무 관계없는 행인에게 맞기라도 하면 죄만 더 늘어날 거라면서."

"블루버드에 발신기를 붙인 건 네 지시인가?"

"그래. 우리 경찰서에 발신기가 붙었는지 점검하러 온 덕에 발신기를 붙일 수 있게 된 건 네가 처음이자 마지막일 거라며 웃었는데. 넌 그렇게 될 가능성이 있다는 걸 알면서도 블루버드를 점검해달라고 한 거지?"

"그렇지 않아." 나는 고개를 저으며 씁쓸하게 웃었다.

"어젯밤에는 뭘 했지?" 쓰쓰미가 물었다. "조수석에 묘령의 미인을 태우고 있었다던데. 고슈 가도, 간나나길, 오우메 가도, 이쓰카이치 가도를 돌아다니며 '사랑의 보금자리'로 꾸밀 아파트라도 찾으러 다닌 건가?"

"아쉽게도 그렇지 않아. 뭔지 알면 살인이나 저지르려고 머리를 싸매는 게 어처구니없어질 만한 짐을 뒷좌석에 싣고 있었지."

"이불 보따리잖아? 사랑의 보금자리에서 쓸."

"겉모양은 이불 보따리지만 내용물은 7억7천5백만 엔어치 시폐였어."

쓰쓰미가 비웃었다. "그런 허풍을 쳐서 내 마음을 흔들어봐야 소용없어."

"네게도 허풍으로밖에 들리지 않나?"

"계속 쓸데없는 소리나 할 시간은 없어. 집에서 출발한 걸로 되어 있는 내가 아직 신주쿠 경찰서에 보습을 보이지 않으니 지금쯤 수상하게 여기기 시작할 테지. 묻고 싶은 게 있으면 지금 물어. 대답해줄 수 있는 건 해주지."

"작년 5월 오쿠타마에서 무슨 일이 있었지? 쇼지 형사에게 뭘 들킨 건가?"

쓰쓰미의 얼굴이 처음으로 일그러졌다. "그것까지 알고 있었나? 맞을지 틀릴지 몰라도 나는 쇼지가 그 사실을 누구에게도 누설하지 않을 거라는 쪽에 걸었는데. 쇼지도 경찰관으로서 그래서는 안 될 사후 종범이 되었기 때문에 그렇게 쉽게 남에게 말했을 리 없을 텐데. 작년 12월에 쇼지의 결혼 이야기가 나온 건 아나?"

나는 고개를 끄덕였다.

"나는 중매쟁이 역할을 맡아 쇼지의 친인척은 물론이고 주변 사람들을 대부분 만나 이야기를 나누었지. 그때 젊고 우수한 쇼지 형사를 신주쿠 경찰서로 끌어온 게 바로 나라고 가르쳐줬어. 오쿠타마에서 벌어진 일을 아는 사람이라면 '아, 이놈이 쇼지에게 약점을 잡힌, 출세를 위한 동아줄인가?'하는 눈초리로 나를 보았을 테지. 안 그래? 그런데 다들 경의와 감사를 담은 반응뿐이었어. 어머니나 형을 비롯해 모든 이들이 그랬지. 쇼지는 젊은 나이에 어울리지 않게 성실하고 낯가림이 있는 친구였지. 쇼지는 그 일을 누구에게도 말하지 않을 것이다, 아니, 틀림없이 누구에게도 말할 수 없을 거라고 확신했는데…… 대체 누가 알고 있었던 거지? 역시 어머니인가? 아니면 뭔가 글로 써서 남기기라도 했나?"

"애인이야."

"뭐라고? 그 녀석에게 애인이 있었나? 그런 부분은 철저하게 조사했는데. 무라사키나 오구라, 사기무라는 물론이고 굳이 돈을 주고 고용한 흥신소 탐정까지 쇼지에게는 여자관계가 전혀 없다고 했는데…… 애당초 그런 상대가 있다는 걸 알았다면 억지로 혼담을 밀어붙이지는 않았을 텐데. 난 녀석이 혼담을 받아들이지 않는 건 반항이고 노골적인 도전이며 어디까지나 나보다 '우위'에 있다는 걸 보여주려는 태도로 생각했지…… 애인이 있었다면, 그렇다고 한마디 해주었으면—"

"죽이지 않았겠나?"

쓰쓰미는 바로 대답하지 않았다. 한동안 생각한 뒤 음울한 목소리로 말했다. "나는 남의 약점을 이용하며 살아온 사람이야. 그런데 오히려 그런 경험이고 뭐고 없는 풋내기 녀석에게 약점이 잡힌 채로 살아가야 한다니…… 아마 언젠가는 도저히 허용할 수 없는 존재가 됐겠지."

"오쿠타마에서 쇼지에게 잡힌 약점이란 게 뭐지?"

쓰쓰미는 내 눈을 바라보았다. 안경 안의 어둡고 퇴한 그의 두 눈이 심상치 않은 열기를 띠고 있는 듯했다.

"쇼지의 애인도 거기까지는 듣지 못한 거로군."

쓰쓰미의 얼굴에 인간으로서 당연히 누려야 할 자유를 빼앗긴 자에게 아무렇지도 않게 목숨을 끊으라고 강제할 수 있는 사악한 집념 같은 것이 비로소 드러났다.

"오쿠타마에서 무슨 일이 있었는지 알고 싶어? 다들 그렇겠지. 설탕을 보고 몰려드는 개미, 아니, 똥 무더기에 몰려드는 파리처럼. 요즘 사람들은 다들 점심 때 하는 와이드쇼를 좋아하는 저급한 관음증 환자야. 상대가 가해자건 피해자건 아랑곳하지 않고 샅샅이 알고 싶어 하지…… 하지만 가르쳐주지 않겠어."

그의 얼굴을 두 줄기 땀이 경쟁이라도 하듯 주르륵 흘러내렸다. 사무실 안은 이렇게 추운데도.

"내가 쇼지를 죽여야만 했던 결정적인 이유가 바로 그거야. 내가 오쿠타마에서 5월 어느 날 저지른 범죄는 닛파라 파출소 순사와 쇼지 형사, 그리고 나밖에 몰라. 파출소 순사는 그날 심장 발작을 일으켜 죽었지. 쇼지 형사는 내가 죽였어. 그리고 내가 죽으면 이 세상에 내가 그날 저지른 범죄를 아는 사람은 아무도 없게 되는 거지. 영원히 말이야…… 아무도 모르는 죄는 이미 죄가 아니지."

쓰쓰미는 입술을 찡그리고 당당한 웃음을 지으며 덧붙였다. "모든 사건의 원인이 된 근본적인 '동기'가 밝혀지지 않으면 이 사건은 진정한 의미에서는 해결된 게 아닐 거야. 즉 영원한 수수께끼가 되지…… 미리 말해두지만 오쿠타마 일대를 모조리 파헤쳐봐야 흔적도 찾아낼 수 없을걸."

"어쨌든." 내가 입을 열었다. "쇼지 아키히코를 죽이고 이부키 데

쓰야에게 총상을 입힌 다음, 하네다 마사오를 죽이고 나 대신 스즈
키 요시토모를 죽여야만 할 정도의 죄였다는 건 확실하지."

쓰쓰미는 말이 없었다.

"아니." 내가 말을 이었다. "이 세상에 그런 짓까지 하면서 숨겨야
할 죄가 있다고는 생각하지 않아. 분명한 것은 쇼지 아키히코를 그
렇게 농락해서까지 숨기고 싶었던 죄가 발각되면 넌 경찰관 노릇을
그만두어야 한다는 점뿐이지."

쓰쓰미는 말이 없었지만 낯빛은 조금 변했다.

"의외로 하잘것없는 죄였을지도 모르지. 경찰관으로서 해서는 안
될 파렴치한 죄 정도."

"닥쳐! 그 정도로 사람을 셋씩이나 죽이겠어?"

"그럼 살인 같은 무거운 죄였나? 아니야, 대답하지 않아도 돼. 법
정에서 판사는 당혹스러워할지도 모르고 쇼지나 하네다, 스즈키의
유족은 납득할 수 없을지도 모르지. 하지만 이 세상 사람들은 대부
분 네가 저지른 죄 따위는 아무 상관도 없다고 생각해. 대부분 신경
쓰지도 않아. 네가 말한 와이드쇼나 들여다보는 사람들은 내가 저
범죄자가 아니어서 다행이다, 내가 저 피해자가 아니라서 다행이다,
라며 남의 불행을 지켜보면서 가슴을 쓸어내릴 뿐이지. 텔레비전에
서 다루지 않게 되면 바로 잊을 거야. 이어지는 새 뉴스 때문에 바쁘
니까 말이야. 이렇게 말하는 니도 그 사람들과 별 차이 없어. 이번
사건은 의뢰한 고객이 있어서 뭔가 진상을 밝혀내야만 하는 건 아니
었지. 내가 사건에 휘말리는 바람에 목숨이 위태로운 상황에 놓였을

뿐, 참으로 지저분한 사건이었어. 그것만 해소되면 모든 사건의 '발단'이 된, 당신이 오쿠타마에서 저지른 범죄가 중죄이건 파렴치한 죄이건 내가 알 바 아니지."

"그렇게는 안 돼." 쓰쓰미는 주머니에 찔러 넣은 오른손에 쥔 물건을 고쳐 쥐면서 말했다. "네 목숨이 위태로운 상황은 아직 해소된 게 아니야."

나를 보는 쓰쓰미의 얼굴이 평정을 되찾았고 입 주위에는 만족스러운 웃음마저 떠올랐다. 아마 내 얼굴에는 공포의 표정이 떠올랐으리라.

"그런데 지금 신주쿠 경찰서 서장을 비롯해 다들 모여 무엇을 검토하고 있겠나? 신주쿠 경찰서가 생긴 이래 가장 심각한 이 불상사를 어떻게 은폐할 방법이 없을까, 하는 거야. 그런 작업의 전문가인 내가 없으니 회의는 의견이 분분해 난항을 겪겠지. 나는 오쿠타마의 비밀을 봉인한 채 이 세상을 하직할 수 있으면 그걸로 만족할 수 있지만, 모든 것을 때려 부순 너를 남겨두고 갈 수야 없지. 그리고 너와 내가 이 세상에서 사라져버리면 신주쿠 경찰서의 은폐파 주장이 훨씬 우세해질 테지…… 아마 나는 최후까지, 골수까지 이상적인 경찰관인 것 같아."

쓰쓰미의 오른손이 움직였다. 내가 이 사무실에 들어와 쓰쓰미를 발견한 뒤 내내 기다리던 유일한 기회였다. 딱 한 번뿐인 생존 찬스였다.

쓰쓰미는 코트 주머니에서 권총을 꺼낼 작정인 듯했다. 내가 너무

빨리 움직이면 권총은 주머니 안에서 불을 뿜으리라. 권총이 주머니에서 나온 뒤면 너무 늦다. 쓰쓰미의 손등이 주머니에서 빠져나오고 있었다. 회전식 권총의 '실린더'가 보인 순간, 나는 의자를 박차고 몸을 던져 쓰쓰미를 덮쳤다.

권총 총신 끝이 주머니 끄트머리에 걸려 내 쪽을 겨누지 못하는 모습이 순간 눈에 들어왔다. 그와 동시에 내 오른쪽 어깨가 쓰쓰미의 왼쪽 가슴팍에 거세게 부딪혔다. 권총이 발사되었다. 탄환은 주머니 끄트머리를 뚫고 그와 나 사이의 좁은 틈새를 통과한 게 틀림없었다. 발사와 함께 굉음과 충격이 느껴졌지만 총알을 맞은 통증 같은 것은 전혀 느껴지지 않았기 때문이다. 쓰쓰미와 나는 접이식 의자와 함께 사무실 바닥에 쓰러졌다.

쓰쓰미의 얼굴에 공포가 번졌다. 머리부터 뒤로 자빠진다는 공포와 더불어 방아쇠를 당길 생각이 없었는데 당기고 말았다는 공포가 틀림없었다. 탄환이 그의 오른쪽 다리를 꿰뚫지 않은 것은 오히려 내가 몸을 부딪힌 덕분이었다. 하기야 당길 생각이 없는 방아쇠를 당기게 된 것도 내가 부딪혔기 때문이지만.

권총 발사와 바닥에 쓰러진 충격에서 조금 먼저 벗어난 것은 나였다. 쓰쓰미의 오른쪽 손목을 찾아 두 손으로 잡고 눌렀다. 쓰쓰미는 오른손을 내게 잡힌 채 내 몸 아래 깔린 하반신을 빼냈다. 쓰쓰미의 오른쪽 손목을 축으로 삼아 우리 둘은 무릎을 꿇은 자세로 어떻게든 우위를 차지하려고 사무실 바닥에서 격렬하게 움직였다. 그 바람에 쓰쓰미의 손가락이 방아쇠를 당기고 말아 두 번째 총탄이 발사되었다. 굉음과 함께 사무실 유리창이 박살났다.

우리는 서로 몸을 떠받치듯 하며 겨우 일어섰다. 뒤엉킨 네 개의 손은 오로지 권총 총구가 상대방을 향하게 하려고 안간힘을 썼다. 권총은 두 사람의 몸을 피해 크게 반원을 그리며 시곗바늘이 12시를 가리키듯 조금씩 위로 올라갔다.

그때 느닷없이 사무실 창문 전체가 환해졌다. 하지만 우리는 거기에 신경 쓸 여유가 없었다. 창밖에서 귀가 먹먹해질 만큼 요란한 전기적 잡음이 들렸다. 핸드마이크 스피커 소음이었다.

"2층에서 총을 쏜 자에게 알린다." 증폭된 목소리가 들렸다. "이 건물은 이미 경찰이 완전히 포위했다. 총을 버리고 밖으로 나와라."

두 사람의 네 손이 권총을 머리 위로 치켜든 꼴이었다. 쓰쓰미의 오른쪽 발이 내 오른쪽 발을 후리려고 했지만 내가 조금 더 빨랐다. 오랜 세월 유도를 일과처럼 갈고닦은 형사를 상대하고 있다는 사실을 너무 늦게 떠올렸다. 다리를 벌리고 힘껏 버텼지만 바닥에 떨어져 있던 목욕 수건을 밟고 미끄러져 그만 무릎을 꿇고 말았다. 그러자 쓰쓰미는 나를 올라타고 힘을 주며 권총 총구를 내 쪽으로 향하려고 했다. 총구의 검은 구멍이 차츰 나를 향했다. 같은 체력이라도 아래서 위로 밀어 올리는 힘은 그 반대로 작용하는 힘을 도저히 당해내지 못했다. 총구가 거의 정확하게 원으로 보이기 시작했다.

"쓰쓰미 경시. 나는 신주쿠 경찰서 서장이다. 우리는 이미 사건 전모를 파악했다. 더는 죄를 짓지 말고 총을 버리고 투항하라. 쓰쓰미 경시!"

마이크 소리에 섞여 2층 복도를 달려오는 어지러운 발소리가 들려왔다.

내 힘이 다한 모양이라는 생각이 들었다. 바로 그때 나를 누르던 압력이 불쑥 사라졌다. 권총은 내 눈 앞에서 갑자기 방향을 반대로 바꾸었다. 쓰쓰미가 무얼 하려는지 바로 깨달았다. 하지만 이미 늦었다.

"어리석은 놈." 쓰쓰미가 내뱉듯 말했다.

권총 총구가 쓰쓰미의 턱 아래 딱 붙는 순간, 세 번째 총탄이 발사되었다. 쓰쓰미의 몸이 뒤로 쓰러지며 사물함에 거세게 부딪혔다가 그대로 앞으로 무너져내렸다. 쓰쓰미의 머리 앞뒤에서 피가 넘쳐흘렀다.

사무실 문이 열리고 몇 명의 남자가 몰려들어 왔다. 맨 앞에 있는 사람은 다지마 경부보였다.

"사와자키, 괜찮아?" 다지마는 나와 사물함 앞에 쓰러진 쓰쓰미를 번갈아 보았다.

경찰관들은 모두 손에 권총을 들고 있었다. 권총이라면 지긋지긋했다.

"여기서는 이제 그런 거 필요 없어. 다 큰 어른들이 위험한 장난감 휘두르지 마."

나는 멍한 표정을 짓는 경찰관들을 흘끔 보고 책상을 놓아 의자에 몸을 깊숙이 묻었다. 쓰쓰미가 나를 앉혔던 의자는 불편해서 새로 사야겠다는 생각이 들었다. 나는 상의 주머니에서 담배를 꺼내 불을 붙이려고 했다. 난로도 켜지 않았고 깨진 유리창으로 차가운 바깥 공기가 흘러들어 오기 때문이리라…… 두 손이 부들부들 떨리기 시작했다.

35

이튿날인 월요일, 깨진 유리창은 새로 갈았고 손님용 의자는 중고 품이기는 하지만 좀 편한 것으로 바꾸었다. 거리에 새해 기분이 빠졌듯이 오전 중에 한 건, 오후에 두 건의 일 관련 전화가 걸려왔다. 다만 세 건 모두 '검토해보겠습니다'라고 상투적인 말을 할 뿐 의뢰에 이를 만한 것은 아니었다.

그리고 신문과 텔레비전, 라디오는 신주쿠 경찰서의 '상사가 부하 경찰관을 살해'한 사건을 앞다투어 보도했다. 신주쿠 경찰서는 내가 사건에 관여한 부분을 최소화하려고 했기 때문에 내 주위는 조용했다. 나야 편했지만 경찰이 왜 인론사가 나를 캐고 돌아다닐까 봐 두려워하는지 알 수 없었다. 두려워할 게 아무것도 남아 있지 않을 만큼 신주쿠 경찰서, 특히 수사4과는 만신창이였다.

경찰의 비리가 어제오늘 시작된 것은 아니다. 아이러니하게도 어느 신문이 그 사건이 터진 지난주 이후 신주쿠 경찰서 관내에서 새로 발생한 사건은 오히려 감소했다고 보도했다. 언젠가 서장이 교체되고 수사4과가 대폭 쇄신되면 나머지 문제는 모두 법의 심판에 맡겨져 막을 내리게 될 것이다. 이 사무소에 대해서 말하면 유리창과 손님용 의자가 새로워졌을 뿐 아니라 여기서 사람이 한 명 죽었다는 흔적도 이미 깔끔하게 지워졌다.

복도에서 하이힐 소리가 들려오더니 사무실 문을 노크하는 소리가 났다.

"들어오세요." 내가 말했다.

시다라 유미코가 문을 열고 사무실 안으로 들어왔다. 날렵한 검은 모피 코트를 걸쳤고, 안에는 빛이라도 날 것처럼 흰 정장을 입고 있었다.

"안녕하세요? 지난번 통화할 때 여행을 떠나게 될 거라고 말씀드렸죠? 떠나기 전에 잠깐 인사를 드리려고 들렀습니다."

내가 손님용 의자를 가리키자 시다라 유미코는 고개를 끄덕이더니 우아하게 걸터앉았다. 새로 바꾼 의자에 앉은 첫 손님인 셈이다. 의자는 전에 쓰던 것과 비교하면 훨씬 깨끗해졌지만 시다라 유미코가 앉자 쓰레기더미에서 주워온 것처럼 보였다. 그녀는 검은 핸드백을 열고 눈에 익은 갈색 봉투를 꺼냈다.

"그래서 이걸 어떻게든 사와자키 씨에게 드리고 싶어서 가지고 왔습니다."

"그건 당신이 송금한 금액에서 내가 일한 만큼의 요금을 제한 나머지예요. 당신 계좌번호를 몰라서 등기로 보냈죠."

"도저히 받아주실 수 없는 건가요?"

"내게는 상식이 허락하는 범위에서 결정한 규정 요금이 있어요. 그런 터무니없는 요금을 받으면 앞으로 그런 일을 했을 때 규정된 요금밖에 받을 수 없다는 게 한심하게 느껴질 겁니다. 그래서 곤란해요."

"하지만 간단하게 '그런 일'이라고 하시지만 그토록 큰돈을 옮기는 일이었잖아요. 이건 특별하다고 생각하고 꼭 받아주세요." 시다라 유미코는 봉투를 책상 위에 내려놓았다.

"운반한 돈이 얼마건 금액은 상관없습니다."

"아무리 그러셔도 7억7천5백만 엔이나 되는 큰돈을 옮겨놓고 그런 요금만 받아야 한다니, 그건 상식 밖이지 않은가요?"

"거짓말하면 안 되지." 내가 말했다. "이불보따리에 들어 있던 건 7억7천만 엔의 절반이었을 텐데."

시다라 유미코는 일단 항의하려는 듯한 몸짓을 보이다가 이내 포기했다.

"언제 아셨죠?"

"그 돈을 옮길 때 간나나길에서 경찰 검문에 걸렸죠?"

"예."

"검문 때 경찰관 지시로 나는 이불 보따리를 열기 위해 뒷좌석 쪽으로 몸을 들이밀었죠. 그때 당신은 핸드백 안에 숨기고 있던 소형 권총을 쥐고 만약의 경우에 대비했어요. 마침 스즈키 이치로가 전화를 걸어와 순간 그쪽을 보았다가 당신이 권총을 휴대전화로 바꿔 집는 모습을 얼핏 본 겁니다."

"그랬군요. 그때는 반사적으로 권총에 손이 가고 말았어요. 이불 보따리 내용물을 경찰관이 알아차린다면 권총으로 어떻게 할 작정이었는지 아직도 모르겠지만."

"그것과 똑같은 권총이 이튿날 사이쇼 요시로=리궈지=오카다 고지라고 주장하는 남자 손에 쥐어져 있더군요. 아, 같은 권총인지 확인까지는 못 했지만 그 사람 권총에서는 당신 향수 냄새가 났죠."

시다라 유미코는 알겠다는 표정으로 고개를 끄덕였다. 그때 책상 위의 전화가 울렸다.

"받아도 될까요?" 나는 통화를 허락받았다.

"그러시죠. 저는 이 돈을 받아주실 때까지 돌아가지 않을 작정이고 사와자키 씨 일을 방해할 생각도 없으니까요."

나는 수화기를 들었다.

"여보세요…… 거기가 사와자키 씨 탐정사무실인가?"

"그렇습니다."

"나는 시다라 미쓰히코인데…… 지난번에는 신세 많이 졌네. 정말 고마워. 그런데…… 실은 딸인 유미코가 집을 나갔는데 거기 들르지 않았나?"

시다라 유미코는 모피 코트를 벗어 의자 등받이에 걸치더니 핸드백에서 담배와 라이터를 꺼내고 있었다. 나는 검은색 W자 모양 재떨이를 그녀 쪽으로 밀어주었다.

"예, 그렇습니다."

"거기 가 있나……? 역시, 그랬나?"

"역시, 라고 하시면?"

"유미코는 나를 떠나 제 길을 제 힘으로 걸어가고 싶다고 편지를 써놓고 집을 나갔다오." 처음에는 정정하던 목소리가 아흔두 살 노인답게 힘이 없어진 것 같았다. "딸은, 아니 실은 내 딸이라고는 할 수 없지만…… 사흘 전에 나하고 양녀 관계를 취소하기 위한 파양 서류를 냈어."

"영감님 동의가 없어도 그렇게 할 수 있습니까?"

"그게 양녀가 될 때 내건 조건이었지. 그녀가 나하고 인연을 끊고 싶을 때는 언제든 그렇게 할 수 있도록, 같은 날 파양신고서도 작성해두었소. 날짜를 기입해 제출하면 우리는 도로 생판 남이 되오."

"그렇군요."

시다라 유미코는 담배를 피우면서 내 통화에 귀를 기울이고 있었다. 이미 전화 상대가 누군지 아는 듯했다.

"유미코를 바꿔줄 수 있겠나?"

"예."

"아니, 잠깐만. 그러는 것보다 사와자키 씨 입을 통해 듣는 게 편하겠구려. 유미코가 걸어보겠다는 자기 길의 길동무가 자넨가?"

"아닙니다."

"그런가? 아…… 그렇겠군. 감금되어 있을 때 만난 그 남자가 자네라고는 생각할 수 없지만. 어쨌든 모자에 검은 안경, 마스크를 한 모습이었기 때문에 자신이 없어서 물었네. 이해해주시게…… 그렇지만 지금은 적어도 유미코의 길동무가 자네면 좋을 텐데, 하는 마음도 들어."

"잘못 보시면 곤란합니다. 아니, 저를 과대평가 하시면 곤란하다고 해야 할까요?"

노인이 슬쩍 웃었다. "……그래, 어떤 남자지?"

"저도 몇 번 만났을 뿐이라 확실하게는 모르겠군요. 좀 자신감이 지나친 면이 마음에 걸립니다만, 세상을 실수 없이 살아갈 능력은 저 같은 사람보다 훨씬 뛰어날 겁니다. 특히 그렇게 돈이 많다면 길동무를 불편하게 만들거나 고생시킬 일도 없겠죠."

시다라 유미코의 얼굴에 미소가 번졌다. 휴대전화 착신음이 울렸다. 그녀는 핸드백에서 휴대전화를 꺼내 귀에 댔다.

"여보세요……? 아, 그래…… 그 사람은 사무실에 있고, 지금 만나고 있어."

"왜 그러나?" 수화기 저편에서 시다라 노인이 물었다.

"잠깐만 기다려주시죠." 내가 대답했다. "따님에게 길동무가 전화를 했습니다."

"내기는 당신이 이겼어." 시다라 유미코가 휴대전화 상대에게 말했다. "당신 말대로 탐정은 다 알고 있네…… 응, 그래…… 지금은 아마 아버지, 아니 전에 아버지였던 사람과 통화중인 모양이야…… 그래, 잠깐 기다려."

시다라 유미코는 전화를 귀에서 떼고 내게 말했다. "그 사람이 아버지에게 사과하고 싶다네. 유괴하고 감금한 일 때문이거나 내 가출 문제 때문이거나. 아마 양쪽 다겠지만."

시다라 유미코의 말투는 이미 바뀌어 부잣집 아가씨인 척하던 모습은 보이지 않았다.

"따님 길동무가 영감님에게 사과하고 싶답니다."

"그래⋯⋯? 그 남자 이름이 뭔가? 저승길 선물로 알고 싶은데."

"아버님이 그 사람 이름을 알고 싶다고 하시네. 당신에게는 이름이 뭐라고 했나?"

그녀는 잠시 머뭇거렸다.

"아니, 본명을 알아내려는 게 아니야. 그냥 네 번째 이름이 있는지 어떤지 묻고 싶을 뿐이지."

"와타라이 겐이치로. 정치가나 경제인이나 지역 유지의 자서전 초고를 대필하는 고스트 라이터로 생활해왔다고 해." 그녀는 수화기 너머에 있는 시다라 미쓰히코를 의식하고 큰 소리로 말했다.

"그것도 가명인가?"

"아마." 그녀는 대답하고 나서 휴대전화 상대에게 말했다. "와타라이도 가명이냐고 탐정님이 물었어⋯⋯."

그녀는 전화기를 귀에서 떼고 말했다. "아시다시피 가명이라네. 그렇지만 아버지에게 얽매인 삶에서 벗어나기 위한 파트너가 되어준다면 난 그 사람 신원 따윈 상관없어."

"들었습니까? 와타라이 겐이치로라는데, 가명인 모양입니다."

"들었네. 저승길 선물로는 가명인 와타라이로 충분하지."

"따님과 직접 통화하시겠습니까?"

그 말을 듣고 시다라이 유미코의 표정이 굳어졌다.

"……아니, 이제 그럴 필요도 없겠군. 인사나 전해줘."

시다라 유미코도 노인의 대답이 짐작된 듯했다. 그녀는 휴대전화 상대에게 '바로 데리러 와줘'라고 말하고 전화를 끊었다.

"달리 하실 말씀은?" 내가 노인에게 물었다.

"아니, 이젠 아무것도……" 노인은 잠시 머뭇거렸지만 목소리를 짜내듯 말을 이었다. "사와자키 씨에게 이런 부탁하기 미안하지만 혹시 괜찮다면…… 이건 유미코에게는 절대 비밀로 해주어야 하는데, 나중에 소방서에 신고해줄 수 있겠나?"

"무슨 말씀입니까?"

"이 필름 라이브러리는 주변에 불이 나더라도 번지는 걸 막기 위해 최고의 방화 설비를 갖추었지. 그러니 여기서 시작된 불도 아래층 입주자를 비롯해 주변에는 별 폐를 끼치지 않을 테지만…… 만에 하나라는 게 있지."

"그건, 별로 좋지 않은 생각인 것 같은데요."

"미안하네…… 유미코가 남긴 편지를 본 뒤 몸이 말을 듣지 않아서 도쿠야마에게 부탁해 준비를 했네. 도쿠야마는 내가 죽더라도 경제적으로 어려움이 없도록 처리해두었고 그 친구도 이미 여기를 떠났어. 이제 성냥에 불을 붙이고 앞에 있는 휘발유통을 쓰러뜨린 다음 성냥을 던지면 여긴 순식간에 불바다가 되겠지."

"그 많은 영화 필름을 잿더미로 만들 셈입니까?"

"물론 그렇지. 이 컬렉션은 나만을 위한 거야."

"오코우치 덴지로는 당신만의 것이 아닙니다."

"견해 차이지. 어떤 희생을 치르더라도 훌륭한 영상을 남기고 싶다고 간절하게 바라는 사람이 그 업계에는 없었으니 자업자득이야."

"따님이 생각을 바꾸면?"

"아니야. 그러면 안 돼. 나 자신이 더는 살고 싶지 않을 뿐일세. 사와자키 씨는 가마타에 있는 감금 장소에서 나를 구해준 뒤 짧은 인연이었지만, 유미코의 상대일지 모른다는 의심을 품지 않았다면 좀 다른 만남이 되었을지도 모르는데 아쉽군…… 사와자키 씨를 좀 일찍 만났으면 좋았을 텐데."

"영감님이 나가타초의 덧없는 돈 같은 데 의지하지 않고 살아갈 길을 발견할 수 있을 만큼 옛날을 말하는 거라면, 난 아직 기저귀를 차고 있었을 겁니다."

"심한 소리지만 옳은 말이야. 사와자키 씨를 만나서 다행이야…… 그럼 미안하지만 전화를 끊겠네." 전화가 끊어졌다.

창밖에서 두세 차례 차 경적이 울렸다. 시다라 유미코는 의자에서 일어나 창가로 다가갔다. 나는 팔을 뒤로 뻗어 창문 하나를 열어주었다. 쓰쓰미이 권총에 깨진 유리를 바꿔 끼운 창문이었나.

나는 수화기를 내려놓았다가 다시 들어 119로 전화를 걸었다. 의자에서 일어나 돌아보니 주차장 건너편 도로에 짙은 녹색 재규어가서 있었다.

"소방서입니다."

"지요다 구 이치반초에 있는 네고로 레지던스 꼭대기 층에 사는 노인이 실내에 휘발유를 뿌리고 불을 질렀다고 합니다."

"지요다 구 이치반초 네고로 레지던스라고요? 선생님 성함을—"

나는 전화를 끊었다. 시다라 유미코가 깜짝 놀란 얼굴로 나를 바라보고 있었다. 그녀는 서둘러 문 쪽으로 갔다.

"잠깐. 두고 가는 물건이 있네."

그녀가 돌아와 손님용 의자에 걸쳐둔 검은 모피 코트를 집어 들었다. 나는 책상 위에 놓인 갈색 봉투를 들어 그녀에게 내밀었다.

"그렇게 해서 번 돈을 함부로 쓰면 안 되지."

시다라 유미코는 말없이 봉투를 받아들고 사무실을 나갔다.

나는 창문을 닫고 책상으로 돌아왔다. 무심코 본 메모지 제일 위에 미즈하라 마리코가 적어놓은 전화번호가 있었다. 하지만 검붉은 물감 같은 것 때문에 지워져 거의 숫자를 읽을 수 없는 상태였다. 물감이 아니라 쓰쓰미 과장의 머리에서 솟구친 피 같았다. 여기서 사람이 한 명 죽었다는 사실을 나타내는 마지막 흔적이었다.

이윽고 창밖 재규어가 독특한 엔진 소리와 배기음을 울리며 달려가는 소리가 들렸다. 그들이 어디로 가든 나와는 관계없는 일이었다.

36

이튿날 아침, 블루버드를 사무실 주차장에서 차도로 후진해 빼는데 이부키 게이코가 달려왔다. 작년 12월 21일에 만났을 때와 같은 짙은 붉은색 하프코트와 청바지, 검은 구두 차림에 검은색 백을 오른쪽 어깨에 걸치고 있었다. 나는 운전석 창문을 열었다.

"안녕하세요." 이부키 게이코가 숨 가쁜 목소리로 말했다. "어디 나가나 봐요?"

"그래. 역 근처까지 태워줄게. 타."

그녀는 블루버드 앞으로 돌아 조수석에 올라탔다.

"일 때문인가요?"

"그래. 자꾸 돈을 달라고 조르는 아들의 행실을 조사해달라고 아버지가 의뢰했어."

"아버지가 그런 것까지 걱정하나요?"

"신주쿠 역에 내려주면 되나?"

"응. 아빠가 부탁해서 학교에 가기 전에 들렀어요. 아빠는 꼭 우리 가게에서 식사를 모시고 싶다고 하세요."

"그래?" 나는 블루버드를 출발시켰다. "아버지에게 고맙다고 전해줘."

"아빠는 오늘 시간이 어떠냐고 하시던데."

"아쉽지만 오늘은 일이 있어. 게다가……."

오우메 가도로 나가기 위해 블루버드를 세우고 차량 흐름이 끊어지기를 기다렸다.

"사와자키 씨는 아빠 초대를 별로 받아들이고 싶지 않은 거죠?"

"그런 건 아니지만…… 그런 셈인가?"

이부키 게이코는 킥 웃었다. "걱정하지 않아도 돼요. 아빠는 그런 대답을 예상한 모양이니까. 아빠도 지금까지 누구를 가게로 초대하거나 한 적이 없어서 어쩌면 의외로 다행이라고 생각할지도 모르겠네요."

"그래?"

"참 이상한 사람들이에요. 사와자키 씨나 아빠나."

나는 블루버드를 출발시켜 오우메 가도로 나왔다. 빨간 스포츠카가 무서운 속도로 요란한 록음악을 울려대며 블루버드를 추월했다. 남자인지 여자인지 모를 가수가 악쓰는 소리는 거의 영어인 듯했지만 귀에 남는 건 '메마른 겨울 풍경, 어리석은 자들이 꿈에서 깬 뒤에'라는 일본어 가사였다.

"방금 저 노래를 듣고 생각이 났어. 내 바로 앞에서 권총 자살을 한 남자가 마지막으로 '어리석은 놈'이라고 중얼거렸는데 그게 나를 가리키는 거였겠지?"

"……음, 글쎄요. 제 생각에는 아닌 것 같은데."

이부키 게이코는 무릎에 얹은 백을 열고 페트병을 꺼냈다.

"네 아버지 요리가 아니라 오늘은 그 물을 한 모금 얻어 마실까?"

이부키 게이코는 뚜껑을 따서 물병을 내밀었다. 나는 한 모금 마신 뒤 돌려주었다. 이부키 게이코도 한 모금 마시고 뚜껑을 잠그더니 페트병을 다시 가방에 넣었다. 블루버드는 천천히 왼쪽으로 꺾어져 신주쿠 고가도로 쪽으로 향했다.

"이제 사와자키 씨와는 작별의 물 잔도 나누었으니…… 아, 참. 아빠가 전해 달라는 말이 하나 더 있었다. 다음에 자신에게 무슨 일이 생기면 사와자키 씨와 의논하라고, 아내와 딸에게 이야기해두어도 괜찮겠느냐고 물어봐달래요."

나는 잠시 생각하고 나서 대답했다. "탐정으로서, 라면."

"그렇게 전할게요. 내가 듣기엔 쌀쌀맞은 대답이라 거절당한 걸로밖에 들리지 않지만…… 아빠에겐 그걸로 충분하겠죠."

고가도로 서쪽 신호에서 차를 세우자 이부키 게이코는 여기서 내려주면 된다면서 차에서 내렸다. 신호가 파란불로 바뀌고 블루버드를 출발시키자 횡단보도가 빨간불이라 서 있던 이부키 게이코가 손을 흔들며 내게 뭐라고 말했다. '안녕, 탐정'이라고 했으리라.

　탐정 사와자키를 주인공으로 한 새 시리즈의 첫 번째 작품을 보내드립니다. 《그리고 밤은 되살아난다》《내가 죽인 소녀》《안녕, 긴 잠이여》로 이루어진 시즌 1의 장편 세 작품을 쓴 지도 벌써 구 년이란 세월이 흐르고 말았습니다. 시즌 2 새 시리즈를 쓰면서 그 작품들보다 더 재미있는 작품을 더 빠른 시간 안에 쓰기 위해 집필 방법과 집필 능력을 습득하려 고심을 거듭했습니다. 이 작품이 훨씬 더 재미있는 작품이 되었다고 독자의 동의를 얻을 수 있으면 기쁘기 그지없겠고, 더 빨리 쓰는 일은 이 작품에 이어 나올 새 시리즈 제2작, 제3작을 일찍 내놓아 증명할 작정입니다.

　이 작품에서도 시즌 1과 마찬가지로 실제와 동일한 지명, 단체명, 기업명, 개인 이름, 작품 이름 등이 자주 나옵니다. 하지만 이 작품이

픽션인 이상 여기 쓰인 내용과 실제는 아무런 관계도 없습니다. 사용에 신중을 기하며 어떤 폐도 끼치지 않으려고 신경 썼습니다. 뜻하지 않게 폐가 되었다면 책임은 등장인물이 아니라 지은이의 역량 부족 때문입니다. 특히 이 작품은 경찰 관련 설명이 많은 부분을 차지하기 때문에 작품 리얼리티를 해치지 않기 위해 엄밀한 조사를 거쳐 집필했습니다만, 픽션이라는 점을 전제로 관할 경찰서의 부, 과, 계 등의 명칭을 비롯해 일부 실제와 다르게 한 곳도 있습니다.

새 시리즈의 첫걸음인 이 작품의 탄생에는 하야카와쇼보의 하야카와 히로시 사장의 후의와 스가노 구니히코〈미스터리 매거진〉 편집장을 역임한 편집자 고문의 절대적인 도움이 있었습니다. 편집부에 계시는 여러분의 성실한 협력 덕분임을 깊이 새기며 이 자리를 빌려 깊은 감사를 드립니다.

2004년 가을

저자 올림

돌아온 사나이

_하라 료

세금 확정 신고를 접수하는 세무서 담당자가 신고서 용지를 쭉 훑어보더니 말했다.

"탐정이란 직업은 생각보다 불황에 강하고 안정적인 좋은 직업이로군요."

"세무공무원만큼은 아니지." 내가 대꾸했다.

그래도 돈을 뜯기기 위해 내 시간을 하루, 이틀씩 남의 페이스에 맞춰야 하는 2월 말의 불쾌한 연례행사를 큰 실수 없이 마쳤기 때문에 외려 기분이 좋았다. 이런 기분이라면 사무실 문의 색 바랜 페인트 간판을 다시 칠할 수도 있을 것 같았고, 몇 년 뒤에는 사무실의 지저분한 벽도 다시 칠할 수 있을지 모른다. 맑게 개어 따스한 겨울 거리는 적어도 오늘은 지구의 종말이 아닐 거라는 생각이 들 만큼 밝았다.

손질이 필요한 사무실에 돌아와 서류가 든 커다란 사무용 봉투를 파일 케이스에 넣고 있는데 문을 딱 한 번만 노크하고 신주쿠 경찰서 니시고리 경부가 들어왔다. 고기압 주변에는 대개 저기압이 발생하기 마련이다.

"4과 쓰쓰미 경시를 산 채로 체포할 수 없게 만든 건 네 책임이야."

나는 책상을 빙 돌아 의자에 앉았다. 니시고리가 내게 들이댄 손가락이 내 동작을 따라왔다. 코트 안에는 여느 때와 다름없이 시커먼 양복에 허름한 넥타이를 맸다. 파리마저도 이 남자의 패션 감각에는 아무 영향을 끼치지 못한 모양이다.

"내가 살해당하지 않은 것만 해도 다행이라고 생각해야지." 내가 말했다.

니시고리는 전기의자의 안락성 테스트라도 하는 듯한 표정으로 손님용 의자에 앉았다.

"의자는 바뀐 것 같은데 성미는 여전하군. 네가 죽고 쓰쓰미가 재판을 받을 수 있었다면 그게 이 세상에 더 나았겠지."

"세상에 더 나을지 어떨지 모르지만 경찰 위신은 큰 타격을 받았겠지. 그렇게 되지 않아 가슴을 쓸어내리는 표정인걸."

니시고리의 두 눈이 판독 불가능한 문자를 보듯 가늘어졌다. "넌 아직 내가 그런 부류의 경찰이라고 생각하는 건가?"

"경찰은 대개 그렇지. 유능한 경찰일수록 더 그렇고."

니시고리는 입을 열려고 하다가 말없이 천천히 입을 다물었다. 내 말의 의미를 저울에 달아보는 중인 듯했다. 애당초 공평하지 못한 저울밖에 가진 것이 없는데 말이다. 그는 코트 주머니에서 롱 피스를 꺼내더니 드디어 할 말을 찾아냈다.

"네게 경찰관 능력에 대한 해설 따위는 듣고 싶지 않아."

책상 위에 놓은 검은 W자 모양 재떨이를 니시고리 쪽으로 밀어주자 그는 담배에 불을 붙였다. 연기를 토해내는 표정을 보면 서론은 끝났고 이제 본론으로 들어갈 눈치였다.

"그 사건으로 4과는 완전히 거듭났지. 상급자 대부분이 전체적으로 물갈이되었다고 해도 좋아. 새로 부임한 신도라는 과장은 본청에서 파견한 머리만 큰 젊은이야. 기뻐하는 건 관내 폭력단뿐이지."

"나 때문이 아니지."

"까불지 마, 탐정. 네 도움이 없어도 몹쓸 짓을 저지른 놈은 처분하고 처벌받게 돼. 하지만 그렇게 큰 소동만 없었다면 제대로 쇄신되었을 거야. 파리에서 돌아오면 새로 인사발령이 날 예정이었거든. 4과도 폭력단 조직에 대해 지금까지보다 더 큰 타격을 줄 수 있는 체제가 만들어질 예정이었지."

"왜 지금부터라도 하지 그래? 이런 곳에 찾아와서 따분한 불평이나 늘어놓느니 그 시간에 하나라도 노력을 하는 게 어때?"

"하고 있어." 니시고리가 말했다. 그 얼굴에는 상대방을 불쾌하게 만드는 게 특기인 미소가 떠올랐다. "아마 내일이나 모레쯤 그 머리 큼직한 신임 과장이 보낸 소환장이 여기 도착할 거야."

니시고리에게서 시선을 돌리고 그런 소환장이 발행되는 이유를 생각해보았지만 짚이는 구석이 없었다. 나는 상의 주머니에서 담배를 꺼낸 뒤 물었다. "뭣 때문에?"

"가르쳐주지. 넌 그 사건 때 총무과 소속이던 다지마 경부보를 통해 경찰에 협력했잖아. 그런데 감사장 같은 건 절대 받지 않겠다고 했다면서, 구두로?"

나는 고개를 끄덕이고 나서 담배에 불을 붙였다.

"그런데 진짜 감사장이 필요 없나?" 니시고리는 사무실을 둘러보면서 말을 이었다.

"이런 지저분한 벽 한가운데 감사장 같은 걸 걸어두면 조금은 신용이 올라가 손님도 늘어날지 모르는데."

"그런 의뢰인도 있을 테지. 그런 게 꼴 보기 싫은 의뢰인도 있을 테고. 내가 추측하기에는 아마 후자가 더 많을 거야."

"흐음, 이런 탐정사무소를 찾아오는 손님들은 어차피 다 그런 식인가? 어쨌든 네가 필요 없다고 하니 신주쿠 경찰서 터줏대감인 우리는 그걸로 그만이라고 생각했지. 그런데 그 머리 큰 친구는 그렇게 생각하지 않았어. 분명히 그 친구 생각도 일리가 있긴 해. 상식적으로 생각하면 당연히 감사장을 발행해야 할 사안이지. 그래서 만에 하나라도 누군가…… 너처럼 조치에 따르지 않겠다고 거부하는 일이 생기면 신주쿠 경찰서는 사건을 통해 드러난 실태에다 한 가지 실수를 덧붙이는 꼴이 되고 만다고 서장에게 의견을 냈지."

나는 끼어드는 대신 담배 연기를 내뿜었다.

"서장은 본인이 필요 없다고 하니 그걸로 그만 아니냐고 대답했어. 머리 큰 친구는 그래도 물러서지 않고 본청에 있는 자신의 후원자에게 똑같은 이야기를 했지. 아니, 그 녀석은 이 건뿐만 아니라 아무리 사소한 문제라도 본청에 알리지 않고는 무엇 하나 판단할 수 없는 남자 같더군. 이런 종류의 문제가 생기면 아무래도 물은 낮은 곳으로 흐른다고⋯⋯ 그래서 결국 그 녀석 의견이 먹혀 만일을 위해서라도 감사장이 필요 없다는 각서를 받아두는 게 좋겠다는 결론에 이른 거지."

"쓸데없는 짓이로군."

나는 담뱃재를 재떨이에 떨었다. 이야기의 방향이 마음에 들지 않았다.

"그뿐인가, 감상은?" 니시고리도 담뱃재를 떨면서 덧붙였다. "너답지 않군."

"달리 무슨 볼일 있나?"

"소환장에는 응할 건가?"

"틈이 나면."

"각서를 쓸 생각인가?"

니시고리가 찾아온 이유가 그제야 이해되었다.

"무슨 꿍꿍이야?"

"네가 각서 같은 걸 쓸 리 없지."

"무슨 꿍꿍이냐고." 내가 다시 물었다.

니시고리는 질문을 무시한 채 말을 이었다. "요 며칠 그 머리 큰 친구가 내 주위를 어슬렁거려. 선배 의견을 꼭 듣고 싶다면서. 그러니까 신주쿠 경찰서 안에서 문제의 감사장 수령 예정인을 가장 잘 아는 나에게 그 인물에 대해 묻고 싶다는 거지. 물론 여기서 수령 예정인은 바로 너를 말하는 거야."

의외였다. 니시고리는 이 회담을 즐기고 있는 게 아니었다. 그렇다면 뭔가 무척 마음에 걸리는 문제가 있는 게 틀림없다.

"무슨 꿍꿍이야?" 나는 다시 물었다.

"그래서 나는 내 머릿속에서 떠오르는 거짓말을 머리 큰 친구에게 늘어놓았지."

나는 쓴웃음을 지었다. "그렇게 된 건가?"

"예를 들면 그 탐정이 감사장이 필요없다고 하는 소리는 새빨간 거짓말이고 사실은 잔뜩 욕심내는 게 분명하다, 어쩌면 서장 감사장 정도로는 성이 차지 않아 한 단계 더 높은 경시총감의 감사장을 보내라고 나올지도 모른다. 그러니 어쨌든 어르고 달래서라도 그 탐정이 감사장을 받게 해줘야 한다. 안 그러면 나중에 당신 입장이 골치 아파질 수도 있다. ……뭐 이런 식이지."

"그렇게 해서 뭘 어쩌려고?"

니시고리는 진지한 표정을 지었다. "신주쿠 경찰서 수사4과가 명청이 집합소여도 괜찮다고 생각하는 건가? 세이와카이 소속인 그녀서 뭐였더라. 히시즈메던가? 하시즈베나 아사카누미 같은 놈들이 이 신주쿠 경찰서 관내에서 멋대로 날뛰어도 괜찮다는 거야……? 아니면 너 그놈들하고 한 패거리야?"

"집어치워."

"잘 들어. 난 호불호나 커리어 논커리어 같을 걸 따지느라 본청에서 온 머리 큰 친구를 비방하는 게 아니야. 그 젊은 친구는 뭐랄까, 이건 내 감이지만, 경찰로서 책임 있는 지위에 있을 수 없는 불안한 뭔가가 있어."

"나를 이용해서 새로 온 과장을 물 먹이려는 속셈이군."

"지금 그 말 듣지 않은 걸로 하겠어."

나는 담뱃불을 끄고 책상 왼쪽 서랍을 열어 서류를 두 장 꺼내 니시고리에 앞에 내려놓았다.

"뭐야, 이게?" 니시고리도 재떨이에 담뱃불을 껐다.

"보면 몰라? 의뢰인이 쓰는 의뢰신청서야."

"어쩔 작정인가?"

"한 장은 신주쿠 경찰서 수사4과의 신도 과장에 대한 신용 조사 의뢰. 대개 그 사람이 그 자리에 부적격인 증거를 모으면 충분할 테지만 아까부터 네 상담 내용을 보면……."

"상담이라고? 내가 너한테?"

"그 남자를 4과 과장 자리에서 물러나게 하기 위한 실행도 의뢰하는 것처럼 들렸어. 두 번째 장은 그 실행을 의뢰하는 거지. 나머지 의뢰는 위법일 우려도 있으니 받아들일지 어쩔지 생각 좀 해봐야겠어."

"바보 같은 소리. 누가 너 같은 녀석에게 의뢰를 해?"

"바보 같은 소리는 네가 하고 있을 텐데."

우리는 책상을 사이에 두고 서로 노려보았다. 누가 먼저랄 것도 없이 두 번째 담배를 꺼내 입에 물었다. 불을 붙이지 않은 채 긴 침묵이 흘렀다. 사무실 밖 복도를 달려오는 발소리가 들렸다. 문이 열리고 다지마 경부보가 나타났다.

"과장님, 서에서 긴급 호출입니다."

"무슨 일로?"

다지마는 나를 신경 쓰면서 물었다. "괜찮겠습니까?"

"상관없어."

다지마는 사무실 안으로 들어와 문을 닫았다.

"4과 신도 과장님이 총에 맞아 숨진 채 발견되었답니다."

"뭐?" 니시고리의 입에 물려 있던 담배가 떨어졌다. 하지만 본인은 눈치채지 못한 듯했다.

"장소는 어디야?"

"요요기우에하라에 있는 아파트입니다. 조사에 따르면 여자 혼자사는 아파트라고 합니다."

"애인 집인가?"

"아마도."

"자살이야?"

"그럴 가능성도 있다고 합니다."

"여자가 쏜 건가?"

"그럴 가능성도 있답니다. 여자는 심각한 착란 상태이고 제삼자범행 가능성도 배제할 수 없다고 했습니다."

니시고리는 의자에서 일어나 나에게 못을 박듯 검지를 들이댔지만 말없이 문 쪽으로 가 다지마가 연 문을 나갔다. 다지마도 그 뒤를 따라 나가려고 했다.

"니시고리 경부는 1과 과장으로 승진했나?"

"니시고리 경시보야."

복도 저편에서 니시고리가 '서둘러'라고 호통치는 목소리가 들렸다. 다지마도 사무실을 나갔다. 뒤에는 저속한 텔레비전 프로그램의 스위치가 갑자기 꺼진 듯한, 공허한 정적이 남았다. 다시 경찰의 불상사로 세상은 떠들썩해질 것이다. 하지만 이 나라 어딘가에서 일어나는 일은 다른 모든 곳에서 일어나고 있는 일이다.

나는 의자에서 일어나 니시고리의 롱 피스를 주워 쓰레기통에 버리고 문을 닫은 다음 의자로 돌아와 내 담배에 불을 붙였다.

이리하여 사무실의 지저분한 사방 벽은 아직도 경찰이 준 감사장이 매달려 있을 만큼 심한 상태는 아니게 되었다.

(이 작품의 문고본 발행 때 새로 쓴 작품입니다.)

옮긴이 **권일영**

중앙일보사에서 기자로 일했으며 지금은 다른 나라 소설을 우리말로 옮기고 있다. 하라 료의 《어리석은 자는 죽어야 한다》 《내가 죽인 소녀》를 비롯해 기리노 나쓰오의 《다크》, 가이도 다케루의 《나니와 몬스터》 등을 우리말로 옮겼다. 그 밖에도 히가시노 게이고, 미야베 미유키 등의 소설과 '에도가와 란포 결정판' 시리즈 등의 일본 소설을 주로 옮겼으며 에이드리언 코난 도일과 존 딕슨 카가 쓴 《셜록 홈즈 미공개 사건집》 등 영미권 작품도 우리말로 소개했다.

어리석은 자는 죽어야 한다 블랙&화이트 075

1판 1쇄 발행 2018년 6월 5일 **1판 2쇄 발행** 2018년 7월 16일
지은이 하라 료 **옮긴이** 권일영
펴낸이 고세규
편집 박정선 **디자인** 정지현

발행처 김영사
주소 경기도 파주시 문발로 197(문발동) 우편번호10881
등록 1979년 5월 17일(제406-2003-036호)
주문 및 문의 전화 031)955-3200 **팩스** 031)955-3111
편집부 전화 02)3668-3291 **팩스** 02)745-4827 **전자우편** literature@gimmyoung.com
비채 카페 cafe.naver.com/vichebooks **인스타그램** @drviche **카카오톡** @비채책
트위터 @vichebook **페이스북** www.facebook.com/vichebook
ISBN 978-89-349-8095-7 03830 책값은 뒤표지에 있습니다.

비채는 김영사의 문학 브랜드입니다.
이 도서의 국립중앙도서관 출판시도서목록(CIP)은 서지정보유통지원시스템 홈페이지(http://seoji.nl.go.kr)와 국가자료공동목록시스템(http://www.nl.go.kr/kolisnet)에서 이용하실 수 있습니다.
(CIP제어번호: CIP2018015053)